봄과
아수라
이야기

미야자와 겐지를 풀다

봄과
아수라
이야기

조 문 주 옮기고 씀

좋은책

일러두기

* 본문에 인용한 미야자와 겐지의 작품은 치쿠마 쇼보筑摩書房의
  『교본 미야자와 겐지 전집』을 사용했습니다.

* 시의 들여쓰기와 여백은 원시原詩의 형태를 반영한 것입니다.

* 이 책의 내용을 사용하려면 반드시 저자의 동의를 얻어야 됩니다.

봄과 아수라의 여정을 시작하며

이 책은 미야자와 겐지宮沢賢治가 『심상 스케치 봄과 아수라』를 통해 독자와 공유하기를 원했던 번뇌와 깨달음의 과정을 풀어낸 것입니다.

『심상 스케치 봄과 아수라』는 미야자와 겐지가 생전에 발표한 유일한 시집으로 1924년 4월에 자비 출판의 형식으로 간행되었습니다. 1924년 이후의 작품은 제2집, 제3집의 형태로 겐지가 세상을 떠난 다음 해에 발간된 『미야자와 겐지 전집』에 수록되어 세상에 알려집니다.

그래서 겐지의 시집에는 모두 '봄과 아수라'라는 제목이 붙어 있지만 일반적으로 『봄과 아수라』라고 하면 생전에 출판한 『심상 스케치 봄과 아수라』를 가리킵니다.

『심상 스케치 봄과 아수라』 (이하 『봄과 아수라』)에는 1922년 1월 6일부터 1923년 12월 10일까지의 일자가 기록된 69편의 시와 1924년 1월 20일자의 서시가 들어 있습니다.

『봄과 아수라』를 어떻게 읽어야 할지를 생각할 때 가장 중요한 것은 겐지 자신이 이것을 시라고 인식하지 않았다는 점입니다.

전에 자비로 출판한 봄과 아수라도 그렇고 또 지금까지 적어 둔 것도 모두 전혀 시가 아닙니다. 정통적인 공부가 허락되지 않던 시기에 어떤 심리학적인 일을 위해 사정이 허락되고 기회가 있을 때마다 써둔 정말 거친 심상의 스케치에 지나지 않습니다. 저는 무모한 『봄과 아수라』에서 서문의 생각을 내세워 역사와 종교의 위치를 완전히 변환하려고 시도했습니다. 그리고 그것을 바탕으로 다양한 일상을 발표하고, 어리석게도 누군가 읽어 줬으면 좋겠다고 생각했습니다. (중략) 출판하는 사람이 책의 형식을 보고 뒤쪽에 시집이라고 썼습니다. 아주 놀랍고 부끄러워서 청동 가루로 그 두 글자를 보이지 않게 지운 일도 많습니다. (1925년 2월 9일, 서간 200)

겐지는 친구 모리 사이치에게 보낸 편지를 통해 『봄과 아수라』가 시가 아니라 심상 스케치라고 주장하고, 이와나미 서점 창업자인 이와나미 시게오에게 보낸 편지에서도 '엄밀히 사실 그대로를 기록한 것이 지금까지 남의 것을 주워 모아 쓴 것들과 섞여 버린 것은 불만(1925년 12월 20일, 서간 214a)'이라는 뜻을 표명합니다.

그는 왜 『봄과 아수라』를 시가 아니라 '심상 스케치'라고 주장할까요? 사람들이 『봄과 아수라』를 시라는 틀을 통해서 보지 않기를 바란 걸까요?

미야자와 겐지는 인간의 의식은 우주와 무한하게 연결되어 있고, 한 개인의 심상을 스케치하는 일은 시공간을 넘어서 보편적이며 인간적인 진리를 탐구하는 일이라 생각합니다. 그래서 지금까지 시라고 불려온 것과는 다른 스케치, 내면의 깨달음의 과정을 기록한 심상 스케치를 공표하고 누군가가 읽어주기를 바랍니다.

그러니 우리가 『봄과 아수라』를 읽는 것은 미야자와 겐지의 내면을 이해하고, 그가 탐구한 진리를 공유하는 일이 됩니다.

하지만 『봄과 아수라』는 너무 어렵습니다. 수록된 작품에는 과학과 종교와 문학을 통해 깨달은 사상과 철학이 담겨 있습니다. 지질학, 광물학, 천문학, 기상학 등의 자연 과학 용어와 불교 용어, 외국어, 에스페란토어가 사용되고 독창적으로 만들어 낸 새로운 표현도 많습니다. 한마디로 난해합니다. 문장과 단어를 제대로 이해하기 어려우니 겐지의 내면을 공유하는 일은 감히 바랄 수도 없고, 오역으로 인한 문제도 심각합니다.

그럼에도 겐지의 지적이고 독창적인 표현은 지금도 독자들을 매료시키고 있습니다. 매년 낭독회가 열리고 연구서와 평전이 속속 발표되고, 『미야자와 겐지 용어사전』도 몇 권이나 나와 있습니다. 어려워서 잘 모르겠지만 하여튼 정말 대단하다고 말하는 사람도 많습니다.

『봄과 아수라』는 청년 미야자와 겐지의 고행의 기록입니다. 미야자와 겐지는 자신의 내면을 응시하는 작업을 통해 인간 존재에 대해 절망하고 번뇌하는 과정을 거쳐 깨달음을 얻어 갑니다.

미야자와 겐지를 이끌어 주는 것은 종교와 과학, 그리고 고향 이와테의 대자연입니다. 겐지의 언어는 풀기 어려운 암호처럼 느껴지지만 그 언어가 만들어 내는 풍경은 겐지가 우리에게 주는 선물 같습니다. 이 귀하고 아름다운 선물을 여러분께 정확히 전달할 수 있으면 얼마나 좋을까요?

넓고 깊은 봄과 아수라의 숲에서 우선 나무를 보는 일부터 시작합니다. 오역을 바로 잡고 작가의 내면을 이해하려는 이런 작업이 계속 이어져 봄과 아수라의 숲 전체를 만날 수 있게 되기를 희망합니다.

2019년 3월
진눈깨비 내리는 하나마키花巻에서
조문주

목차

봄과 아수라

그랜드 전신주

동이와테 화산

무성 통곡

오호츠크 만가

풍경과 오르골

봄과

아수라

이야기

서

나라는 현상은
가정된 유기 교류 전등의
하나의 푸른 조명입니다
(모든 투명한 유령의 복합체)
풍경과 모두와 함께
쉬지 않고 바쁘게 깜박이며
너무나 정확하게 켜지는
인과 교류 전등의
하나의 푸른 조명입니다
(빛은 계속되고 전등은 소멸하고)

이 시집은 이십이 개월
과거로 여겨지는 방향에서
종이와 광질 잉크로 기록한
(모든 것이 나와 함께 명멸하고
모두가 동시에 느끼는 것)
지금까지 계속 지켜온

그림자와 빛 한 자락씩
그대로의 심상 스케치입니다

이를 두고 사람과 은하와 아수라와 성게는
우주 먼지를 먹고 또는 공기와 바닷물을 호흡하며
저마다 신선한 존재론도 생각하겠지만
그 또한 결국 하나의 마음 풍경입니다
다만 명확히 기록된 이 풍경들은
기록된 그대로의 풍경이고
그것이 허무라면 허무 자체가 이런 것이니
어느 정도까지는 모든 이에게 적용됩니다
(모든 것이 내 안의 모두인 것처럼
 모두의 안에 제각기 모든 것이 있으니)

그렇지만 이 신생대 충적세의
거대하게 밝은 시간의 축적 속에서
바르게 그려졌을 이 말들이
찰나에 지나지 않는 명암 속에
    (아수라에게는 어쩌면 십억 년)
어느새 재빨리 구조와 질을 바꾸고

그런데도 나도 인쇄하는 사람도

그것을 변하지 않는다고 느끼는 일은

경향으로서는 가능합니다

아마 우리가 우리의 감각기관과

풍경과 인물을 느끼듯이

그리고 그냥 공통으로 느낄 뿐인 것처럼

기록과 역사　혹은 지구의 역사라는 것도

다양한 데이터와 함께

(인과의 시공간적 제약 아래)

우리가 느끼는 것에 지나지 않습니다

아마 앞으로 이천년쯤 후에는

그에 맞는 다른 지질학이 유용되고

적합한 증거도 차례차례 과거에서 나타나서

모두가 이천년쯤 전에는

푸른 하늘 가득 무색의 공작이 살았다고 생각하고

젊은 학자들은 대기권 최상층

찬란하게 빛나는 얼음 질소 부근에서

멋진 화석을 발굴하거나

백악기 사암층에서

투명한 인류의 거대한 발자국을

발견할지도 모릅니다

이 모든 명제는
심상과 시간 그 자신의 성질로서
사차원의 연장 안에서 주장됩니다

1924년 1월 20일
미야자와 겐지

0. 나는 누구인가?

미야자와 겐지는 『봄과 아수라』의 서시를 통해 '나'라는 존재에 대해, 시에 대해, 작품과 독자의 관계에 대해 이야기합니다.

겐지가 생각하는 '나'는 실체가 아닌 하나의 현상에 지나지 않습니다. 나는 '가정된 유기 교류 전등의 하나의 푸른 조명'입니다.

교류 전등이 스위치를 누르면 불이 켜지도록 만들어진 것처럼 유기물인 나의 생명 현상도 이 세계의 법칙 속에 이미 가정되어 있습니다. 살아있는 '나'라는 생명 현상은 거대한 생명의 흐름이 윤회를 반복하는 이 세계의 법칙 속에 가정된 하나의 현상일 뿐 입니다.

일정한 시간마다 주기적으로 크기와 방향이 바뀌는 교류 전류를 사용하는 교류 전등은 켜져 있는 것처럼 보이지만 끊임없이 점멸을 반복하고 있습니다. 겐지는 이런 교류 전등과 빛의 관계를 '인과 교류 전등'이라 표현합니다. 나는 태어나서 죽을 때까지 같은 사람이지만 나라는 현상은 하나의 푸른 조명이며 모든 투명한 유령의 복합체, 순간순간 다른 영혼과 교체되는 위태로운 존재입니다.

그래서 나에게는 실체가 없고 단지 현상만이 존재하지만 '빛은 계속되고, 전등은 소멸하고', 거꾸로 육체가 사라져도 나라는 현상은 이 세계가 아닌 다른 차원에서 명멸을 계속하고 있을 수도 있는 겁니다.

겐지는 동양적 사상에 근거해 '나'라는 존재를 정의합니다. 서양 사상에서는 개인의 '자아'가 중요하지만 동양 철학과 종교의 관점은 모든 사물의 전일성全一性, 우주 만물이 하나의 전체로서 통일을 이루는 성질과 상호 연관성에 중점을 둡니다.

나아가 겐지는 자연도, 사회도 모두 현상의 상호 작용이 만들어 내는 것으로 인식합니다. 자기가 남기는 이 시집 또한 이 세계의 현상이라 독자가 이 시집을 읽고 실체가 있다고 느낄 수도 있겠지만 모든 것은 어디까지나 현상, 즉 각자의 마음속에 떠오르는 것을 스케치한 것에 지나지 않는다고 단언합니다.

이렇게 세상 모든 것이 확실하지 않으니 그것을 허무라고 부르고 싶으면 허무라고 불러도 좋지만 그렇다고 현상이 사라지는 것은 아니며, 또 이것은 모두가 공통으로 느끼는 것이라 내 안에 모두가 있고, 각자의 안에 모든 것이 있다고 말합니다. 이 부분은 화엄경에 나오는 '인드라의 그물'을 떠올리게 합니다.

인드라의 그물은 인드라 신이 하늘에 펼쳐 놓은 그물을 말하는데, 그물에 달린 무수히 많은 투명 구슬이 서로서로 끊임없이 비추면서 우주의 긴밀한 연관 관계 속에서 영롱하게 빛나고 있다는 것을 설명합니다.

그러니 '모든 것이 내 안의 모두인 것처럼 모두의 안에 제각기 모든 것이 있다'는 말은 나는 전체 중 하나이며 내 속에는 다른 모든 것이 투영되고 있고, 모두는 각자의 안에 전부를 비추고 있다는 의미가 아닐까요?

그래서 겐지가 심상을 스케치하는 일, 그러니까 자신의 마음을 들여다보고 기록하는 행위는 넓은 세계와 이어지는 일이며, 우주의 진리를 탐구하는 일이 됩니다.

또 겐지는 지금 이 시점, 우리 세계의 시간과 공간도 역시 절대적인 것이 아니라고 강조합니다. 아수라의 일억 년이 찰나에 불과한 시간이 될 수 있으며, 과거라고 말하는 시간도 우리가 과거라고 느끼는 방향일 뿐이라는 겁니다. 모든 것이 인과의 시공간적 제약 속에서 우리가 느끼는 것에 지나지 않기 때문에 시간과 공간이 달라지면 당연히 인식도 변한다는 것이 겐지의 주장입니다. 그래서 우리가 진리라고 믿는 것도 시간이 지나면 해석이 달라질 수밖에 없습니다.

상대적인 관점으로 세상을 해석하고 바라보는 겐지의 시각은 아인슈타인의 일반상대성 이론과도 통합니다. 아인슈타인은 물질과 시공간은 상호 의존적인 관계에 있다고 보았습니다. 시간과 공간을 포함한 모든 것은 고정되어 있지 않고 상대적이며, 시공간의 모양에 의해 물체의 운동이 결정되고 시공간의 모양은 물질의 분포에 의해 결정된다는 겁니다.

이렇게 서시에 나타난 겐지의 세계관, 우주관은 종교적이면서도 과학적입니다.

서시의 마지막 문장은 이 모든 명제는 '사차원의 연장에서 주장된다'는 말로 끝납니다. '사차원의 연장', '유기 교류 전등', '인과 교류 전등' 등의 표현은 모두 겐지가 만들어 낸 조어입니다.

'사차원의 연장'의 의미에 대해서는 영원한 세계, 인간의 지각을 넘어서는 상상력의 세계, 물리학의 4차원 공간 등으로 연구자의 의견이 나뉘지만, 겐지가 모두와 공유하고 싶었던 것은 '모든 존재는 우리가 생각하는 것과 다르다'는 깨달음이 아니었을까요?

겐지는 집필 당시 서시의 내용에 대단히 자부심을 가지고 있었습니다. 누가 봐도 부끄럽지 않을 정도로 훌륭하다고 동생에게 자랑하고, 친구에게 보낸 편지에도 '서문을 통해 역사와 종교를 완전히 변환하려고 기획했다'고 적었습니다. 그런 의미에서 『봄과 아수라』의 서시는 세상에 던지는 미야자와 겐지의 선언입니다.

겐지가 남긴 사색 메모에는 '과학에 위협받는 신앙', '이공간의 실재', '환상 및 꿈과 실재'라는 문장이 낙서처럼 적혀 있습니다.

우리는 삼차원 세계에서 살고 있습니다. 이차원 평면에 사는 존재가 삼차원의 세계를 이해할 수 없듯이 삼차원의 세계에 사는 우리가 사차원의 세계를 제대로 이해할 수는 없겠지요. 그러나 이해할 수 없다고 해서 존재하지 않는 것은 아닙니다.

어쩌면 겐지는 우리와 달리 사차원 세계에서 보내온 신호를 투명한 바람 너머로 느끼고 있었던 것은 아닐까요? 겐지가 남긴 미완의 시를 소개합니다.

> 푸른 하늘 저 멀리멀리
> 수소도 희박한 대기권 위에
> '나는 세계 전체이다
> 세계는 변천하는 푸른 꿈의 그림자다'
> 이런 생각도
> 너무 무거워서 생각할 수 없는
> 영원하고 투명한 생물들이 산다 (시 노트 1074)

봄과 아수라

굴절률

나나쓰모리산 봉우리 하나가

물속보다 더 밝고

훨씬 더 큰데

나는 울퉁불퉁 얼어붙은 길을 걸어

울퉁불퉁 쌓인 이 눈을 밟고

저 너머 주름진 아연 구름을 향해

음울한 우편배달부처럼

　　(다시 알라딘　램프를 찾아)

서두르지 않으면 안 되는 건가

(1922.1.6)

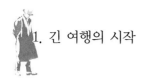

1. 긴 여행의 시작

총 여덟 개의 장으로 구성된 『봄과 아수라』의 첫 번째 장 「봄과 아수라」에는 새로운 삶을 시작하는 겐지의 각오와 아수라인 자신에 대한 번뇌를 드러내는 시들이 수록되어 있습니다.

첫 번째 장의 제일 처음에 실린 「굴절률」은 미야자와 겐지의 출발점을 알리는 시입니다.

『봄과 아수라』의 시는 스케치를 작성한 순으로 배열되는데, 이 시에는 1922년 1월 6일의 날짜가 적혀 있습니다. 1922년 1월 6일은 겐지가 아버지의 주선으로 농학교 교사로 부임하고 보름쯤 지난 때입니다.

제목의 '굴절률'은 빛이 다른 매개물을 통과할 때 생기는 굴절의 정도를 나타내는 말로, 겐지는 '굴절률'이라는 과학 용어를 사용해 자신의 심리 변화를 분석하고 새로운 길로 들어서려는 결의를 나타냅니다.

눈이 쌓여 울퉁불퉁 얼어붙은 길을 걷고 있는 겐지의 심상 풍경 속에 '나나쓰모리산'과 '주름진 아연 구름'이 보입니다.

'나나쓰모리산'은 고이와이 농장의 남쪽에 위치한 일곱 개의 산봉우리로 사랑스럽지만 변덕스러운 모습으로 겐지의 작품에 자주 등장합니다.

나나쓰모리/ 파란 연필을 던져주면
바로/ 기분이 좋아져 웃는다 (가고 489)

그런데 오늘은 나나쓰모리산 봉우리가 겐지의 발걸음을 붙잡습니다. 겐지의 등 뒤에 있는 나나쓰모리산은 지금까지 겐지가 걸어온 삶을 상징하는 존재입니다.

물속보다 더 밝고 훨씬 더 크게 보이는 나나쓰모리산 쪽으로 발길을 돌리고 싶지만, 겐지는 저 너머 주름진 아연 구름을 향해 걸어가기로 마음먹었습니다. 아연 구름은 하늘을 덮은 회색 구름을 나타내는 겐지 특유의 표현입니다.

자신이 가야 할 길은 왜 저렇게 음울하고 어두워 보이는 걸까요? 울퉁불퉁 얼어붙은 길 위에서 겐지는 대비되는 풍경을 보며 생각합니다.

어쩌면 '굴절률' 때문인지도 모르겠습니다. 프리즘을 통과한 광선은 굴절로 위쪽이 어둡고 아래가 밝아지는데, 그 경계의 각도를 측정한 것이 굴절률입니다.

저 너머 주름진 구름이 있는 하늘이 어두워 보이고, 새하얀 눈에 반사된 나나쓰모리산이 환해 보이는 것은 굴절률이 작용했기 때문입니다. 굴절률 때문에 풍경도 심리도 왜곡되고 달라보이는 겁니다. 지금 자신이 음울하게 느껴지는 것도 마음에 생긴 굴절률의 작용 때문이겠지요.

시의 '음울한 우편배달부'라는 표현에는 현실을 직시하고 앞으로 나아가겠다는 겐지의 내면적 결의가 담겨 있습니다. 우편배달부는 누군가의 편지를 누군가에게 전달해야 합니다. 기다리는 사람이 없더라도 무거운 가방을 메고 꽁꽁 언 길을 걸어 편지를 전하는 것이 우편배달부의 사명입니다.

겐지는 '음울한 우편배달부'가 되어 다시 알라딘의 램프를 찾아 험하고 힘든 길을 가려 합니다.

그런데 겐지가 찾으려는 '알라딘의 램프'는 무엇일까요? 문지르면 소원이 이루어지는 요술 램프일까요?

알라딘의 램프는 법화경 「안락행품安樂行品」이 전하는 가르침의 빛이
며, 겐지를 움직이게 하는 희망의 빛입니다.

"세상을 이롭게 하기 위해서는 무엇보다 노력이 중요합니다. 램프를
문질러 요정을 불러내듯이, 자신의 마음을 문지르고 닦아서 모두의 행복
을 위해 노력하겠습니다. 심상 풍경이 달라 보이고 마음이 밝아졌다가 어
두워졌다가 하겠지만 다 굴절률에 의한 것이니 잘 들여다보고 잘 다스려
서 가르침을 실천하겠습니다."

1922년 1월 6일, 미야자와 겐지는 우편배달부의 숙명을 등에 지고
봄과 아수라의 긴 여정을 시작합니다.

구라카케산의 눈

의지할 것은

구라카케산의 눈뿐

들판도 수풀도

추적추적 우중충해서

조금도 믿을 수 없으니

정말로 효모 같아 보이는

희뿌연 눈보라지만

어렴풋한 희망을 보내는 것은

구라카케산의 눈뿐

　(하나의 고풍스러운 신앙입니다)

(1922.1.6)

2. 변하는 것이 변하지 않는 것이다

굴절률과 같은 날에 적은 시입니다. 구겨진 아연 구름이 있던 하늘에서 조금씩 눈보라가 날리기 시작합니다. 겐지는 홀로 눈길을 걸어가며 들판도 숲도 축축하고 우중충해서 조금도 믿을 수 없지만, 구라카케산에 내리는 눈만이 의지가 되고 희미한 희망이라고 말합니다.

시에 등장하는 구라카케산은 이와테현 동남쪽에 위치한 표고 897m의 낮고 작은 산입니다. 구라카케산 뒤쪽에는 이와테현의 상징인 해발 2,038m의 이와테산이 자리 잡고 있습니다.

이와테산은 신앙의 대상이 되는 신성한 산이지만, 겐지는 구라카케산을 이와테산보다 더 특별하게 생각해 시「국립공원 후보지에 관한 의견」(제2집)에서도 구라카케산이 이와테산보다 더 오래된 화산, '시초의 이와테'라고 주장합니다.

마지막 행의 '하나의 고풍스러운 신앙입니다'라는 표현에도 구라카케산이 아주 오래된 성스러운 산이라는 인식이 바탕에 깔려 있습니다. 사후에 발견된 수첩에 남아 있는 미완성 시도 구라카케산에 대한 겐지의 마음을 짐작하게 합니다.

구라카케산의 눈
벗 하나 없이
나 혼자 아련히 소망하고
어렴풋한 희망을 맡기는 것은 (하략)

병중의 고독한 겐지가 어렴풋한 희망을 맡기는 것도, 눈길을 걷는 겐지가 희망을 구하는 것도 구라카케산의 눈입니다. 눈은 녹아서 형태도 없이 사라지는 그야말로 믿을 수 없고 의지할 수 없는 존재인데 겐지는 왜 구라카케산에 내리는 눈만이 의지가 된다고 말하는 것일까요?

불역不易과 유행流行이라는 말이 있습니다. 불역은 영원히 변하지 않는 것, 불변하는 것을 말하고 유행은 그때마다 변하는 것을 말합니다. 우리는 불역, 즉 변하지 않는 것을 믿지만 오늘 겐지는 유행, '매년 내리고 사라지는 눈'에 의지하고 있습니다.

인간은 짧은 시간밖에 살지 못하지만 눈은 더 오랜 시간의 흐름 속에서 변함없이 쌓이고 녹으며 존재해 왔습니다. 억겁의 시간을 지나온 성스러운 구라카케산과 그보다 더 오랜 시간 순환하며 존재해 왔을 눈을 보며 겐지는 불역과 유행에 대해 생각합니다.

'변하는 것이 변하지 않는 것이다', 겐지가 구라카케산에 내리는 눈에 희망을 보낼 수 있는 것은 끊임없이 변하는 눈이 사실은 변함없이 존재해 왔다는 것이라는 걸 깨달았기 때문일 테지요. 그래서 구라카케산의 눈은 겐지에게 하나의 고풍스러운 신앙입니다.

겐지는 구라카케산의 눈을 의지하며 자신의 길을 나아갑니다.

태양과 다이치

태양은 오늘 하늘의 작은 은반

구름이 그 표면을

자꾸자꾸 침식해 들어간다

눈보라도 빛나기 시작해

다이치는 빨간 모포 바지를 입었다

(1922.1.9)

3. 빨간 모포 바지를 입은 아이

오늘 겐지가 올려다본 하늘에는 옅은 구름이 깔려 있어 태양의 붉은 기운이 없습니다.

겐지는 안개나 구름 뒤에 숨은 희미한 태양을 광물질에 비유해 '은반', '은거울', '단백석 쟁반'으로 표현합니다.

하얀 은반 같은 태양 주변으로 짙은 구름이 다가오는 것을 보니 이제 곧 눈보라가 시작될 모양입니다. 눈보라가 내리기 직전의 풍경 속에 빨간 모포 바지를 입은 다이치가 불쑥 나타납니다.

빨간 모포를 두른 아이는 겐지의 동화 「수선월水仙月의 4월」에도 등장하는데, 「수선월의 4월」의 초고는 이 시와 같은 시기인 1922년 1월 19일에 완성되었습니다.

> 한 아이가 빨간 모포를 감고 오로지 캐러멜만 생각하면서 코끼리 머리 모양의 커다란 눈 언덕 기슭을 잰걸음으로 걸으며 서둘러 집으로 향하고 있습니다. (중략) 그 산기슭의 좁은 눈길을, 빨간 모포를 두른 아이가 산 쪽을 향해 열심히 걸음을 재촉하고 있었습니다.

동화의 묘사를 참고하면 시에 등장하는 다이치는 아이인 것 같습니다. 그렇다면 '다이치'는 누구일까요?

겐지의 초등학교 3학년 담임 선생님이었던 야키 에이조八木英三가 펴낸 『히에누키 풍토기稗貫風土記』에는 다음과 같은 일화가 소개되어 있습니다.

> 이 반이 4학년이 된 겨울에 나는 와세다 대학 입학이 결정되어
> 떠나게 되었다. 이별 기념으로 '입지'라는 제목으로 장래 희망을
> 쓰게 했더니 겐지는 '아버지 뒤를 이어 훌륭한 전당포 상인이 되
> 겠습니다'라고 적었다.
> 나중에 그의 시와 동화가 세상의 주목을 모으게 되었을 때 기차
> 안에서 겐지가 나를 잡고 이런 이야기를 한 적이 있다.
> '저에게 시의 눈을 뜨게 한 것은 선생님의 동화입니다. 제 동화는
> 근본은 법화경에서 나왔지만, 선생님의 동화 느낌이 나는 것을
> 모르시겠습니까?'
> 그런데 부끄럽게도 당시 나는 겐지의 동화를 하나도 읽지 않았다.

담임 선생님이 반년에 걸쳐 아이들에게 들려준 동화는 엑토르 말로의
『집 없는 아이』를 고라이 킨조五来欣造가 번안한 「아직 만나지 못한 부모」
였습니다. 고라이는 등장인물의 이름과 지명을 모두 일본식으로 고쳤는
데, 주인공 '레미'의 이름이 '다이치'였습니다.

원작인 『집 없는 아이』에서 가장 인상적인 부분은 생생하게 묘사된
풍경입니다. 자신의 정체성을 찾아가는 레미의 여정에는 황량한 들판과
적막한 숲 등 프랑스의 아름다운 풍광이 펼쳐집니다.

차가운 1월의 바람을 맞으면서 레미, 그러니까 다이치의 여행길을 떠
올린 것일까요?

다가올 눈보라에서 다이치를 지켜낼 빨간 모포 바지는 겐지가 신앙하

는 붉은 표지의 『한화 대조 묘법연화경漢和対照妙法蓮華経』을 상징하는 것인지도 모르겠습니다.

바람 속에 빛나는 하얀 눈가루와 다이치의 빨간 모포 바지, 긴장과 고요가 함께 머무는 선명한 심상 풍경입니다.

언덕의 현혹

조각조각 아름답게 빛나며
하늘에서 눈이 가라앉는다
전신주의 인디고색 그림자와
빛을 받아 반짝반짝 빛나는 언덕

저쪽 농부의 우비 자락이
불어온 바람에 예리하게 잘려 나가
천팔백십년대
사노키의 목판화처럼 보인다

들판이 끝나는 곳은 시베리아 지평선
터키석처럼 영롱한 하늘 틈새도 빛나고
(해님은
하늘 저 멀리서 하얀 불을
활활 피우십니다)

대나무에 쌓인 눈이
타오르며 떨어지네   타오르며 떨어지네

(1922.1.12)

4. 풍경의 현혹

오늘은 목요일이지만 겨울방학 기간이라 겐지는 여유롭게 산책을 즐기고 있습니다. 대지를 뒤덮은 눈이 햇빛을 받아 찬란하게 빛나고, 태양은 하얀 눈 위에 전신주의 검푸른 그림자를 뚜렷하게 그려냅니다. 하늘에서는 눈가루가 반짝이며 내려오고, 겐지가 있는 언덕도 빛을 받아 반짝반짝 빛나고 있습니다.

눈길을 걷던 겐지가 발걸음을 멈추고 농부가 서 있는 저쪽을 바라봅니다. 같은 날에 작성한 다음 시 「카바이드 창고」에서 '서둘러 눈과 사문암 골짜기를 내려왔다'고 말한 것으로 보아, 지금 겐지가 서 있는 곳은 마그마가 지표로 흘러나와 생긴 사문암 암질의 언덕입니다.

사문암 언덕을 걷고 있으니 과거의 시간 속으로 들어온 느낌이 든 것일까요? 겐지는 한 행을 비우고 들여쓰기를 사용해, 자신의 심상 세계 풍경이 달라진 것을 나타냅니다.

사문암 언덕이 겐지를 현혹하고, 심상 세계의 시공간을 출렁이게 합니다. '현혹'은 '어지럽게 하여 홀리게 하다', '정신을 뺏기게 해 할 바를 잊어버리게 하다'는 의미를 가집니다.

'언덕의 현혹'으로 심상 세계의 시간이 과거로 이어지고, 풍경 속 농부의 우비 자락을 날리는 바람이 사노키의 목판화에 그려진 1810년대의 바람과 연결됩니다.

'사노키의 목판화'는 목판화 형식으로 대량 제작된 에도시대 풍속화인 우키요에浮世絵를 가리키는 말로, '사노키'는 에도시대 출판업자인 사노야

키헤佐野屋 喜兵衛의 호입니다.

미야자와 겐지는 빛바랜 그림 속에 그 시대의 시간이 그대로 담겨 있다고 생각해, 우키요에가 전하는 시간의 경과, 소리, 움직임, 냄새를 언어로 표현하려고 했습니다.

보라 오래된 시대의 수십 개의 뺨은

혹은 알 수 없는 웃음을 띠고

혹은 알 수 있어서 너무나 뜨거운 정열을

그 가느다란 눈에 옮기고

갈색 타일 방 속

다갈색 러그가 깔린 벽 위에서

거대한 사차원의 궤적을 들여다본다

(중략)

아아 우키요에의 생명은 찰나

모든 찰나의 괴로움도 꿈도

아교와 닥나무로 만든 아주 민감한 종이 위에

화석처럼 고정되어

그런데도 그들은 공기를 호흡하며

빛에 색도 바래고

습기에 몸을 증감하며

여러 조각 여러 조각

대담한 미소를 계속하고 있다 (「우키요에 전람회 인상」)

오늘 겐지가 불러낸 것은 1810년대 목판화 속 과거의 바람입니다. 우키요에의 바람은 겐지의 심상 풍경 속에서 농부의 우비 자락을 잘라 내는 현재의 바람과 연결되고, 시의 풍경은 과거에서 현재로, 또 독자인 우리가 있는 미래로 이어집니다.

심상 풍경 속 공간도 마찬가지입니다. 들판과 시베리아 지평선이 이어지고, 하늘과 땅이 사방으로 맞닿아 있습니다. 시공간의 모든 것이 이어져 있으니 하늘이 땅이 되고 땅이 하늘이 됩니다. 하늘의 해님이 피우는 불은 조각조각 눈이 되어 가라앉고 쌓인 눈은 다시 타오르며 떨어집니다.

겐지의 심상 세계 속 시공간이 출렁입니다. 이 모든 것은 아름답게 반짝이는 눈부신 언덕에 현혹되어 발걸음을 멈춘 탓입니다.

카바이드 창고

마을의 그리운 등불이라 생각하고

서둘러 눈과 사문암

골짜기를 내려왔는데

카바이드 창고 처마 끝에 달린

투명하고 차가운 전등입니다

   (저물녘 진눈깨비에 젖었으니

    궐련 한 개비에 불을 붙이는 게 좋겠군)

스치고 지나가는 이 그리움의 흔적들은

추위에서 온 것만도 아니고

또 쓸쓸하기 때문만도 아니다

(1922.1.12)

5. 그리움의 흔적

겐지는 멀리 보이는 등불을 향해 눈 쌓인 사문암 골짜기를 내려가고 있습니다. 날이 어둑어둑해지고 진눈깨비까지 내리니 발걸음이 빨라집니다. 혼자서 캄캄한 산길을 걷고 있으니 마을 불빛만 보여도 안심이 됩니다. 그런데 내려와 보니 마을이 아니라 카바이드 창고 앞입니다.

산골짜기에 왜 카바이드 창고가 있는 걸까요? 시에 등장하는 카바이드 창고는 이와테 경편 철도가 다니던 이와네 다리岩根橋 부근에 있던 카바이드 공장 창고입니다. 이와네 다리 부근은 카바이드의 재료가 되는 석회암이 풍부하고, 근처에 전력을 공급할 수력 발전소가 있어 최고의 입지 조건이었습니다.

카바이드 창고 앞에서 '그리운 등불'이 아닌 '투명하고 차가운 전등'을 발견한 겐지는 궐련 한 개비에 '불'을 붙입니다. '투명하고 차가운 전등'이라는 표현은 겐지의 농민 예술론을 떠올리게 합니다.

> 그 옛날, 우리의 선조들은 가난해도 나름대로 즐겁게 살아왔다
> 그곳에는 예술도 종교도 있었다
> 그러나 지금 우리들 앞에는 단지 노동과 생존이 있을 뿐이다
> 신의 가르침은 과학 이론으로 교체되고
> 더구나 과학은 차갑고 어둡다
> 예술은 우리를 떠나 돈벌이의 도구로 추락했다
>
> (「농민예술 개론 강요」)

'카바이드 창고'와 '투명하고 차가운 전등'은 종교를 밀어낸 '차갑고 어두운' 과학의 산물입니다.

당시의 카바이드 공장은 최첨단 기술이 집약된 화학 공장이었습니다. 첨단 과학의 상징물을 앞에 두고 지금 겐지는 춥고 쓸쓸하고 무엇인가가 그립습니다.

이 시에는 '그립다'는 단어가 '그리운 등불', '그리움의 흔적'으로 두 번 나옵니다.

첫 행에서 겐지는 멀리 보이는 등불이 그립다고 말합니다. '마을의 그리운 등불'은 어둠을 밝혀 주는 밝은 '빛'과 사람의 '온기'를 상징합니다. 등불은 심지에 불을 붙여 사용합니다. 겐지는 '그리운 등불'을 생각하며 차가운 전등 아래에서 성냥을 그어 궐련에 '불'을 붙입니다.

그러다 문득 생각합니다. 왜 등불을 그리워했을까? 추위와 쓸쓸함 때문이었을까? 그 이유만은 아닌 것 같습니다. 무엇이 그리운지 모르겠지만 그리움이 아득히 밀려옵니다.

이 '그리움'이란 감각은 어디에서 오는 것일까요? 겐지는 그리움을 '찰과擦過', 스치고 지나가는 흔적이라고 표현합니다. 그리움이 과거에서 찾아와 현재를 같이하고 미래로 향해 간다고 느낀 것일까요? 미래는 순식간에 지나가 다시 과거가 될 것이니, 겐지가 느끼는 그리움에는 오고 가는 방향이 따로 없습니다.

그리움은 사방에서 불쑥불쑥 찾아와 스치고 지나가고, 또 스치고 지나가며 겐지의 심상에 투명하고 차가운 그리움의 흔적을 남기고 있습니다.

코발트 산지

코발트 산지의 빙무 속에서
신기한 아침의 불이 타오르고 있습니다
게나시산 벌목터 근처입니다
단연코 하얀 정신의 불이
물보다 강하게 훨훨 훨훨 타오르고 있습니다

(1922.1.22)

6. 코발트색 번민

　일요일 새벽 일찍 겐지는 게나시산 쪽을 바라보고 있습니다. 게나시산毛無山은 기타가미 산지에 속한 작은 산으로, 아이누어로 나무가 많은 산이라는 뜻을 가집니다.

　겐지는 게나시산이 있는 기타가미 산지를 '코발트 산지'라 부릅니다. 코발트 산지에 대한 해석은 코발트색 산지, 즉 짙은 청색의 산지라는 의견이 일반적이지만, 겐지가 '코발트'라는 화학 용어를 사용한 것은 단순히 푸른색을 나타내기 위해서만은 아닐 겁니다.

　겐지는 코발트의 화학적 성질을 이용해, 코발트처럼 '색이 변하는' 산지와 자신의 심상 세계를 일체화하고 있습니다.

　코발트 산지가 차가운 얼음 안개 속에 검푸른 모습을 드러내고 있습니다. 그런데 안개 뒤로 태양이 떠오르니 산 주변이 옅은 분홍빛으로 변합니다. 겐지의 작품에서 떠오르는 아침해는 '환한 복숭아 과즙(「새벽달」)', '복숭앗빛 아침 햇살(「주문이 많은 요리점」)'로 묘사됩니다.

　물을 만나면 분홍색으로 변하는 성질을 가지는 염화코발트처럼, 검푸른 산지가 빙무, 얼음 안개 속에 떠오른 아침 햇살을 받아 연분홍색으로 변하고 있습니다.

　겐지는 아침해를 '신기한 아침의 불'이라 부르며, 아침의 불이 세상을 분홍빛으로 물들이고 있는 것처럼 자신의 내부에도 물보다 강한, 하얀 정신의 불이 타오르고 있다고 말합니다. 정신의 불이 물보다 강한 것은 자욱하게 깔린 빙무를 뚫고 타오르고 있기 때문일 겁니다.

코발트 산지는 검푸른 색 산지이며, 번민에 휩싸인 겐지 자신입니다. 자신을 '하나의 푸른 조명'이라 생각하니 겐지의 번민이 코발트색이어도 이상할 것은 없겠지요.

> 코발트색 번민이 가라앉은/ 그 바닥에
> 칼륨 불꽃/ 하나/ 하얗게 타오른다 (가고, 1916년 7월)

코발트 산지에는 '아침의 불'이 타오르고, 겐지의 마음에는 번민을 태우는 '하얀 정신의 불'이 타오릅니다.

오늘 아침 겐지를 괴롭힌 코발트색 번민은 이제 다 사라진 걸까요? 분홍빛으로 물들어 가는 코발트 산지를 바라보는 겐지의 심상 세계가 훨훨 훨훨 하얗게 타오르고 있습니다.

도둑

창백한 해골 별자리가 남은 새벽녘

빛이 난반사하는 얼어붙은 진흙을 건너

가게 앞에 혼자 놓여 있는

데바의 항아리를 훔친 자

갑자기 그 검고 긴 다리를 멈추고

두 손을 두 귀에 대고

전선의 오르골 연주를 듣는다

(1922.3.2)

7. 데바의 항아리를 훔친 도둑

이른 새벽녘 겐지는 집을 나섭니다. 밤하늘에 가득하던 별은 해골만 남은 것처럼 거의 사그라져 희미해지고, 밤사이 울퉁불퉁 얼어붙은 길이 가로등 불빛을 반사하고 있습니다.

심상에 가라앉은 번민이 겐지를 괴롭히고 있는지, 거리를 서성이는 겐지의 마음이 새벽처럼 창백하고 어둡습니다. 가게 앞에 항아리 하나가 덩그러니 놓여 있습니다. 어둠 속에 홀로 남겨진 항아리를 보는 겐지의 생각이 깊어집니다. 나는 왜 이 얼어붙은 새벽 거리를 서성이고 있는가? 출렁이는 겐지의 심상 세계 속에 '데바의 항아리를 훔친 자'가 갑자기 나타납니다.

'데바'는 법화경 「제바달다품」에 나오는 '제바달다'로 보는 것이 통설이지만, 이 시의 데바는 인도 신화에 등장하는 데바 신입니다.

인도 신화의 '우유의 바다 젓기'라는 이야기에는 감로수 '암리타'가 든 항아리를 차지하기 위해 싸우는 데바와 아수라가 등장합니다.

데바와 아수라는 우주를 구성하는 두 가지 상반된 힘, 옳은 일을 추구하고자 하는 힘과 그것을 어기고 싶어 하는 힘으로 이해할 수 있습니다. 인도 신화에서는 이 대칭되는 두 세계, 선한 데바의 세계와 악한 아수라의 세계가 끊임없이 대립을 반복합니다.

인도 신화 속 '데바의 항아리를 훔친 자'는 아수라입니다. 겐지의 마음속에도 데바와 아수라가 존재합니다. 자신에 대한 회의와 죄책감, 자신을 이해하지 못하는 주위에 대한 분노와 실망, 갈등과 번뇌가 끝없이 생겨납니다.

항아리에 비친 자신의 검은 그림자가 전신주 불빛에 길어지고 때로는 선명해져서 분노하고 있는 아수라의 모습 같기도 하고, 밤잠 못 이루고 몰래 집을 나와 서성이는 자신의 모습이 데바의 항아리에 든 감로수를 탐내는 아수라처럼 느껴지지만, 아직은 아수라라고 말하고 싶지 않습니다. 그래서 도둑이라고 부릅니다.

'도둑'이 아수라가 되어 데바의 항아리를 들고 가려는 순간, 갑자기 소리가 들려옵니다. 도둑은 검고 긴 다리를 멈추고 두 손을 귀에 대고 가만히 들어봅니다.

어떤 소리였을까요? 아무도 깨어나지 않은 조용한 새벽, 전신주를 울리며 지나가는 차가운 바람 소리에 새소리, 마른 가지 흔들리는 소리, 물방울 떨어지는 소리, 삼라만상의 소리가 섞여 있습니다. 전선이 연주하는 자연의 오르골 소리입니다. 도둑은 모든 것을 잊어버린 채 조용히 연주에 집중합니다.

오늘 아수라를 잠재우고, 겐지의 번민을 가라앉힌 것은 '자연의 오르골 연주'입니다. 아수라가 아직 모습을 드러내지 않은 겐지의 고독하고 행복한 아침입니다.

사랑과 열병

오늘은 나의 영혼이 병들어

까마귀조차 바로 볼 수가 없구나

　누이는 지금쯤

　차가운 청동 병실에서

　투명한 장밋빛 불로 태워지리라

정말로　그러나 누이여

오늘은 나도 너무 괴로워

갯버들꽃조차 따다 줄 수 없구나

(1922.3.20)

8. 영혼의 열병

　지금까지의 심상 스케치와는 달리 이 시에는 구체적인 시간과 장소가 제시되어 있지 않습니다.

　풍경 속에 등장하는 것은 까마귀뿐인데, 겐지는 그 까마귀조차 똑바로 바라볼 수가 없다고 말합니다. 겐지는 왜 까마귀를 보지 못하겠다고 하는 걸까요?

　겐지의 작품에는 다양한 새가 등장하지만, 겐지는 까마귀에 자신을 투영하고 있습니다.

　까마귀는 겐지 자신의 모습이기도 합니다. 미래가 불안한 자신의 모습을 '눈밭에 고개를 떨구고 눈을 쪼아 먹는 까마귀(「까마귀 백태」)'에서 찾기도 하고, 고독한 자신의 심리 상태를 '주석 병에 걸린 하늘에서 까마귀가 두 마리 날아와 레이스 백합과 외롭게 살았다(가고 A)'고 표현하기도 합니다.

　『봄과 아수라』의 전반부와 작성 시기가 비슷한 것으로 추정되는 「겨울 스케치」에는 까마귀가 열 번이나 등장합니다. 「사랑과 열병」의 초고로 보이는 시의 일부분을 소개합니다.

　까마귀, 똑바로 보지 못하고,
　또 회색으로 빛나는 오동나무 새싹
　보려고 해도 눈앞이 캄캄해진다

영혼에 메탄가스가 가득 차

검은 까마귀 똑바로 보지 못하고

불안한 하늘의 검은 삼나무

창이 되어 나를 꾸짖는다 (「겨울 스케치」 17)

여기서도 겐지는 까마귀에 자신을 투영시키고 있는데, 까마귀가 똑바로 보지 못하는 것은 영혼에 메탄가스가 가득 차 병들었기 때문입니다.

그리고 오늘도 겐지는 까마귀조차 바로 볼 수 없을 정도로 자신의 영혼이 병들었다고 말합니다. 겐지의 영혼이 병든 이유는 시의 제목처럼 사랑과 열병 때문인 걸까요?

노트에 써 놓아서 '시 노트'라고 불리는 작품 중에 '연인이 눈 내리는 밤, 몇 번이나 검은 망토로 속이고 남자인 것처럼(「고색창연한 밤하늘」)' 찾아 왔다는 표현이 보이는 걸로 보아 겐지에게 사랑하는 연인이 있었던 건 사실인 것 같습니다.

그렇다면 사랑의 열병으로 가슴이 타들어 가서 영혼이 병든 것이라 말한 걸까요?

행을 들여 쓴 부분에서 겐지는 영혼의 동지인 누이동생 도시에 관해 이야기합니다. 시의 '투명한 장밋빛 불'은 도시의 생명을 연소시키는 불치병, 결핵입니다.

오늘 겐지가 까마귀조차 쳐다볼 수 없는 자기혐오의 소용돌이에 빠져들고 있는 것은 누이에 대한 죄책감, 신앙에 대한 죄악감 때문입니다.

사랑은 갑자기 찾아와 이성을 마비시키고, 일시적으로 사랑하는 사람 외에는 아무것도 보이지 않게 합니다.

언제 죽을지 모르는 병으로 고통받고 있는 여동생을 잊게 만드는 것이 사랑입니다. 독신으로 세상을 위해 헌신하고자 하는 자신의 의지를 병들게 하는 것도 사랑입니다.

누이의 몸을 태우는 투명한 장밋빛 불처럼, 사랑은 치명적인 열병입니다. 아름답지만 영혼을 병들게 하는 위험한 열병입니다.

봄과 아수라
　　(mental sketch modified)

심상의 잿빛 강철에서

으름덩굴 구름에 휘감기고

찔레꽃 덤불과 부식된 습지

여기도 저기도 아침의 무늬

(정오의 관현악보다 격렬하게

호박 햇살이 쏟아질 무렵)

쓱쓸하고 푸르른 분노로

사월의 대기층 햇빛 아래

침 뱉고 이 갈며 오가는

나는 한 명의 아수라이다

(풍경은 눈물에 흔들리고)

조각난 구름 끝없이 펼쳐지는

　영롱한 하늘 바다에는

　　투명한 수정 바람이 지나다니고

　　　ZYPRESSEN 한 줄로 늘어선 봄

　　　새까맣게 에테르를 들이마시니

그 어두운 발걸음에서는

천산 능선의 눈조차 빛나는데

(아지랑이 물결과 순백의 편광)

진실한 말은 떠나가고

구름은 갈기갈기 찢겨 하늘을 난다

아아 빛나는 사월의 밑바닥을

이 갈고 분해서 오가는

나는 한 명의 아수라이다

(옥수 구름이 흘러가고

어디선가 우는 봄날의 새)

태양이 푸르게 일렁이면

아수라는 숲과 어우러지고

움푹 파인 어두운 하늘에서

검은 나무 군락 자라나

가지는 서글프게 무성하고

모든 이중적인 풍경 속

상심한 숲의 우듬지에서

번뜩이며 날아오르는 까마귀

(대기가 드디어 맑게 개고

노송나무도 조용히 하늘을 향할 무렵)

황금 풀밭을 지나서 오는 자

분명히 사람의 형태를 갖춘 자

도롱이를 걸치고 나를 보는 저 농부는

정말로 내가 보이는 것인가

눈부신 대기권 바다 밑에서

(슬픔은 더욱더 푸르고 깊어지네)

ZYPRESSEN   조용히 흔들리고

새는 다시 창공을 가르며 난다

(진실한 말은 여기에 없고

  아수라의 눈물은 땅에 떨어지네)

다시 하늘을 향해 숨을 내쉬니

폐는 희뿌옇게 오그라들고

(이 몸뚱이 하늘의 티끌 되어 부서져라)

은행나무 우듬지 다시 빛나고

ZYPRESSEN   점점 검어져서

구름 불꽃이 쏟아져 내리네

((1922.4.8))

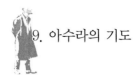

9. 아수라의 기도

불교에서는 중생이 자신의 업에 따라 윤회하는 길을 지옥, 아귀, 축생, 아수라, 인간, 천상의 여섯 세계인 육도로 설명합니다. 여섯 세계 중에 인간과 축생 사이에 위치하는, 아직 인간이 되지 못한 미숙한 존재가 아수라입니다.

'나는 한 명의 아수라이다', 이 시에서 겐지는 자신을 인간이 아닌, 인간보다 한 단계 낮은 '아수라'에 불과한 존재라고 선언합니다.

겐지가 생각하는 아수라의 모습은 분노, 미움, 질투와 같은 감정에서 벗어나지 못하고 번뇌에 휩싸인 모습입니다. 친구 호사카 카나이에게 보낸 서신에서 겐지는 아수라와 같은 자신의 상태를 다음과 같이 전합니다.

> 분노는 빨갛게 보입니다. 너무 강할 때는 분노의 빛이 밝아서 오히려 물처럼 느껴집니다. 결국, 새파랗게 보입니다. (중략) 나는 거의 미치광이가 될 것 같은 이 발작에 기계적으로 그 진짜 이름을 부르고 손을 모읍니다. 인간의 세계에 사는 아수라의 성불. (서간, 1920.6~7)

동북 지방의 봄은 늦게 찾아옵니다. 눈이 녹고 만물이 소생하는 빛나는 봄날, 생명의 기운이 넘치는 아름다운 봄과 하나가 될 수 없는 자신의 처지를 분노하고 슬퍼하며 겐지는 독백을 시작합니다.

겐지의 시선은 하늘과 땅, 천상의 세계와 아수라의 세계를 왕복하며 아래에서 위로, 위에서 아래로 옮겨 갑니다.

아수라가 되어버린 겐지의 심상은 강철처럼 질긴 으름덩굴과 찔레꽃 가시덤불로 뒤덮여 어둡고 축축한 잿빛입니다. 으름덩굴은 무엇이든 만나면 감아 버립니다. 덩굴에 감겨 원래의 모습을 짐작할 수 없는 아수라의 세계에는 아첨의 무늬만 두드러집니다.

불교 백과사전인 『법원주림法苑珠林』은 아첨과 간사함과 싸움이 많은 것을 아수라의 특징이라 설명합니다.

겐지는 아수라의 특징인 '아첨'을 '아첨의 무늬'로 형상화하고, 들여쓰기를 이용해 날개를 펴고 하늘로 도약하는 새의 모습을 나타냅니다. 하늘을 향해 번뜩이며 날아오르는 까마귀는 하늘로 돌아가고 싶은 아수라를 상징합니다. 아수라의 기원祈願을 담아 사이프러스도, 노송나무도, 모두 하늘을 향해 수직으로 솟아납니다.

시에 나오는 ZYPRESSEN은 독일어 ZYPRESSE의 복수형으로 사이프러스 나무를 뜻합니다. 하늘과 맞닿아 있는 사이프러스 나무의 이미지는 초현실적인 심상 풍경 묘사에 자주 등장합니다.

아수라에게는 이와테의 봄하늘이 천상 세계로 느껴집니다. 그래서 시의 하늘 풍경과 햇빛은 '영롱', '투명한 수정 구름', '옥수 구름', '호박 햇살' 등 모두 보석으로 묘사됩니다.

겐지는 자신이 있는 곳을 '대기권 바다'라고 말합니다. 천상 세계에서 쫓겨난 아수라가 사는 곳은 수미산 밑 거대한 바닷속이지만, 자신은 인간 세계에 사는 아수라이기 때문입니다.

4월의 대기권 바다 아래에서 아수라는 어떻게 하면 천상 세계로 올라갈 수 있을까 고민하고 또 고민합니다. 분노와 슬픔으로 아수라는 눈물을 흘리고, 눈물 때문에 풍경은 흔들립니다.

아수라가 보는 풍경은 빛과 태양이 있는 풍경과 구름과 그림자가 있는 풍경으로 나뉩니다. 구름이 태양을 덮어 하늘이 어두워지면 하늘에서 검은 나무 군락이 자라납니다. 빛의 입자 에테르를 마시고 하늘로 솟아난 사이프러스와 어두운 하늘에서 자라난 나무 군락, 위가 아래가 되고 아래가 위가 되는 모든 이중적인 풍경 속에 아수라는 현실 감각을 잃어버립니다. 여기가 하늘인지 바다인지 알 수가 없습니다.

아수라의 심상은 숲과 어우러지고 까마귀가 되어 번뜩이며 하늘로 날아오르지만, 구름이 걷히자 아수라는 농부가 자신을 보고 있다는 것을 알게 됩니다.

'정말로 내가 보이는 것인가', 여전히 대기권 바닥에 남아 있는 자신의 존재에 절망하는 아수라의 눈에서 다시 눈물이 흐릅니다.

겐지는 행을 비워 시간의 경과를 나타냅니다. 시간이 지나고, 마음을 다잡은 아수라는 하늘의 티끌이 되는 것이 천상 세계로 돌아갈 수 있는 유일한 길이라는 것을 깨닫습니다.

은행나무 우듬지가 번쩍이고 하늘이 어두워지더니 구름 불꽃이 쏟아져 내립니다. 저 불꽃에 타올라 티끌이 되어 하늘로 날아오르고 싶습니다. 아수라는 온 마음을 다해 기도합니다.

'인간의 세계에 사는 아수라의 성불을 기원합니다. 이 몸뚱이 하늘의 티끌 되어 부서지게 하소서……인간의 세계에 사는 아수라의 성불을 기원합니다. 이 몸뚱이 하늘의 티끌 되어 부서지게 하소서.'

봄빛의 저주

대체 그게 무슨 꼴이냐

무슨 일인지 알고 있느냐

머리칼이 까맣고 길고

살며시 입술을 다무는

단지 그뿐이다

  봄은 풀 이삭에 마음을 빼앗기고

  아름다움은 사라지리라

    (이곳은 검푸르고 텅 비었구나)

발그스레한 볼과 갈색 눈동자

단지 그뿐이다

      (오오, 이 쓰라림 푸르름 차가움이여)

                                    (1922.4.10)

10. 봄날의 저주

　오늘 겐지의 정신을 어지럽히고 번뇌를 일으키는 것은 봄날의 빛입니다. 새싹이 돋아나고 꽃가루가 날리는, 생동하는 봄기운이 겐지를 자극해 살며시 입술을 다물고 있는 연인의 까맣고 긴 머리카락과 발그스레한 볼, 갈색 눈동자를 떠올리게 합니다.

　사랑은 황홀하지만 고통스럽고, 또 모호하기 때문에 사랑에 빠진 사람을 힘들게 합니다.

　겐지는 「사랑과 열병」에서 사랑을 영혼을 병들게 하는 치명적인 열병에 비유했습니다. 겐지가 생각하는 사랑은 신의 마음도 어지럽힐 수 있는 감정입니다. 동화 「토신土神과 여우」에는 사랑의 감정에 사로잡혀 버린 토신의 모습이 다음과 같이 묘사됩니다.

> 　햇살을 받아 마치 타오르는 듯한 모습으로 높게 팔짱을 끼고 부득부득 이를 갈면서 그 주변을 어슬렁거리고 있었습니다.
> 　그런데 그 힘찬 발걸음도 어느새 비틀비틀했고 토신은 푸른 슬픔을 머리부터 뒤집어쓴 듯 멈춰 서지 않으면 안 되었습니다.
> 　토신은 머리카락을 쥐어뜯으며 풀 위로 뒹굴었습니다. 그리고 커다란 목소리로 울었습니다.

　그러니 지금 풍경 속에 연인의 모습이 떠오르고, 연인을 갈망하는 마음이 불쑥 찾아오는 것도 다 사랑이라는 열병 탓이겠지만, 겐지는 사랑이 아닌 봄을 원망하며 '봄날의 저주'라고 표현합니다. 봄날의 풍경이 겐지의 내면과 교감해, 번민과 욕망에 사로잡히는 원인을 제공했다고 생각하기 때문입니다.

재앙이나 불행이 일어나기를 바란다는 뜻의 '저주'는 '呪詛'로 표기하지만, 겐지는 '씹는다'는 뜻을 가진 '咀'를 사용한 '呪咀'라는 조어를 만들어 '침 뱉고 이 갈며 오가는' 아수라의 모습을 연상하게 합니다.

겐지는 연모의 정과 욕망에 사로잡혀 아수라가 되려고 하는 자신을 향해 '그게 무슨 꼴이냐'고 엄하게 꾸짖고, 지금 느끼는 열정도 봄처럼 떠나갈 것이며, 꽃의 아름다움도 곧 사라질 '단지 그뿐'에 불과하다고 타이르고 설득합니다.

괄호로 표기된 부분은 내면세계의 심상 풍경입니다. 겐지는 2자, 4자, 7자 들여쓰기를 통해 자신이 내면세계로 점점 침잠해 들어가고 있는 것을 시각적으로 보여주는데, 7자 들여쓰기를 한 마지막 행은 심상 세계 깊숙한 곳에 자리한 감정이라 볼 수 있습니다.

사랑도, 아름다움도 결국은 변하고 사라지는 허무한 감정이라는 것을 받아들이니 심상 세계가 검푸르게 텅 비어 버립니다. 그곳에는 이제 봄의 저주에 걸려버린 자신을 향한 '쓰라림, 푸르름, 차가움'만이 가라앉아 있을 뿐입니다.

겐지의 내면 가장 깊숙한 곳에 숨어 있는 이 '쓰라리고 푸르고 차가운' 감정은 시 「봄과 아수라」에 등장하는 '씁쓸하고 푸르른 분노'와 연결됩니다.

오늘도 겐지는 씁쓸하고 푸르고 차가운 분노로 이를 갈고 으르렁거리는 한 명의 아수라입니다. 이게 다 찬란하게 아름다운 봄의 저주 때문입니다.

새벽달

기복을 이룬 눈은
환한 복숭아 과즙으로 물들고
푸른 하늘에 남아 있는 덜 녹은 달은
우아하게 하늘을 향해 군침을 삼키고
다시 한번 산란하는 빛을 마신다
　　(바라승아제 모지 사바하)

(1922.4.13)

11. 새벽의 찬가

이 시의 원어 제목인 '有明'은 새벽과 새벽달 두 가지 뜻을 가지는 단어로 밤을 같이 보낸 남녀의 안타까운 이별을 문학적으로 표현할 때 주로 사용합니다. 그런데 겐지는 단어에서 연상되는 전통적인 이미지와 전혀 다른 새로운 새벽의 모습을 그려냅니다.

겐지가 있는 곳은 기복을 그대로 드러내며 눈이 소복이 쌓여 있는 언덕입니다. 어제저녁 동쪽에서 떠오른 달은 먼동이 튼 뒤에도 서쪽 하늘에 남아 있고, 비스듬히 걸린 달을 마주 보며 다시 동쪽에서 해가 떠오릅니다.

겐지는 눈 위에 아침해가 반사되는 풍경을 환한 복숭아 과즙으로 물들었다고 표현합니다. 복숭아 시럽이 소복이 쌓인 빙수에 흘러내려 스며들 듯이 태양이 아침 풍경을 물들이고 있다고 느꼈기 때문이겠지요.

아침해가 새벽을 물들이고 있는데, 달은 아직 푸른 하늘에 남아 있습니다. 시에 표기된 날짜를 음력으로 변환하면 3월 17일이니, '하늘에 남아 있는 달'은 음력 16일의 달로 둥근 보름달일 겁니다.

밤하늘에서 가장 밝게 빛났을 보름달은 이제 자기보다 훨씬 밝게 빛나는 해를 만나 하얗게 빛을 잃어가고 있지만, 겐지는 달이 사라지는 것이 아니라 쏟아지는 빛을 마시고 파란 하늘에 서서히 용해되어 간다고 생각합니다.

달은 태양 빛을 반사해 빛납니다. 밤에 달이 빛나는 것은 태양이 있기 때문이고, 하늘이 파랗게 물드는 이유도 파란색 빛이 산란하기 때문입니다.

그래서 달은 해가 떠오른 하늘을 향해 꿀꺽 군침을 삼킵니다. 그리고 마지막으로 '다시 한번' 산란하는 빛을 마십니다. 빛을 마시고 푸른 하늘로 녹아 들어가는 새벽달을 보며 겐지도 빛이 산란하는 눈부신 새벽 풍경 속으로 녹아 들어갑니다.

시의 '바라승아제 모지 사바하'는 반야심경의 끝부분에 나오는 기도문입니다. '색즉시공, 공즉시색', 달은 사라지는 것이 아니라 다시 태어나는 것이고, 사라지기 때문에 존재할 수 있는 것입니다.

겐지는 반야심경이 전하는 '공空'의 참모습을 깨닫고 새벽의 기도를 담아 환희의 찬가를 올립니다.

아제 아제 바라아제 바라승아제 모지 사바하

나아가라

나아가라

깨달음의 세계로 나아가라

모든 것을 떨치고 깨달음의 세계로 나아가라

깨달음에 뿌리를 내려라

아제 아제 바라아제 바라승아제 모지 사바하

골짜기

빛이 가라앉은

삼각형 밭 뒤

마른 풀더미 위에서

내가 본 것은

얼굴 가득 붉은 점을 찍고

유리처럼 매끄럽고 검푸른 언어로

쉬지 않고 이러니저러니

뭔가 의논하고 있는

세 명의 요녀입니다

(1922.4.20)

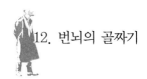

12. 번뇌의 골짜기

이와테의 봄은 늦게 시작됩니다. 4월 중순, 이제 막 꽃이 피기 시작한 초봄의 골짜기에 늦은 오후의 햇빛이 칙칙하게 가라앉아 있습니다. 겐지는 골짜기 산비탈을 개간해 만든 작은 자투리 밭 뒤편의 풀밭을 내려다 봅니다.

어디선가 바람이 불어옵니다. 골짜기를 따라 내려가는 바람에 풀꽃이 흔들리고, 풍경 속에 골짜기가 만들어 내는 다양한 소리가 뒤섞여 들려 옵니다.

빨간 반점이 있는 풀꽃이 세 무리로 나뉘어 이리저리 흔들리고 있는 모습을 보고, 겐지는 '세 명의 요녀'가 '유리처럼 검푸른 언어'를 사용해 의논하고 있다고 표현합니다.

겐지의 작품 속에서 '골짜기'는 공포와 죽음의 상징으로 그려지고, 골 짜기에서 들려오는 소리는 아이들의 마음속에 강력한 '공포심'을 불러 일 으킵니다.

> 그런데 그 대답은 그냥 소곤소곤 소곤거리는 것처럼 들렸습니다.
> 아무래도 한심하다고 하는 듯도 했고, 또는 저런 녀석들을 언제
> 까지 상대해줄 필요가 없다고 자기들끼리 의논하는 듯도 들렸습
> 니다. 우리는 얼굴을 마주 보았습니다. 그리고 갑자기 무서워져
> 함께 벼랑에서 뒤로 물러났습니다. (중략) 물방울에 젖고 무언가에
> 걸려가면서도 아무 말도 안 하고 우리는 계속 도망갔습니다. 도망

가면 도망갈수록 점점 더 무서워졌습니다. (동화 「골짜기」)

소곤거리는 소리가 들리는 골짜기는 이렇게 무섭고 두려운 존재인데, 지금 겐지의 심상 풍경 속 골짜기에서 속삭이는 소리가 들려옵니다. 검푸르고 차가운 속삭임이 쉬지 않고 소곤소곤 들려오고 있습니다.

얼굴 가득 붉은 점을 찍은 세 요녀가 유리처럼 매끄럽고 강철처럼 검푸른 언어로 끊임없이 속삭이며, 맥베스를 파멸시킨 세 마녀처럼 겐지를 흔들어 대고 있습니다. 빛이 가라앉은 골짜기에 세 요녀의 속삭임이 두려움이 되어 무겁게 가라앉고 있습니다.

햇살과 건초

어디선가 산토끼꽃이 찔러대고
빛나는 파라핀 푸른 아지랑이
빙빙 원을 그리는 까마귀
삐걱대는 까마귀 소리……까마귀 기계……
(이것은 변합니까)
(변합니다)
(이것은 변합니까)
(변합니다)
(이것은 어떻습니까)
(변하지 않습니다)
(그렇다면 어이 여기로
구름 가시를 가지고 오게 빨리)
(아니요 변합니다 변합니다)
…………………………찌르고
빛나는 파라핀의 푸른 아지랑이
빙빙 원을 그리는 까마귀
삐걱대는 까마귀 소리……까마귀 기관

(1922.4.23)

13. 따끔한 일침

　시의 제목 '햇살과 건초'는 따뜻하고 나른한 봄날 오후를 상징합니다. 겐지가 있는 곳은 하나마키 성터입니다.
　겐지의 동생 미야자와 세이로쿠宮沢青六는 겐지가 농학교 실습 지도를 마치고 돌아오는 길에 하나마키 성터에 들러 이 시를 작성했다고 추측합니다.

> 주위가 조용하고 기압의 무게로 공기가 윙윙 울리는 것 같다. 터진 실습복 사이인지, 목덜미인지, 마른 풀이 쿡쿡 몸을 찔러 마치 산토끼꽃이라도 몸 안에 있는 것 같다. (『형의 트렁크』)

　시에 기록된 1922년 4월 23일은 일요일인데 학교에 출근해 실습 지도를 했을까 하는 생각도 들지만, 이 시의 장소가 하나마키 성터인 것은 확실한 것 같습니다.

> 성터의
> 거친 풀에 누우니 무상하구나
> 톱 소리가 바람에 섞여 오네 (가고 176)

　지금은 공원으로 정비되어 주위에 성벽과 성터가 조성되어 있지만, 당시의 하나마키 성터는 종루가 있던 바깥쪽 성곽 터만 남아 있어 사람의 왕래가 거의 없는 한적한 곳이었습니다.

성터에서 내려다보이는 시가지의 모습은 겐지의 작품 속 무대로 탄생하는데, 동화 「개머루와 무지개」, 「말리브랑과 소녀」는 이 성터의 풍경으로 시작합니다.

오늘도 겐지는 자신에게 문학적 영감을 주는 성터를 찾아 달콤하고 나른한 봄을 즐기고 있습니다.

봄 햇살이 비치는 건초 위에서 누워 있으니 졸음이 몰려옵니다. 겐지가 누워 있는 풀밭 주위에 봄 아지랑이가 올라오고, 햇살이 아지랑이를 비추니 주변이 몽롱해집니다. 겐지는 이 풍경을 '빛나는 파라핀 푸른 아지랑이'라고 표현해 녹은 상태의 파라핀같이 무겁고 나른한 한낮의 질감을 나타냅니다. 겐지의 작품에서 파라핀은 구름, 안개, 아지랑이의 비유로 사용됩니다.

풀꽃이 찌르는지 따끔따끔하지만 귀찮아서 꼼짝도 하기 싫습니다. 눈꺼풀이 무거워지고 졸음이 쏟아집니다. 모든 것이 고요하고 권태로운 풍경 속에 하늘의 까마귀도 기계적으로 돌며 울고 있습니다.

겐지의 정신도 풍경처럼 몽롱해지고, 몽롱한 의식 속에 누군가의 질문이 들려옵니다.

'이것은 변합니까?', '변하지 않습니다', 반복되는 질문에 반복되는 대답은 까마귀 울음소리처럼 기계적입니다. 그러나 겐지가 '변하지 않는다'고 대답한 순간 의식을 깨우는 따끔한 한마디가 들려옵니다.

겐지가 변하지 않는다고 생각한 것은 무엇이었을까요?

서문에서 겐지는 자신의 '심상 스케치'에 대해 '나도 인쇄하는 사람도 그것을 변하지 않았다고 느끼는 일은 경향으로서는 가능하다'고 말했습니다. 겐지의 무의식 속에 이런 생각이 자리 잡고 있었나 봅니다.

봄날의 권태로움이 겐지의 의식을 잠식해 들어가 '제행무상', 우주의 모든 것은 변화하니 집착하지 말라는 부처님의 가르침을 잠시 잊게 했습니다. 오늘 겐지에게는 산토끼꽃과 뾰족한 구름 가시의 따끔한 일침이 필요합니다.

구름 신호

아아 좋구나 상쾌하구나
바람이 불고
농기구는 반짝반짝 빛나고
산은 아련하고
용암 기둥도 용암봉도
모두 시간이 존재하지 않던 때의 꿈을 꾸고 있다
　그때 구름 신호는
　이미 창백한 봄
　금욕의 하늘 높이 걸려 있었다
산은 아련하고
틀림없이 네 그루 삼나무에
오늘 밤은 기러기도 내려올 거다

(1922.5.10)

14. 금욕의 하루

　1922년 늦은 봄 겐지는 학생들과 함께 땅을 개간하며 땀을 흘리고 있습니다. 겐지가 근무하는 히에누키 농학교가 도립에서 현립으로 승격해 이름도 하나마키 농학교로 바뀌고, 신축 이전이 예정되어 있기 때문입니다.

　어디선가 시원한 바람이 불어와 신성한 노동의 대가인 땀을 씻어주고, 농기구가 반짝반짝 빛날 만큼 날씨도 쾌청하니 '아아 기분 좋다, 상쾌하다'는 말이 절로 나옵니다.

　일을 잠시 멈춘 겐지의 시선이 자연스레 농기구에서 멀리 보이는 산으로 옮겨갑니다.

　겐지가 있는 하나마키 동쪽에는 기타가미 산지가, 서쪽에는 오우奧羽 산맥이 자리 잡고 있습니다. 겐지는 '암경岩頸'과 '암종岩鐘', 용암 기둥과 용암봉이라는 단어를 사용해 풍경 속 산이 마그마의 분출로 생성된 것을 나타냅니다.

　겐지의 시선 저 멀리에 아련하게 꿈처럼 서 있는 산은 억겁의 시간을 지나왔습니다. 겐지는 산보다 더 오랜 시간 자리를 지켜 왔을 하늘과 구름을 올려다봅니다.

　행을 들여 쓴 부분은 겐지의 심상 세계 속 풍경입니다. 겐지는 심상 세계의 하늘을 '금욕의 하늘'이라고 말합니다.

　심상 세계의 하늘이 '금욕의 하늘'인 것은 자신을 통제하며 '금욕적'인 날들을 실천하고 있기 때문입니다. 여성을 멀리하려는 겐지에게 '봄은 아

름답고 잔인한 계절입니다

> 실로 무섭고 파랗게 보인다. 무섭게 깊어 보인다. 무섭게 흔들려
> 보인다. (「여자」)

> 나는 어디까지나 고독을 사랑하고 뜨겁고 축축한 감정을 싫어한
> 다 (제2집 서문)

『봄과 아수라』의 전반부를 통해, 겐지는 매혹적인 봄이 얼마나 자신을 번뇌하게 하는지를 반복적으로 표현합니다.

봄이 되면 몸과 마음속에서 생명의 충동이 일어나고 아수라가 모습을 드러내니, 봄은 강박 관념처럼 '금욕'을 의식하게 하는 계절입니다.

다행히 오늘 겐지의 심상 세계 속 하늘은 '금욕의 하늘'입니다. 구름이 하늘 높은 곳에서 신호를 보냅니다. 금욕의 하늘에 걸린 구름 신호는 어떤 신호일까요?

풍경 속의 하늘과 구름은 겐지의 심상을 투영합니다. 「햇살과 건초」에서 구름은 하늘이 보내는 따끔한 일침이 되었습니다. 그래도 오늘은 상쾌한 금욕의 하루를 보냈으니 구름의 신호도 '녹색 신호등'처럼 기분 좋은 신호가 아닐까요? 그래서 오늘 밤 '틀림없이' 삼나무에 기러기가 내려올 거라고 장담하고 있는 것 아닐까요?

시에 등장하는 네 그루 삼나무는 당시 하나마키 중학교 근처에 있었던 수령 300년 이상 된 네 그루의 삼나무를 말합니다.

삼나무에 내려오는 기러기에 대해서는 '기러기의 번식과 동침'을 상징한다는 의견도 있지만, 초기 단편집으로 분류되는 「라듐 기러기」와 시

「고색창연한 밤하늘」에서 하늘의 묘성昴星을 '라듐 기러기', '화석이 되어 버린 인광 기러기', '푸른 인광 과자로 만들어진 기러기'라고 표현하고 있는 것으로 보아 밤하늘의 별을 의미한다고 봐도 괜찮을 것 같습니다.

오늘 금욕의 하늘에 걸린 '구름 신호'는 별빛이 아름다운 밤이 될 거라는 기분 좋은 신호입니다. 낮도 밤도 쾌청한 금욕의 하루입니다.

풍경

구름은 믿을 수 없는 카르본산

벚꽃이 피어 햇살에 빛나고

다시 바람 찾아와 풀잎을 흔들면

잘려 나간 두릅나무도 몸을 떤다

　조금 전 모래땅에 거름을 주고

　　(지금 푸른 유리 모형 바닥이 되었다)

종달새 덤덤탄 되어 갑자기 하늘을 날아오르면

　　바람은 푸르른 상심으로 불어오고

　　황금색 풀　　흔들흔들

　　　구름은 믿을 수 없는 카르본산

　　　벚꽃이 햇살에 빛나는 것이 촌스럽다

(1922.5.12)

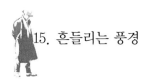

15. 흔들리는 풍경

　봄의 태양이 벚꽃을 비추고 있고, 조금 전에 거름을 준 모래땅 위로 푸른 하늘이 유리 모형 바닥처럼 매끈하게 펼쳐집니다. 어디선가 바람이 찾아와 풀잎을 흔들고 지나갑니다.

　겐지는 '구름은 믿을 수 없는 카르본산'이라는 말로 심상 스케치를 시작합니다.

　구름을 카르본산에 비유한 표현은 '영혼에 메탄가스가 가득 차서' 자신을 제대로 쳐다볼 수가 없다고 노래한 시에도 등장하지만, 오늘은 그냥 카르본산이 아니라 '믿을 수 없는' 카르본산입니다.

　　눈구름에 올려놓은
　　카르본산을 어떻게 하나 (「겨울 스케치」 17)

　겐지는 왜 구름을 믿을 수 없다고 할까요? 액체 상태에서 고체로 변하는 성질을 가지는 카르본산처럼 구름 모양이 시시각각 바뀌고 있어서일까요?

　그런데 이 '믿을 수 없는 구름'은 행을 들여 쓴 겐지의 심상 세계에도 존재합니다.

　구름은 겐지의 마음을 투영하고 때로는 신앙심과 신앙에 대한 기만까지도 비추어 내는 존재입니다.

신앙과 기만의 수상한 모자이크가 되어

　　하얗게 구름에 비치고 있다 (「구름」, 『봄과 아수라』 시고 보완)

　오늘 심상 세계에 믿을 수 없는 구름이 나타난 것은 겐지의 마음이 흔들리고 있기 때문입니다. 이 시와 같은 날짜에 작성한 시 「손 편지」에는 이날의 불안정한 심리가 잘 드러나 있습니다.

　　비가 툭툭 내립니다.

　　심장의 명멸을 조각내며 내리는 투명한 비입니다. (중략)

　　나의 가슴은 검고 뜨거워서

　　벌써 발효를 시작한 건 아닌가 생각됩니다.

　　(「손 편지」, 『봄과 아수라』 보완)

　겐지의 마음이 믿을 수 없는 카르본산이 되어 흔들리고 있으니 주위 풍경도 불안해 보입니다. 새순이 잘려 나간 두릅나무는 무참하고, 종달새는 무엇에 놀랐는지 덤덤탄 파편처럼 사방으로 튀어 오릅니다.

　바람이 풍경 속 모든 존재를 흔들고 지나가며 겐지의 마음을 혼란스럽게 합니다. 심상 세계에 푸른 상심의 바람이 불고 황금색 풀이 흔들거리고 있습니다. 황금색 풀은 분노로 이글거리는 겐지의 눈에 비친 심상 풍경입니다.

　　비굴한 벗들에게 화가 나서

　　점토질 땅을 달려 지나가

벼랑에서 푸른 풀이 황금색인 것 알고

(「비굴한 벗들에게 화가 나서」, 문어시 미정고)

봄의 파릇파릇한 풀이 황금색으로 보일 정도로 오늘 겐지는 화가 나고 불안정한 상태입니다. 심상의 안팎에서 믿을 수 없는 카르본산 구름이 어지럽게 흩어지고 겐지의 마음도 종잡을 수 없이 흔들리고 있는데, 벚꽃은 여전히 그 자리에서 햇살을 받고 있습니다.

『미야자와 겐지 전집』에 수록된 「어느 농학생의 일지」를 소개합니다.

그래도 나는 벚꽃을 그다지 좋아하지 않는다. 아침 햇살이 비추는 나무 밑에서 보면 어딘지 개구리알 같은 느낌이 든다. 게다가 옛날 시가 떠오르고 또 시를 읊는 느릿느릿한 옛날 사람을 생각하게 되니까 아무래도 싫다.

풍경 속 모든 것이 흔들리고 있는데 벚꽃은 햇살을 받으며 반짝이고 있습니다. 그래서 더 싫고 촌스럽게 느껴집니다.

습작

쨍쨍 빛나는

스페인제입니다

　(토끼풀　토끼풀)

이런 외래 풀밭이라면

흑설탕처럼 달콤한 목소리로 노래해도 괜찮아

붙	또 채찍 들고 빨간 윗옷 입어도 좋겠지
잡	폭신폭신해서 따뜻하구나
으	찔레꽃 피어있네　하얀 꽃
려	가을이면 잘 익은 딸기도 되고
고	유리같은 열매도 되는 찔레꽃이다
하	멈춰 서고 싶지만 멈추지 않을 거야
면	어쨌거나 꽃이 하얗고 꼬마쌍살벌 같고
저	줄기는 검어서 흑단인 줄 알았네
작	(머릿속이 쨍쨍 빛나고 아프구나)
은	이 덤불이 꽤 잘 만들어졌다고
새	생각한 것은 바로 이 위쪽
는	정말로 바위처럼

손	배처럼
을	단단히 붙어 있으니
떠	……어쩔 수 없지
나	허어 이 보리 사이에 뭘 뿌린 거야
하	쇠뜨기네
늘	쇠뜨기를 보리밭에 사이짓기한 겁니까
로	쓰게 씨가
날	놀림조로 말하는 듯한
아	그런 말투를 쓰는 사람이 분명히
가	내 안에 살고 있구나
는	와가의 빼곡한 소나무 가로수 길도
군	그렇다

(1922.5.14)

16. 추억의 습작

산책을 즐기는 겐지 앞에 '쨍쨍' 소리가 날 것처럼 번뜩이며 빛나는 토끼풀밭이 나타납니다. 클로버라 불리는 토끼풀은 메이지 시대 이후에 들어온 귀화 식물로 처음에는 홋카이도의 개척지에서 재배되었습니다.

토끼풀이 흔들리는 초원은 모두를 풍요롭게 만들 수 있는 비옥한 대지를 상징하는 풍경입니다. 겐지가 하나마키 농학교에 제출한 홋카이도 수학여행 보고서에는 다음과 같은 문장이 보입니다.

> 홋카이도 석회 회사는 석회암 분말을 판매한다. 산성 토양을 개량할 수 있는 유일한 것이다. 미국은 오래전부터 이것을 이용했다. 일본 본토에서는 아직 이것을 만들지 못한다. 빨리 저 기타가미 산지 일각을 부수고 우리의 황량한 홍적세 불량토에 뿌려 초지에 자생하는 클로버와 티머시 물결을 만들어 농지를 바꾸고 기름진 미곡을 키우자. (「修学旅行復命書」)

유럽의 세련된 분위기를 느끼게 하는 토끼풀을 겐지가 얼마나 특별하게 생각했는지는 동화 「폴라노 광장」에서 유토피아인 폴라노 광장을 찾아가기 위한 표시가 토끼풀인 것을 봐도 알 수 있습니다.

좋아하는 토끼풀밭을 거닐고 있으니 창작의 문이 활짝 열립니다. 겐지는 토끼풀의 묘사로 시작해 5행 이후의 괘선 왼쪽과 오른쪽에 가로 세로 두개의 심상 스케치를 전개합니다.

외국에서 들어온 토끼풀은 겐지를 스페인이 배경인 오페라 카르멘의 무대로 데려갑니다. 일본에서는 1917년경부터 '아사쿠사 오페라'라 불린 일본식 오페라가 대중적인 인기를 얻고 있었는데, 카르멘은 그중에서도 가장 유명한 공연이었습니다.

괘선 왼쪽의 7.5조의 시는 시인 기타하라 하쿠슈北原白秋가 번안한 「사랑의 새」 첫 부분과 비슷합니다. 「사랑의 새」는 여주인공 카르멘이 남자 주인공 호세를 유혹하기 위해 부르는 하바네라를 번안해 가사를 붙인 것입니다.

> 잡아서 보니 그 손에서
> 작은 새는 하늘로 날아간다
> 울어도 울어도 다 울 수 없는
> 귀엽고 귀여운 작은 새 (「사랑의 새」)

괘선 오른쪽의 시에서는 멈추고 싶을 정도로 풍경들이 빠르게 교차합니다. 얼마나 빠르게 지나가는지 겐지의 머릿속이 빛나고 아플 정도입니다.

겐지의 시선이 심상 세계에 나타난 빨간 옷을 입은 카르멘에서 풍경의 찔레꽃으로 옮겨 가고 카르멘의 검은 머리, 하얀 피부, 빨간 옷을 연상시키는 찔레 덤불에서 다시 풍경 속 보리밭으로 향합니다. 겐지의 발길을 따라 풍경이 바뀌고, 심상 풍경도 변해 갑니다.

겐지는 풀매기를 게을리해 잡초가 무성한 보리밭을 보고 모리오카 농림학교 시절을 떠올립니다. 보리밭 풍경은 원예를 지도해 준 쓰게 선생님과 그 시절에 자주 찾아갔던 와가和賀의 소나무 가로수 길을 생각나게 합니다. 겐지에게는 보리밭과 와가의 가로수 길 둘 다 아쉬운 풍경입니다.

> 이곳 가로수 소나무는 너무 많아요.
> 가지가 복잡하게 얽혀서 모처럼 지붕에 쌓인 눈도
> 또, 하늘, 저 산의 동가루도 아무것도 보이지 않잖아요.
> 좀 솎아 내는 게 어때요. (「겨울 스케치」 8)

이렇게 이 시는 '습작'이라는 제목에 어울리게 매우 실험적입니다. 겐지는 세로쓰기와 가로쓰기의 이중 구조를 시도해 각각 다른 두 개의 스케치를 전개하고, 딸기, 유리, 흑단, 바위, 배와 같은 다양한 비유 표현을 사용해 풍경과 심상을 교차시키고 이어갑니다. 검은 대지에 피어난 토끼풀이 그려내는, 추억으로 가득한 겐지의 심상 풍경입니다.

휴식

그 찬란한 공간

위에는 미나리아재비 꽃이 피고

  (질 좋은 버터컵이지만

   버터보다는 유황과 꿀입니다)

아래는 클로버와 미나리가 있다

주석 세공 잠자리가 날아다니고

비는 타닥타닥 소리를 낸다

  (개개비 개개 비비 노래하고

   쉬나무도 있다)

풀밭에 몸을 던지니

하얗고 검은 구름이

모두 눈부시게 피어오른다

모자를 던지면 검은 버섯 모자가 되고

몸을 젖히면 머리가 둑 너머로 나간다

하품을 하면

하늘에서도 악마가 나와서 번쩍인다

  이 마른 풀은 푹신하다

최고의 쿠션이다

구름이 다 뜯겨 나가

푸른 하늘이 커다란 그물이 되었다

그윽하게 빛나는 광물판이다

　개개비는 쉴 새 없이 울고

　햇빛은 타닥타닥 내린다

(1922.5.14)

17. 행복한 휴식

「습작」과 같은 날 작성한 스케치입니다. 오늘은 일요일이라 들판을 마음껏 걸어 다니며 시간을 보낼 수 있습니다.

토끼풀이 피어 있는 들판과 찔레꽃 숲을 지나 겐지가 도착한 곳은 하나마키 성터입니다. 시에서 '둑'이라고 표현한 본성의 성곽은 적의 침입을 막기 위해 높게 돋운 곳이라 올라서면 주위 풍경이 파노라마처럼 펼쳐집니다.

찬란하게 아름다운 성곽에는 미나리아재비와 클로버, 미나리가 자라고 있습니다. 겐지는 미나릿과의 식물을 좋아해 '월광색 산형화月光色の散形花'라 불렀습니다. 미나리아재비꽃은 영어로 '버터컵'인데 버터보다 더 노란색으로 보여 유황과 꿀을 섞었다고 한 것 같습니다.

겐지가 좋아하는 풀꽃 위로 여우비가 타닥타닥 소리를 내며 부딪치고, 풀밭 위를 나는 잠자리는 주석 세공을 한 것 같이 번뜩이고 있습니다. 키 큰 쉬나무에 쉬러 온 개개비도 기분이 좋은지 개개 비비 즐겁게 노래합니다.

금속의 단단한 질감과 '타닥타닥' 튀는 건조한 소리는 밝고 쾌활한 심상의 표현입니다. 생물을 광물이나 금속에 비유하는 것은 겐지 특유의 표현법으로, 오늘은 하늘도 빛나는 광물판으로 보입니다.

성터는 누구에게도 방해받지 않고 심상 스케치를 할 수 있는 비밀의 장소입니다. 털썩 풀밭에 앉아 모자도 던져 보고, 몸도 한껏 뒤로 젖히고 하품도 해봅니다. 하늘로 던져 올린 모자가 풀밭 위에 똑바로 떨어져 검은 버섯처럼 보입니다. 하늘에는 하얗고 검은 구름, 위는 밝은 흰색이고 바닥은 검은색을 띠는 구름이 눈부시게 피어오릅니다.

좋아하는 공간에 있으니, 몸도 마음도 편안하고 하품이 나옵니다. 그런데 하품을 하니 '하늘에서도' 악마가 나옵니다.

하늘에서도 악마가 나온다니, 겐지의 심상 세계에도 악마가 있다는 말일까요?

하늘에서 나온 악마는 검은 구름입니다. 겐지는 하늘의 검은 구름을 '악마'라 부르고, 바람에 사라진다고 묘사했습니다.

그렇지만 악마라고 하는 놈은

하늘과 귀신과 마찬가지로

아무리 힘이 강해도

역시 끊임없이 변하는 것이니

역시 저렇게

역시 저렇게

점점 바람에 사라진다 (「따뜻하게 품은 남쪽 바람이」)

그렇다면 겐지의 심상 세계에 나타난 악마는 무엇일까요?

동화 「노송나무와 개양개비」에서 악마는 개양개비의 허영심을 파고들어 악의 유혹을 속삭였습니다.

지금 심상 세계에 나타난 악마도 허영심을 자극하는 존재입니다. 주위 풍경과 어울리지 않는 비싼 수입 모자를 쓰고 시인 기분을 내고 있으니 자신이 허영심에 사로잡힌 개양개비처럼 느껴집니다.

그러나 괜찮습니다. 심상 세계에 나타난 악마도 하늘에 나타난 악마처럼 이제 곧 바람에 녹아 없어질 테니까요.

그러니 지금은 탁 트인 풍경에 몸을 맡기고 푹신한 마른풀 위에 누워 행복한 휴식을 취하면 될 일입니다.

타닥타닥 내리던 비가 그치고, 찬란한 햇빛이 타닥타닥 타닥타닥 눈부시게 내려오고 있습니다.

할미꽃

바람은 하늘을 불고
그 흔적은 풀을 흔든다
순박한 할미꽃 갓털
소나무와 호두나무는 공중에 솟아
   (호두나무마다
    금빛 아기가 달려 있다)
아아 검은 모자의 슬픔이여
할미꽃을 꽂으니
몇 조각 떠오르는 빛나는 구름

(1922.5.17)

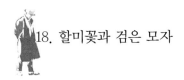

18. 할미꽃과 검은 모자

풍경 속에 하늘을 향해 솟아오른 소나무와 호두나무가 보이고, 할미꽃도 피어있습니다. 겐지는 할미꽃을 흔들고 지나가는 바람을 '바람의 흔적'이라고 표현합니다.

시의 풍경은 바람이 부는 위와 '바람의 흔적'이 부는 아래로 나뉘고, 겐지의 시선도 바람을 쫓아 하늘과 풀밭을 오갑니다.

이 시의 주인공은 할미꽃입니다. 할미꽃은 미나리아재빗과의 식물로 겐지의 표현을 빌리자면 '검은 포도주 잔'같이 생긴 꽃입니다.

이 시에서 겐지는 할미꽃을 '질직質直', 즉 순박하고 곧은 꽃으로 묘사합니다. '질직'은 법화경 「여래수량품」에 나오는 '유연하고 정직한 태도로 믿음을 가지고 실천하는 곳에 부처님이 나타나신다'는 뜻의 '질직의유연 일신욕견불 부자석신명質直意柔軟 一心欲見佛 不自惜身命'에서 온 말입니다.

겐지는 할미꽃을 법화경 사상을 실천하는 꽃으로 인식하고, 홀씨를 날려 보내는 할미꽃의 모습을 '별이 부서져 흩어질 때처럼 몸이 산산이 흩어졌고, 은빛 털은 하나하나 새하얗게 빛나며 작은 곤충처럼 하늘로 날아갔다(동화 「할미꽃」)'고 아름답게 묘사합니다.

소나무와 호두나무는 하늘로 솟아 있고 호두나무 가지에는 황금 아기 열매가 매달려 있습니다. 풀밭의 할미꽃도 이제 곧 홀씨를 터트릴 겁니다.

아름다운 자연 속에서 검은 모자는 '슬픔'을 느낍니다. 검은 모자가 느끼는 '슬픔'은 '위화감'입니다. '검은 모자'는 번식의 계절을 맞아 찬란하게 빛나고 있는 주변 풍경과 어울리지 않는 겐지 자신의 모습이며, 천상의 빛과 대비되는 지상의 비애를 나타내는 상징입니다.

동화 속에서 하늘로 날아가 별이 되었으니 할미꽃은 천상의 세계와 연결된 존재입니다.

> 그러면 하늘로 간 두 개의 작은 영혼은 어떻게 되었을까요? 나는
> 그들이 두 개의 작은 변광성變光星이 되었다고 생각합니다.
> (동화 「할미꽃」)

겐지는 할미꽃을 자신의 슬픈 검은 모자에 꽂아 봅니다. 할미꽃처럼 순수한 믿음의 길을 가면 언젠가 빛나는 천상으로 날아오를 수 있지 않을까요?

> 할미꽃/ 나풀나풀 자라서
> 푸른 하늘을 덮고/ 번쩍이며 나간다 (가고 504)

들판의 흔들리는 할미꽃에 위로와 구원을 구하며, 겐지는 '하늘을 부는 바람'이 자신에게도 불어오기를 기원합니다.

강변

강변에 새도 없고

(우리가 들고 있는 귀리 씨앗은)

바람 사이로 헛기침

할미꽃은 반주를 계속하고

빛을 두른 두 명의 아이

                                        (1922.5.17)

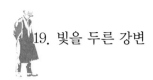

19. 빛을 두른 강변

앞의 시와 같은 날 작성한 아주 짧은 스케치입니다. 인쇄용 원고의 제목이 '노동'에서 '강변'으로 바뀐 것으로 보아, 학생들을 데리고 강변에서 실습 지도를 하고 있을 때의 풍경인 것 같습니다.

겐지는 실습 농지에 뿌릴 귀리 씨앗을 어깨에 메고 있습니다. 괄호 안의 문장은 겐지가 학생들에게 설명하는 장면으로 보입니다.

'노동' 그러니까 농사와 관련된 시에는 공통으로 '어두운' 심상 세계가 표현되는 경우가 많은데, 이 시는 환상적이고 행복한 강변 풍경을 그려내고 있습니다.

> 하얀 귀리 씨앗을 뿌리고/ 중간에 땀도 흘러내리면
> 밭의 모래는 검고 뜨겁고/ 수풀은 음기로 흐려진다
> 하류는 조용한 납색 물과/ 꼬리를 끄는 구름에 뒤얽힌 연기
>
> (「귀리 파종」, 제3집)

시는 '강변에 새도 없다'는 문장으로 시작합니다. 자신을 들여다보고 투영하는 존재인 새가 없어서 자유로운 기분이 된 것일까요? 시 「할미꽃」에서 겐지가 그토록 소망하던 바람이 불어오고, 바람 사이로 누군가의 헛기침 소리가 들려옵니다.

겐지의 작품에서 바람의 소리는 환상 세계의 시작을 알리는 전조이며 바람 속에서 다른 세계로 들어가는 이야기가 많습니다.

동화 「인드라의 그물」에서는 주인공이 '기잉 울리는' 바람의 소리를 듣고 하늘의 공간으로 들어가고, 동화 「사슴춤의 기원」은 바람이 전하는 소리의 묘사로 시작해 사슴의 말을 알아듣고 자연과 일체가 되는 경험을 그립니다.

> 그때 서쪽의 몽글몽글 반짝이는 구름 사이로 빨간 석양이 이끼
> 낀 들판 위로 쏟아졌고 참억새는 모두 하얀 불꽃처럼 흔들리며
> 빛나고 있었습니다. 피곤해진 나는 그곳에서 잠을 자고 있었는
> 데, 사락사락 부는 바람이 점점 사람의 목소리처럼 들려왔습니다.
>
> (「사슴춤의 기원」)

동생에게 보낸 편지에서 겐지는 '바람과 빛 속에서 자신을 잊고 세계가 자신의 정원이 되고, 혹은 넋을 잃고 은하계 전체를 자신이라고 느낀다면(서간 212)' 즐거울 거라고 말했습니다.

어쩌면 겐지는 바람의 소리를 따라 다른 세계로 오가는 것이 가능했을지도 모르겠습니다. 바람 속에서 헛기침 소리가 들리고, 할미꽃의 반주가 울려 퍼지고 있는 겐지의 심상 세계에 빛을 두른 두 아이가 나타납니다.

빛을 두른 두 아이는 동화 「인드라의 그물」에 나오는 하늘의 아이이며, 시 「고이와이 농장」에 등장하는 '긴나라 신의 아이'이기도 한 성스러운 존재입니다.

바람과 빛을 두른 강변에서 천상의 세계와 이어진 겐지의 심상 세계가 환하게 빛나고 있습니다.

진공 용매

진공 용매
(Eine Phantasie im Morgen)

용해된 동은 아직 돌지 않고

하얀 빛무리도 아직 타오르지 않고

지평선만 밝아졌다 흐려졌다

반쯤 녹았다 가라앉았다

아까부터 쉬지 않고 흔들리고 있다

나는 싱싱하고 빠닥빠닥한

은행나무 가로수 아래를 지나간다

수평으로 뻗은 가지 하나에

멋진 유리 청년이

어느새 거의 삼각 모양으로 변해

하늘을 비추며 매달려 있다

하지만 물론 이것은

그리 이상한 일도 아니다

나는 역시 휘파람을 불며

성큼성큼 걸어갈 뿐이다

은행잎은 모두 푸르다

다시 추워져서 떨고 있다

지금 그곳은 alcohol병 속 풍경

하얗게 빛나는 구름이 군데군데 갈라져

그 영원한 청록색 하늘이 고개를 내밀고 있다

그리고 신선한 하늘의 해삼 냄새

내가 지팡이를 너무 휘둘렀구나

이렇게 갑자기 나무가 사라지고

눈부신 잔디밭이 끝없이 끝없이 펼쳐지다니

그렇지   은행나무 가로수라면

벌써 2마일이나 지나왔고

청록색 줄무늬 들판에서

아침 훈련을 하고 있구나

화창하게 솟아오르는 새벽의 환희

얼음 종달새도 울고 있다

그 아름답고 투명한 물결은

하늘 전체에도

꽤 영향을 주는구나

그래서 구름이 조금씩 푸른 허공에 녹아

마침내 지금은

몽글몽글 뭉쳐진 파라핀 경단이 되어

두둥실 두둥실 조용히 움직인다
지평선은 끊임없이 흔들리고
저쪽에서 코 빨간 회색 신사가
말만 한 새하얀 개를 데리고
걷고 있는 것은 정말 확실하다

   (야   안녕하세요)

   (이야   날씨가 좋네요)

   (어디   산책하러 가십니까

     그렇군요   예 예   그런데 어제

     존넨탈이 죽었다는데

     들으셨나요)

   (아니요   전혀

     존넨탈이   글쎄)

   (사과에 당했다는 것 같습니다)

   (사과   아아   역시

     그것은 저기에 보이는 사과겠군요)
저 멀리 넘실거리는 감청색 지면에서
그 금색 사과나무가
무럭무럭 자라고 있다

   (금 사과를 껍질째로 먹었어요)

(그 참 안됐네요

　빨리 왕수를 먹였으면 괜찮았을 텐데요)

(왕수　입을 벌려서 말입니까

　으흠　그렇군요)

(아뇨 왕수는 안 됩니다

　아무래도 안 되겠어요

　죽을 수밖에 없었던 겁니다

　운명이에요

　섭리지요

　당신 친척인가요)

(예 예　아주 먼 친척인데)

도대체 무슨 소리를 하는 거야

봐라　그 말만 한 흰 개가

아득한 저 멀리로 도망가서

지금은 겨우 생쥐만 해 보인다

(아　제 개가 도망갔습니다)

(쫓아가도 소용없을 텐데요)

(안됩니다　비싼 개입니다

　잡지 않으면 안 됩니다

　그럼 이만)

사과나무가 터무니없이 많아졌다

게다가 더 자랐다

나는 석탄기 인목 밑

한 마리 개미에 불과하다

개도 신사도 잘도 달려갔구나

동쪽 하늘이 사과나무 숲 발걸음에

호박을 가득 걸었다

거기서 희미한 감복숭아 향이 올라온다

완전히 삭막한 한낮이 되었다

어떤가 아마득한 하늘 꼭대기

이 대단한 하늘의 심연

유쾌한 종달새도 벌써 빨려 들어가 버렸다

가엾게도 한없이 먼 그곳

차가운 마루방에 주저앉아

야윈 어깨를 바들바들 떨고 있을 게 틀림없다

이제 더 이상 농담이 아니다

화가들의 무시무시한 유령이

재빨리 주변을 빠져나가고

구름은 죄다 붉은 리듬 불길을 티트리고

그리고 매서운 빛이 오가니

풀은 모조리 갈조류로 변해 버렸다

여기는 구름이 타고 남은 초라한 들판

지그재그로 부는 바람과 노란 소용돌이

하늘이 부산하게 바뀐다

이 얼마나 가시 돋친 쓸쓸함인가

　　(괜찮으십니까　목사님)

키가 커도 너무 커요

　　(어디 불편하신가요

　　안색이 아주 나빠 보입니다)

　　(그 참 고마워요

　　별일 아닙니다

　　당신은 누구십니까)

　　(저는 보안계입니다)

유난히 네모난 배낭이다

그 안에 고미팅크며 붕산이며

이것저것 들어 있겠구나

　　(그렇습니까

　　오늘 같은 날은 일하기 힘드시죠)

　　(고맙습니다

　　지금 도중에 길에서 쓰러진 사람이 있어서요)

(어떤 사람입니까)

(훌륭한 신사입니다)

(코가 빨간 사람이겠군요)

(그렇습니다)

(개는 찾았던가요)

(임종할 때 그렇게 말했지만

　개는 이미 15마일이나 더 갔을 겁니다

　정말 멋진 개였습니다)

(그럼 그 사람은 벌써 죽었습니까)

(아니요 이슬이 내리면 나을 겁니다

　그냥 노란 시간에만 잠시 죽은 것이지요

　우와 바람이 심하군　큰일이다)

정말 거센 바람이다

쓰러질 것 같다

사막에서 썩힌 타조 알

분명히 유화수소는 들어 있고

그 외에 아황산가스

그러니까 하늘에서 내려온 두 개의 가스 기류가

충돌해 소용돌이가 되어 유황화가 생긴다

　　　기류가 두 개여서 유황화가 생긴다

기류가 두 개여서 유황화가 생긴다

(정신 차리세요   정신

이봐요   정신 차리세요

결국 죽어 버렸군

정말 죽었군

그렇다면 시계를 잘 쓰겠습니다)

내 호주머니에 손은 넣다니

도대체 무엇이 보안계라는 거야

소용없다   혼쭐을 내줄까

혼쭐을 내줄까

혼쭐을 내줄까

혼쭐……

물이 떨어진다

감사하다 감사하다 신에게 영광을   비가 내린다

나쁜 가스는 전부 녹아라

(정신 차리세요   정신

이제 괜찮습니다)

뭐가 괜찮은 거야   나는 벌떡 일어난다

(닥쳐   이 자식

노란 시간의 노상강도

갑자기 나타난 테나르디에 중사

너

누굴 바보로 아는 거야

누가 보안계라는 거냐   이 자식)

속이 시원하다   심하게 기가 죽었다

움츠러들어 버렸다 작아져 버렸다

바싹 말라 버렸다

사각 배낭만 남고

한 조각 토탄이 되었다

꼴 좋다 정말 못생긴 토탄이다

배낭에는 뭘 넣어둔 거야

보안계   참 불쌍합니다

캄차카의 게 통조림과

밭벼 종자가 한 자루

젖은 큰 구두 한 짝

그리고 빨간 코 신사의 쇠사슬

아무래도 괜찮아   정말 공기가 맑다

정말로 액체 같은 공기다

　　(이야   신에게 영광을

　　신의 힘을 찬양해야 할까

이야   공기가 좋구나)
하늘은 맑고   모든 먼지는 씻겨 나가
빛은 잠시도 머물지 않는다
그래서 저토록 새까맣겠지
태양이 어지럽게 돌고 있는데
나는 수많은 별의 반짝임을 본다
유별나게 하얀 마젤란 성운
풀은 모두 엽록소를 회복하고
포도당을 함유한 달빛 수액은
벌써 기쁨의 맥박이 뛴다
토탄이 뭐라고 투덜거린다
   (여보세요   목사님
      저 달려 나가는 구름을 보세요
      마치 하늘에서 경마하는 서러브레드입니다)
   (그래   이쁘구나
      구름이다   경마다
      하늘의 서러브레드다   구름이다)
   변환하는 모든 색채를 나타내고
……이미 늦었다   칭찬할 여유가 없다
무지개 광채는 아련하고 변화는 느긋해서

지금은 한 덩이의 가벼운 수증기가 되어

영하 이천 도의 진공 용매 속으로

스윽 끌려가 사라져 버린다

이럴 때가 아닌데　내 지팡이는

도대체 어디로 갔나

윗옷도 어느새 없어졌다

조끼는 방금 사라졌다

두렵고 슬퍼해야 할 진공 용매가

이제 나에게 작동하기 시작한다

마치 곰 위 속에 있는 것 같다

그래도 어차피 질량 불변의 법칙이니

특히 문제 될 건 없다

고 해봤자 나라는

이 분명한 목사의 의식에서

쑥쑥 무언가 사라져 가는 것이 한심하다

　　(이야　또 만났군요)

　　(오오　빨간 코 신사

　　드디어 개를 찾았군요)

　　(고마워요　그런데

　　당신은 도대체 무슨 일입니까)

(윗옷을 잃어버려 매우 춥습니다)

(그렇군요   어라

 당신 윗옷은 그것 아닌가요)

(어느 것 말입니까)

(당신이 입고 있는 그 윗옷)

(맞네요   아하하

 진공의 사소한 트릭이군요)

(음   그렇다고 해도

 그런데 아무래도 이상하군요

 그것은 제 쇠사슬인가요)

(예 어차피 그 토탄 보안계의 작용입니다)

(아하   토탄의 사소한 트릭이군요)

(그렇다고 해도

 개가 재채기를 심하게 하는데 괜찮습니까)

(아니 늘 그렇습니다)

(정말 크군요)

(북극견입니다)

(말 대신 사용할 수 없습니까)

(사용할 수 있고 말고요   어떻습니까

 한번 타보시지 않겠습니까)

(정말 감사합니다

　그렇다면 빌려 탈까요)

(그렇게 하세요)

나는 분명히

그 북극견의 등에 걸터앉아

개 귀신처럼 동쪽을 향해 걷기 시작했다

눈부시게 아름다운 녹색 잔디구나

우리 그림자는 푸른 사막을 여행하고

그리고 그곳은 좀 전의 은행나무 가로수

수평으로 뻗은 가냘픈 가지에

멋진 유리 청년이

완전히 삼각형이 되어 매달려 있다

(1922.5.18)

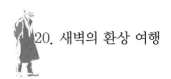

20. 새벽의 환상 여행

『봄과 아수라』는 여덟 개의 장으로 나뉘는데, 두 번째 장 「진공 용매」에는 「진공 용매」와 「장구벌레 댄서」 두 편의 시가 들어 있습니다. 두 시는 현실과 환상이 교차하는 풍경을 하나의 세계로 인식하고 있다는 공통점을 가집니다.

이 시는 총 248행으로 이루어진 장편시로 제목 아래에 '아침의 환상'이라는 의미의 독일어 부제가 달려 있습니다

제목인 '진공 용매真空溶媒'는 겐지가 만든 조어로 '모든 것을 빨아들여 녹여 버리는 블랙홀 같은 진공'의 의미로 이해하면 될 것 같습니다.

시는 새벽 풍경, 얼음 종달새의 울음에서 야기되는 환상 세계, 그리고 다시 돌아온 현실 세계의 세 부분으로 나뉩니다.

먼저 '용해된 동'인 태양이 아직 떠오르지 않은 이른 새벽의 풍경은 지평선이 끊임없이 흔들리는 불안정한 상태입니다.

이른 새벽 활기차게 산책을 나선 '나'는 '빠닥빠닥' 소리가 날 것 같은 싱싱한 은행나무 가로수를 지나 구름이 시시각각 변하는 '알코올병 속의 풍경'을 걸어가고 있습니다. '알코올병 속의 풍경'은 알코올이 들어있는 병을 통해 보는 것 같은 어슴푸레한 새벽 풍경을 의미합니다.

은행나무에는 멋진 유리 청년 같은 새싹이 달려 있고, 새벽하늘에서는 얼음 종달새 울음소리가 들려옵니다. 깨어지기 쉬운 '유리'와 얼음'이 아침 풍경에 불안한 그림자를 드리웁니다.

겐지는 투명하고 맑은 종달새 울음소리를 투명하고 아름다운 물결에

비유하고, 하늘 전체에 영향을 준다고 말합니다. 종달새 소리는 주변 세계를 움직이고 환상으로 이끄는 장치가 됩니다.

모든 것이 움직이고 흔들리고 있는 풍경 속에 코 빨간 신사가 북극견을 데리고 등장하면서 겐지인 '나'의 환상 여행이 시작됩니다.

신사는 존넨탈이 금 사과 때문에 죽었다는 소식을 전하고, 나는 '왕수'를 먹였으면 괜찮았을 거라는 이야기를 합니다. 왕수는 극약이니 말도 안 되는 이야기를 하는 셈이지만 환상 세계라 중요하지 않습니다.

개가 도망가자 신사는 개를 쫓아 사라집니다. 그 사이에 저쪽의 금색 사과나무는 점점 거대해지고, 겐지는 자신이 거대한 고생대 석탄기 인목 밑의 한 마리 개미에 지나지 않는다고 느낍니다.

아침이 지나 태양이 하늘 높이 걸리자 하늘의 심연에 종달새가 빨려 들어가 떨고 있습니다.

종달새의 등장과 함께 환상 세계의 하늘에 노란 소용돌이가 일고, 이번에는 풍경이 완전히 달라져 유령이 활보하고 유황 가스로 가득 찬 '노란 시간'의 세계가 등장합니다.

'노란 시간'의 풍경은 동화 「빛의 맨발」에 나오는 '어스름 나라'의 묘사와 비슷합니다.

> 그곳은 누런빛으로 부옇게 흐려져 있어서 밤인지 낮인지 저녁인지
> 도 알 수 없었으며, 쑥 같은 것이 가득 자라나 있었고 곳곳에 검
> 은 잡초 덤불 같은 것이 마치 살아 있는 동물처럼 숨을 쉬는 것
> 같습니다. (「빛의 맨발」)

'어스름 나라'는 죽은 영혼이 들르는 세상입니다. 겐지는 지옥의 풍경

을 떠올리게 하는 황색 시간의 세계에서 점점 의식을 잃어갑니다.

어디선가 '보안계'가 나타나 독가스를 마시고 쓰러진 '나'를 돕지만, 내가 의식을 잃자 시계를 훔치려고 합니다. 보안계는 선한 얼굴을 한 악당으로 이 사회의 부조리와 모순을 나타내는 존재입니다.

비가 내려서 나쁜 가스를 씻어내자 '나'는 깨어납니다. 겐지는 '노란 시간'의 환상 속에서 보안계를 '노상강도, 테나르디에 중사'라고 부릅니다.

'테나르디에 중사'는 겐지가 깊은 감명을 받은 빅토르 위고의 소설 『레 미제라블』의 등장인물로 전장에서 쓰러진 군인을 구하는 척하며 금품을 갈취하고 손님을 속여 돈을 빼앗는 대표적인 악인입니다.

겐지에게 혼이 난 '보안계'는 점점 작아져 결국 못생긴 '토탄'이 됩니다. 토탄이 되어 버린 보안계는 독가스가 사라진 깨끗한 밤하늘을 지나가는 구름을 보고 '하늘에서 경마하는 서러브레드'라며 감탄합니다. '서러브레드'는 영국산 경주마입니다.

숭고하고 장엄한 대상을 만나면 사소한 것은 다 사라지고 모두 하나가 될 수 있습니다. 토탄은 탄소의 함유 비율이 낮아 품질이 떨어지고 토탄 성분이 많은 땅은 농사에도 적합하지 않습니다. 한마디로 환영받지 못하는 성가신 존재가 토탄이지만 아름다움을 느끼는 것은 누구나 마찬가지입니다.

환상 세계가 다시 출렁이고 투명한 하늘에 빛도 머물지 않는 새까만 '진공 세계'가 나타납니다.

겐지에게 하늘은 눈이 부실 정도로 깨끗하고 맑은 액체나 기체가 차 있는 천상의 공간이지만, 그 하늘의 끝에는 모든 것을 빨아들이는 용매인 '진공' 세계가 존재합니다. 진공 세계는 동화 「은하철도의 밤」에 등장하는 '석탄 자루'와 같은 세계입니다.

조반니가 말했습니다. "그렇지만 진정한 행복은 무엇일까." 캄파넬라가 중얼거리듯 대답했습니다. "난 모르겠어." 조반니가 가슴 가득 새로운 힘이 솟구치는 듯 후하고 숨을 내쉬며 말했습니다. "우리 잘해보자." "아, 저기 석탄 자루다. 하늘의 구멍이라고 하는 곳이야."

캄파넬라가 조금 몸을 비틀고 은하수의 한 곳을 가리켰습니다. 조반니는 그곳을 바라보고는 흠칫 놀랐습니다. 은하수 한 곳에 커다랗고 새까만 구멍이 휑하니 뚫려 있었습니다. 그 바닥이 얼마나 깊은지, 그 안에 무엇이 있는지 아무리 눈을 비비고 들여다보아도 보이지 않았습니다. 눈만 지끈지끈 아팠을 뿐입니다. 조반니가 말했습니다. "난 저런 어둠 속도 이제는 무섭지 않아. 반드시 모두의 진정한 행복을 찾으러 갈 거야. 어디까지나 우리 함께 나아가자." (「은하철도의 밤」)

은하철도 여행의 마지막에 나타나는 '석탄 자루'는 모든 것이 없어지는 공간이지만 이곳을 통하지 않고서는 저세상을 볼 수도, 진정한 행복을 찾으러 갈 수도 없습니다.

겐지와 토탄이 된 보안계가 '마젤란 성운'을 볼 수 있는 것도 석탄 자루, 즉 진공의 세계를 통과했기 때문일 겁니다

이제 겐지의 환상 세계에서 영하 이천 도의 진공 용매가 작용하기 시작하고 여러 가지가 사라집니다. 지팡이, 윗옷, 조끼가 사라지고 '나'라는 목사의 의식에서도 무엇인가가 쑥쑥 빠져나갑니다. 진공 용매의 세계는 자신이 없어지고서야 비로소 알 수 있는 세계입니다.

겐지가 환상을 볼 수 있는 것은 의식이 완전히 사라지는 '의식의 진공 상태'가 있기 때문입니다. 그런 의미에서 '진공'은 과학의 세계이며, 불교의 '공空'의 세계이기도 합니다.

모든 것이 사라져 가는 속에 빨간 코 신사가 큰 북극견을 데리고 다시 나타나서 개를 빌려줍니다. 북극견은 동화 「사할린과 8월」에 등장하는 걀라크의 개 귀신처럼 하얀 개입니다. 개 귀신은 이 세상과 저세상을 오고 갈 수 있는 특별한 존재입니다. 겐지는 '개 귀신'처럼 하얀 북극견을 타고 환상 세계를 떠나 현실 세계로 돌아옵니다.

시간이 얼마나 지났을까요? 삼각 모양이던 은행나무 새싹이 이제 완전히 삼각형이 되어 있습니다.

오늘 겐지는 부드럽게 일렁이며 세상을 깨우는 새벽의 환상 열차를 타고 시공간을 뛰어넘어 고생대와 현재, 저세상과 이 세상을 오가며 하늘 저 너머 우주 공간을 여행했습니다. 진공 용매가 작용하고 모든 것이 다 사라져야 만날 수 있는 완벽한 환상 여행입니다.

장구벌레 댄서

(예　콜로이드 용액이에요

흐릿한 한천 용액이지요)

태양은 황금 장미

작고 빨간 장구벌레가

물과 빛을 몸에 두르고

혼자서 춤을 춘다

(예　$\overset{\text{에이트}}{\delta}$ $\overset{\text{감마}}{\gamma}$ $\overset{\text{이}}{e}$ $\overset{\text{식스}}{6}$ $\overset{\text{알파}}{\alpha}$

특히 아라베스크 장식 무늬)

날벌레 사체

주목의 마른 잎

진주 같은 거품과

끊어진 이끼 꽃대

(나치라 나토라 아가씨는

지금 물속 화강암 위에서

노란 그림자와 함께

모처럼 춤추고 계십니다

아니　하지만　이제 곧

떠오르시겠지요)

빨간 장구벌레 댄서는

뾰족한 두 귀를 하고

창백하게 빛나는 산호 고리마디에

단정하게 장식한 진주 단추를 달고

빙글빙글 춤추고 있습니다

    (예 $\overset{\text{에이트}}{\delta}$ $\overset{\text{감마}}{\gamma}$ $\overset{\text{이}}{e}$ $\overset{\text{식스}}{6}$ $\overset{\text{알파}}{\alpha}$

    특히 아라베스크 장식 무늬)

등을 반짝반짝 반짝이며

힘껏 돌고는 있지만

진주도 사실은 모조품

유리도 아니고 공기 방울이지

    (아뇨   그래도

      에이트 감마 이 식스 알파

      특히 아라베스크 장식 무늬)

수정체와 공막의

오페라글라스가 보고 있으니

춤추고 있다고 해도

진주 거품을 싫어한다면

너도 마냥 편치는 않겠구나

해는 구름 뒤로 숨어 버렸고

돌 위에 쪼그리고 앉아 발은 저리지

물 밑 검은 나뭇조각은 모충이나 해삼 같지

그 무엇보다 네 모습은 보이지 않지

정말로 녹아 버린 것인지

아니면 모두 처음부터

아련하게 푸르른 꿈이었는지

　(아뇨　거기 계십니다　계십니다

　아가씨가　계십니다

　에이트 감마 이 식스 알파
　δ　γ　e　6　α

　특히 아라베스크 장식 무늬)

음　물은 부옇고

햇빛은 허둥대고

벌레는　에이트　감마　이 식스　알파

　특히 아라베스크 장식 문양인가

　하하하

　(예　정말 틀림없습니다

　에이트 감마 이　식스　알파

　특히 아라베스크 장식 무늬)

(1922.5.20)

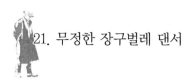

21. 무정한 장구벌레 댄서

「진공 용매」의 장에 수록된 두 편의 시는 모두 '콜로이드 세계'의 이야기로 시 「진공 용매」는 거대한 콜로이드 세계를, 「장구벌레 댄서」는 작은 콜로이드 세계를 그린 것입니다.

『미야자와 겐지 어휘 사전』은 콜로이드를 '매질이라고 불리는 기체, 액체, 고체 중의 미립자가 분산된 상태이며 겐지의 우주 철학을 나타내는 개념의 하나'라고 설명합니다.

시의 원어 제목 '蠕虫舞手' 위에는 '안네리다 탄세린'이라는 토가 달려 있습니다. '안네리다 탄세린'은 독일어 Annelida Tanzerin의 일본식 발음으로 '연형 동물 댄서'라는 의미입니다. 시에는 '연충'으로만 표기되지만, 모기 유충인 장구벌레로 추정된다는 것이 정설입니다.

겐지는 의식의 주체인 나의 눈을 통해 정원에 놓인 화강암 푼주에 고인 물과 황금 장미 같은 태양, 작고 빨간 한 마리의 장구벌레를 그려냅니다.

시에는 '나' 외에도 괄호 안의 말을 하는 또 다른 누군가가 등장해 심상 스케치를 이어나갑니다. 두 사람이 들여다보고 있는 흐릿한 물속 세계에서 작고 빨간 장구벌레가 움직이고 있습니다.

괄호 안의 '목소리'는 푼주에 고인 물을 '콜로이드'라는 과학 용어를 사용해 하나의 우주로 인식하고, 장구벌레를 '나치라 나토라 아가씨'라 부르며 공경합니다.

반면에 '수정체와 공막'을 가진 냉정한 관찰자인 나는 눈에 보이는 것을 객관적으로 파악하고 괄호 안 목소리가 만들어 내는 이야기를 부정합니다.

'목소리'가 주장하는 것은 장구벌레가 '나치라 나토라' 아가씨이고, 아가씨의 춤 동작이 그리스 문자, 영어 활자, 아라비아 숫자와 비슷하지만 특히 아라베스크 장식 무늬를 닮았다는 것입니다.

'나치라 나토라'에 관해서는 영어 'nature', 독일어 'Natur'를 조합한 말이라는 의견과 라틴어 'natura'에서 나온 철학적 용어라는 견해가 있지만, 어느 쪽이나 '천연 자연', '자연'이라는 의미를 나타내는 것에 이견은 없습니다.

그런데 단순히 '자연'의 아가씨라고 이해하기에는 '목소리'가 사용하는 경어와 다음 행의 '아라베스크 무늬'라는 단어가 마음에 걸립니다.

'아라베스크'는 이슬람 문화권의 전통 무늬로 당초唐草 모양과 기하학 모양의 반복과 대칭이 특징입니다. 같은 모양이 반복되는 것은 모든 예술은 결국 신의 뜻에 따른다는 의미이며 신의 무한함을 상징합니다.

겐지는 아라베스크 무늬, 당초무늬를 '신의 세계'와 연관된 이미지로 사용하는데, 시 「잡초」에서는 잡초가 만들어 낸 화려한 아라베스크 무늬를 지우고 밭을 만드는 행위를 '성물 훼손의 죄'라 표현합니다.

> 나는 지금 꿈처럼 주변을 듬성듬성 지우고 있구나
> 화려한 아라베스크 무늬를 깎아내고 있는
> 이 일에 관해서 나는
> 성물 훼손의 모든 죄에 해당하겠지 (시 노트 1027)

시의 '아라베스크 무늬'라는 표현이 시각적인 효과 외에 다른 의미를 가진다는 것은 동화 「은하철도의 밤」의 묘사를 봐도 알 수 있습니다.

> 그런데 그 종잇조각에는 까만 당초무늬만 가득했으며 가운데에는
> 이상한 글자가 열 자 정도 인쇄되어 있어서 왠지 그 속으로 빨려
> 들어갈 듯한 기분이 들었습니다. 그때 새잡이 남자가 옆에서 그
> 종이를 힐끗 보더니 당황한 듯이 말했습니다.
> "오! 이건 중요한 것입니다. 이것은 진짜 천상의 세계로도 갈 수
> 있는 차표입니다. 천상이 문제가 아닙니다. 어디든 마음대로 갈
> 수 있는 차표입니다. 이것을 가지고 있으면 이런 불완전한 환상
> 사차원 은하철도 따위는 어디까지라도 갈 수 있죠. 당신 대단한
> 분이네요." (「은하철도의 밤」)

당초무늬, 아라베스크 무늬가 신과 관련된 표현이라면, 시의 '나치라
나토라'도 단순히 '자연'의 의미로 이해해서는 안 될 것 같습니다.

철학자 스피노자의 「에티카」에 '나투라 나투란스natura naturans'와
'나투라 나투라타natura naturata'라는 말이 나옵니다.

'나투라 나투란스, 나투라 나투라타'는 자연은 자연의 창조주이기도
하지만 창조된 자연이기도 하다는 뜻입니다. 자연은 그 자체가 신이기도
하고 신의 산물이기도 하다는 것이지요. 모든 것에 신이 있다는 스피노
자의 범신론은 일체중생은 모두 불성을 가진다는 대승불교의 사상과 비
슷한 부분이 있습니다.

시의 '나치라 나투라'가 스피노자의 '나투라 나투란스, 나투라 나투라
타'와 통하는 표현이라면, '나치라 나투라' 아가씨는 신의 산물이며 신 그
자체인 자연을 의미합니다.

'목소리'가 아가씨를 경배하는 것은 장구벌레가 신의 일부이기 때문이 겠지요. 그러나 '나'는 신이기도 한 아가씨의 춤, 그것도 아라베스크 무늬를 연상시키는 춤을 과학적인 관점에서 관찰하기 시작합니다.

나는 장구벌레 옆에 떠 있는 마른 잎과 꽃대, 날벌레 사체를 통해 물 속 세계의 생명 유전을 느끼고 잠깐 댄서가 진주 단추가 달린 옷을 입고 춤추는 환상 세계로 들어가지만, '수정체'와 '공막'을 통해 진주는 공기 방울이며 장구벌레는 버둥거리고 있을 뿐이라는 것을 깨닫습니다.

불쌍한 장구벌레의 실체가 나를 현실 세계로 돌려보내고, 나는 차라리 모든 것이 처음부터 푸르른 꿈이었기를 바랍니다.

그러나 '목소리'는 끝까지 신앙에 대한 믿음을 버리지 않고 정말 틀림없다고 주장합니다. 장구벌레를 가련한 '벌레'로 인식하는 '나'와 '나치라 나투라' 아가씨로 생각하는 '목소리'는 겐지의 내면에 존재하는 두 개의 자아입니다.

겐지는 다카세 쓰유高瀬露라는 여성에게 보낸 편지에서 자신이 신앙과 과학 사이에서 갈등을 느끼고 '신앙'을 표현하는 방법에 대해 고민한다고 밝혔습니다.

> 심상 스케치라는 것도 낡은 방법입니다. 그래서 지금으로서는 도저히 어찌할 바를 모르겠습니다. 다만 한 가지 어떻게 해도 버릴 수 없는 문제는 예를 들면 우주 의지 같은 것이 있어서 모든 생물에게 진정한 행복을 가져다주고 싶다고 생각하고 있는 건지, 아니면 세계가 우연하고 맹목적인지 하는 소위 신앙과 과학의 어느 쪽인가 하는 경우 나는 아무래도 전자라고 생각합니다. (중략) 그러나 그것을 어떻게 표현해서 어떻게 행동해 가면 좋을지는 아직 나

로서는 알 수가 없습니다. (서간 252c 초안)

겐지의 두 개의 자아, '과학도'의 자아는 신의 존재를 과학적으로 분석하려고 하고, '불자佛者'의 자아는 신의 존재를 믿지만 제대로 설명하지 못해 고뇌하고 있습니다.

겐지의 복잡한 마음을 아는지 모르는지 '가련한 벌레'이며 '신'인 작고 빨간 장구벌레는 물속에서 그저 움직이고 있을 뿐입니다. 참으로 무정한 장구벌레 댄서입니다.

고이와이 농장

고이와이 농장

파트 1

나는 재빨리 기차에서 내렸다

나 때문에 구름이 번쩍 빛났을 정도이다

하지만 더 빠른 사람이 있구나

화학 담당 나미가와 씨를 많이 닮은 사람

그 올리브색 양복도 그렇고

딱 점잖은 농학도이다

금방 모리오카 정거장에서도

나는 분명 그렇게 생각했다

이 사람이 설탕물 속

차고 밝은 대합실을

한 걸음 나설 때…… 나도 나간다

마차가 한 대 서 있다

마부가 뭐라고 한마디 한다

멋진 검은색 마차이구나

무광이다

말도 고급스러운 해크니

이 사람은 고개를 살짝 끄덕이고

자신이라는 작은 짐을

태운다는 듯 가벼운 몸놀림으로

마차에 올라앉는다

　(잠깐 빛이 교차한다)

그 빛이 닿은 등이

살짝 구부리고 조용히 있다

나는 걸어가 말 옆에 선다

이건 아마 객마차일 거다

아무래도 농장 짐마차 같지는 않다

내게도 타라고 해주면 좋겠다

마부가 옆에서 불러 주면 좋겠다

안 타도 되지만

여기서 5리나 걸어야 하고

구라가케 산 밑에서

느긋하게 보낼 시간도 필요하다

거기라면 공기도 아주 명료해서

나무도 풀도 모두 다 환등이 되고

할미꽃도 피어 있고

들판은 흑포도주 잔을 차려 놓고

나를 반가이 맞아줄 거다

거기서 느긋하게 있으려면

본부까지만이라도 타는 게 좋다

오늘이라면 나도

마차를 탈 수 있을 거다

   (애매한 사유의 형광

    언제나 늘 이런 식이다)

벌써 마차가 움직인다

   (정말 다행이다

    어떻게 할까 생각하는 사이에

    그것이 지나가 없어진다는 것)

펄럭 나를 지나쳐 간다

길은 시커먼 부식토

비가 그친 후라 탄력도 있다

말은 바싹 귀를 세우고

저 건너 푸른 빛에 뾰족해져서

참으로 씩씩하게 달려 나간다

이제 내 뒤에는 아무도 없는 걸까

점잖게 어깨를 움츠린 정거장과

신시가지 풍의 음식점

흔한 울퉁불퉁 유리 장지문

짚신과 sun-maid 빈 곽과

여름밀감의 환한 냄새

기차에서 내린 사람이

아까는 많았는데

모두 언덕 아래 다갈색 마을과

쓰나기 마을 부근으로 간 것 같다

서쪽으로 돌아서니 보이지 않는다

지금 나는 걸음으로 거리를 잴 때처럼

신시가지 풍의 건물은

전부 뒤쪽으로 보내버렸다

그리고 이제 밭이 나온다

검은 말 두 마리가 땀에 젖어

쟁기를 끌고 오가는

완만한 황록색 산 앞쪽이다

산에서는 수상하게 바람이 분다

어린잎이 이리저리 나풀거리고

저 멀리 어두운 곳에서는

휘파람새도 호롱호롱 울고 있다

그 투명한 군청색 휘파람새

  (진짜 휘파람새는 휘파람새가 아니라고

    독일 이야기책에 나오는 한스가 말했지)

마차는 성큼성큼 멀어져 간다

크게 흔들리고 튀어 오른다

신사도 경쾌하게 튀어 오른다

이 사람은 이미 꽤 세상을 살아서

지금은 검푸른 늪 같은 곳을 향해

태연한 척 걸터앉아 있는 사람인 거다

그리고 점점 멀어져 간다

밭에는 말 두 마리

사람은 두 명이고 빨갛다

구름에 여과된 햇살 때문에

점점 빨갛게 달궈지고 있다

겨울에 왔을 때와는 전혀 다르다

모두 완전히 변했다

변했다고 해도 그것은 눈이 떠나

구름이 걷히고 땅이 호흡하고

줄기와 새싹에 인광과 수액이 흘러

창백한 봄이 되었을 뿐이다

그보다도 이런 분주한 심상의 명멸을 거느리고

쏜살같고 재빠른 만법유전 속에서

고이와이의 아름다운 들판과 목장 표본이

참으로 정확하게 계속 생겨나고 있으니

이 얼마나 신선한 기적인가

정말이지 이 길을 요전에 지나갈 때는

공기가 대단히 조밀하고

차갑고 그리고 너무 밝았다

오늘 나나쓰모리산은 온통 마른풀로 뒤덮여

소나무가 수상한 녹갈색으로

구릉 뒤와 산기슭에 자라나서

너무나 음울하게 오래되어 보인다

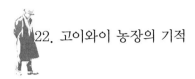

22. 고이와이 농장의 기적

시 「고이와이 농장」은 고이와이 농장을 걸으면서 기록한 보행 스케치로 풍경을 묘사하면서 자아를 풍경 속에 풀어내는 심상 스케치의 특징이 가장 잘 드러나 있는 시입니다.

총 591행의 장편시로 파트 5, 파트 6은 내용 없이 표제만 있고, 파트 8 없이 파트 9로 이어지는 구성입니다.

시는 겐지가 역을 나서는 데서 시작해, 겐지의 발길을 따라 고이와이 농장 입구와 본부를 거쳐 농경부, 말 사육부를 지나 늑대 숲狼森 근처에서 되돌아오는 것으로 끝이 납니다.

이와테산 아래에 자리 잡은 고이와이 농장은 이국적인 정취가 느껴지는 곳으로 겐지가 마음껏 심상 스케치를 펼칠 수 있는 특별한 공간입니다.

넓은 목초지와 근대적인 건물이 만들어 내는 이국적이고 아름다운 자연 속에서, 겐지는 현실을 벗어나 다른 시공간을 경험하고 심상 스케치를 통해 내면의 자아와 대면합니다.

시에 기록된 1922년 5월 21일은 일요일로, 겐지는 도호쿠 본선으로 모리오카역까지 가서, 다시 하시바 선으로 갈아타고 고이와이역에 도착합니다.

22.1. 외로운 휘파람새

파트 1은 겐지의 독백과 회상으로 구성됩니다. 고이와이 농장을 향해 걸어가는 겐지의 눈에 비친 풍경과 겐지의 심상 세계가 서로 맞닿고 엇갈리면서 심상 스케치가 이어집니다.

기차가 역에 도착하자, 겐지는 재빨리 기차에서 내립니다. 얼마나 빨리 내렸는지 구름이 번쩍 빛났을 정도이지만, 올리브색 양복을 입은 점잖은 신사는 겐지보다 더 빨리 기차에서 내립니다.

겐지는 멋진 검은색 마차에 가볍게 올라앉은 신사가 이상하게 신경이 쓰입니다. 신사와 달리 역 앞에 세워진 멋진 검은색 마차를 두고 고민하는 자신을 겐지는 '애매한 사유의 형광'이라 표현하고, 마차가 움직이기 시작하자 고민할 필요가 없어져 오히려 다행이라 여깁니다. 겐지의 시에서 '형광'은 애매한 빛의 이미지로 사용됩니다.

기차에서 내린 사람들이 가는 방향과 지인을 닮은 신사가 타고 간 마차를 생각하며, 겐지는 보폭으로 거리를 잴 때처럼 정확하고 빠른 걸음으로 앞으로 나아갑니다.

겐지의 발길에 따라 시의 풍경이 바뀝니다. '여름밀감의 환한 냄새' 같이 밝고 산뜻한 역 앞의 상점가를 지나니 밭이 나오고, 바람을 느낄 수는 없지만 나풀거리는 나뭇잎이 바람의 존재를 전해 주고 있습니다.

겐지가 느끼지 못하는, 수상한 바람이 부는 어두운 곳에서 '호롱호롱' 휘파람새가 울고 있습니다. 어두운 곳에서 우는 휘파람새는 세상에 잊힌 외로운 휘파람새입니다.

휘파람새 울음소리가 겐지를 동화의 세계로 데려갑니다. 황제에게 잊힌 진짜 나이팅게일을 떠올렸는지 겐지는 독일 이야기책의 한스에 대해 말합니다. 괄호 속 문장은 심상 세계 속에 있는 겐지의 사유입니다. '독일 이야기책'은 한스 안데르센의 동화 「나이팅게일」입니다. 동화에서 황제는 보석으로 장식한 가짜 나이팅게일에 빠져 진짜 나이팅게일을 잊어버립니다. 사람들은 왜 진짜의 가치를 모르고 가짜의 화려한 모습에 매혹될까요?

겐지의 시선이 다시 마차에 앉아 있는 올리브색 양복의 신사에게 옮겨갑니다. 흔들리는 마차를 타고 경쾌하게 튀어 오르는 신사는 '이미 꽤 세상을 살아서 지금은 검푸른 늪 같은 곳을 향해 태연한 척 걸터앉은 사람'일 것 같습니다.

그리고 보니 모리오카 정거장에서도, 역 앞에서도, 마차가 떠난 후에도 겐지의 시선은 계속 신사를 쫓고 있습니다. 겐지는 왜 이렇게 신사를 의식하고 있는 걸까요? 멋진 검은 마차를 탄 신사가 자신과 달리 세상살이에 성공한 사람처럼 보여서일까요?

사실 겐지는 아직 가족에게도 제대로 인정받지 못하고 있습니다. 사람들은 겐지가 추구하고자 하는 삶을 이해하지 못합니다.

자신과 달라 보이는 신사의 모습이 겐지를 소외감과 외로움에 빠져들게 합니다. 기차에서 내린 사람들과 다른 방향을 홀로 걸어가고 있으니, 자신이 어둠 속에서 울고 있는 외로운 휘파람새 같이 느껴집니다.

그래도 아름다운 고이와이 농장이 겐지의 외로움을 달래주고 있습니다. 햇살 때문에 빨갛게 달궈지고 있는 봄밭을 보며 겐지는 '공기가 조밀하고, 차갑고, 너무 밝았던' 지난겨울을 떠올립니다.

계절의 변화는 풍경을 바꾸고, 변해가는 풍경 속에 겐지의 심상 세계도 출렁입니다. 끊임없이 변하면서도, 정확하게 이토록 아름다운 풍경을 만들어 내고 있으니 고이와이 농장은 그야말로 '신선한 기적'입니다.

고이와이 농장의 풍경을 보며 겐지는 '만법유전萬法流轉'의 이치를 생각합니다. '만법유전', 모든 것은 다 그때그때 바뀌고 새롭게 태어나고 소멸합니다. 그러니 외로움이라는 번뇌에 빠진 지금의 '나'도 끊임없이 변하고 있는 '나'의 찰나의 모습일 뿐입니다.

겐지가 떠나온 '음울하게 오래되어 보이는' 나나쓰모리와 달리, 눈부시게 변한 고이와이 농장의 기적 같은 풍경이 오늘도 겐지에게 격려와 위로를 선사합니다.

파트 2

탬버린도 먼 하늘에서 울리고

비는 오늘은 괜찮다 내리지 않을 거다

그런데 마차가 빠르다지만

그렇게 멋진 건 아니구나

여태 겨우 저기까지

여기서 저기까지 쭉 뻗은

화산재 길을 갔을 뿐이다

저기는 마침 길모퉁이라

마른 풀 이삭도 흔들리고 있군

　　(산에는 파란 구름 가득　빛나고

　　　달리는 마차 검고 멋있다)

종달새　종달새

은 미진 흩어지는 하늘로

이제 막 날아오른 종달새

까맣고 빠르고 황금색

하늘에서 하는 Brownian movement

게다가 저 녀석 날개는

장수풍뎅이처럼 네 장이다

황갈색과 옻칠한 단단한 것

틀림없이 두 겹이다

잘도 우는구나

하늘의 빛을 마시고

광파에 빠져 정신없구나

물론 저 멀리서는

더 많이 울고 있지

그 녀석은 배경이고

거기서는 이쪽 녀석이 아주 용감해 보일 거야

뒤에서 오월 이맘때

검고 긴 외투를 입은

의사같이 보이는 사람이 다가온다

간간이 이쪽을 보고 있는 것 같다

외길을 걸을 때면

흔히 있는 일이다

겨울에도 역시 이런 식으로

검은 망토가 다가와

본부는 이리로 가면 됩니까

멀리서 말 부표를 던졌지

울퉁불퉁한 눈길을

가까스로 이해한 듯 걸어가며

본부 가는 길 맞습니까

불안하게 물었지

나는 퉁명스럽게 으음 이라고만 했는데

딱 그만큼 아주 불쌍해졌다

오늘은 더 멀리서 오고 있구나

22.2. 오월의 종달새

겐지는 이제 곧게 뻗은 길을 따라 고이와이 농장을 향해 힘차게 걸어 갑니다. 비를 예고하는 천둥소리가 멀리서 탬버린처럼 울리고, 앞에서 달리고 있는 마차도 여전히 신경 쓰이지만 빛나는 파란 구름과 흔들리는 풀 이삭이 겐지의 기분을 한껏 북돋웁니다.

눈앞에 펼쳐지는 상쾌한 풍경을 바라보던 겐지의 시선이 하늘로 날아오르는 종달새를 쫓아갑니다. 종달새 한 마리가 '은 미진微塵' 흩어지는 하늘로 날아오르고 있습니다.

은 미진은 영롱한 하늘에서 빛나는 은빛 구름을 의미합니다. '미진'은 물질의 최소 단위를 가리키는 불교 용어로 겐지의 작품에는 안개, 구름 등을 '미진'으로 표현하는 경우가 많습니다.

천상의 세계를 동경하는 겐지는 종달새의 비약에 마음을 빼앗깁니다. 텃새인 종달새는 들판이 푸른 풀로 가득해지는 봄이 번식기입니다. 번식기를 맞은 종달새는 수직으로 날아올라 날개를 빠르게 움직여 한곳에 정지하고, 쉬지 않고 지저귑니다.

겐지는 종달새의 빠르고 힘찬 날갯짓을 보고 장수풍뎅이처럼 날개가 네 장일 거라고 말하고, 이곳저곳에서 솟아오르는 종달새의 모습을 '하늘에서 하는 브라운 운동'이라고 표현합니다.

브라운 운동은 용매에 부유하는 미립자가 불규칙적으로 운동하는 것인데, 우주 전체를 하나의 콜로이드 용액으로 보는 겐지의 눈에는 하늘에서 이리저리 날아다니는 종달새가 마치 브라운 운동을 하는 미립자처럼 보입니다.

그런데 종달새를 바라보고 있는 겐지의 뒤쪽에서 '검은 외투를 입은 의사같이 보이는 사람'이 다가옵니다. 남자가 간간이 이쪽을 보고 있는 것 같다고 표현한 것으로 보아 겐지도 남자를 살피고 있었던 모양입니다. 뒤쪽 남자의 등장은 지난겨울의 회상으로 이어집니다.

「고이와이 농장」의 초고에는 뒤에서 오는 사람의 모습이 '훌륭하다'는 단어로 강조되어 있습니다.

> 달려 나가는 마차는 크고 훌륭하다 (중략)
>
> 뒤에서 이맘때 검은 코트를
>
> 입은 훌륭한 남자가 오고 있다 (중략)
>
> 겨울에 왔을 때는 역시 훌륭한
>
> 검은 인버네스를 입은 남자가 뒤에서 왔다 (선구형 A)

지금 겐지의 뒤쪽에서 오는 사람은 검은 긴 코트를 입었고, 지난겨울에 만난 사람은 최신 유행의 인버네스 망토를 걸치고 있었습니다.

긴 코트와 망토는 마차를 타고 간 신사처럼 세상이 인정하는 직업을 가진 사람이 입을 수 있는 옷으로 교장, 의사, 변호사들은 한여름에도 긴 코트를 입었습니다.

겐지가 '훌륭하다'고 표현한 '의사 같아 보이는 사람'의 존재는 심상 세계 바닥에 가라앉아 있던 번뇌, 세상에 이해받지 못하는 자의 '소외감'과 '외로움'을 다시 불러냅니다.

하늘 풍경에 겐지의 심상 세계가 교차합니다. 오월의 종달새는 상대를 경계하며 필사적으로 날아오르고, 겐지는 훌륭해 보이는 사람을 계속 신경 쓰고 있습니다. 지난겨울에도 그랬습니다. '소외감'과 '외로움'의 크기만큼 무뚝뚝해졌던 그때를 떠올리니 딱 그만큼 자신이 아주 불쌍하게 느껴집니다.

자, 이제 어떻게 해야 할까요? 멀리서 걸어오는 남자를 살피는 겐지의 마음이 복잡합니다.

파트 3

이제 입구다 [고이와이 농장]

　(평소와 같다)

뒤엉킨 찔레꽃과 으름덩굴 수풀

[잡상인 버섯 채취 사절합니다]

　(평소와 같다　직영 의원도 있다)

[금렵 구역]　음　평소와 다름없군

작은 늪과 푸른 나무들

늪의 물은 어둡고 그리고 탁하다

또 젤이 된 철 fluorescence

건너편 밭에는 자작나무도 있다

자작나무는 고우마 너머에 있다고

언젠가 하다 시찰관에게 말했지

이곳은 꽤 높아서

야나기사와로 이어지니

역시 고우마에 속한다

무슨 일이지 이 새 소리는

새가 왜 이렇게 많은 거지

새들의 초등학교에 온 것 같구나

비처럼 내리고 솟아오르고

있다 있다 새가 한가득 있다

무슨 일이지   운다 운다 운다

Rondo Capriccioso

굿쿠 굿쿠 굿쿠 굿큐

저 나무 속에도 한 마리 있다

금렵 구역 때문이다   날아오른다

　　(금렵 구역이라서가 아니다   굿쿠 굿큐)

한 마리가 아니다   한 무리이다

열 마리 이상이다   호를 그린다

　　(굿쿠 굿큐)

삼지창 끝   호를 그린다

푸른 빛 푸른 빛 오리나무 숲

어지러울 정도로 지저귀는 새

　　(새소리가 갑자기 작아졌다

　　　　지나와 버린 걸까

　　　　아니면 주위의 리듬 때문일까

　　　　둘 다이다   지저귀는 소리)

숲이 어느새 가로수 길이 되었구나

이 설계는 장식 그림 같다

하지만 우연이니 할 수 없지

짐마차가 세 대쯤 서 있다

막 자른 소나무 통나무가 가득 실려 있고

햇빛이 어느새 살며시 내려와서

신선해진 테레빈유 증기압

한 대만 움직이고 있다

그래도 나무와 가지 그림자가 아니라

축축한 검은 부식질과

연분홍 꽃잎 파편

벚꽃 가로수다

고요한 어지러움

이 짐마차에는 사람이 없다

말은 불하받은 멋진 해크니

다리가 휘청거리는 것은 나이 때문이다

　(어이　종마　정신 차리게

　　초승달 같은 눈매를 하고

　　눈물까지 가득 차

　　음울하게 고개를 숙이고 있으니

정말 견딜 수가 없다네

　힘차게 분홍색 혀를 물고 굳세게 콧숨을 쉬어 보시게)

원래 말 눈에는 복잡한 렌즈가 있어서

경치나 모두가 다 묘하게 부옇고 일그러져 보인다……

……마부는 다 같이

건너편 둑 마른풀 위에

앉아 쉬고 있다

세 사람은 빨갛게 웃으며 이쪽을 보고

다른 한 사람은 성큼성큼 둑길을 걷고

두고 온 물건이라도 있는 것처럼……(벌통의 흰 페인트)

빗자루병에 걸린 벚나무가 많이 있다

병든 가지가 벌써 푸른 잎을 내밀어

마차의 나팔 소리가 들려오면

이곳이 단숨에 스위스가 된다

멀리서는 매가 하늘을 가르며 날고

납엽송 싹은 넥타이핀으로 쓰고 싶을 정도인데

지금 건너편 가로수를 아찔하고 푸르게 달려 나간 것은

(기수는 웃고) 휘장을 든 적동색 켄타우루스다

22.3. 아수라와 켄타우루스

아름다운 고이와이 농장의 풍경 속을 오롯이 혼자 걸어가고 있습니다. 멋진 검은 마차도, 훌륭해 보이는 사람도 어느새 사라지고 보이지 않습니다. 눈앞에 나타난 다리를 건너면 이제 농장 입구입니다. 마치 자신을 위해 준비된 것 같은 길을 걸으며 겐지의 심상 스케치가 다시 시작됩니다.

파트 3에서는 풍경과 독백과 심상 스케치가 대괄호와 괄호로 구분됩니다. 대괄호 안 문장은 농장의 간판에 써진 것을 그대로 옮긴 것이고, 괄호는 겐지의 독백입니다. 같은 문장이라도 괄호 안의 독백과 본문의 심상 스케치는 다릅니다. 독백은 그냥 머리에 떠오른 생각이고, 심상 스케치는 겐지의 심상 세계에서 재구성되어 만들어진 심상 풍경입니다.

심상 세계에 비친 고이와이 농장 입구는 뒤엉킨 찔레꽃과 으름덩굴이 수풀을 이루고, 다리 아래 강물이 '늪'처럼 어둡고 탁합니다. 본문의 'fluorescence'는 '형광'을 의미하는 말로, 산화철처럼 붉은 물이 젤리 상태로 햇빛에 희미하게 빛나는 모습을 표현한 것입니다.

그런데 이 풍경은 시 「봄과 아수라」의 시작 부분에 그려진 아수라의 심상 풍경과 비슷합니다.

> 심상의 잿빛 강철에서
> 으름덩굴 구름에 휘감기고
> 찔레꽃 덤불과 부식된 습지 (「봄과 아수라」)

겐지의 심상 세계에 아수라가 모습을 드러내고 있는 걸까요? 아수라의 눈으로 농장을 바라보던 겐지의 시선이 건너편 밭의 자작나무로 옮겨 갑니다.

겐지의 작품에서 자작나무는 청초하고 여성적인 식물로 그려지는 경우가 많은데, 동화 「토신과 여우」에 등장하는 자작나무는 '줄기가 반질반질 검게 빛나고 가지는 아름답게 뻗어 오월에는 하얀 꽃을 구름처럼 피우고 가을에는 황금색과 붉은색, 색색의 잎을 떨어트리는' 아름다운 나무로 묘사됩니다.

그런데 겐지는 아름다운 자작나무를 보며 하다 시찰관을 떠올립니다. 일전에 '자작나무는 고우마 너머에 있지 더 남쪽에는 없다'고 단언한 것이 마음에 걸립니다. 고우마는 고이와이 농장 북쪽으로 거리가 꽤 떨어져 있는 곳입니다.

이렇게 심상 풍경 속에 자꾸 '사람'이 나타나는 것을 보니, 아수라가 모습을 드러낸 것도 '사람' 때문인 것 같습니다.

그때 갑자기 요란한 새소리가 들려옵니다. 숲으로 들어선 모양입니다. 다양한 종류의 새들이 '한가득'입니다. 새들의 학교에 온 것처럼 무리를 이룬 새들이 비처럼 내렸다 솟아오르며 지저귀고 있습니다.

새소리가 뒤섞이고, 어지러울 정도로 빠르고 경쾌한 새들의 연주가 이어집니다. 겐지의 심상 세계에 'Rondo Capriccioso', 멘델스존의 피아노를 위한 '론도 카프리치오소 E 장조'가 흐르고 있습니다.

모든 것을 잊게 만드는 어지러운 새소리가 잦아들고 이제 숲을 지나 가로수 길로 접어들었습니다. 이번에는 아름다운 가로수 사이로 보이는 풍경이 겐지의 마음을 빼앗습니다.

그림처럼 아름다운 풍경을 보고 겐지는 '우연이니 할 수 없다'고 생각하는데, 시 「습작」에서도 아름다운 찔레꽃 덤불을 보고 '어쩔 수 없다'고 말한 것으로 보아 경이로움을 나타내는 특유의 표현인 것 같습니다.

가로수 길에는 방금 자른 소나무를 가득 실은 마차가 서 있습니다. 햇빛이 내려앉아 소나무의 신선한 송진 냄새가 퍼지고, 비옥한 검은 부식토 위에는 연분홍 꽃잎이 내려앉았습니다. 모든 것이 완벽하게 아름다워서 어지러울 정도입니다.

시는 다음 한 행을 비우고 이어집니다. 겐지는 짐마차를 끄는, 한때는 군마였던 해크니를 따뜻하게 격려하고 둑길에 앉아 있는 농부들이 '빨갛게 웃고 있다'고 느낍니다. 풍경에 취해서일까요? 겐지의 기분이 한껏 고양되어 있습니다.

걸어가는 겐지의 눈에 빗자루병에 걸린 벚나무가 들어옵니다. 빗자루병은 가지 한 부분에 잔가지가 많이 생겨 빗자루 모양으로 변하는 병으로, 병에 걸린 벚나무는 꽃을 피우지 못합니다.

병든 벚나무가 만들어 내는 농장 풍경이 스위스처럼 느껴진 것인지, 아니면 심상 세계에 로시니의 윌리엄 텔 서곡 4장 '스위스 행진곡'의 트럼펫 연주라도 울리고 있는 것인지, 겐지는 '마차의 나팔 소리가 들려오면 이곳이 단번에 스위스가 된다'고 표현합니다.

이제 겐지의 심상 세계에서는 낙엽송 새싹이 눈부시게 돋아나고, 매가 하늘을 가르며 날고, 휘장을 든 켄타우루스가 아찔하고 푸르게 달려 나갑니다.

'휘장을 든 켄타우루스'의 원문은 '人馬の徽章'입니다. '인마'에 대한 해석은 '말과 기수', '켄타우루스', '군대 휘장의 문양'이라는 의견이 나와 있지만, 동화 「은하철도의 밤」에서 조반니가 별자리 지도의 '동으로 된 인마'를 보고 있는 장면이 있는 것을 보아 반인반마의 모습을 한 켄타우루스로 해석하는 것이 맞을 것 같습니다.

켄타우루스는 천상의 세계와 연결된 존재입니다. 그러니 지금 겐지가 보고 있는 것은 심상 세계에 펼쳐진 고이와이 농장이며, 천상의 세계입니다.

　이곳이 천상이 아닌 증거는 없다
　천상인 증거는 많이 있다
　하늘 저 멀리에서 매가 하늘을 가르고
　낙엽송 새싹은 녹색 보석
　넥타이핀으로 쓰고 싶을 정도이고
　방금 그림자처럼 지나간 것은
　훌륭한 켄타우루스 휘장이다 (「고이와이 농장」 선구형 A)

고이와이 농장의 아름다운 풍경이 심상 세계의 아수라를 잠재우고, 켄타우루스가 푸르게 달려 나가는 천상의 세계로 겐지를 데려가고 있습니다.

파트 4

본부의 멋 부린 건물이

벗나무와 포플러 앞쪽에 서 있고

그 쓸쓸한 관측대 위

로빈슨 풍속계의 작은 주발과

흔들흔들 흔들리는 풍신기를

나는 이제 찾지 않는다

　좀 전의 멋진 무광 마차는

　지금쯤 어디에선가 잊어버린 듯 멈춰 있을 거고

　오월의 검은 외투도

　어느 건물인가를 돌아서 갔다

겨울에는 이 얼어붙은 연못에서

아이들이 크게 웃었다

　（낙엽송은 멋진 적갈색 다리입니다

　　저기 빛나는 것은 구름일까요 가루눈일까요

　　아니면 들판의 눈에 햇빛이 비치는 걸까요

　　썰매 타기가 그렇게 재미있나요

　　여러분의 뺨은 새빨개요）

옅은 청록색 봄물에

버드나무도 벌써 아련하다……

밭은 갈색으로 파헤쳐지고

퇴비도 네모지게 쌓여 있다

벚나무 가로수의 병든 가지는

작고 가련한 초록 깃발을 내건 것도 있고

멀리 주름진 구름에 걸린 가지에는

신선하고 연약한 다갈색도 있다……

종달새가 정말 많이 우는구나

　　(사육장과 본부 사이만 해도

　　종달새가 한 다스 넘게 있다)

그 강인한 키르기스식 농지의 선이

흔들흔들 움직이는 구름 위로 떠오르는 이곳

키 작고 소박한 전신주가

오른쪽으로 휘고 왼쪽으로 기울어 아주 어수선한데

길모퉁이에는 한 그루 푸른 나무

　　(자작나무겠지　버드나무는 아니야)

농경부까지는 이쪽에서 가는 게 가깝다

겨울에도 눈이 얼어붙어

말썰매가 다녔을 정도이다

(눈이 단단하진 않았나 보다

왜냐하면 썰매가 눈을 밀어 올려

분명 효모 침전물을

차가운 기류에 내뿜었다)

그때는 반짝반짝 빛나는 눈의 이동 속

불안한 세레나데를 휘파람으로 불며

사람은 얼마나 왔다 갔다 했는지 모른다

　　(네 줄로 늘어선 갈색 낙엽송)

그렇지만 그 엉터리 세레나데가

바람과 가끔 휙 날리는 눈과

얼마나 잘 어울렸던가

눈 내리는 날 먹는 아이스크림 같았지

　　(하긴 그렇다면 난로도 새빨갛고

　　muscovite 표면도 조금 달궈질 테니

　　우리에게는 없는 사치이다)

봄의 반 다크 브라운

밭은 아름답게 갈려 있다

구름은 오늘도 백금과 백금흑

그 눈부신 명암 속에서

종달새는 쉬지 않고 울고 있다

(구름 찬가와 태양의 삐걱거림)

다시 올려다보니

회색인 것 달아나는 것 뱀을 닮은 것   꿩이다

아연 도금한 꿩이다

참으로 긴 꼬리를 끌고 화창하게 지나가고

또 한 마리가 내려앉는다

산꿩은 아니다

(산꿩이냐구요?   산에서?   여름에?)

걸음이 빠르다   흘러간다

오렌지색 햇살 속을

꿩은 스르르 흘러간다

울고 있구나

이것이 꿩 울음소리이다

지금 바라보는 경작지 귀퉁이

건너편 풀밭 높은 곳에 너덧 그루 흐드러진

이 얼마나 변덕스러운 벚꽃인가

모두 벚꽃의 유령이다

내면은 수양버들로

연분홍색 꽃을 달고 있다

(하늘에서 한 무리 백금 해면이 떨어져 나간다)

그 빛나는 움직이는 얼음조각들을 밟고

푸르게 펼쳐진 텅 빈 하늘 속으로

도검처럼 돌진해

모든 옥색 애수를 불태우고

외로운 저녁놀 편광을 베어 내어라

지금 태양을 가로지르는 검은 구름은

쥐라기와 백악기의 캄캄한 산림 속

파충류가 사납게 이를 부딪치며 날아가는

그 범람하는 물보라에서 올라왔다

아무도 보지 못한 그 지질시대 숲속

물은 탁해져 끝없이 흘렀다

지금 나는 외롭지 않다

오직 나 혼자서 살아간다

이렇게 제멋대로인 영혼과

누가 함께 갈 수 있을까

거리낌 없이 똑바로 나아가라

그래서 안 된다고 하면

촌스러운 더블 칼라는 찢어 버려라

그리고 앞이 너무 검푸르러지면……

그 앞일까지 생각하지 않아도 괜찮아

힘껏 휘파람을 불어라

휘파람을 불어라   빛의 뒤엉킴

의지할 곳도 없는 빛의 파동

투명한 것이 한 줄 내 뒤에서 온다

빛   갈라지고   또 노래하듯 작은 가슴을 펴고

또 아른하게 반짝이며 웃고 있는

모두 맨발의 아이들이다

반짝반짝 목에 두른 영락도 흔들리고

제각기 먼 곳의 노래 한 가락씩

금빛 깨달음의 불꽃을 지니고

이들은 어쩌면 하늘의 북재비   긴나라 신의 아이들

   (다섯 그루 투명한 벚나무는

     파랗게 아지랑이를 피어 올린다)

하얀 가방을 덜렁덜렁거리며

건방진 산림 감독관처럼

오월의 황금빛 태양광 아래

휘파람 불며 발맞춰 걸으면 안 될까

즐거운 태양계의 봄이다

모두 달리고 노래하고

뛰어올라 보자

(코로나는 팔십삼만 이백……)

그 사월 첫 실습 날

액비를 나르던 하루 종일

광염 보살 태양 마술의 노래가 울려 퍼졌다

    (코로나는 팔십삼만 사백……)

아아 태양 마술이여

둑 하나를 건너갈 때

한 사람이 멜채를 건네면

태양 마술에 의해

자석처럼 다른 한 사람의 손에 달라붙었지

    (코로나는 칠십칠만 오천……)

아이 하나가 피리를 불고 있다

내게는 들리지 않는다

그래도 분명 불고 있다

    (본디 피리라는 물건은

       변덕스럽고 비실비실한 추장이다)

길이 쑥쑥 뒤에서 솟아올라

지나온 쪽으로 포개져 간다

변덕스러운 네 그루 벚나무도

기억처럼 멀어진다

즐거운 지구 대기권의 봄이다

모두 노래하고 달리고

뛰어올라 보자

22.4. 벚꽃의 유령과 태양의 마술

심상 세계 속 풍경을 바라보며 씩씩하게 걸어가는 겐지 앞에 고이와이 농장 본부가 모습을 드러냅니다. 시는 겐지의 회상, 과거로 이어진 심상 세계의 묘사로 시작합니다.

겐지가 보고 있는 것은 지금은 철거되고 없는, 심상 풍경 속 관측대입니다.

「고이와이 농장」의 초고에는 파트 4의 첫 부분이 '저기가 본부다/ 관측대는 없다/ 전혀 필요 없어진 거다/ 필요 없어진 게 당연하다(선구형 A)'라고 되어 있습니다.

과거로 이어진 풍경 속에도 '마차'와 '검은 외투'는 잊히지 않은 채 남아 있고, 고독한 겐지의 눈에는 관측대가 쓸쓸하게 느껴집니다.

심상 세계의 계절이 교차하고 풍경이 영화 속 화면처럼 휙휙 바뀌며 지나가고 있습니다.

겐지는 겨울로 바뀐 풍경 속 얼어붙은 연못을 보며 웃고 있던 아이들을 떠올립니다. 그리고 눈앞에 아이들이 있기라도 한 것처럼 썰매 타기가 그렇게 재미있는지 물어봅니다.

시간이 출렁이고 이제 봄 풍경이 나타납니다. 청록색 봄물에 아련해진 버드나무, 빗자루병에 걸린 벚나무가 보입니다. 경사지 위로 구름이 흔들리고 소박한 전신주와 푸른 나무가 서 있습니다.

아름다운 봄 풍경을 보며 겐지는 다시 말썰매가 눈을 밀어 올리며 달리던 지난겨울을 회상합니다.

겨울 풍경 속에는 '불안한' 세레나데를 휘파람으로 불며 혼자 걷고 있는 '사람'이 있습니다. 겐지가 타인처럼 묘사한 이 '사람'은 오늘과 같은 이유로 농장을 찾아와 차가운 눈길을 끝없이 서성이던, 번뇌에 빠진 겐지 자신입니다. 눈 속에서 휘파람을 불고 있으니 눈이 입에 들어와 아이스크림을 먹는 것 같았지만, 입까지 꽁꽁 얼어붙어 춥고 힘들었던 것이 떠오릅니다.

심상 풍경이 또다시 눈부신 봄으로 바뀌고, 종달새가 쉬지 않고 울고 있습니다.

시 「진공 용매」에서 겐지는 종달새 울음소리를 투명하고 아름다운 물결에 비유해 하늘 전체에 영향을 준다고 표현했습니다. 겐지의 시에서 종달새 소리는 주변 세계를 움직이고 환상으로 이끄는 장치가 됩니다.

종달새 울음소리가 풍경 속 구름과 태양을 삐걱거리게 하고, 어디에서인지 꿩 두 마리가 나타나 오렌지색 햇살 속을 흐르듯이 지나갑니다.

겐지의 의식도 꿩을 따라 햇살 속으로 흘러가고, 이제 겐지가 보고 있는 것은 건너편 풀밭 높은 곳에 흐드러진 수양벚나무입니다.

가지를 늘어뜨리고 있는 모습이 유령처럼 보인 걸까요? 겐지는 벚나무를 '벚꽃의 유령'이라고 표현합니다.

시의 초고에는 '내면은 수양버들'이라는 부분이 '정신은 버드나무'로 되어 있습니다. 겐지는 존재하되 존재하지 않는 벚나무의 내면과 무수한 시간을 이어왔을 '벚꽃의 유령'들에 대해 생각합니다. 지금 보고 있는 저 벚나무도 지금이라는 시공간에 잠시 존재하는 '벚꽃의 유령'일 뿐입니다.

이제 '벚꽃의 유령'은 겐지를 과거와 현재와 미래, 이 세상과 저세상이 이어진 사차원의 환상 공간으로 데려갑니다.

겐지는 떨어져 나온 구름을 밟고 푸르게 펼쳐진 텅 빈 하늘 속으로 도검처럼 돌진합니다. '애수'와 '외로움'을 잘라 낸 검은 구름이 태양을 가로지르는 이곳은 쥐라기와 백악기의 지질 시대 숲속입니다. 파충류가 사납게 이를 부딪치는 곳이니, 겐지 속에 숨어 있는 아수라도 자유롭게 숨 쉴 수 있는 곳입니다.

겐지는 자신이 존재하지 않되 존재하며, 존재하되 존재하지 않는 실체에 집착하여 번뇌를 일으켰다는 것을 깨닫습니다.

다시 빛이 뒤엉키고 빛의 파동으로 환상 세계의 시공간이 일렁입니다. 이번에는 겐지의 뒤쪽에서 목에 영락을 두른 투명한 맨발의 아이들이 나타납니다. 겐지는 이들을 '긴나라 신'의 아이들이라고 생각합니다.

긴나라는 파트 3의 마지막 부분에 나오는 환상 속 켄타우루스와 마찬가지로 반인반마의 신으로, 제석천 인드라 신의 권속이며 아름다운 음성으로 노래하는 음악의 신입니다.

지금 겐지의 심상 세계에 나타난 투명한 아이들은 동화 「인드라의 그물」에 등장하는 하늘의 아이들과 같은 존재입니다. 동화에서는 '머리가 아프도록 징징 울리는 공기 속'을 걷고 있던 '나'가 우연히 들어간 신비로운 하늘 세계의 공간에서 하늘의 아이들, 긴나라 신의 아이들과 만납니다. 하늘의 아이들은 '해돋이를 배례하고 싶다'는 나에게 하늘 세상의 태양과 인드라의 그물, 바람의 북, 하늘의 푸른 공작새를 보여줍니다.

심상 풍경 속에 나타난 맨발의 아이들 역시 겐지를 천상의 세계와 이어주는 성스러운 존재입니다. 긴나라 신의 아이들이 있는 심상 세계 속 고이와이 농장은 투명해진 벚나무가 아지랑이를 피어 올리고 황금빛 태양이 눈부신 '즐거운 태양계의 봄'입니다.

풍경은 다시 지난 사월 첫 실습 날로 바뀝니다. 실습 날의 묘사는 태양 마술의 노래를 배경으로 분뇨를 옮기고 뿌리는 작업을 그린 동화 「이하토브 농업 학교의 봄」과 비슷합니다. 소괄호 안의 문장은 「이하토브 농업 학교의 봄」에 나오는 '태양 마술의 노래' 악보에 있는 가사로, 홍염의 높이를 숫자로 표현해 멜로디로 나타낸 것입니다.

그러니 겐지가 보고 있는 풍경은 태양 마술의 노래가 울려 퍼지는 공동 작업장이며, 겐지가 꿈꾸는 이상적인 노동 현장의 모습입니다.

이제 겐지는 외롭지 않습니다. 겐지는 중생의 마음을 환히 비추고 인도하는 '광염 보살' 같은 태양을 찬양하며 봄의 환희에 차오릅니다.

즐거운 지구 대기권의 봄을 온몸으로 느끼고 있으니 긴나라 신의 아이가 부는 피리 소리가 들리지 않아도, 풍경 속 벚나무가 기억처럼 멀어지고 환상이 사라져도 괜찮습니다.

모두와 함께 노래하고 뛰어오르고 싶을 만큼 아름다운 고이와이 농장의 봄입니다.

파트 5 　　파트 6

파트 7

다갈색 밭이 완만하게 기울어져
투명한 빗방울이 씻어 내고 있다
그 기슭에 흰 삿갓 쓴 농부가 서서
멍하니 하늘의 구름을 올려다보고
이제 천천히 걷기 시작한다
　　(마치 지친 나그네 같다)
기차 시간을 물어봐야지
여기는 질퍽질퍽한 푸른 습지
끈끈이주걱도 있다
　　(그 연붉은 샘털도 오그라들고
　　부들이 자라는 어딘가의 늪지대를
　　네 장군 휘하의 군마가
　　한 자나 되는 흙탕물에 뛰어들어
　　척척 건너 진군도 했다)

구름은 하얗고 농부는 나를 기다린다

다시 걷기 시작한다   (주름져 번뜩이는 구름)

토파즈 비 내리는 언덕에서

도롱이 입은 여자아이 둘이 온다

시베리아풍으로 빨간 천을 뒤집어쓰고

서둘러 오고 있다

(Miss Robin)   일하러 오는 거다

농부는 후지미의 파발꾼처럼

삿갓을 비스듬히 쓰고 서 있고

하얀 토시도 끼고 있다   이제 20미터 앞이니

잠깐 가지 말아 다오

혼자 애써 기다려도

용무가 없으면 곤란하다 싶어

저렇게 흔들흔들 흔들리는 거다

  (푸른 풀 이삭은 지난해 것이다)

저렇게 흔들흔들 흔들리는 거다

기분도 상쾌하고 얼굴도 보이니

내가 말을 걸어볼까

모자를 벗어라   (검은 모직 옷도 벗어라)

이 사람은 벌써 쉰이 다 되었다

(좀 여쭙겠습니다

　모리오카행 기차는 몇 시에 오나요)

(세 시지요)

아주 슬픈 얼굴을 한 사람이다

박물관에 있는 탈 같기도 하고

어딘가 매의 마음도 있다

등 뒤의 차갑고 하얀 하늘에서는

진짜 매가 휘휘 하늘을 가른다

비를 떨구는 그 검게 빛나는 구름 아래

밭에 세워 놓은 두 대의 수레

이 사람은 벌써 떠나려 한다

흰 종자는 귀리인 거다

　(귀리를 뿌리는 겁니까)

　(예 지금 저기서)

이 할아버지는 어쩐지 저쪽을 두려워한다

아주 무섭고 심각한 일이

거기에 있다고 생각한다

그곳엔 퇴비 수레와

험상궂게 비상하는 쥐색 구름뿐

두려워하는 것은

역시 창연 같은 노동인 걸까

    (비료를 넣은 겁니까

     퇴비와 과인산입니까)

    (예 그렇지요)

    (아주 좋은 곳이네요)

    (후우)

이 사람은 나와 이야기하는 것을

왠지 아주 어려워한다

두 개의 수레 옆

밭이 끝나는 지평선

흔들리는 하늘 앞쪽에

등이 약간 굽고 키가 큰

검은 외투를 입은 남자가

비구름을 향해 사격 자세로 서 있다

저 남자가 정신이 이상해져서

갑자기 이쪽으로 총구를 겨눌까

아니면 Miss Robin들 쪽일까

그렇지 않으면 양쪽 다일까

둘 다 걱정하지 마라

나는 어느 쪽도 두렵지 않다

나왔다 나왔다 하늘에서 새가

　　(저 새 뭐라고 합니까　여기서)

　　(큰꺅도요)

　　(큰꺅도요라고 합니까)

　　(예　흐린 날 잘 나오지요)

낙엽송 새싹은 녹옥수 같고

빠르게 지나가는 구름 앞의 사수는

또 거만하게 총을 겨눈다

　　(세 시 다음은 몇 시인가요)

　　(다섯 시였나　잘 모르겠소)

과인산석회 포대

수용 19라고 적혀 있다

학교는 15%다

비는 내리고 내 노란 작업복도 젖는다

먼 하늘에서는 그 큰꺅도요들이

입을 크게 벌리고 맥주병처럼 울며

회색 인후 점막에 바람을 맞으며

눈부시게 빗속을 날아다닌다

푸른 토끼풀이 조금 섞인

마른풀과 빗방울 위에

보리수 껍질로 만든 두꺼운 도롱이를 쓰고
좀 전의 소녀들이 잠들어 있다
할아버지는 이미 저 너머로 가고
사수는 위압적으로 총을 겨눈다
    (큰깍도요의 차가운 발동기는……)
큰깍도요는 부부 울고
도대체 무엇을 쏘려 하는가
할아버지가 간 쪽에서
젊은 농부가 다가온다
얼굴이 빨갛고 신선하게 살이 올라
세실 로즈를 닮은 둥근 어깨를 구부리고
빈 인산 포대를 가지러 온다
두 개는 잘 챙겨 어깨에 둘렀다
    (비가 내리기 시작하는데요)
    (뭐 금방 그치겠죠)
불을 피우고 있다
빨간 불꽃도 언뜻언뜻 보인다
농부도 떠나니 나도 따라가야지
이 낙엽송 작은 새싹들을 모아서
내 동화를 장식하고 싶다

한 소녀가 아름답게 웃으며 일어난다

모두 환한 빗속에서 새근새근 잠이 든다

　　(너　참 예쁘구나)

갑자기 그렇게 큰 소리로 외치고

새빨개져서 맷돌처럼 웃는 걸 보면

이 사람은 생각보다 젊은 거다

투명하게 불이 타오른다

푸른 탄소 연기도 피어오른다

나도 조금 쬐고 싶다

　　(불을 쬐어도 될까요)

　　(괜찮아요　자 이쪽으로)

　　(기차는 세 시인가요)

　　(세 시 사십 분

　　 아직 한 시도 안 되었어요)

불은 비 때문에 더 타오르고

마탄의 사수는 은 하늘

큰깍도요들은 소리 낸다 소리 낸다

완전히 젖었다　춥다　덜덜 떨린다

22.7. 투명한 빗방울

시는 파트 4에서 파트 7로 바로 이어지지만 파트 5, 파트 6의 표제를 남겨 두어, 봄빛이 넘치는 농장에서 비가 내리는 경사진 밭으로 바뀌는 사이에 시간이 지난 것을 암시합니다.

생략된 파트 5, 파트 6의 초고에는 인간관계에 서툰 자신을 책망하는 겐지의 모습이 드러나 있습니다.

> 나는 어째서 이렇게
> 뒤떨어져 버렸을까
> 투명한 것 타오르는 것
> 숨을 헐떡거리며 대기권 끝에서
> 기도하며 올라가는 것은
> 지금 내게서 자취를 감추고 보이지 않는다 (선구형 B)

인간관계로 인한 불안과 초조함은 겐지의 자조 섞인 독백으로 이어지고, 갑자기 비가 내리면서 시는 파트 7로 연결됩니다.

내리기 시작한 비 때문인지 겐지는 농장으로 향하던 발길을 돌려 자신이 걸어왔던 역을 향해 돌아가고 있습니다.

경사진 밭을 씻어내는 '투명한 빗방울'이 번뇌로 가득 찬 겐지의 심상 세계를 적시며 내리고 있습니다.

오늘 내리는 비는 내면의 번뇌를 씻어 내는 '투명한 빗방울'입니다. 비를 맞으며 올려다본 언덕에서 흰 삿갓을 쓴 농부가 나타나자, 겐지는 지친 나그네처럼 천천히 움직이고 있는 농부를 향해 씩씩하게 걸어갑니다.

괄호 안의 '네 장군 휘하의 군마'는 빅토르 위고의 『레 미제라블』 제2부 「워털루」에 나오는 몽생장 고지 탈환을 위해 늪이 된 길을 돌격하는 네 장군의 군대입니다. 승리를 확신하며 나아가고 있는 네 장군의 군대를 떠올린 것으로 보아 겐지는 지금 용감한 기마병의 마음으로 농부를 향해 걸어가고 있는 것 같습니다.

그런데 농부는 우키요에에 나오는 '후시미의 파발꾼'처럼 삿갓을 비스듬히 쓰고, 멀리서 겐지를 기다려야 할지 고민하며 '흔들흔들 흔들리고' 있습니다.

사람에게 다가서기 주저하던 겐지의 마음이 열리기 시작한 걸까요? 겐지는 '박물관에 있는 탈' 같이 무표정하고 '슬픈 얼굴'로 '매'처럼 자신을 경계하는 농부에게 다가가 공손하게 말을 건넵니다. 두 사람의 대화는 이와테현 사투리로 진행됩니다.

하얀 하늘에서는 진짜 매가 자유롭게 날고 있습니다. 겐지는 농부와 이야기를 나누며 빗속에서 귀리 파종 작업을 해야 되는 '창연 같은 노동'의 무게를 느낍니다.

그때 저 멀리 지평선 쪽에 총을 들고 사격 자세로 서 있는 '검은 외투의 남자'가 나타납니다. 검은 외투를 입은 남자는 실제 인물일까요? 환상 속의 인물일까요?

고이와이 농장 일지에 사냥꾼을 고용해 새를 쫓았다는 기록이 남아 있어 실제로 사수가 있었을 가능성도 있지만, 검은 외투를 입은 남자는 겐지의 '불안감'을 상징하는 존재이기도 합니다.

겐지는 검은 외투를 입은 남자를 구름 앞의 사수, '마탄의 사수'라 부릅니다. '마탄의 사수'의 원어는 '自由射手'로, 베버의 오페라 '마탄의 사수'의 독일어 제목을 직역한 것입니다. 오페라 '마탄의 사수'는 불안감을 이기지 못해 악마에게 영혼을 팔고 뭐든지 명중시키는 마탄魔弾을 얻어오는 사냥꾼의 이야기입니다.

겐지는 남자가 총을 겨누고 있어도 아무것도 두렵지 않다고 말합니다. 사수가 총을 겨누고 있는 하늘에는 큰깍도요라는 이름을 가진 새가 입을 크게 벌리고 바람을 맞으며 눈부시게 날아다니고 있습니다.

낙엽송 새싹이 녹옥수 보석같이 빛나는 풍경 속에 매가 하늘을 가르고, 큰깍도요가 날아다니고, 하늘에서는 토파즈처럼 투명한 비가 내리고 있습니다. 동화를 장식하고 싶다고 생각할 만큼 아름다운 풍경입니다.

파트 3의 초고에서 하늘에서 매가 자유롭게 날고 낙엽송 새싹이 보석처럼 아름답게 빛나는 것이 천상의 세계인 증거라고 말했으니, 지금 겐지가 보고 있는 풍경도 천상의 세계에 가까운 풍경인 셈입니다.

하늘에서 내리는 환한 빗속에 'Miss robin', 머리털이 붉은 울새처럼 빨간 수건을 쓴 소녀들이 새근새근 잠들어 있고, 겐지의 마음도 비처럼 환해집니다.

'애매한 사유의 형광(파트 1)'으로 주저하고 망설이던 겐지는 이제 없습니다. 고이와이 농장의 풍경 속에 자신감을 회복한 겐지는 세실 로즈처럼 통통한 청년에게 스스럼없이 다가가 말을 붙입니다. 세실 로즈는 영국의 실업가로 케이프주 식민지 총독이 되어 남아프리카의 경제계를 지배하고 막대한 재산을 모은 사람입니다.

비는 하늘과 땅을 이어주며 순환하는 존재입니다. 지상을 적시는 투명한 빗방울에 붉은 모닥불이 비처럼 투명해지고, 비 때문에 모닥불이 더 타오르고 있습니다.

이제 비는 겐지의 번뇌를 씻어내며 심상 풍경을 투명하게 만듭니다. 마탄의 사수가 총을 쏘지 않는 것은 불안감을 이겨내고 아직 악마에게 영혼을 팔지 않았기 때문이겠지요.

투명한 심상 풍경 속에 '마탄의 사수'는 빛나는 은 하늘을 바라보고 있고, 큰꺅도요는 큰 소리로 계속 울고 있습니다.

큰꺅도요의 울음소리가 하늘을 흔들고, 겐지를 흔들어 깨웁니다. 모든 감각이 깨어나고, 현실로 돌아온 겐지는 자신이 비에 젖어 떨고 있다는 것을 느낍니다.

파트 9

투명하게 흔들리는 것은

좀 전의 용맹한 네 그루 벚나무

나는 그것을 알고 있지만

눈에는 잘 보이지 않는다

분명히 내 감각기관 밖에서

차가운 비가 쏟아지고 있다

    (하늘의 미광은 덧없고

      떠오르는 돌을 밟으니

      오오 유리아   빗방울은 더욱더 쏟아지고

      카시오페이아는 돌아간다)

유리아가 내 왼쪽에 간다

커다란 감색 눈동자를 당당하게 뜨고

유리아가 내 왼쪽에 간다

펨펠이 내 오른쪽에 있다

…………방금 옆으로 벗어났다

낙엽송이 늘어선 그곳에서 옆으로 벗어났다

    ((환상이 저쪽에서 다가올 때는

이미 인간이 무너지는 때이다))

나는 분명히 눈을 뜨고 걷는다

유리아 펨펠 먼 곳에 있는 나의 벗이여

나는 정말 오랜만에

그대들의 크고 흰 맨발을 보았다

얼마나 그대들의 옛 흔적을

백악계 혈암의 오래된 해안에서 찾아 헤맸는지

((너무 지독한 환상이다))

나는 무엇을 두려워하는가

아무리 애써도 못 견디게 외로울 때

사람은 분명 누구나 이리 될지니

자네들과 오늘 만날 수 있어서

나는 이 커다란 여행의 한 자락에서

피투성이가 되어 도망치지 않아도 되는 거다

  (종달새가 있는 듯 없는 듯

    부식질에서 보리가 돋아나고

    비는 계속 내리고 있다)

그렇습니다 이 농장 주변은

정말 이상하게 생각됩니다

어쩐지 나는 이곳을

der heilige punkt라고

부르고 싶은 마음입니다

지난겨울에도 일로 농경부까지 와

이 부근 향긋한 눈보라 속에서

왠지 모르게 성스러운 마음이 들어

몸이 꽁꽁 얼어도 하염없이 하염없이

오가며 걸었습니다

아까도 그렇습니다

어디의 아이들입니까 그 영락을 목에 두른 아이는

　　((그런 일로 속아서는 안 되지

　　　다른 공간에는 여러 가지 다른 것이 있고

　　　게다가 무엇보다 아까부터 생각한 것이

　　　마치 동판 같다는 것을 깨닫지 않았나))

빗속에서 종달새가 울고 있어요

여러분은 빨간 마노 가시로 가득한 들판도

그 조가비처럼 하얗게 빛나는

평평한 커다란 맨발로 걸을 테지요

　　　이제 결정했다　거기로 가지 마라

　　　이것들은 모두 올바르지 않다

　　　지금 지쳐 형태를 바꾼 당신의 신앙에서

발산되어 산화한 빛 침전물이다

자그마한 자신을 분리할 수 없는

이 불가사의한 커다란 심상 우주 속에서

만약 바른 소망으로 불타올라

나와 타인과 만상과 함께

최상의 행복에 이르려고 하는

그것을 또한 종교의 정조라고 한다면

그 소망으로 좌절하고 지쳐서

자신과 그리고 단 하나의 영혼과

완전하고 영구히 끝까지 함께 하려고 하는

이 변태를 연애라 하고

그리고 영원히 그 방향에서는

결코 구할 수 없는 그 연애의 본질적인 부분을

기어이 속여서 얻고자 하는

그 경향을 성욕이라고 한다

이들 모두가 조금씩 변해 가는 여러 과정에 따라

온갖 눈에 보이고 또 보이지 않는 생물들이 있다

이 명제는 가역적으로 또한 옳기에

나에게는 너무나 두려운 것이다

그러나 아무리 두렵다고 해도

그것이 진리라면 할 수 없다

자 똑똑히 눈을 뜨고 누구에게나 보이고

명확하게 물리학 법칙에 따르는

이 실재하는 현상들 속에서

당신답게 똑바로 일어서라

밝은 비가 이토록 즐겁게 쏟아지는데

마차가 간다   말은 젖어서 까맣다

사람은 마차에 서서 간다

이제 더 이상 외롭지는 않다

아무리 외롭지 않다고 말해 봐도

다시 또 외로워지기 마련

하지만 지금은 이것으로 괜찮다

모든 외로움과 비통함을 태우고

사람은 투명한 궤도로 나아간다

라릭스   라릭스   더욱더 푸르고

구름은 점점 더 오그라져 빛나고

나는 정확하게 모퉁이를 돌아간다

(1922.5.21)

22.9. 투명한 궤도

겐지의 심상 스케치는 파트 7에서 일단락되고, 파트 8의 표제 없이 파트 9로 이어집니다. 파트 9는 시 전체를 아우르는 내용으로 '심상 풍경' 속에 등장하는 '환상'에 대한 겐지의 고민이 드러나 있습니다.

겐지는 현실 생활에서 느끼는 불안과 고독을 안고 고이와이 농장을 찾아와 자신의 내면과 마주하고 변화하는 과정을 경험합니다. 겐지를 위로하고 격려한 것은 고이와이 농장의 아름다운 풍경을 통해 연결된 불가사의한 환상 세계입니다.

시는 파트 4에서 겐지를 환상 세계로 데려간 '투명한 벚나무'의 묘사로 시작합니다. 환상 세계로 깊이 들어가 있기 때문에 눈에 보이지 않는 벚나무의 존재를 느낄 수 있지만, 현실 의식이 사라져 차갑다는 감각은 느끼지 못합니다. 차가운 비는 겐지의 감각 기관 밖에서 내리고 있을 뿐입니다.

겐지는 괄호와 이중 괄호, 들여쓰기를 사용해 환상 세계와 연결된 '나'와, 환상을 보는 나를 보고 있는 '또 다른 나'의 내면세계로 침잠해 들어갑니다.

겐지의 심상 세계는 공룡이 살던 태고의 시간과 카시오페이아가 있는 우주 공간으로 이어지고, 심상 풍경 속에 '먼 곳에 있는 벗' 유리아와 펨펠이 모습을 드러냅니다.

'유리아'와 '펨펠'은 겐지가 보고 있는 환상 속의 인물로, 고생대 '쥐라기'와 '페름기'에서 유래한 표현이라는 것이 정설입니다. 겐지가 읽었던 『과학 대계』에는 '쥐라기'가 '유라기'로 표기되어 있습니다.

파트 4에서 겐지는 쥐라기와 백악기 지질시대 숲속에서 혼자 살아갈 용기를 얻었습니다. 쥐라기와 페름기, 그러니까 공룡의 시대는 겐지의 내면에 있는 아수라가 자유로워지는 시공간입니다.

유리아와 펨펠이 '벗'인 이유는 자신을 아수라라고 느끼는 겐지의 내면을 이해할 수 있는 존재이기 때문입니다. 또 이들은 '크고 흰 맨발'을 가진 성스러운 존재이기도 합니다.

'크고 흰 맨발'은 부처님의 32가지 신체 특징 중 '족하안평립상足下安平立相'과 '족근광평상足跟廣平相'을 연상시키는 묘사로, 겐지의 작품에서 성스러운 존재의 특징으로 사용됩니다.

겐지가 오늘 고이와이 농장을 찾은 것은 이들을 만나기 위해서였습니다. 겐지는 환상을 통해 그들을 만날 수 있었기 때문에 '피투성이가 되어 도망치지 않아도' 되었고, 인생의 고독을 견뎌낼 용기를 얻었다는 것을 고백합니다.

땅에서 보리가 돋아나는 풍경을 보는 겐지의 마음에서 희망의 싹이 움트고 있습니다. 그리고 보니 이곳은 정말 'der heilige punkt', 성스러운 땅인 것 같습니다.

겐지는 지난겨울에 고이와이 농장을 찾아 마음의 위안을 얻었던 것을 회상하고, 또 조금 전에 만난 영락을 두른 아이들을 떠올립니다. 영락을 두른 아이들도 '조가비처럼 하얗고 빛나는 평평한 커다란 맨발'을 가진 성스러운 존재입니다. 본문의 빨간 마노 가시로 가득 찬 들판과 맨발의 묘사는 동화 속 '관세음보살'의 묘사와 비슷합니다.

그 사람은 맨발이었습니다. 조가비처럼 하얗게 빛나는 커다란 맨발이었습니다. 발뒤꿈치의 살이 반짝이며 땅에 닿아 있었습니다. 커다랗고 새하얀 맨발이었습니다. 그 부드러운 맨발은 날카롭디

날카로운 옥의 파면을 밟았고 타오르는 빨간 불을 밟았지만 조금
도 상처가 생기지 않았으며 또한 그을리지도 않았습니다. 땅 위의
가시조차도 부러지지 않았습니다. (『빛의 맨발』)

그런데 성스러운 존재를 만나 고양된 겐지의 심상 세계 속에 환상을
경계하는 또 다른 '겐지'가 존재하고 있습니다. 이중 괄호 속 문장은 환
상을 보는 겐지에게 동조하지 않는 또 다른 겐지의 목소리입니다. 겐지는
자기 속의 또 다른 자아의 목소리를 통해 환상의 근원을 깨닫게 됩니다.
겐지의 의식 변화는 들여쓰기가 되어 있는 이중 괄호, 괄호, 본문에 나타
나 있습니다.

이중 괄호 안의 또 다른 '자아'는 겐지에게 '인간이 무너지고' 찾아오는
'지독한 환상'에 속아서는 안 된다고 경고합니다. 또 다른 '나'의 목소리가
겐지에게 작용했는지, 그런 일로 속아서는 안 된다는 겐지의 독백이 이
어지고, 결국 겐지는 '거기로 가지 마라, 이것들은 모두 올바르지 않다'고
스스로 생각하게 됩니다.

자신이 환상에 구원받은 것은 사실이지만, 환상은 신앙에서 답을 찾
기 전에 나타난 빛 침전물이며 고독과 외로움이 만들어 내었다는 것을
깨닫습니다.

본문의 '이제 결정했다'에서 '만약 바른 소망으로 불타올라'로 이어지
는 내어 쓰기는 겐지의 의지가 점점 강해지고 있는 것을 나타냅니다.

이제 겐지는 종교가 바른 모습으로 존재하는 세계를 지향하며, '종교'
와 '연애'와 '성욕'에 대한 자신의 의견을 피력합니다.

'모두의 행복'을 원하는 '바른 소망'을 추구하는 '종교 정조'와 바른 소
망을 함께 추구할 '단 한 사람의 영혼'을 구하는 '연애'는 양립할 수 없다

는 것이 겐지의 생각입니다. '연애'는 종교 정조의 '변태'이며 '성욕'은 연애의 본질적인 부분을 속여서 얻는 것이지만 종교 정조, 연애, 성욕은 서로 독립된 것이 아니라 조금씩 변해가는 여러 과정에 존재하는 것이고, 이 명제는 가역적으로도 옳기에 승화할 수도 추락할 수도 있어서 두렵다는 것입니다.

그러나 겐지는 자신의 심상 세계에 종교 정조, 연애, 성욕이 존재하는 현실을 받아들이고 혼자서 나아갈 결의를 표명합니다. 고이와이 농장에서 만난 환상 세계가 자신의 깊은 외로움 때문인 것을 인정하고, 그 외로움과 비통함을 태워서 투명한 궤도로 나아갈 것을 결심합니다.

성스러운 땅, 고이와이 농장을 찾아와 자신의 길에 대한 확신을 얻은 겐지는 이제 망설이지 않고 '정확하게' 모퉁이를 돌아 집으로 돌아갑니다.

그랜드 전신주

숲과 사상

자　좀　보게나

저기 안개에 젖은

버섯 모양 작은 숲이 있지

그곳으로

내 생각이

아주 빠르게 흘러가서

고스란히

녹아들고 있어

　　이 부근은 머위꽃이 가득하구나

(1922.6.4)

23. 숲과 깨달음

『봄과 아수라』의 네 번째 장 「그랜드 전신주」는 앞의 두 장, 「진공 용매」와 「고이와이 농장」이 단 나흘간의 스케치로 전부 장편시인 것과 달리 짧은 시가 많고 시기도 6월부터 9월에 걸쳐 있습니다.

「그랜드 전신주」의 처음에 나오는 시 「숲과 사상」은 누군가에게 말을 거는 문장으로 시작합니다. 시간을 짐작할 수 없지만, 같은 날 작성된 다음 시의 내용으로 보면 아직 해가 뜨지 않은 새벽인 것 같습니다.

안개 때문에 앞이 잘 보이지 않는 새벽 숲속에서 겐지는 '버섯 모양 작은 숲'을 보라고 누군가에게 말합니다. 건너편을 바라보는 겐지를 따라 우리의 시선도 숲을 향합니다.

'버섯 모양 숲'은 버섯처럼 생긴 숲이란 뜻일까요? 같은 표현이 나오는 동화의 묘사를 보면 단순히 버섯의 형태만을 말하는 것 같지는 않습니다.

"뭐야, 버섯 모양의 숲이라니. 이런 버섯이 세상에 어디 있다고.
그 사람은 와본 적이 없나 보군." (「손수레」)

'버섯 모양 숲'은 생명체인 자연, 포자를 방출하고 있는 '버섯'처럼 느껴지는 숲을 의미합니다. 겐지의 작품에서 '버섯'은 움직이고 흩어져 퍼져 나가는 이미지로 등장하는데, 동화 「은하철도의 밤」에서는 거문고자리 별의 빛줄기가 '버섯처럼 뻗어 나간다'는 표현이 나옵니다.

버섯처럼 살아 움직이고 퍼져나가는 '버섯 모양 숲'을 보고 있으니, 겐지의 의식도 퍼져나가 숲으로 흘러들어 갑니다.

생각이 많아지면 번뇌가 깊어지고, 생각을 없애려는 그 생각도 번뇌가 되지만 모든 것이 숲속으로 녹아들어 사라지니 겐지의 심상 세계가 새벽 숲처럼 고요해집니다. 이제 겐지도 숲도 커다란 자연의 일부이며, 하나의 생명체인 자연일 뿐입니다.

우주 만물과 소통하고 자연과 교감하는 일은 '깨달음'의 길입니다. 겐지는 '범아일여梵我一如, 자타일여自他一如'의 사상, 우주와 인간, 나와 남의 구별이 없어지는 이치를 깨닫고 자연과 교감하며 자연과 하나가 됩니다.

숲을 통해 이치를 깨닫고 나니 이제야 비로소 머위꽃이 눈에 들어옵니다. 새벽 숲속에 머위꽃 잔치가 한창입니다.

안개와 성냥

(마을 끝 노송나무와 푸른 포플러)
안개 속에서 갑자기 붉게 타오른 것은
쓱 그어진 성냥인데
상당히 확대되어 보인다
안전한 스웨덴 성냥인데
어지간히 산소가 많은 게다
(새벽안개 속 전등은
연한 연두색으로 냄새도 좋고
초등학교 교장인 양 거만하게 걷는 게
정말로 얌전하게 보인다)

(1922.6.4)

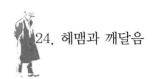

24. 헤맴과 깨달음

    시는 괄호 안의 독백, 겐지의 눈에 보이는 풍경의 묘사로 시작합니다.

    겐지는 안개가 자욱한 숲 길을 걸어 노송나무와 푸른 포플러가 보이는 마을 어귀에 도착했습니다.

    노송나무와 포플러가 있는 하나마키 교외 풍경은 겐지가 꿈꾸는 이상향 '이하토브'의 풍경으로 동화에 자주 등장합니다.

    새벽의 하나마키 거리는 안개가 자욱하게 덮여 아직 어둡습니다. 담뱃불을 붙이려 한 걸까요? 무심코 성냥을 그으니 성냥불이 갑자기 빨갛게 타오릅니다. 어두운 안개 속이라 불이 더 크게 '확대'되어 보인 거지만, 겐지는 '산소가 많다'는 표현으로 깨끗하고 청정한 자연을 표현합니다.

    본문의 '안전한 스웨덴 성냥'은 스웨덴이 개발한 안전성냥으로 자연발화의 위험을 줄여 세계적으로 유명해진 제품입니다.

    겐지는 새벽안개 속에 피어오른 성냥불을 보며 생각합니다. '깨달음이란 손에 잡히지 않는 안개 같은 것 아닐까? 안개 속에서 헤매는 과정이 없으면 깨달음을 찾을 수 없을 테고, 이렇게 헤매다 보면 언젠가 갑자기 깨달음의 순간을 만날 수도 있지 않을까?'

    크고 위대한 자연 속에 있으니 겐지의 마음도 타오르는 성냥불처럼 확대되어 환해지고, 모든 것이 다르게 느껴집니다.

    '투명하고 차갑다(「카바이드 창고」)'고 느꼈던 전등이 새벽안개 속에 '연한 연두색'으로 보이고 좋은 냄새도 나는 것 같습니다. 초등학교 교장처럼 거만하게 걸어오고 있는 사람도 대자연 속에서 보니 정말로 작고 '얌전하게' 보입니다.

깨달음의 길은 먼 곳에 있는 게 아닙니다. 안개로 덮인 겐지의 심상 세계에 깨달음으로 인도하는 성냥불 하나가 환하게 타오르고 있습니다.

잔디밭

바람과 노송나무가 있는 한낮
오다나카는 몸을 쭉 펴고
있는 힘껏 팔을 뻗어
회색 고무 공   빛의 표본을
받아내지 못하고 톡 떨어트린다

(1922.6.7)

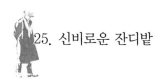

25. 신비로운 잔디밭

겐지는 '바람과 노송나무가 있는 한낮'이라는 짧은 문장으로 산들바람이 노송나무를 스치고 지나가는 초여름 오후 풍경을 그려 냅니다.

노송나무는 고향 이와테와 이상향 '이하토브'의 풍경을 묘사할 때 등장하는 수목으로 겐지의 심상 세계를 투영하는 특별한 존재이기도 합니다. 노송나무를 노래한 연작시 「노송나무의 노래」 중 하나를 소개합니다.

노송나무 노송나무 정말로 너는 생물인가

나와는 깊은 인연이 있는 것 같구나 (가고 B)

1922년 6월 7일은 수요일로 평일이니 노송나무가 있는 풀밭은 학교 운동장이나 학교 근처의 하나마키 성터일 것 같습니다.

시에 등장하는 오다나카는 겐지의 제자로, 1933년 9월 24일 자 이와테 일보의 '미야자와 겐지 장례식 참석자 명단'에 있는 '하나마키 농학교 동창회 대표 오다나카 고조'입니다.

겐지는 풀밭 위에서 오다나카가 공을 던지는 것을 보고 있습니다. 하늘로 올라간 고무공은 빛 그림자 때문에 회색으로 보이기도 하고, 빛을 반사해 잘 보이지 않기도 합니다.

겐지는 빛 속을 오가는 공을 '빛의 표본'이라고 부릅니다. 제자가 캐치볼을 하는 모습이 겐지의 심상 세계에서 빛의 표본이 오가는 풍경으로 바뀝니다.

'빛의 표본'이란 무엇을 의미할까요? 겐지의 작품 속에 등장하는 '빛'은 성스러움의 상징이니, '빛의 표본'이란 성스러운 '빛'의 존재를 증명할 수 있는 '표본'이라는 뜻으로 이해할 수 있습니다.

공을 감싸고 있는 눈부신 햇살을 보며, 겐지는 존재하지 않는다고 생각하는 존재를 증명할 수 있는 '빛의 표본'을 꿈꿔 봅니다.

'빛의 표본'이 있어서 자신이 느끼는 것을 모두에게 알려줄 수 있다면 얼마나 좋을까요?

겐지의 마음과 달리 오다나카는 '빛의 표본'을 받아내지 못하고 떨어트리지만, '톡'이라는 표현이 시 전체의 분위기를 밝게 합니다.

이 시의 제목은 '잔디밭'입니다. 『봄과 아수라』 전체에서 '잔디밭芝生'의 용례는 시 「진공 용매」의 심상 풍경 속 '눈부신 잔디밭'과 이 시의 제목인 '잔디밭' 뿐입니다.

겐지가 있는 곳은 학교 앞 풀밭이니 '잔디밭'은 심상 풍경 속에 존재하는 공간입니다. 겐지는 풀밭에서 캐치볼을 하는 제자를 보며 잘 정돈된 아름다운 잔디밭을 떠올립니다.

겐지의 동화 속에서 바보 겐주가 만든 잔디밭은 이십년 후 모두가 행복하게 쉴 수 있는 공간이 되었습니다.

> "아아, 정말이지 누가 현명하고 누가 어리석은지 알 수 없는 일입
> 니다. 오로지 모든 곳에 미치는 십력의 힘이 신비로울 따름입니
> 다. 이곳은 언제까지나 아이들의 아름다운 공원입니다."
> 이 공원의 삼나무 숲은 정말로 짙푸른 색이며 상쾌한 냄새, 여름
> 의 시원한 그늘, 달빛의 잔디가 수천 명의 사람에게 진정한 행복
> 이 무엇인지를 가르쳐 주었습니다. (「겐주 공원의 숲」)

오늘 학교 앞 풀밭이 십력+力, 부처님의 힘을 느낄 수 있는 신비로운 잔디밭이 됩니다.

노송나무 사이로 기분 좋은 바람이 지나가고, '빛의 표본'처럼 아름다운 햇빛이 내리비치고, 제자가 즐겁게 공놀이를 하고 있으니 참으로 느긋하고 행복한 오후입니다.

창끝 같은 푸른 잎

(mental sketch modified)

　　(흔들흔들 흔들린다 버드나무는 흔들린다)
구름이 온다 온다 남쪽 지평선
하늘의 전기를 모아 온다
새가 운다 운다 푸른 나뭇가지 끝
구름과 버드나무 위 뻐꾸기
　　(흔들흔들 흔들린다 버드나무는 흔들린다)
구름 흩어져 햇살이 쏟아지면
황금 환등　파릇한 풀
대기권 일본 한낮의 밑바닥
진흙에 늘어선 풀의 행렬
　　(흔들흔들 흔들린다 버드나무는 흔들린다)
구름이 온다 온다 해는 은 쟁반
전기를 만드는 냇가의 버드나무
바람이 지나가면 맑은 소리 울리고
말도 뛰어올라 검게 빛난다
　　(흔들흔들 흔들린다 버드나무는 흔들린다)

구름이 흩어졌나 다시 햇살이 쏟아진다

진흙 수프와 풀의 행렬

검게 춤추는 것이 한낮의 등롱 같고

진흙 콜로이드 바닥에서

　　(흔들흔들 흔들린다 버드나무는 흔들린다)

늠름하게 일어서라 일어서라 창끝 같은 푸른 잎이여

누구를 찌르려는 창이 아니다

빛의 밑바닥에서 하루 온종일

진흙에 늘어선 풀의 행렬

　　(흔들흔들 흔들린다 버드나무는 흔들린다)

구름 흩어져 다시 어둠이 걷히면

하늘에는 황수정 여우비

바람에 안개를 밀어내는 주석 버드나무

구름과 하얗게 빛나는 그 버드나무

　　(흔들흔들 흔들린다 버드나무는 흔들린다)

늠름하게 일어서라 일어서라 창끝 같은 푸른 잎이여

하늘에는 전기를 모으는 흰 그물

빛과 그림자 유월의 밑바닥

대기권 일본의 푸른 들판

　　(흔들흔들 흔들린다 버드나무는 흔들린다)

　　　　　　　　　　　　((1922.6.12))

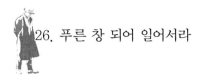

26. 푸른 창 되어 일어서라

이 시에는 'mental sketch modified'라는 부제가 붙어 있습니다. 「봄과 아수라」, 「하라타이 칼춤」에도 같은 부제가 보이는데, 'mental sketch modified'는 '수식된' 심상 스케치, 더 효과적으로 전달할 수 있도록 변형한 스케치라는 의미입니다.

시의 제목인 '창끝 같은 푸른 잎'은 벼 잎이 창처럼 뾰족하게 생긴 것을 표현한 것으로, 막 모내기를 끝낸 볏모의 생명력을 예찬하고 성장을 기원하는 겐지의 기도가 담겨 있습니다.

시 전체를 움직이는 것은 바람으로 시는 괄호로 묶은 '흔들흔들 흔들린다 버드나무는 흔들린다'는 문장으로 시작해 같은 문장으로 끝맺습니다. 흔들리는 버드나무의 묘사는 총 8회로 바람이 끊임없이 불고 있는 풍경을 그려내고 있습니다.

시 전체를 관통하는 바람의 존재는 심상 세계의 풍경을 계속 변하게 합니다. 버드나무를 흔드는 바람은 구름을 부르고, 흩트리고, 다시 불러내며 하늘을 변화무쌍하게 만들어 비와 번개를 예감하게 합니다.

바람이 불러내는 구름과 비와 번개는 풍작을 위해 필요한 요소입니다. 겐지에게 설명을 들어볼까요?

굵은 새끼줄은 구름이며 가늘게 늘어뜨린 짚은 비, 톱니 모양으로 자른 종이는 번개를 나타냅니다. 이것을 신사에 봉납하는 이유는 풍요로운 결실을 기원하기 위해서입니다. 왜냐하면 구름과 비와 번개는 풍작을 위해 없어서는 안 될 요소이기 때문입니다. 구름이 비를 내리게 하고, 번개는 공기 중의 질소를 분해하고, 비가 그 질소를 대지에 내려 줍니다. 질소는 작물의 중요한 영양분입니다. (「교사 미야자와 겐지의 일」)

시의 원문은 7·7·7·5의 정형시로 되어 있습니다. 겐지는 시의 리듬을 살리고 어휘를 반복 사용해 역동적인 풍경을 만들어 냅니다.

'흔들흔들 흔들린다 버드나무는 흔들린다', 괄호 속 첫 번째 바람이 불면 구름이 몰려오고 주위가 어두워집니다. 구름은 하늘의 전기를 모아 오고 새는 버드나무 위에서 울고 있습니다.

동화 「새를 잡는 버드나무」에서 겐지는 새들이 무리 지어 날아가다 버드나무에 내려앉는 것을 '전기 버드나무'가 새들을 자석처럼 끌어당기기 때문이라고 했습니다.

그러니 구름과 버드나무와 뻐꾸기가 있는 풍경에는 구름의 전기와 버드나무의 전기, 즉 하늘과 땅을 관통할 '번개'를 기원하는 겐지의 마음이 담겨 있습니다.

'흔들흔들 흔들린다 버드나무는 흔들린다', 두 번째 바람이 불면 구름은 흩어지고 햇살이 쏟아져 황금빛 세상이 됩니다.

황금 환등이 비춰내는 심상 세계는 파란 볏모가 나란히 서 있는 대기권 일본, 한낮의 밑바닥입니다. '대기권 일본'은 하늘과 우주와 이어진 세계로 심상 세계 속의 이와테, 즉 겐지의 이상향 '이하토브'입니다.

'흔들흔들 흔들린다 버드나무는 흔들린다', 세 번째 바람이 다시 구름을 불러 모으면 하늘에서 불던 바람이 심상 세계로 들어와 버드나무를 흔들어 맑은 소리를 내고, 바람 소리에 놀란 말이 뛰어올라 검게 빛납니다. 하늘의 먹구름과 지상에서 부는 바람이 번쩍이는 '번개'와 '비'를 예고합니다.

'흔들흔들 흔들린다 버드나무는 흔들린다', 네 번째 바람이 다시 구름을 흩어지게 하고 눈부신 태양이 얼굴을 내밉니다. 벼 그림자가 비칠 정도로 알맞게 물을 채웠으니, 볏모는 영양분이 듬뿍 든 '진흙 콜로이드'에서 진흙 수프를 마시고 분명 건강하게 잘 자랄 겁니다. 겐지는 기도를 담아 벼의 생명력을 예찬합니다.

'흔들흔들 흔들린다 버드나무는 흔들린다', 다섯 번째 바람이 붑니다. 넓은 논 가득히 줄 맞추어 심어진 가냘픈 볏모들이 바람을 따라 논물 위로 흔들리고 있습니다. 겐지는 바람에 찰랑거리는 물 위로 얼굴을 내민 모를 향해 튼튼하게 뿌리를 내려 반드시 '창 같은 푸른 잎'으로 '늠름하게 일어서라'고 응원합니다.

'흔들흔들 흔들린다 버드나무는 흔들린다', 이제 여섯 번째 바람이 불어 구름이 흩어지고 다시 밝아진 하늘에서 드디어 황수정 비가 내립니다. 겐지는 '황수정' 위에 '시트린'이라는 음을 달아 레몬처럼 상쾌한 비가 내리는 풍경을 묘사합니다. 여우비가 내리는 심상 세계에 바람이 불어오니, 주석 세공을 한 것처럼 번뜩이는 버드나무가 안개를 날려 보내며 하얗게 빛납니다.

'흔들흔들 흔들린다 버드나무는 흔들린다', 일곱 번째 바람이 버드나무를 흔들고 있습니다.

하늘에서는 구름이 태양을 가리며 빠르게 움직이고, 빛과 그림자를 만들어 내는 유월 하늘 아래로 대기권 일본의 푸른 들판이 펼쳐집니다. 전기를 모으는 구름이 흰 그물을 이루며 모여드는 걸 보니 겐지의 기도가 이루어지려나 봅니다.

'흔들흔들 흔들린다 버드나무는 흔들린다', 또 버드나무가 흔들흔들 흔들립니다. 겐지는 바람에 희망을 실어 보내며 연둣빛 모가 푸른 창끝 같은 벼로 자라나 위대한 자연의 축복 아래 풍작의 기쁨을 맞이할 수 있기를 기원합니다.

보고

조금 전에 불이 났다고 소란 피운 것은 무지개였습니다

벌써 한 시간째 당당하게 뻗치고 있습니다

(1922.6.15)

27. 짧은 보고

'보고'라는 제목대로 시는 무지개에 대해 누군가에게 보고하는 내용입니다.

겐지의 작품 속 무지개는 '진실한 믿음'을 이야기하고 '제행무상'의 깨달음을 주는 존엄한 존재로 그려집니다. 동화 「개머루와 무지개」에서 자신의 숭배를 받아달라고 부탁하는 개머루에게 무지개는 다음과 같이 대답합니다.

> 이 눈앞의 아름다운 언덕과 들판도 모두 일 초마다 깎이고 무너
> 지고 있습니다. 그렇지만 만약 진심의 힘이 이들 속에 나타나면
> 모든 쇠퇴하는 것, 주름진 것, 덧없는 것, 부질없는 것도 모두 끝
> 없는 생명입니다. (중략) 그것은 당신도 마찬가지입니다. 내게 와서
> 나를 빛내는 모든 것은 당신도 빛나게 합니다.

무지개를 동경하는 작은 존재들, 왕자와 소녀와 게와 개머루가 찬양하는 무지개는 크고 상냥하고 고귀한 천상의 존재입니다.

그런데 오늘은 왜 무지개가 소란을 피우고, 당당하게 뻗치고 있다고 말하고 있는 걸까요?

시의 '불이 났다'는 문장은 하늘을 빨갛게 물들인 노을을 가리키는 것입니다. 노을이 지는 풍경을 '산불', '화재'라고 표현하는 것은 겐지가 작은 새와 곤충의 시선으로 자연을 보고 있기 때문입니다.

산불은 점점 물이 흐르듯 퍼져 나갔으며 구름도 빨갛게 타오르는 듯했습니다. (중략) 오늘 밤에도 산불은 새빨갛게 타오르고 있었습니다. 쏙독새는 산불의 희미한 빛과 차가운 별빛 속을 날아다녔습니다. (「쏙독새의 별」)

그런데 노을을 보고 소란을 피운 것은 겐지가 아니라 무지개입니다. 무지개는 프랑스어로는 '하늘의 활 arc-en-ciel'이고 영어와 독일어로는 '비의 활 rainbow, Regenbogen'이라는 뜻입니다.

빨갛게 노을 진 하늘에 소나기가 한차례 지나가고 무지개가 떠오릅니다. 비가 갠 초여름 하늘에 갑자기 나타난 무지개가 겐지의 눈에는 산불을 끄기 위해 급히 나온 것처럼 보입니다.

시에서 '뻗친다'고 번역한 '張る'는 '팽팽하게 당기다'라는 뜻으로도 사용됩니다. 아직 노을이 남아 있는 하늘을 향해 무지개가 활시위를 팽팽하게 당기고 있으니 참으로 늠름하고 당당하게 느껴집니다.

'여전히 당당하게 뻗치고 있습니다', 한 시간째 버티고 있는 무지개에 대한 겐지의 짧은 '보고'입니다.

풍경 관찰관

저 숲은
녹청색을 너무 많이 썼다
그래도 자연의 색이면 할 수 없지만
조금은 푸르킨에 현상 때문인 것 같은데
하늘에게 등황색을 좀 더 보내 달라고 하면
어떨까

아아 이 얼마나 멋진 정신인가
증권 거래소와 의사당에서만
프록코트를 입을 수 있는 건 아니다
오히려 이런 황수정 저녁에
창끝 같은 새파란 벼 사이로
홀스타인 무리를 지도할 때
아주 제격이고 효과도 있다
이 얼마나 멋진 정신인가
설령 옷이 양갱색이고 낡고
때로는 좀 덥기도 하겠지만

저토록 진지한 직립과

풍경 속 경건한 인간을

나는 여태 본 적이 없다

(1922.6.25)

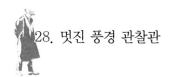

28. 멋진 풍경 관찰관

오늘은 일요일이라 겐지는 오후 늦게까지 자연 속에서 심상 스케치를 하고 있습니다. 외부의 풍경과 심상 세계의 풍경을 끊임없이 관찰하고 기록하고 있자니 자신이 '풍경 관찰자', '심상 관찰자'인 것처럼 느껴집니다.

그래서 오늘은 심상 스케치를 하는 자신을 '풍경 관찰관'에 임명합니다. '풍경 관찰관'은 겐지가 만들어 낸 조어로 '관찰관'이란 직책에서 위엄과 권위가 느껴집니다.

시는 풍경의 색을 이야기하는 전반부와 프록코트를 입은 사람의 멋진 정신을 칭찬하는 후반부로 나뉩니다.

전반부는 풍경 관찰관이 본 풍경입니다. 자연을 관찰하던 풍경 관찰관은 숲에 녹청색이 많은 걸 발견합니다. 자연의 색이라면 할 수 없지만 아무래도 푸르킨예 현상 탓인 것 같습니다.

'푸르킨예 현상'은 체코의 생리학자인 푸르킨예가 발견한 현상으로, 밝은 곳에서 같은 밝기로 보이는 적색과 청색이, 어두운 곳에서는 적색은 어둡게 청색은 밝게 보이는 것을 말합니다.

풍경 관찰관은 숲의 푸른색이 짙어진 것을 발견하고 이유를 분석해 하늘의 담당자에게 개선하도록 지시할 생각입니다.

시는 한 행을 비우고 후반부로 이어집니다. 행을 비운 것은 시간과 공간이 바뀐 것을 의미합니다.

풍경은 이제 창끝 같은 새파란 볏잎들 사이로 홀스타인 젖소가 무리지어 있는 저녁입니다. 관찰관의 보고를 받고 하늘에서 등황색을 보내준 것인지 주위는 온통 황수정, 투명하고 아름다운 노란빛입니다.

황수정 풍경 속에 더워 보이는 낡은 양갱색 프록코트를 입고 경건하고 진지하게 직립한 인간이 보입니다.

풍경 속 '인간'은 누구일까요? 젖소를 끌고 가는 농부일까요? 풍경 속 프록코트를 입은 인간은 풍경 관찰관인 겐지입니다.

그러니 시에는 풍경을 보는 풍경 관찰관과 풍경 속 풍경 관찰관을 보고 있는 '나', 이렇게 두 명의 겐지가 존재하고 있습니다.

풍경 관찰관은 벼 잎과 홀스타인의 배치를 '지도'하며 아름다운 풍경을 만들어 가고 있습니다. 겐지는 풍경을 개선하려고 노력하는 그의 '멋진 정신'에 감탄하고 자연과 일체가 되어 아름다운 풍경을 만들어 내는 그에게 칭찬을 아끼지 않습니다.

겐지는 시 「달그림자와 상처」에서 경건하게 '엄숙한 교회풍의 직립' 자세로 담배를 피우는 것을 푸른 달밤의 야경에 공헌한다고 표현했습니다.

빛나는 푸른 바다 바닥에 서서
너무나도 그렇게 경건하게
한줄기 하얀 담배를 피우는 것은
달빛과 난간 그림자
차가운 달그림자에 대한 공헌이다 (하략)

그러니 풍경 관찰관이 '프록코트'를 입고 '진지한 직립'과 '경건함'으로 풍경 속에 있는 것은 풍경을 더 장엄하고 경건하고 아름답게 만드는 '공헌'인 셈입니다.

자연과 인간이 하나가 되어 만들어 내는 황수정 저녁 풍경이 너무 아름다워서 풍경 관찰관을 칭찬하지 않을 수 없습니다. 정말 멋진 정신을 가진 멋진 풍경 관찰관입니다.

이와테산

하늘의 산란 반사 속에
오래되고 검고 도려낸 것
배열된 빛 분자 밑바닥에
더럽고 허옇고 가라앉은 것

(1922.6.27)

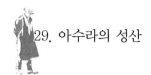

29. 아수라의 성산

　남쪽에서 보면 후지산과 닮았다고 해서 '난부 후지산南部富士山'이라 불리는 이와테산은 동이와테산과 서쪽으로 이어지는 오래된 화산군이 만나 생긴 산으로 지금도 활동하는 활화산입니다. 겐지의 이와테산 등반은 모리오카 중학교 2학년 때부터 시작되었습니다.

　옛날부터 산은 신앙의 대상이고, 등산은 신앙을 위한 수행이었습니다. 등산은 한밤중에 올라가서 일출을 보고 내려오는 식이었는데, 겐지는 학창 시절에만 30회 이상 이와테산을 올랐습니다.

　이와테산은 창작의 원천이 되어주는 웅대한 자연으로 존재하며 겐지의 시, 동화, 단가에 등장합니다. 1917년 10월의 이와테산 등반 경험을 그린 초기 단편 「야나기사와」의 일부분을 소개합니다. 한밤중에 본 눈 덮인 정상의 풍경입니다.

　　오리온과 다른 별이 보내는 어렴풋한 빛, 그 속에 산왕이 눈을 쓰
　　고 우뚝 서서, 검은 대지를 거느리고 끝없이 펼쳐진 공간을 조용
　　히 만나고 지나간다. 자 여러분, 기도해야지. 똑바로 서라.
　　(무상심심미묘법 백천만겁난조우
　　아금견문득수지 원해여래제일의)

　'무상심심미묘법 백천만겁난조우 아금견문득수지 원해여래제일의'는 경을 펼치기 전에 경을 찬미하는 내용을 담은 계송偈頌으로 온 우주에

가득한 부처님께 귀의하며 진실한 뜻을 깨달을 수 있도록 인도해 달라는 내용입니다.

겐지는 이와테산을 천상과 지상이 만나는 성스러운 공간으로 생각하고 있지만, 이 시에서는 성스러운 이미지와 상반되는 오래되고, 검고, 더럽고, 허옇고, 도려내고, 가라앉은 것에 관해 이야기합니다. 제목은 이와테산이지만 본문에는 이와테산이란 단어가 나오지 않고 계절도 짐작할 수 없습니다.

이 시에 대한 해석은 부친을 이와테산에 비유해 부정적으로 비판한 것이라는 게 일반적이지만, '그랜드 전신주'에 수록된 시들의 흐름으로 봐서는 위대한 자연인 이와테산을 노래한 것으로 이해하는 것이 맞을 것 같습니다.

그런데 겐지는 지금 어디서 이와테산을 보고 있는 것일까요? 이와테산이 하늘 바다에 가라앉은 침전물처럼 보인다고 말하는 것으로 보아 이와테산보다 훨씬 크고 넓고 높은 곳에서 이와테산을 전망하고 있는 것 같습니다.

심상 풍경 속에 빛나는 하늘과 이와테산이 나타납니다. 1행과 3행은 하늘의 빛에 대한 묘사입니다. 겐지는 현미경으로 보고 있는 것처럼 눈에 보이는 구름과 하늘을 표현합니다.

겐지의 심상 하늘에 빛이 산란 반사하고 빛 분자가 배열을 이루고 있습니다. '산란 반사'는 빛이 사방팔방으로 어지럽게 흩어지는 것을 말하고, 빛 분자가 배열을 이루고 있다는 것은 빛이 층을 이루고 있다는 의미입니다.

2행과 4행은 이와테산의 묘사입니다. 멀리 보이는 이와테산의 모습이 평소와 달리, 오래되고, 검고, 도려낸 것, 어쩐지 자신과 비슷하게 느껴짐니다. '도려낸 것'은 화산의 분화구를 나타내는 표현입니다.

겐지는 자신을 '인간 세계에 사는 아수라'라고 부릅니다. 아수라는 검고, 더러운 존재, 천상의 세계가 아닌 바다 밑바닥에 가라앉은 존재입니다.

이와테산을 둘러싸고 끝없이 펼쳐지는 하늘을 보며, 겐지는 아수라와 천상의 세계, 빛과 신앙에 대해 생각합니다.

이와테산은 용암이 흘러내리는 과거에서 오랜 시간을 지나 저토록 성스러운 산이 되었지만 여전히 속에 언제 터질지 모르는 불길을 품고 있는 위험한 활화산입니다. 성스러운 산, 마그마를 품고 있는 활화산, 성聖과 속俗의 양면을 다 가지고 있는 이와테산은 검고 더러운 아수라의 성산이 될 자격이 있습니다.

이와테산이 그 억겁의 시간을 버텨내고 허옇게 가라앉아서 저렇게 확실하게 존재하고 있으니 겐지에게도 희망이 생깁니다. 겐지는 아수라의 성산 이와테산에 경배를 올립니다.

'오래되고 검고 도려진 이와테산을 경배합니다. 찬란한 빛의 밑바닥에 더럽고 허옇게 가라앉아 있는 이와테산을 경배합니다. 무상심심미묘법 백천만겁난조우 아금견문득수지 원해여래제일의'

고원

바다인가   나는   생각했는데

역시 빛나는 산이었구나

오호

머리카락   바람 불면

사슴춤이구나

(1922.6.27)

30. 고원의 환희

겐지는 웅대한 이와테산을 정면으로 바라볼 수 있는 고이와이 농장 부근의 고원에 서 있습니다. 시의 장소를 기타가미 산지 다네야마가하라 種山ヶ原 고원으로 보는 것이 정설로 받아들여지고 있지만, 「이와테산」, 「고원」, 「인상」, 「고급안개」가 같은 날 작성한 스케치인 것을 생각하면 농장 부근 고원이 맞을 것 같습니다.

자신이 느끼는 신비로운 감정을 제대로 표현하고 싶었던 걸까요? 겐지는 이와테 방언을 사용해 이와테 사람의 눈으로 이와테의 자연을 생생하게 그려냅니다.

'오호'라고 외치는 3행을 중심으로 시는 전반부와 후반부로 나뉩니다. 겐지는 먼저 바다라고 생각한 빛나는 산에 대해 이야기합니다.

그런데 산을 왜 바다라고 생각했을까요? 운해가 산봉우리를 감고 흘러가 산이 마치 바다 위에 있는 섬처럼 보였던 걸까요?

시 「이와테산」에서 겐지는 이와테산을 하늘 바다에 가라앉은 침전물이라고 표현했습니다. 그러니 겐지가 바다라고 생각한 것은 산이 아니라 산과 자신이 있는 세계 전체입니다.

자신이 있는 곳이 바다 밑바닥이라 생각했는데 그게 아니었던지 갑자기 눈앞에 빛나는 산이 보입니다. '빛나는 산'은 성스러운 산인 이와테산입니다.

어두운 바다 밑바닥이던 곳이 눈부신 푸른 고원으로 바뀌고, 자신은 아름답게 '빛나는 산'을 올려다보고 있습니다. 마치 다른 세계로 들어온 것 같아 '오호'하는 감탄사가 저절로 나옵니다. 여기는 도대체 어디인 걸까요?

시는 이제 바람과 사슴춤의 세계로 이어집니다. 이와테현의 민속예능인 사슴춤은 진짜 사슴뿔을 머리에 쓰고 추는 춤입니다. 사슴춤이 등장하는 동화 「사슴춤의 기원」은 투명한 바람이 전해주는 '사슴춤의 진정한 정신'에 대한 이야기입니다.

> 북쪽에서 차가운 바람이 불어와 휘잉 울었고, 오리나무는 정말로 부서진 강철 거울처럼 반짝였으며, 잎과 잎이 스치며 찰랑찰랑 소리를 내는 것 같았고, 참억새 이삭까지 사슴과 뒤섞여 함께 빙글빙글 돌고 있는 것처럼 느껴졌습니다. 가주는 이제 자신과 사슴의 차이를 완전히 잊고 "오호. 좋아, 좋아"하고 외치며 참억새에서 뛰어나갔습니다.

사슴춤의 진정한 정신은 아름다운 자연을 경배하고 자연과 일체가 되려고 하는 정신입니다. 동화의 주인공 가주는 바람이 파도가 되어 전해주는 사슴의 이야기를 들으며 사슴과 하나가 되는 경험을 합니다.

고원에 홀로 서 있는 겐지의 머리카락이 살짝 바람에 날립니다. 동화에서처럼 투명한 바람이 불면 모든 것이 변할 것 같습니다.

'오호, 오호', 바람이 불어 머리카락이 위로 날아오르면, 이곳은 사슴춤의 진정한 정신인 자연과 사람이 하나 되는 신비한 세계로 바뀝니다.

'오호, 오호', 겐지가 사슴처럼 뛰어올라 아름다운 자연을 찬양합니다. 바람에 휘날리는 빛나는 고원에서 자연과 교류하는 겐지의 가슴이 환희로 벅차오릅니다.

인상

낙엽송이 푸른 것은
나무의 신선함과 신경의 성질 양쪽에서 온다
그때 전망차의 남색 신사는
X자형 고리가 달린 혁대를 하고
투명하고 곧게 서서
병들어 보이는 얼굴로
빛의 산을 보고 있었다

(1922.6.27)

31. 인상과 현상

시의 제목은 '인상'입니다. 시의 앞부분은 낙엽송의 인상, 뒷부분은 신사의 인상에 대한 묘사입니다. 겐지는 낙엽송의 인상이 푸른 것은 나무의 신선함과 신경의 성질 양쪽에서 온 것이라고 말합니다.

'신경의 성질'이란 무엇을 말하는 걸까요? 겐지는 의식이 수많은 신경 세포로 구성되어 있고, 의식의 흐름은 세포의 움직임이라고 설명합니다.

> 흑과 백 세포의 모든 순서를 만들고
> 그것을 그 세포가 그 세포 자신으로서 느끼고 있고
> 그것이 의식의 흐름이고
> 그 세포가 또 많은 전자 계열로 되어 있어서
> 필경 나라는 것은 나 자신이
> 나로서 느끼는 전자계의 어떤 계통을 말하는 것이다
>
> (시 노트 1018)

겐지가 말하는 '신경의 성질'이란 신경 세포의 성질로 지금 자신이 느끼는 '의식의 흐름'이며 끊임없이 생성되고 변화하는 의식을 의미합니다.

낙엽송이 푸른 것은 나무가 가지고 있는 '신선함'과 나무를 보고 있는 겐지의 의식이 푸르고 신선하기 때문입니다. 그러니까 낙엽송이라는 현상과 나라는 현상이 융합되어 하나의 현상이 되고, 그것에서 지금 느끼는 인상이 '푸르름'이라는 겁니다.

심상 세계의 구조를 이해한 겐지는 이제 전망차의 남색 신사를 바라봅니다.

전망차는 일등 열차에 전망대가 붙은 것으로, 당시에 전망차가 동북 지방까지 왔다는 기록이 없으니 이 풍경은 심상 세계 속 풍경이라 볼 수 있습니다.

귀한 가죽 허리띠를 하고 일등 열차를 타고 있으니 세련된 부자일 것 같은데, 겐지는 낙엽송처럼 곧게 서 있는 신사를 '남색 신사'라 부르고 투명하고 병들어 보인다고 말합니다.

'남색 신사'가 병들어 보이는 것도 신사의 복장과 신사를 보고 있는 겐지의 신경의 성질, 양쪽에서 온 것입니다.

남색은 청색보다 조금 더 짙은 색으로 겐지의 시와 동화에서는 주로 밤의 색, 그림자의 색으로 사용됩니다. 같은 푸른색인데 청색과 남색의 인상은 이렇게 '신선함'과 '병'으로 다르게 느껴집니다.

병들어 보이는 남색 신사가 빛의 산을 보고 있습니다. 『봄과 아수라』 전체에서 '빛나는 산', '빛의 산'의 용례는 같은 날 작성된 「고원」과 이 시 밖에 없으니 빛의 산은 이와테산일 겁니다.

남색 신사가 바라보는 심상 풍경 속 '빛의 산'은 어떤 모습일까요? 신사가 남색으로 느껴지니 심상 세계도 짙은 남색일 테고, 심상 풍경 속 산도 아마 '오래되고 검고 도려낸 것'처럼 보이지 않았을까요?

청색과 남색이 다르게 느껴지고, 이와테산의 느낌이 변하는 것은 모두 신경의 성질에서 온 것입니다.

겐지는 대자연의 풍경 속에서 자신을 들여다보며 '신경의 성질'이 풍경과 하나가 되어 눈에 보이는 풍경의 '인상'을 만들어 내고, 그 인상이 심상 세계의 시공간을 바꾸는 것을 깨닫습니다.

눈에 보이는 풍경도 실체가 아니라 현상이고, '인상'도 마음이 만들어 내는 '지나가는 하나의 현상'일 뿐입니다.

그런데 오늘 자신의 마음은 왜 이렇게 요동치고 있는 걸까요? 겐지는 햇살 속에 빛나고 있는 '빛의 산'을 바라보며 다시 심상 스케치를 이어갑니다.

고급 안개

이 녀석은 이제

아주 환한 고급 안개입니다

자작나무도 싹이 트고

귀리도

농가 지붕도

말도 그 모든 것도

너무나 빛나고 눈부셔서

    (잘 알고 계시겠지만

    햇살 아래 청색과 금색

    낙엽송은

    확실히 분비나무를 닮았습니다)

너무 눈부셔서

공기조차 조금 아플 정도입니다

                            (1922.6.27)

 32. 고급 풍경

　겐지는 '너무나' 눈부셔서 아프게 느껴질 정도로 빛나는 햇살 아래 서 있습니다. 「이와테산」부터 「고급 안개」로 이어지는 네 작품 속에 '빛'이 공통으로 등장하는 것으로 봐서, 6월 27일은 날씨가 아주 좋았던 모양입니다.

　겐지는 '이 녀석'이라는 친근한 말투로 '이제' 아주 환해진 '고급 안개'에 대해 이야기합니다. 본문의 고급이라는 한자 위에는 '하이 그레이드'라고 음도 달려 있습니다.

　겐지의 시집과 문어시 전체에서 '고급'이라는 단어가 사용된 것은 「고급 안개」가 유일하니, 아주 특별한 안개인가 봅니다.

　동화 「목련」에는 안개가 자욱한 험준한 산길을 홀로 걷는 료안이라는 인물이 등장합니다. 안개 속을 걷다 지쳐 잠이 든 료안은 누군가가 외치는 소리를 듣습니다.

> '이것이 너의 세계야, 너에게 딱 어울리는 세계야, 그보다 더 진실은 네 안의 풍경이야.' (중략)
> '이것은 이것은/ 번뇌의 숲이 아니라/ 인고를 배우는 봄의 도장'
> 어디선가 이런 목소리가 확실하게 들려왔습니다. 료안을 눈을 떴습니다. 안개가 몸에 차갑게 스며들고 있었습니다.

　료안은 안개가 침울해진 것을 보고 안개에게 미소를 보냅니다. 그러자 안개가 확 밝아지고, 료안은 안개와 교감하며 새하얀 목련꽃과 황금풀이 빛나는 고원을 만나게 됩니다. 료안은 빛나는 고원을 만나게 된 것은 험준한 산골짜기를 건너왔기 때문이라고 말합니다.

"이곳은 정말로 평평하군요." 료안은 뒤쪽의 아름다운 황금 풀이 덮인 고원을 바라보며 말했습니다. 그 사람은 웃었습니다.

"네, 평평합니다. 하지만 이 평평함은 험준함에 대한 평평함입니다. 진정한 평평함은 아닙니다."

"그렇습니다. 내가 험준한 산골짜기를 건너왔기 때문에 평평한 것입니다."

그리고 보니 '고급 안개'도 하루 종일 요동치는 마음을 들여다보며 심상 스케치를 이어온 결과입니다.

'고급 안개'는 어떤 안개일까요? 사실 안개가 끼면 햇빛이 있어도 주위가 어둡게 느껴질 텐데 시의 분위기가 너무 환하고 눈부십니다. 그렇다면 겐지가 보고 있는 것은 아주 맑은 날 숲에서 만날 수 있는 빛내림, 나뭇잎 사이로 빛이 내리는 풍경이 아닐까요? 빛이 내리는 풍경을 '고급 안개'라고 표현했다면 고급 안개는 '빛' 자체를 의미합니다.

시의 '밝다', '환하다', '빛나다', '눈부시다', '햇살'은 모두 빛의 표현입니다. 심상 풍경이 어두워졌다 밝았다 반복하다 '이제' 비로소 아주 환해지게 된 모양입니다.

환해진 심상 세계 속에서 자작나무, 귀리, 농가, 말, 낙엽송, 모든 것이 다 눈부시게 빛나고 있습니다.

'자작나무, 귀리, 농가, 말, 낙엽송'이 있는 풍경은 시 「고이와이 농장」

의 풍경입니다. 그러니 이곳은 넓은 고원이 펼쳐지고 이와테산이 보이는 고이와이 농장 부근인 게 틀림없습니다.

공기도 따가워할 정도로 모든 것이 '너무' 빛나고 눈부셔서 오히려 과분하게 느껴지는 '고급 풍경'입니다.

전차

터널에 들어간다고 전등을 켠 것이 아닙니다.
차장이 그냥 재미 삼아 켠 것이지요
이렇게 콩밭에 부는 바람 속에서

　글쎄　산불이겠지요
　글쎄　산불이겠지요
　너무 크니까요
　어라　저 건너 빛나는 것은 구름이군요
　나무를 자르고 있네요
　아뇨　역시 산불이겠지요

어이　자네
일본의 참억새 들판을 지나가는 카란사의 부하여
바람이 모자를 날려 버릴 거야
푸른 피 들판을 지나가는 빈약한 카란사의 졸개여
자네 말은 벌써 땀으로 범벅이 되었군

(1922.8.17)

33. 조용한 전차

바람 부는 콩밭 옆으로 전차가 달리고 있습니다. 8월 중순은 콩꽃이 개화하는 시기이니, 잎들이 햇살과 바람에 반짝이며 출렁이고 있었을 터입니다. 콩밭은 겐지의 작품에 자주 등장하지만 바람에 흔들리는 콩밭 풍경이 나오는 것은 이 시와 다음에 소개하는 시뿐입니다.

> 바람 불어
> 콩밭이 허둥지둥
> 뒤집혀서 번득이고
> 어쩐지 심란하다 (가고 249)

콩밭에 바람이 부는 풍경은 겐지를 심란하게 하는 풍경입니다. 바람 부는 콩밭을 지나가니 마음이 심란한데 갑자기 객차에 전등이 켜집니다. 터널을 지나가는 것도 아닌데 차장이 그냥 재미 삼아 켠 것입니다. 전등이 켜진 객차 안에서 멀리 보이는 산을 두고 이야기가 오갑니다.

지는 해를 품은 구름이 빛나고, 산에는 벌목의 흔적이 남아 있습니다. 산불로 보이는 것은 석양에 물들어 가는 하늘일 텐데 대화를 나누는 두 사람은 산불일 거라고 반복해서 말합니다. 산불이라면 좋겠다고 생각하고 있는 걸까요?

겐지는 자연을 훼손하는 행위에 깊은 죄의식을 가지고 있습니다. 동화 「떡갈나무 숲의 밤」에는 나무를 벤 세이사쿠를 '전과 98범의 전과자'라고 부르는 장면이 있고, 시 「묘성」에도 '산에 들어가 나무 베는 자/ 돌아올 때는 반드시 주눅이 든다'는 표현이 보입니다. 그러니 나무가 잘려 나간 것이 아니라 차라리 산불로 타고 없어진 것이라 믿고 싶었던 건지도 모르겠습니다.

창밖으로 보이는 산이 겐지를 더 심란하게 만들고, 전차는 이제 콩밭을 지나 잡초가 무성한 들판을 달립니다.

들판에는 카란사의 부하와 카란사의 졸개처럼 보이는 농부들이 있습니다. 카란사는 멕시코 혁명 지도자로 내전을 평정하고 대통령에 취임하지만 개혁을 꺼려 민심을 잃고 1920년에 암살당한 인물입니다.

들판의 농부가 왜 카란사의 부하처럼 보인 걸까요? 농부가 쓰고 있는 밀짚모자가 멕시코 모자 솜브레로와 비슷해서 카란사를 떠올린 것일까요? 아니면 잡초 무성한 들판에서 정신없이 일하는 모습이 지도자를 잃고 우왕좌왕하는 카란사의 부하처럼 보인 걸까요?

들판의 참억새는 잎이 억세서 목초나 퇴비로 쓰이는 풀이고, 피는 벼보다 빨리 자라 농부가 가장 싫어하는 잡초입니다. 가난한 농부를 바라보는 겐지의 마음이 또다시 심란해집니다. 끝없이 자라나는 잡초와 씨름하느라 농부는 오늘도 바쁜 하루를 보냈을 테고, 농부의 짚말도 땀으로 범벅이 되었습니다.

지금 들판을 달리고 있는 전차는 하나마키 궤도선이라 불리는 일종의 노면 전차입니다. 기적을 울리며 달리는 증기 기관차와 달리 공중에 가설한 전선에서 전력을 공급받아 궤도를 달리는 전차입니다. 이와테현은 홋카이도 다음으로 전기 보급이 늦은 지역입니다. 전등을 켠 채 달리는 전차와 아직 전등이 없는 산촌에 사는 가난한 농부의 모습이 대비되는 풍경 속에 심란한 겐지를 태운 노면 전차가 숨을 죽이고 조용히 달리고 있습니다.

천연 유접

　　호쿠사이의 오리나무 아래에서

　　노란 풍차가 돌아간다 돌아간다

한 그루 삼나무는 천연 유접이 아닙니다

느티나무와 삼나무가 같이 나고 같이 자라

결국 줄기가 달라붙어서

매서운 태양 아래 서 있을 뿐입니다

새도 살고는 있습니다만

(1922.8.17)

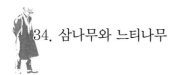

34. 삼나무와 느티나무

「전차」와 같은 날의 스케치입니다. 겐지는 들여쓰기를 해 자신의 내면 깊숙한 곳의 풍경을 그려냅니다. 심상 풍경 속 더 깊은 겐지의 심상 세계에는 호쿠사이의 오리나무 아래에서 노란 풍차가 돌아가고 있습니다.

호쿠사이는 후지산의 풍경을 그린 '후가쿠 삼십육경富嶽三十六景'으로 유명한 에도 시대 우키요에 화가 가쓰시카 호쿠사이葛飾北斎입니다. 겐지는 호쿠사이의 그림에 영감을 받아 직접 '태양과 산'이라는 그림을 그리기도 했습니다.

시에 나오는 '호쿠사이의 오리나무'는 호쿠사이의 '후가쿠 삼십육경' 중에서 오리나무와 바람이 등장하는 '슨슈에지리駿州江尻'입니다. 이 작품은 눈에 보이지 않는 바람을 표현한 것으로, 강풍에 날아가지 않으려고 몸을 잔뜩 숙이고 있는 사람들과 돌풍에 날아가는 나뭇잎과 종이, 나그네의 삿갓을 그린 것입니다. 그림 속에서 의연히 버티고 있는 것은 멀리 보이는 후지산뿐입니다.

호쿠사이의 그림에 나오는 '오리나무'는 겐지의 작품에서도 바람에 흔들리는 모습으로 등장합니다.

바람이 불어 바람이 불어(중략)

오리나무 방울 춤춘다 춤춘다(중략)

오리나무 방울 흔들린다 흔들린다 (「바람이 불어 바람이 불어」)

그러니 오리나무 아래에서 노란 풍차가 돌아가는 풍경은 매우 강한 바람이 부는 풍경입니다. 전차에서 내내 심란해 하더니 심상 세계 깊숙한 곳에 바람이 불어대고 있습니다.

심상 풍경 속에 한그루 삼나무, '잇뽄스기'라 불리는 삼나무가 보입니다. 겐지가 지금 서 있는 곳은 하나마키시 유구치무라湯口村입니다.

시의 '한그루 삼나무'는 1954년의 마을 소식지에 '하나마키 전철 잇뽄스기역 서쪽, 유구치 초등학교 교내에 있는 삼나무와 느티나무가 상생해서 주위 40척 높이 90척'이라고 소개된 삼나무인 것 같습니다.

한그루 삼나무가 느티나무와 붙어 있는 것을 보고 누군가 '천연 유접天然誘接'이라고 했는지, 겐지는 한그루 삼나무는 천연 유접이 아니라고 주장합니다. 시의 제목은 천연 유접이지만, 천연 유접이 아니라는 것이 중요합니다.

그렇다면 천연 유접이란 무엇일까요? 천연 유접은 겐지의 조어로『미야자와 겐지 어휘 사전』에는 천연의 가지를 붙여서 접목한 후 접붙인 나무의 뿌리를 잘라 내는 것이라고 나와 있습니다. 두 나무를 가깝게 심어 접목한 후 한쪽은 가지를 한쪽은 뿌리를 잘라 내어 한 그루의 나무로 만들었다는 건데, 시의 묘사로 봐서는 접붙이기한 것처럼 자연 접목을 하여 한몸이 된 연리목을 말하는 것이 아닐까 싶기도 합니다. 둘 다 줄기가 합쳐져 서로의 수액을 나눠 먹으며 상생하는 한 그루 나무인 점은 같으니 시의 의미가 달라지지는 않습니다.

그런데 겐지는 한그루 삼나무는 각자의 독립한 수목이 있으니 천연 유접이 아니라고 말합니다. 같이 나고 같이 자라 들러붙어 있기는 하지만 삼나무는 삼나무로서, 느티나무는 느티나무로서 각자 '매서운' 태양을 견디며 살아가고 있다는 것을 강조합니다.

한그루 삼나무, 그러니까 삼나무와 느티나무는 시 「휴식」에서도 서로 부대끼며 살아가는 모습으로 등장합니다.

> 땅바닥에서는 삼나무와 느티나무 뿌리가
> 서로 얽히고 서로 빼앗으며
> 이 메마른 땅의 물과 이끼에서
> 무서운 정맥처럼 튀어나오고
> 하늘에서는 구름이 조용히 동쪽으로 흘러가고
> 삼나무 우듬지는 마르고
> 느티나무 이삭은 바람에서 뭔가 잡아서 먹고 살아가겠지
> ······삼나무가 느티나무를 시들게 할 수도 있고
> 느티나무가 삼나무를 시들게 할 수도 있다······
>
> (『봄과 아수라』 시고 보완)

서로 달라붙어 태양 아래 서 있는 한그루 삼나무를 보며 겐지는 서로 다른 사람들이 같이 사는 것이 삶이라는 것을 생각합니다. 같은 시대에 태어나 같이 살아가야 하는 존재이지만, 애당초 생각이 다르니 서로 얽히기도 하고 빼앗기도 합니다. 그렇지만 그것이 인생인 겁니다. 그러고 보니 세상에 나무만 있는 것도 아닙니다. 새도 살고 있으니, 자신과 같은 뜻을 가진 사람을 만나기란 참으로 어려울 것 같습니다. 냉엄한 현실을 직시하는 겐지의 심상 세계에서 노란 풍차가 빙글빙글 돌아가고 있습니다.

하라타이 칼춤패
(mental sketch modified)

dah-dah-dah-dah-dah-sko-dah-dah

오늘 밤 괴이한 옷을 두른 조각달 아래

닭의 검은 꽁지깃 두건에 꽂고

외날 장도 번뜩이는

하라타이 마을의 춤꾼들이여

연분홍색 봄 수액을

알프스 농민의 고난에 뿌리고

싱그러운 새벽의 풀빛 불꽃을

고원의 바람과 햇빛에 바치고

보리수 껍질과 새끼줄 두른

대기권 전사 나의 친구들이여

푸르게 펼쳐진 넓은 하늘이 깊어지니

졸참나무와 너도밤나무의 시름을 모아

사문암 산지에 화톳불 밝히고

노송나무 머리카락 흔들어

마르멜루 향이 나는 하늘에

새로운 성운을 불태워라

    dah-dah-sko-dah-dah

살갗은 부식질과 흙에 깎이고

근육과 뼈는 차가운 탄산에 거칠어져

다달이 햇빛과 바람에 애태우며

경건하게 살아온 스승들이여

오늘 밤 은하와 숲의 축제

준평원 지평선에

더욱더 힘차게 북을 두드려

달 가린 옅은 구름에 울리게 하라

    Ho! Ho! Ho!

        먼 옛날 닷타의 아쿠로왕

        2리나 되는 암흑 동굴

        건너는 것은 꿈과 흑야신

        목은 잘려 절여져서

안드로메다도 화톳불에 흔들리고

        푸른 가면 이 허풍선이

        칼 맞고는 어푸어푸

        밤바람 아래 거미의 춤

        위장을 게우고 버둥버둥

dah-dah-dah-dah-dah-sko-dah-dah

다시 정확하게 칼날을 부딪쳐

벼락같은 푸른 불꽃을 내리고

사방의 밤 귀신을 불러들여

수액도 떨고 있는 오늘밤 이 하룻밤

붉은 옷자락 땅에 휘날려서

우박 구름과 바람을 받들어라

dah-dah-dah-dahh

밤바람 아우성치니 노송나무 흔들리고

달빛은 쏟아져 내리는 은빛 화살

찌른 자도 찔린 자도 불꽃 같은 생명

칼날 부딪치는 소리 멈추지 않고

dah-dah-dah-dah-dah-sko-dah-dah

칼날은 벼락을 내리고 억새 이삭 사그락거리고

사자자리에서 비처럼 쏟아지는 불꽃

흔적없이 사라진 하늘 들판

찌른 자도 찔린 자도 하나의 생명

dah-dah-dah-dah-dah-sko-dah-dah

((1922.8.31))

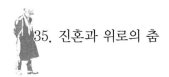

35. 진혼과 위로의 춤

「하라타이 칼춤패」에는 'mental sketch modified'라는 부제가 붙어 있어 더 효과적으로 전달할 수 있도록 수식된 심상 스케치라는 것을 나타내고 있습니다.

『봄과 아수라』 전체에서 'mental sketch modified'라는 부제가 붙어 있는 것은 이 시와 「봄과 아수라」, 「창끝 같은 푸른 잎」 세 작품뿐입니다.

이와테현의 민속 예능인 칼춤은 망령 구제와 정령 공양을 위한 것으로 각지에 전승되어 왔습니다. 겐지는 1917년 토지조사를 위해 방문한 에사시江刺 지방의 칼춤에 강렬한 인상을 받아 이데무라伊手村와 하라타이무라原体村의 칼춤패를 노래한 7편의 단가를 남겼습니다.

> 593 으스름달 밑/ 번뜩이기 시작하는/ 춤추는 아이
>
> 괴이한 모습 보니/ 눈물이 나는구나
>
> 594 으스름달 밑/ 모여서 춤을 추는/ 칼춤패
>
> 괴이한 모습 번뜩이니/ 밤이 깊구나
>
> 595 으스름달 밑/ 번뜩이며 춤추는/ 무용수
>
> 닭 깃을 꽂은/ 괴이한 모습 덧없어라
>
> 596 칼춤의/ 옷깃/ 번뜩여
>
> 으스름달 젖은/ 땅에 나부낀다 (「上伊手劍舞連」, 가고)

604 정처 없이 헤매는/ 해질녘 새와/ 비슷하지 않은가

　　푸른 가면 쓰고/ 춤추는 젊은이

605 젊은이가/ 푸른 가면 아래로/ 한숨

　　깊어가는 밤에/ 나온 조각달 (「原体劍舞連」, 가고)

푸른 가면의/ 젊은이여/ 그리도 순수하게

무엇을 찾으려고/ 춤을 추는가　(「原体劍舞連」, 『아자리아』)

　　내용을 보면 이데무라 칼춤의 단가는 춤을 추는 아이들의 괴이한 복장을 인상적으로 표현한 것이고, 하라타이 칼춤의 단가는 푸른 가면을 쓰고 춤추는 젊은이를 그린 것입니다.

　　이들 단가와 「하라타이 칼춤패」를 비교하면 겐지가 두 지역의 칼춤을 혼합하여 채용하고, 고원의 신비로운 이미지와 아쿠로왕 전설을 등장시켜 독창적인 심상 풍경을 만들어 내었다는 것을 알 수 있습니다. 날짜의 이중 괄호는 당일의 스케치가 아닌 것을 나타내는 표시입니다.

　　시 「하라타이 칼춤패」는 영문으로 표기된 추임새를 중심으로 춤꾼의 노래, 악사의 노래, 푸른 가면의 춤, 진혼의 춤 네 부분으로 나눌 수 있습니다.

　　시는 'dah-dah-dah-dah-dah-sko-dah-dah'라는 북소리와 추임새로 칼춤의 시작을 알립니다. 원래 하라타이 칼춤은 12세까지의 아이들이 추는 춤이지만 시에서 춤추는 것은 젊은 청년들입니다.

　　겐지는 괴이한 구름을 두른 조각달 아래에서 괴이한 복장으로 춤을 추는 젊은 춤꾼의 고단한 삶을 위로하고 격려합니다.

　　'연분홍색 봄 수액'을 가진 춤꾼들은 '싱그러운 새벽' 같은 젊은 '풀빛

불꽃'을 고원의 바람과 햇빛에 바치고 가난한 목부의 삶을 살아가야 합니다.

겐지의 동화 「다네야마가하라 고원」과 「바람의 마타사부로」에는 사문암 산지인 기타가미 산지에서 소와 말을 방목하는 가난한 목부들이 등장합니다. 그들을 '알프스 농민'이라 표현한 것은 여름에는 고원에서 생활하고 겨울에는 소와 말을 데리고 마을로 내려가는 생활을 하기 때문입니다.

겐지는 춤추는 청년들을 '대기권 전사', '나의 친구들'이라 친밀하게 부르며 숲속의 시름을 모아 화톳불을 밝히고, 춤을 추어 '새로운 성운'을 불태우라고 고무시키고 있습니다.

겐지의 심상 풍경 속에 하라타이 마을과 알프스 고원이 교차하고 대기권과 하늘의 성운이 펼쳐지고, 겐지는 이들의 춤이 하늘에 가 닿기를 기원합니다.

'dah-dah-sko-dah-dah'

큰북의 격렬한 리듬이 울리고, 이제 겐지는 젊은이의 뒤에서 악기를 연주하는 나이든 악사들을 '스승'이라 부르며 그들의 경건한 삶에 존경을 표하고 흥을 북돋웁니다.

이들은 오랜 세월 척박한 땅과 '탄산', 이산화탄소를 품은 비를 견디며 살아온 사람들입니다. 겐지는 북을 더 크게 울려서 구름을 움직이고 은하와 숲의 축제를 시작하자고 부추깁니다.

'Ho! Ho! Ho!'

은하와 숲의 축제가 시작되고 푸른 가면이 망령을 불러내는 춤을 춥니다. 하라타이 칼춤은 일본 조정에 정복당하기 전, 에조蝦夷라 불렸던 이 지역의 억울한 영혼을 위한 공양 춤입니다. 원래 춤추는 아이 중 한

명이 검은 가면에 붉은 허리띠를 두르고 지팡이와 깃발을 들고 춤을 추는데, 시에서는 검은 가면이 아니라 이데무라 칼춤의 푸른 가면이 등장합니다.

푸른 가면이 검은 꽁지깃을 머리에 꽂고 큰북 소리에 맞춰 에조의 망령을 불러내는 춤을 시작하자, 겐지는 아쿠로왕을 떠올립니다. 시에 등장하는 아쿠로왕은 닷타達谷 동굴 주변을 지배했던 에조의 영웅인 '아테루이'로 추정되는 인물입니다. 겐지는 닷타의 암흑 동굴로 건너가는 것은 아쿠로왕의 꿈과 어둠의 신인 흑야신 뿐이고, 아쿠로왕의 머리가 무참하게 잘리고 절여졌다고 전합니다. 닷타 동굴은 아쿠로왕의 망령이 꿈속에서만 만나던 그리운 고향 에조입니다.

아쿠로왕의 사연을 전하는 춤과 악기의 파동이 하늘에 닿았을까요? 안드로메다 성운이 화톳불에 흔들리고, 드디어 아쿠로왕의 망령이 푸른 가면의 모습으로 에조의 땅 하라타이무라에 나타납니다. 푸른 가면은 아쿠로왕이 느꼈을 마지막 감정, 죽음의 고통을 표현합니다. 푸른 가면의 춤은 동화 「다네야마가하라 고원」에도 등장합니다.

> 두 무리로 나뉘어 칼이 카창카창 울립니다. 푸른 가면이 나와서
> 물에 빠진 듯한 모습으로 안간힘을 쓰며 뛰어오릅니다. 아이들이
> 울음을 터뜨렸습니다.

'dah-dah-dah-dah-dah-sko-dah-dah'
이제 춤꾼들이 모두 다 같이 뛰어올라 칼날을 부딪치고 벼락같은 불꽃을 내려, 이 땅을 지키다 목숨을 잃은 에조의 영웅과 이 척박한 땅에서 이름 없이 사라져 간 농민들의 원혼을 불러냅니다. 사방에서 밤 귀신

이 몰려드니 두렵고 몸이 떨리지만 더 힘껏 뛰어올라 옷자락을 힘차게 흔들고 우박 구름과 바람의 리듬에 맞춰 몸을 움직입니다. 땅과 하늘 사이에서 숲과 인간이 하나가 되어 떠도는 영혼을 위해 오늘 밤 이 하룻밤 은하와 숲의 축제를 열고 칼춤을 바칩니다.

'dah-dah-dah-dahh'

큰북 소리가 울려 퍼지고, 밤바람은 영혼의 아우성이 되어 휘몰아치고 달빛은 원령의 한이 되어 화살처럼 쏟아집니다. 칼이 끝없이 부딪치고 숲이 출렁이고 온 우주가 하나의 리듬으로 움직이니 무엇 때문에 이토록 오래 구천을 떠돌고 있는지 잊어버릴 정도입니다. '찌른 자도 찔린 자도 불꽃 같은 생명', 모두가 불꽃처럼 사그라질 찰나의 생명일 뿐인데 말입니다.

'dah-dah-dah-dah-dah-sko-dah-dah'

칼춤이 하늘에 닿아 벼락을 내리고 하늘의 바람이 내려와 이삭을 흔드니 이제 이곳은 전쟁터가 아니라 바람 부는 초원입니다. 가을 하늘에서 은하와 숲의 축제가 끝난 것을 알리는 별똥별이 비처럼 쏟아지고, 들판을 떠돌던 영혼은 이제 불꽃처럼 사라져 흔적도 없습니다.

'찌른 자도 찔린 자도 하나의 생명', 우리는 모두 기타가미 산지에서 태어나 사라지는 하나의 생명이며, 빈부귀천 없이 동등한 가치를 가진 하나의 생명입니다.

하라타이 칼춤은 천지 만물이 교감하는 은하와 숲의 축제입니다. 하늘과 땅과 우주의 리듬 속에 사방팔방의 넋을 진혼하는 하라타이 칼춤을 보며 겐지의 영혼이 위로를 얻습니다.

그랜드 전신주

비와 구름 지면에 드리워
억새의 붉은 이삭도 씻기고
들판이 상쾌해지니
하나마키 그랜드 전신주
백 개의 애자로 모여드는 참새

약탈하러 논에 들어가
휘익휘익 휘익휘익 날아서
구름과 비를 안은 햇빛 속에
재빨리 하나마키 큰 삼거리
백 개의 애자에 돌아오는 참새

(1922.9.7)

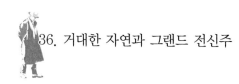

36. 거대한 자연과 그랜드 전신주

　집 근처의 삼거리에 서 있는 전신주를 노래한 시로, 시에 나오는 '그
랜드 전신주', '하나마키 큰 삼거리ㅊ三叉路'라는 표현은 겐지가 만든 조어
입니다. 겐지의 생가가 있는 도요자와 거리에서 다리를 건너가면 길이 나
뉘고 Y자 형태의 거리가 나오는데 겐지는 이곳을 '하나마키 큰 삼거리'라
명명하고, 도로에 늘어선 전신주를 '그랜드 전신주'라 부릅니다.

　시는 총 2연으로 이루어져 있습니다. 1연은 소나기가 그치고 비구름
이 낮게 깔린 하나마키의 풍경입니다.

　동북지방의 짧은 여름이 지나가고 잠시 내린 비에 억새의 붉은 이삭
이 깨끗하게 씻기고 들판도 상쾌해졌습니다. 참새도 신이 나서 하나마키
그랜드 전신주에 달린 백 개의 애자에 모여들고 있습니다.

　애자는 전선을 지탱하고 절연하기 위하여 다는 사기로 만든 기구로,
전신주 하나에는 보통 열 개의 애자가 설치됩니다. 당시 하나마키 삼거리
를 따라 전신주가 늘어서 있었다고 하니 시의 '백 개의 애자'라는 표현이
과장은 아닌 것 같습니다.

　그랜드 전신주를 바라보는 겐지의 심상 풍경이 비에 씻긴 풀과 들판
처럼 맑고 깨끗해지고, 우뚝 솟은 그랜드 전신주 위의 참새도 시원해 보
입니다.

　2연은 비구름 사이로 태양이 비치고 참새가 부지런히 논과 전신주를
오가는 풍경입니다. 겐지는 싱싱한 벼 사이를 날아다니는 참새의 모습을
약동감 넘치게 그려내면서도 참새가 논에 들어가는 행위에 대해서는 '약

탈'이라고 표현합니다.

농부의 처지에서 보면 애써 키운 벼이삭을 쪼아 먹는 참새는 나쁜 약탈자입니다. 속상한 겐지의 마음을 알 리 없는 참새는 휘익휘익 휘익휘익 잘도 날아다닙니다.

훌륭한 그랜드 전신주의 주인은 사람인데 참새가 마치 제집처럼 드나들고 있습니다. 귀한 벼를 훔치는 주제에 참새는 어찌 저리도 당당하게 전신주 위로 돌아올 수 있는 걸까요?

그러다 문득 깨닫습니다. 참새는 그랜드 전신주가 없던 시절에도 이 땅 위를 날아다녔고, 벼농사를 짓기 전에도 자연에서 먹이를 얻고 살았습니다. 참새가 당당한 건 사람이 자연의 주인이 아니기 때문입니다. 그런데도 마치 대지의 주인인 것처럼 행세하며 나무를 베어버리고, 거리를 만들고, 높은 전신주를 세우니 어쩌면 사람이 자연의 가장 큰 약탈자인 것 같습니다. 전신주 위의 참새는 그 어떤 상황 속에서도 생존을 위해 온 힘을 다하고 있는 자연의 일부입니다.

겐지는 하나마키 큰 삼거리 그랜드 전신주에 달린 백 개의 애자 위로 날아드는 참새를 보며 바람과 구름과 비와 햇빛 그 모든 것을 내주는 넉넉하고 은혜로운 자연을 다시 한번 깨닫습니다.

산 경찰

오오
이 얼마나 멋진 졸참나무인가
초록 기사구나
비 맞으며 꼿꼿하게 서 있는 초록 기사이다

밤나무 숲 푸른 어둠 속에서
물보라와 비를 흠뻑 머금고 씻겨진
저 기다란 것은 도대체 배인가
썰매인가
너무나 러시아풍이다

늪에 자란 것은 수양버들과 샐러드
깨끗한 갈대 샐러드이다

(1922.9.7)

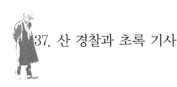

37. 산 경찰과 초록 기사

「그랜드 전신주」와 같은 날의 스케치입니다. 잠시 그쳤던 비가 다시 내리고, 겐지는 마을 부근의 숲을 산책하고 있습니다.

시의 원제목은 「산 순사山巡査」입니다. 순사는 'patrol'의 번역어로 '순라 사찰'을 줄여 만든 말입니다. 순사에 대한 당시의 인식은 시민을 감시하고 때로는 폭력도 행사하는 조직이라는 부정적인 면이 강했습니다. 그래서인지 겐지의 작품에도 긴 칼을 차고 거리를 감시하는 전형적인 순사의 모습이 묘사되어 있습니다.

> 둑 밑 메마른 땅의 농부
> 멀리서 울리는 악대는
> 삐걱삐걱 구름에 울리고
> 긴 칼을 찬 순사와
> 빈털터리 가장들은
> 진지하게
> 황혼 속으로 들어간다
> (「작은 메리야스 소금에 절인 생선」, 문어시 백 편 선구형 A)

겐지의 작품 속에서 칼을 찬 순사가 감시하는 것은 자연을 훼손하는 행동입니다. 동화 「카이로 단장」, 「바람의 마타사부로」에는 자연의 생명을 재미 삼아 취하는 사람을 잡아가는 순사가 등장합니다.

그것은 약을 풀어 물고기를 잡을 때 쓰는 산초가루로 그것을 사
용하면 발파와 마찬가지로 경찰에 잡혀가는 것입니다. (「바람의 마
타사부로」)

지금 겐지는 동화 속 순사처럼 산의 안전을 해치는 사람을 잡으러 가
는 '산 경찰'입니다. 날카로운 눈으로 산을 살펴보며 숲으로 걸어 들어가
니 졸참나무가 비를 맞으며 꼿꼿하게 서 있습니다.

졸참나무는 숲의 초록 기사입니다. 겐지는 공을 세워 작위를 받은 신
분을 나타내는 '훈작사勳爵士'라는 단어에 '나이트'라는 음을 달아 명예와
무용을 존중하는 서양의 기사를 연상하게 합니다. 졸참나무는 정령이 깃
든 신성한 나무로 희극 「다네야마 고원의 밤」에 등장하는 나무입니다.

품위가 넘치는 초록 기사가 지키고 서 있으니 이 산은 조금만 들어가
도 원시림이 모습을 드러냅니다.

밤나무 숲속에 수명을 다해 쓰러진 나무가 비에 씻기고 있습니다.
겐지의 눈에는 물에 젖은 통나무가 버려진 배처럼 보이기도 하고 썰매처
럼 보이기도 합니다. 겐지는 숲의 풍경을 '너무나 러시아풍'이라고 표현
합니다.

아무도 찾지 않는 숲속에 나무가 쓰러져 있는 풍경이 러시아 소설에
등장하는 원시림을 떠올리게 해 '너무나 러시아풍'이라고 한 것일까요?

동화 「주문이 많은 요리점」에도 '러시아식'이라는 표현이 보이는데, 동
화의 내용으로 보아 아주 깊은 산속의 이국적인 풍경을 말하는 것 같습
니다. 동화 속의 길 잃은 두 신사가 찾아간 곳은 사람을 홀리는 들고양이
들이 있는 환상 공간입니다.

"아주 이상한 집이군. 왜 이렇게 문이 많은 걸까?"

"이것은 러시아식이야. 추운 곳이나 산속은 모두 이렇다고."

　(「주문이 많은 요리점」)

　숲의 풍경이 이렇게 환상적이고 완벽하니 산 경찰은 할 일이 없습니다. 감시를 끝내고 편안해진 겐지의 눈에 늪의 수양버들과 갈대가 보입니다.

　비에 젖어 깨끗해진 풀이 신선한 '샐러드'처럼 먹음직스럽습니다. 어디선가 눈에 파란 불이 나는 들고양이가 나타나서, "네. 어서 오세요, 어서 오세요, 혹시 샐러드가 마음에 들지 않으세요?"라고 물을 것 같은 환상적인 숲 풍경입니다.

전선 수리공

전신주의 변덕쟁이 애자 수리공

구름과 비 아래의 당신에게 충고드립니다

그래서는 너무 아라비안나이트 방식입니다

몸을 그렇게 검고 정확하게 직각으로 구부리고

외투 소매까지 젖은 채 위태롭게 매달려

손끝을 크게 움직이지도 않는 수리라니

너무 아라비안나이트 방식입니다

저 녀석은 악마 때문에 저 위에

매달려 있는 거라고 하면

당신은 어떻게 변명하실 건가요

(1922.9.7)

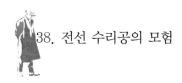

38. 전선 수리공의 모험

「그랜드 전신주」부터 「대나무와 졸참나무」로 이어지는 다섯 작품은 9월 7일 하루에 작성한 스케치입니다. 이날은 목요일로 종일 흐리고 비가 오락가락하고 있습니다. 어두운 비구름이 드리우고 비가 뿌리는 풍경 속에 검은 옷을 입은 전선 수리공이 까마득히 높은 전신주에 올라 수리를 하고 있습니다.

아직 전기가 들어오지 않은 곳이 많아 전기 공사를 하는 모습은 자주 보는 풍경이지만, 빗속에서 위험하게 작업을 하는 것을 보니 전선에 문제가 생긴 모양입니다.

겐지가 '변덕쟁이 애자'라고 표현한 것은 전신주의 애자가 습기 때문에 고장을 자주 일으키기 때문입니다. 동화 「달밤의 전신주」에도 부식 때문에 고생하는 전신주가 나오는 걸로 봐서, 방부 처리 문제로 고장이 잦았던 모양입니다.

> 그러자 곧 뒤에 있던 힘센 전신주가 외쳤습니다. "이봐, 빨리 걸어. 철사가 느슨해지잖아." 두 전신주는 너무도 괴로운 듯 동시에 대답했습니다. "힘들어서 더는 못 걷겠어. 발가락이 썩기 시작했다고. 장화의 콜타르고 뭐고 전부 엉망이 되었어."

전선 수리공은 문명의 상징인 전기를 다루는 직업이니 겐지도 관심이 많았을 겁니다. 그런데 전선 수리공의 모습이 위태로워 보입니다. 물 묻은 손으로 전선을 만지면 위험할 텐데 외투 소매 끝까지 비에 젖은 채 매달려 있으니 신경이 쓰이고, 게다가 몸을 딱 구부린 채 크게 움직이지도 않으니 괜찮은 건지 걱정이 됩니다.

그래서 겐지는 너무 '아라비안나이트 방식'이라고 충고를 합니다. 도대체 아라비안나이트 방식이란 무엇을 의미하는 걸까요?

겐지의 작품에는 『아라비안나이트』와 관련된 다양한 표현이 등장하는데, 예를 들면 시 「굴절률」에서는 '알라딘의 램프'가, 시 「해식 대지海蝕台地」의 초고에는 '신드바드'가 등장합니다.

겁도 없이 비 오는 날 전신주에 올라 수리를 하는 모습이 마치 모험을 시작하는 알라딘과 신드바드처럼 무모해 보여 '아라비안나이트 방식'이라고 표현하고, 현실은 아라비안나이트의 세계와 다르니까 제발 조심하라고 충고하고 있는 건지도 모르겠습니다.

그런데 겐지가 걱정하는 것은 '위험'만이 아닌 것 같습니다. 겐지는 수리공이 악마 때문에 매달려 있다고 사람들이 오해할까 걱정입니다. 그런데 악마는 갑자기 어디서 나온 것일까요?

겐지의 작품 속 악마는 기독교의 사탄과 아라비안나이트의 마신魔神의 이미지를 가집니다. 아라비안나이트의 시작 부분에는 불륜을 저지른 아내들을 살해하고 길을 떠난 페르시아 왕과 왕의 아우가 도중에 마신을 만나 나무 위에 매달려 숨어있는 장면이 나옵니다. 나무에 매달려 있는 이들의 감정은 마신에 대한 두려움입니다. 그러니 아라비안나이트 방식으로 악마 때문에 매달려 있다는 것은 겁이 나서 못 내려온다는 말일 겁니다.

전선 수리공이 위험을 감수하고 일을 하고 있는 것을 자신은 잘 알고 있지만, 저렇게 꼼짝하지 않고 있으니 무서워서 못 내려오는 거라고 사람들이 오해할 것 같아 걱정인 겁니다.

그래서 겐지는 전선 수리공에게 어떻게 '변명'할 건지 물어봅니다. 겐지의 동화에는 소문 때문에 오해를 받는 주인공이 자주 등장합니다. 동화 「눈길 건너기」에는 여우에 대한 나쁜 소문을 믿고 있는 두 아이에게 열심히 변명하는 아기 여우 곤사부로가 등장하고, 「부스코 부도리의 전기」에는 모두의 행복을 위해 노력하는 주인공 부도리가 마을 사람들에게 맞아 정신을 잃는 장면이 나옵니다.

구름과 비 아래 전신주에 매달려 있는 전선 수리공은 모두를 위해 폭발하는 화산섬에 남은 부도리이기도 하고, 사람들에게 이해받지 못하는 겐지 자신의 모습이기도 합니다. 그래서 오늘 겐지는 전선 수리공에게 따뜻한 충고를 하지 않을 수 없습니다.

"너무 아라비안나이트 같습니다. 위험해 보이니 조심하세요. 겁이 나서 달라붙어 있다고 오해받으니 몸도 좀 움직여 보세요. 너무 아라비안나이트 방식입니다. 제발 조심하세요."

나그네

비 내리는 논 사이를 가는 자
바다도깨비 숲을 향해 서두르는 자
구름과 산의 음기 속으로 걸어가는 자
우비를 좀 더 단단히 여미시게

(1922.9.7)

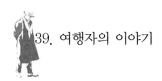

39. 여행자의 이야기

4행으로 이루어진 짧은 시입니다. 여전히 하나마키에는 비가 내리고 있고, 겐지의 심상 풍경 속에 비를 맞으며 걸어가는 사람들이 보입니다. 지나가는 사람인지 겐지 자신의 모습인지 확실하지 않지만, 겐지는 이들을 '나그네'라 표현합니다.

겐지가 이들을 나그네라 부르는 것은 삶이 '머물지 않고 흘러야 하는 여행'이라는 것을 알고 있기 때문입니다. 겐지의 눈에는 비 내리는 논 사이를 가는 사람도, 바다도깨비 숲을 향해 바쁘게 걷는 사람도, 구름과 산의 음기 속으로 걸어가는 사람도 모두 삶이라는 여행길을 걷고 있는 나그네로 보입니다.

시의 '바다도깨비 숲'이라는 표현은 겐지의 조어입니다. 바다도깨비, 그러니까 '海坊主'는 바다에 사는 요괴로 달걀처럼 매끈한 민머리를 가졌다고 합니다. 겐지의 동화와 시에 '바다도깨비 산'이라는 표현이 보이는 것으로 봐서, '바다도깨비 산', '바다도깨비 숲'은 고유명사가 아니라 용암이 흘러 종 모양을 이룬 산, 종처럼 생긴 숲을 의미하는 것 같습니다.

해삼 산/ 바다도깨비 산 뒤에서/ 어슴푸레 하늘을 지나가는 검은 구름아 (가고 710)

그런데 풍경 속 사람들에게 오늘 하루 동안의 겐지의 모습이 겹쳐집니다. 비 내리는 논 사이를 걷는 자는 그랜드 전신주가 보이는 논을 지나는 겐지 같아 보이고, 숲을 향해 바쁘게 움직이는 자는 밤나무 숲을 걷는 겐지 같습니다. 또 구름과 산의 음기 속으로 걸어가는 자는 구름과 비 아래를 걷고 있는 겐지로 보입니다.

종일 걸어도 방향도 잘 모르겠고 끝도 없는 여행을 하는 것 같아서 구름과 산을 '음기'가 찼다고 표현한 걸까요?

겐지는 시 「굴절률」에서도 자신을 '陰気な郵便脚夫', 즉 '음울한' 우편 배달부라고 표현했습니다.

저 건너 구겨진 아연 구름을 향해
음울한 우편배달부처럼
　(다시 알라딘　램프를 찾아)
서두르지 않으면 안 되는 것인가

그래도 이제는 우편배달부의 초조함은 보이지 않는 것 같습니다. 아직 갈 길이 멀고 힘들지만, 겐지는 나그네인 자신에게 비옷을 좀 더 단단히 여미고 길을 나서라고 말합니다.

지금 음기 속을 걸어가는 저 나그네의 마음은 어떨까요? 동인지에 발표한 초기 단편 「나그네의 이야기에서」를 통해 겐지의 심상 풍경을 헤아려 봅니다.

아주 오래전 나는 어떤 나그네의 이야기를 들었습니다. 쓴 사람도 책 이름도 잊어버렸지만, 어쨌든 그 나그네는 아주 오랫동안 여행을 하고 있었습니다. 지금도 어딘가에서, 어디선가 산 박쥐우산을 끌면서 걷고 있겠지요. (중략) 왕자는 다시 긴 여행길에 올랐습니다. 왜냐하면 저 끝없이 먼 저쪽에 있는 헤어진 그의 친구는 사실은 그의 형제이기도 하기 때문입니다. 그러니 지금도 걷고 있을 겁니다. (『아자리아』 제11호)

동화 속 나그네는 자신이 행복한 왕국의 왕자인 것을 알게 되지만, 모든 것을 버리고 다시 길을 떠납니다. 헤어진 사람과는 다시 만날 수 없고 지나온 길을 다시 돌아갈 수 없는, 앞으로만 나아가는 여행길이지만 어디에선가 그 길을 걷고 있을 사람들을 위해 다시 걸어야 한다고 생각하기 때문입니다.

삶은 여행이고 우리는 모두 인생의 여행자입니다. 그래서 겐지는 다시 옷깃을 단단히 여미고 구름과 산의 음기 속으로 걸음을 내딛습니다.

대나무와 졸참나무

번민입니까

번민이라면

비 오는 날

대나무와 졸참나무 숲속이 좋을 겁니다

    (너야말로 머리를 깎아라)

대나무와 졸참나무 푸른 숲속이 좋을 겁니다

    (너야말로 머리를 깎아라

      그런 머리를 하고 있으니

      그런 생각도 드는 거야)

(1922.9.7)

40. 빗속의 진언

　9월 7일의 마지막 심상 스케치입니다. 시의 내용으로 봐서 겐지가 종일 빗속을 걸어 다닌 것은 마음을 괴롭히는 어떤 번민 때문인 것 같습니다.

　심상 풍경 속에 두 사람의 목소리가 등장합니다. 한 사람은 대나무와 졸참나무 숲속으로 가는 게 좋을 거라고 권하고 있고, 다른 사람은 그런 생각을 하려면 너야말로 머리를 깎으라고 다그치고 있습니다.

　이 두 사람은 누구일까요? 지금 겐지는 자신의 내면에서 들려오는 소리에 귀를 기울이고 있습니다. 옥신각신하고 있는 소리는 겐지 내면의 목소리로, 들여 쓴 괄호 안의 목소리는 더 깊은 내면에서 우러나오는 소리입니다.

　내면의 목소리는 번민하는 겐지에게 대나무와 졸참나무 숲속으로 가라고 권합니다. 대나무는 겐지의 작품에 거의 등장하지 않는 나무로 대숲이 등장하는 시도 이 시가 유일합니다. 목소리가 대나무와 졸참나무 숲으로 가라고 한 이유는 속이 빈 대나무처럼 번뇌를 비워 버리고 졸참나무의 신성한 기운을 느끼기를 바라기 때문이겠지요.

　그런데 어디선가 꾸짖는 다른 목소리가 들립니다. 그래도 목소리는 한 번 더 '대나무와 졸참나무 푸른 숲'이 좋을 거라고 권합니다.

　푸른 숲으로 들어가면 정말 번민이 사라질까요? 아름다운 푸른 숲에 번민을 내려놓고 오라고 권하는 자신의 목소리를 들으며 겐지는 자신의 더 깊은 내면을 들여다봅니다.

심상 세계 깊은 곳에서 당장 머리를 깎으라는 추상같은 목소리가 들립니다. 머리를 깎는 것은 머리카락과 함께 번뇌와 망상을 끊어 버리겠다는 굳은 의지의 표현으로 출가를 의미합니다.

엄하게 자신을 꾸짖는 목소리에 정신을 차린 겐지는 잠시 번민에서 벗어난다고 해서 해결될 일이 아니라는 것을 깨닫습니다. 그래서 번민과 정면으로 마주 보기로 마음먹습니다.

　　내가 구하는 것은 진실의 말/ 빗속의 진언이다
　　(「이른 봄」, 문어시고 백 편)

자신을 힘들게 하는 번민을 똑바로 바라보며 겐지는 다시 '진실한 깨달음'을 찾으러 빗속으로 들어갑니다.

구리선

이봐   구리선을 썼네

잠자리 몸의 구리선을 쓰기 시작했구나

　　오리나무   오리나무

　　어우러지고 서로 뒤엉키는 빛

대기권 일본에서는

드디어 전선에 구리를 쓰기 시작했다

　　(빛나는 것은 애자

　　지나가는 것은 붉은 참억새 이삭)

(1922.9.17)

41. 빛나는 가을

눈부신 가을 풍경을 노래한 시입니다. 스케치를 작성한 9월 17일은 일요일로 이 시 뒤에 '다키자와 들판'과 '동이와테산'을 노래한 시가 있는 것으로 봐서, 전차를 타고 다키자와역으로 이동해 다음날 새벽 이와테산을 오를 예정인 것 같습니다.

시는 창밖을 가리키며 저기를 보라고 말하는 장면으로 시작합니다. 심상 풍경 속에서 겐지는 누군가에게 구리선에 관해 이야기합니다.

초기의 전선, 특히 통신용 전선은 대부분 철선이 사용되었는데 당시 동북지방에서는 철선을 구리선으로 교체하는 공사가 진행되고 있었습니다.

겐지는 전신주에 연결된 구리선에 감탄하며 잠자리 몸의 구리선을 쓰기 시작했다고 말합니다. 새로 교체한 구리선 옆으로 빨간 고추잠자리가 날아다니고 있는 걸까요? 아니면 구리선이 잠자리 몸처럼 붉게 번뜩인다고 느낀 걸까요? 잠자리를 금속에 비유하는 것은 겐지 특유의 표현법으로 시 「휴식」에는 하늘을 날아다니는 '주석 세공 잠자리'가 등장합니다.

본문의 들여 쓴 부분은 심상 풍경 속에 있는 겐지의 심상 세계로 이 시에는 심상 풍경이 중층적으로 구성되어 있습니다.

붉게 빛나는 전신주의 구리선을 바라보고 있는 겐지의 심상 세계에 오리나무가 보입니다. 겐지의 작품에서 오리나무는 바람에 흔들리는 모습으로 나타납니다. 겐지는 오리나무라는 말을 두 번 반복해 나무를 흔드는 바람의 존재를 암시하고, 바람에 흔들리는 나뭇잎에 빛이 반사되어 반짝이는 풍경을 '교착광란전交錯光亂轉', 빛이 어우러지고 서로 뒤엉킨다고 표현합니다.

'교착광란전'은 세친의 『왕생론往生論』 원생게 중의 '보화천만종 미복지류천 미풍동화엽 교착광란전寶華千萬種 彌覆池流泉 微風動華葉 交錯光亂轉'에서 나온 말입니다.

세친이 직접 본 정토의 모습을 묘사한 문장으로 '보배 같은 천만 종류의 꽃이 연못과 흐르는 샘물을 가득 채우고, 잔잔한 바람이 꽃잎을 흔들고 빛이 어우러지고 서로 뒤엉켜 반짝인다'는 뜻입니다.

바람이 오리나무를 흔들고 빛이 어우러지고 서로 뒤엉켜 반짝이는 풍경은 정토를 연상시키는 풍경입니다. 전신주의 구리선을 바라보고 있는 겐지의 심상 세계가 정토처럼 눈부시게 빛나고 있는 걸까요?

이어서 겐지는 '대기권 일본에서 드디어 전선에 구리를 쓰기 시작했다'며 감탄합니다.

'대기권 일본'은 하늘과 우주와 이어진 세계입니다. 심상 세계가 우주로 확장되어, 지금 겐지가 있는 곳은 광활한 우주와 이어진 대기권 아래 일본입니다. 대기권 일본을 달리는 전차 안에서 겐지는 다시 창밖을 바라봅니다. 괄호 안의 문장은 심상 풍경 속의 겐지가 바라보는 외부 풍경 묘사입니다.

차창 밖으로 전신주의 애자가 빛나고, 들판의 참억새 이삭이 끝없이 펼쳐집니다.

겐지의 작품에서 참억새 이삭은 '붉은 참억새 이삭은 파도 속(「가을」, 제3집)', '너무도 참억새 이삭이 빛나서(「잠시 멍하니 석양을 바라보며」, 제2집)'처럼 가을 풍경 속에서 붉게 반짝이며 파도처럼 흔들리는 모습으로 등장합니다.

그러니 '지나가는 붉은 참억새 이삭'이란 표현은 가을 들판의 참억새 이삭이 반짝반짝 흔들리며 스쳐 지나가는 풍경을 묘사한 것입니다.

구리선, 오리나무, 애자, 참억새, 심상 풍경 속 모든 세계가 반짝반짝 눈부시게 빛나며 가을바람에 살랑이고, 끝없이 연결된 구리선이 겐지를 우주 끝까지 데려다줄 것 같습니다.

첨단 과학과 아름다운 자연이 만들어낸 환상적인 가을 풍경이 끝없이 끝없이 이어지고 있습니다.

다키자와 들판

광파 측정 오차로

낙엽송 가지는 웃자라고

떡갈나무의 쥐참외 랜턴

   (한낮의 새는 광야에서 지저귀고

    엉겅퀴는 푸른 덤불로 변한다)

태양이 우듬지로 발사될 때

어두운 숲 입구에서 홀로 배회하는 것은

네모난 어린 자작나무

Green Dwarf라는 품종

햇빛 때문에 타버릴 것 같으면서도

다 타지 않고 푸르게 부예지는 그 나무

날벌레는 한 마리씩 빛나고

구라카케산과 은빛 착란

   (간세이 11년은 120년 전입니다)

하늘 물고기의 침은 떨어지고

두려움에 떠는 스카이라인

(1922.9.17)

42. 태양과 구름

전차를 타고 다키자와역으로 온 겐지는 이제 작은 숲과 넓은 초원이 펼쳐지는 다키자와 들판 쪽으로 걸어가는 중입니다.

'다키자와 들판滝沢野'은 이와테산 동남쪽 기슭에 자리 잡은 다키자와 마을 근처의 넓은 벌판입니다. 태양은 서서히 서쪽으로 기울고 있고, 겐지의 시선이 근경, 중경, 원경으로 이동하며 어두운 숲과 밝은 들판, 멀리 있는 이와테산을 그려내고 있습니다.

겐지는 빛을 '광파'라고 표현하고 '광파 측정 오차'라는 과학 용어를 사용해 스케치를 시작합니다. 자연 속에서 광파 측정을 방해하는 것은 구름과 비이니, '광파 측정 오차'라는 표현은 구름과 비로 인해 햇빛이 부족하다는 의미로 이해할 수 있습니다.

웃자란 낙엽송과 떡갈나무가 있는 곳은 '어두운 숲'입니다. 식물이 웃자라는 이유는 일조량이 부족하기 때문입니다. 가지가 웃자란 낙엽송을 지나니 떡갈나무를 감고 올라간 쥐참외가 나타납니다. '쥐참외 랜턴'은 수목에 달린 과일을 등불에 비유한 표현입니다.

두 칸을 들여 쓴 괄호 안의 풍경은 어두운 숲에서 바라본 들판의 풍경입니다. 한낮처럼 밝은 들판에서는 새가 지저귀고 있고, 잦은 비로 잎이 무성해진 엉겅퀴가 푸른 덤불을 이루고 있습니다.

낮게 깔린 구름 사이로 빛이 쏟아져 태양 빛이 발사되는 것 같습니다. 빛이 통과하지 못하는 어두운 숲 입구, 숲과 들판이 만나는 곳에 어린 자작나무가 홀로 서 있습니다.

시의 'Green Dwarf'는 겐지의 조어로 '초록색 소인'이라는 뜻입니다. 'Dwarf'는 키가 매우 작은 식물이나 분재를 의미하는 말이지만 이런 이름을 가진 품종은 없으니 어린나무라 이렇게 표현한 것 같습니다.

자작나무에 내리꽂히는 빛이 불꽃처럼 강렬해 보였는지, 겐지는 자작나무가 타버릴 것 같은데 타지 않고 남아서 푸르게 부예졌다고 말합니다. 자작나무 너머로 한 마리씩 빛나는 날벌레가 나타나고 들판 너머에 있을 구라카케산 전체가 은빛으로 보이는 착란이 일어납니다.

구라카케산이 은빛으로 보인 것은 태양이 가을 하늘을 뒤덮은 비늘구름 뒤에서 빛나고 있기 때문이겠지요. 빛을 광물에 비유하는 것은 겐지 특유의 표현법으로 '은'은 구름 뒤로 빛나는 태양을 나타냅니다.

왜 갑자기 부예지고, 빛나고, 은빛 착란이 일어난 것일까요? 어두운 숲에서 갑자기 빛이 쏟아지는 밝은 들판으로 나오니 눈이 적응을 못 하는 걸까요? 그러고 보니 시 「겨울 스케치」에도 비슷한 묘사가 보입니다.

> 광파 떨림의 오차로 인해
> 안개도 이제 자욱하다
> 참으로 대낮에 망막의
> 피로 때문에 번뜩이는 날벌레여 (「겨울 스케치」 42)

자작나무가 부옇게 보이는 것도, 날벌레가 한 마리씩 빛나는 것도, 구라카케산이 은빛 덩어리로 보이는 것도 다 광파, 그러니까 빛 때문에 망막이 적응을 못 해 착란을 일으킨 탓입니다.

그런데 느닷없이 '간세이 11년, 120년 전'이 등장합니다. 이 부분은 세 칸 들여쓰기와 괄호를 사용해 풍경 속에 있는 겐지의 사유인 것을 나타내고 있습니다.

간세이寬政 11년은 1799년이고, 120년 전은 1802년입니다. 광파 측정의 '오차'가 은빛 '착란'으로 이어지고, 다시 계산 '착오'를 불러일으키나 봅니다.

1799년과 1802년에는 무슨 일이 있었던 걸까요? 지금까지의 연구로는 구라카케산의 분화 시기를 겐지가 잘못 기억한 것 같다는 견해가 일반적이지만, 국토교통성이 1991년에 발행한 '기타가미강 백년사'의 홍수와 수해 기록을 보면 1801년 7월의 대홍수로 이와테현 모리오카에서 52명이 사망하고, 1802년에도 이와테현에 대홍수가 발생했다는 것을 확인할 수 있습니다. 기타가미강은 하나마키, 모리오카를 포함해 기타가미 산지 각 지역을 흐르는 강이니 이 지역 농민 대부분이 풍수해와 냉해로 피해를 보았을 겁니다.

그래서 오늘 겐지의 심상 풍경 속 숲은 어두운 숲입니다. 웃자란 낙엽송과 산을 덮은 구름이 120년 전의 홍수와 농민을 떠올리게 하고, 구라카케산의 빛나는 모습이 인간의 힘으로는 절대 막을 수 없는 자연의 위력을 실감 나게 합니다.

다시 올려다본 가을 하늘에는 비늘구름이 가득하고 구라카케산을 덮칠 듯이 구름이 낮아지고 있습니다. 겐지는 태양과 산을 가리는 은빛 구름을 '하늘 물고기'라고 표현합니다.

겐지의 작품에서 물고기는 하늘과 바다, 겐지가 만들어 내는 시공간을 자유롭게 오가는 존재이지만 지금 심상 풍경에 나타난 '하늘 물고기'는 시 「아누달지 환상곡」에 등장하는 바다 괴물 마갈대어摩竭大魚입니다.

백자 같은 구름 저편을

외롭게 건너는 태양이

지금 뾰족뾰족 단단한 이빨 저쪽

　……마갈대어의 아가미 속으로 떨어져……

허공에 작은 틈이 생긴 게 틀림없다 (시고 보완)

　태양을 삼킨 마갈대어는 태양을 가린 구름이며, 식물을 웃자라게 하고 비를 부르는 구름입니다. 군침을 흘리며 아래로 내려오는 구름을 보며 하늘과 맞닿은 스카이라인이 두려움에 떨고, 겐지도 모든 것을 휩쓸어 버릴 수 있는 자연의 위력에 공포를 느낍니다.

동이와테 화산

동이와테 화산

달은 수은　깊은 밤의 상주

용암 조각은 밤의 침전

움푹 팬 거대한 분화구를 보면

누구라도 놀랄 거다

 (바람과 고요)

지금 표착한 야쿠시 외륜산

정상의 표지석도 있다

 (달빛은 수은　달빛은 수은)

(((이건 정말 드문 일입니다

건너편 검은 산……이면　그것 말인가요

그쪽은 이곳과 이어져 있어요

이곳에서 이어지는 외륜산입니다

저 꼭대기가 정상이지요

그 너머?

건너편은 오무로 화구입니다

이제부터 외륜산을 돌아볼 텐데요

지금은 아직 아무것도 안 보이니

조금 더 밝아지면 가기로 하죠

그렇죠 태양이 나오지 않아도

밝아져서

니시이와테산 쪽 화구호든 뭐든

보일 정도만 되면 괜찮아요

해돋이는 저 부근에서 하지요))

　검은 정상의 오른 어깨와

　그때의 새빨간 태양

　나는 보고 있다

　너무나도 새빨간 환상의 태양이다

((지금 몇 시입니까?

세 시 사십 분?

딱 한 시간

아니 사십 분 남았으니

추운 사람은 등불이라도 들고

이 바위 뒤에서 기다려요))

　아아　어두운 구름바다구나

((저쪽 검은 것은 틀림없이 하야치네산입니다

선으로 이어지며 떠 있는 것은 기타카미 산지입니다

　뒤쪽?

저것 말입니까

저건 구름입니다 부드러워 보이네요

구름이 고마가다케산을 덮은 겁니다

수증기를 품은 바람이

고마가다케산에 부딪혀

위로 올라가서

저렇게 구름이 된 겁니다

초카이산은 보이지 않는 것 같네요

그렇지만

날이 밝아오면 보일지도 몰라요))

    (부드러운 구름 파도구나

      저렇게 커다란 너울이라면

      달빛 회사의 오천톤급 기선도

      요동을 느끼지는 않을 거야

      재질은

      단백석 glass—wool

      아니면 수산화알루미늄 침전물)

((사실 이건 드문 일입니다

나는 벌써 열 번도 더 왔지만

이렇게 조용하고

따뜻한 적은 없었어요

산기슭 골짜기 아래보다

조금 전 지나온 구분 능선 오두막보다

오히려 더 따뜻하게 느껴집니다

오늘처럼 조용한 밤이면

차가운 공기는 아래로 내려가

서리를 내리고

따뜻한 공기는

위로 떠 오릅니다

이것이 기온의 역전입니다))

　오무로 화구의 비등은

　달빛에 반사된 걸까

　아니면 우리의 등불 빛일까

　등불이라 하는 건 불경스럽다

　황록색이고 어둡구나

((그럼 이제 사십 분 정도

모여서 기다려 주세요

그렇죠　북쪽은 이쪽입니다

북두칠성은

지금 산 아래쪽으로 내려갔지만

북극성은 저기 있네요

그건 작은곰자리라는

저 일곱별 중 하나예요

그리고 저쪽에

세로로 늘어선 세 개의 별이 보이지요

그 밑에는 비스듬히 술실이 달린 모양이고

오른쪽과 왼쪽에는

붉은 별과 푸른 별 큰 별이 있을 겁니다

그건 오리온입니다   오라이온입니다

저 술실 아래 근처에

성운이 있다고 합니다

지금은 보이지 않아요

그 아래가 큰개자리 알파성

겨울밤에 가장 빛나고 돋보이는 별입니다

여름의 전갈자리와 반대이지요

자 여러분   자유롭게 걸어 보세요

저 건너 하얀 것 말입니까

눈은 아닙니다

그래도 가보세요

아직 한 시간이나 남았으니

저도 스케치를 하겠습니다))

　　그런데　수첩에

　　적은 것이 겨우 세 장

　　어쩌면 달빛의 장난이다

　　후지와라가 등불을 비춰 준다

　　아 페이지가 접혀 있었구나

　　자 그러면 나 혼자 가야지

　　외륜산 자연 그대로의 아름다운 도보 위를

　　달의 반은 적동색　지구 반사광

((달님에게는 검은 곳도 있다))

　　((고도 마타베에가 언제나 기도했지요))

　　나의 혼잣말에

　　오다지마 하루에가 대답한다

((야마나카 시카노스케겠지))

　　아무래도 상관없다　걸으면 된다

　　　　어느 쪽이건 그건 좋은 일이다

이십오일 밤의 달빛을 받으며

야쿠시 화구 외륜산을 걸을 때

나는 지구의 귀족이다

단백석 구름이 아득히 멀어지고

오리온　황소　수많은 별자리

너무나 맑고 맑아서

그다지 깜빡이지도 않고

내 이마 위에서 빛난다

　그렇다　오리온의 오른 어깨에서

　정말로 강철같이 검푸른 웅장함이

　흔들리며 내게 다가온다

세 개의 등불은 꿈의 화구원

하얀 곳까지 내려갔다

((눈인가요　눈이 아니겠지요))

곤란한 듯 대답하는 건

눈이 아니라　참으아리 풀밭인 게다

그게 아니면 고령토

남은 한 개의 등불은

정상에 멈춰 있다

틀림없이 가와무라 게이스케가

멍하니 외투 소매에 손을 집어넣고 있는 거다

((오무로 쪽 화구에라도 들어가세요

분화구에도 들어가 보세요

유황 알맹이는 주울 수 없겠지만))

이렇게 목소리가 잘 들리는 건

메가폰도 설치된 거다

잠시 주저하는 것 같다

　((선생님　안으로 들어가도 될까요))

((그럼요　들어가 보세요　괜찮습니다))

등불 세 개가 잠겨 버린다

그 울퉁불퉁 새까만 선

약간의 슬픔

그렇지만 이건 정말로 얼마나 좋은 일인가

커다란 모자를 쓰고

떨어진 공단 망토를 입고

야쿠시 화구 외륜산의

밝고 조용한 달빛 아래 거닌다는 것은

이 표지석은

내려가는 길이라고 적혀 있는 게 분명하다

화구 속에서 등불이 나왔다

미야자와의 목소리도 들린다

구름바다의 끝은 점점 평평해진다

하나의 운평선을 만드는 거다

운평선을 만든다는 건

달빛의 왼쪽에서

오른쪽으로 빠르게 스쳐 지나간

하나의 밤의 환각이다

지금 화구원 속에서

잠깐 하얗게 반짝이는 것

나를 부른다 부르는 건가

나는 대기권의 오페라 배우입니다

연필 뚜껑은 빛나고

손가락 검은 그림자는 재빨리 움직이고

입술을 둥글게 하고 서 있는 나는

분명 대기권 오페라 배우입니다

다시 달빛과 화산 그림자

건너편 검고 커다란 벽은

용암이나 집괴암　어깨가 늠름하다

아무튼 날이 밝아 분화구를 돌 때는

저기서 이쪽으로 나오는 거다

미지근한 바람이구나

이것이 기온의 역전이다

(피곤하군

  역시 졸린 거다)

화산탄에는 검은 그림자

저 묘코 중앙화구구에는

몇 줄인지 궤도의 흔적

새 소리!

새 소리!

해발 육천팔백 척

밝은 달빛 아래 진격하는 새 소리

새는 더욱더 힘차게 울고

나는 천천히 지나가고

달은 지금 두 개로 보인다

역시 피로 때문에 생긴 난시이다

어렴풋이 빛나는 화산 암괴의 한쪽 면

오리온은 덧없이 괴이하고

달 주변은 잘 익은 마노와 포도

하품과 달빛의 변이

    (너무 뛰어다니면 안 돼

      너 혼자라면 괜찮지만

　　　　아이들도 데리고 가서 무슨 일이 생기면

　　　　너 혼자 일로 끝나지 않아)

중앙화구구 위에는 은하수의 작은 폭발

모두 함께 부르는 유행가 소리도 들려온다

달의 그 은뿔 가장자리가

닳아서 조금 둥글어진다

하늘 바다와 오팔 구름

따뜻한 공기는

갑자기 뒤엉켜서 날려 온다

틀림없이 굴절률도 낮고

진한 설탕 용액에

물을 더 탄 것 같은 거겠지

동쪽은 탁해지고

등불은 처음대로 화구 위에 서 있다

다시 휘파람을 부는구나

나도 돌아간다

내 그림자를 본 건지 등불도 돌아온다

　　　(그 그림자는 쇳빛 배경

　　　　한 명의 아수라로 보이겠구나)

그렇게 생각한 건 틀린 것 같다

어쨌든 하품과 그림자

하늘 저편의 별은 희미하게 흩어지고

바로 하늘 모습이 달라진다

그리고 달이 오그라든다

(1922.9.18)

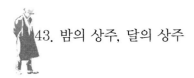

43. 밤의 상주, 달의 상주

『봄과 아수라』를 출판하기 전에 「심상 스케치 외륜산」이라는 제목으로 신문에 발표한 시입니다. 「그랜드 전신주」의 장에 수록된 「구리선」과 「다키자와 들판」에 이어지는 스케치로 동이와테 화산 정상 부근에서 해돋이를 기다리는 모습을 담아내고 있습니다.

시는 총 218행으로 본문과 괄호, 이중 괄호를 사용해 심상 풍경과 풍경 속 겐지의 심상 세계, 제자들과의 대화를 구분하고 있는데 겐지와 관련된 '타인'의 목소리가 등장한 것은 이 시가 처음입니다.

겐지는 어젯밤 제자를 인솔해 동이와테 화산을 오르기 시작해 이제 막 외륜산 정상 부근에 도착했습니다. 흔들리지 않고 서 있는 동이와테 화산과 시시각각 변하는 달을 보며, 겐지는 현실과 환상을 흔들리며 오가는 자신의 심상 세계를 그려갑니다.

시는 달의 묘사, '달은 수은, 깊은 밤의 상주喪主'라는 말로 시작합니다. 깊은 밤의 원어는 '후야後夜'로 새벽 한 시에서 다섯 시 사이를 가리키는 말입니다.

겐지는 달과 달빛을 은백색의 금속광택을 가지는 수은에 비유하고 이제 죽어서 사라져 버릴 밤을 배웅하는 상주라고 표현합니다.

밤을 장송하는 슬픔 때문인지 달은 창백하게 빛나고, 용암 조각이 침전물처럼 가라앉은 밤의 분화구는 신비한 모습을 드러내고 있습니다.

괄호 안의 문장은 풍경 속에 있는 겐지의 사유인데 들여쓰기는 내면 세계의 깊이를 나타냅니다. 이중 괄호로 표현한 제자와의 대화는 겐지의 심상 세계가 외부, 즉 현실 세계와 자연스럽게 이어지고 있고, 겐지가 교사인 자신의 현실을 적극적으로 받아들이고 있다는 것을 보여 줍니다.

창백한 달빛과 바람 소리만 들리는 고요하고 신비한 밤을 보면서 겐지는 제자의 질문에 답하고 해돋이를 할 장소를 알려주고 있습니다.

제자들과 대화를 나누는 동안에도 겐지의 심상 풍경은 바뀌고 있습니다. 심상 풍경 속에 새빨간 태양이 떠오르고, 겐지는 자신의 눈에 보이는 새빨간 태양을 '환상의 태양'이라고 말합니다.

환상 세계의 모습을 표현할 때 겐지는 '환상'이라는 단어를 직접 사용하기를 꺼렸습니다. 「현혹의 언덕」에서는 '현혹', 「장구벌레 댄서」에서는 '트릭'이라는 표현으로 환상 세계를 묘사하고, '환상'이라는 단어를 처음 사용한 시 「고이와이 농장」에서도 '환상이 저쪽에서 다가올 때는 이미 인간이 무너지는 때'라며 환상을 보는 두려움과 불안을 드러내고 있었습니다.

그런데 이제는 환상의 태양을 보면서도 바로 현실의 자신으로 돌아가 제자에게 해 뜨는 시간을 알려주고, 구름이 생기는 원리에 대해 과학 담당 교사답게 구체적으로 설명을 하고 있습니다.

다시 환상의 태양이 떠 있는 심상 풍경 속에 어두운 구름바다가 나타납니다.

겐지는 부드러운 구름 파도의 재질을 단백석, 유리 섬유, 수산화알루미늄 침전물로 묘사하고 저렇게 커다란 너울이라면 달빛 회사의 오천톤급 기선도 흔들림을 느끼지 못할 거라 생각합니다.

'달빛회사의 오천톤급 기선'은 달빛 아래 요동도 없이 서 있는 거대한 동이와테 화산입니다. 겐지는 동이와테 화산을 현실과 환상의 두 세계를 흔들리지 않고 오갈 수 있는 오천톤급 기선에 비유하고 그 위에 서서 달빛을 받으며 자유롭게 스케치를 이어갑니다.

학생들에게 기온의 역전 현상을 설명하고 있는 겐지의 심상 세계에 달빛에 반사된 오무로 화구의 성스러운 모습이 보입니다. 심상 스케치와 대화가 반복적으로 구성되고, 겐지는 학생들에게 별자리에 대해서 자세히 알려주며 자유롭게 걸어볼 것을 권합니다.

아름다운 외륜산의 화구 둘레를 걸으며 겐지도 이제 본격적인 스케치를 시작합니다. 겐지의 혼잣말에 대꾸하는 제자와의 짧은 대화 속에 등장하는 고도 마타베이後藤又兵衛와 야마나카 시카노스케山中鹿之助는 각각 아즈치 모모야마 시대와 무로마치 시대의 무장이며, 초승달에 소원을 빌었던 사람은 야마나카 시카노스케입니다.

달밤을 걸으며 기도하는 일은 좋은 일입니다. 겐지는 '이십오일 밤'의 달빛을 받으며 야쿠시 외륜산을 걷고 있습니다. 스케치에 기록된 1922년 9월 18일은 음력 7월 27일입니다. 그러니 지금 하늘에 있는 달은 음력 26일의 달로 눈썹 모양의 그믐달일 겁니다.

그믐달 아래를 걷는 겐지의 기분이 고양되고 심상 세계가 확대됩니다. 이제 겐지는 우주 아래 지구의 귀족이 됩니다. 겐지의 이마 위로 수많은 별이 깜빡이지도 않고 환하게 빛나고 있습니다. 오리온자리 오른쪽에서 강철같이 검푸르고 웅장한 하늘이 흔들리며 다가옵니다. 시의 '강철같은 검푸른 웅장함銅青の壯麗'이라는 표현은 하늘을 가리키는 말입니다.

너는 저 커다란 목성 위에 있느냐
강철같이 검푸르고 웅장한 하늘 건너편 (『풍림』)

우주와 이어진 신비로운 심상 풍경 속에 동이와테 화산의 화구원이 꿈처럼 모습을 드러냅니다. 제자가 들고 있는 등불도 풍경이 되어 등장하고, 제자의 목소리도 자유롭게 풍경 속으로 섞여 들어오고 있습니다.

심상 풍경과 외부 풍경이 함께 어우러지고, 밝고 조용한 달빛이 내리는 야쿠시 화산 외륜산을 공단 망토 차림으로 걷고 있는 겐지의 기분은 점점 더 고조되어 갑니다.

이제 심상 풍경 속에는 우주로 이어지는 환상 공간의 지평선이 보입니다. 구름으로 이어지는 선을 겐지는 운평선雲平線이라고 부르면서도, 다시 밤의 환각이라고 정정합니다.

심상 풍경 속에 현실과 비현실의 의식이 혼재하고, 겐지는 자신을 우주 속 대기권의 오페라 배우라고 부르고 있습니다.

외륜산 정상에 서서 홀로 달빛을 받고 있으니 자신의 모습이 아무래도 대기권 지구의 오페라 배우 같습니다. 검은 망토를 입고 검은 모자를 쓴 오페라 배우는 아래에서 자신을 올려다보고 있을 관객을 생각하지만, 현실 세계의 모습이 느껴지자 자신이 보는 환상을 피곤해서 졸린 탓이라고 말합니다.

그런데 심상 풍경 속 묘코 중앙화구구에 궤도의 흔적이 나타납니다. 은하로 이어지는 궤도일까요? 은하 기차가 금방이라도 달려올 것 같은 신비한 달빛 아래, 진격하듯 힘차게 새가 우는 소리가 울려 퍼집니다. 해발 6,800척은 2,060m니 새소리는 고양된 겐지의 심상 세계에서 나는 소리입니다.

이제 하늘에는 두 개의 달이 있습니다. 그야말로 사차원 환상 세계의 풍경이지만 겐지는 이 또한 피로 때문에 난시가 생긴 탓이라고 분석합니다.

시간이 흐르고 동쪽 하늘이 보랏빛으로 변하며 새벽이 오는 것을 알

리고 있습니다. 달 주변은 잘 익은 마노와 포도, 잘 익은 과일처럼 보랏
빛이 층을 이루며 퍼져나갑니다.

'하품과 달빛의 변이', 현실 세계의 겐지는 하품을 하고, 심상 세계에
서는 달빛이 괴이하게 변하고 있습니다. 겐지의 내면 깊숙한 곳에서 아버
지의 목소리가 들려옵니다. 아버지의 목소리는 겐지를 현실로 돌려보내
는 목소리입니다.

올려다본 심상 풍경 속 하늘은 은하수가 폭발한 것처럼 보입니다. 별
이 잘 보이는 곳에서는 은하수의 부연 부분과 암흑 성운이 겹쳐 실제로
폭발한 것처럼 보이는데, '은하수의 작은 폭발'이라는 표현은 북십자성,
즉 백조자리 부근의 은하수를 묘사하는 겐지 특유의 표현으로 동화 '은
하철도의 밤'의 은하 기차가 달리는 하늘 길을 나타냅니다.

> 북십자성 부근부터
>
> 카시오페이아자리 근처
>
> 하늘은 마치 전부
>
> 창백한 천연두라도 걸린 것 같고
>
> 은하수는 또 아련하게 폭발한다
>
> 「따뜻하게 머금은 남쪽 바람이」, 제2집)

심상 풍경 속에 제자들이 부르는 유행가 소리가 들려오고, 달은 다시
하나가 되어 '은뿔' 가장자리가 조금씩 둥글어지고 있습니다. 하늘빛이 옅
어지면서 그믐달의 끝부분이 사라져 가고 있는 겁니다.

하늘 바다의 오팔 구름은 무지개색으로 물드는 운해입니다. 해가 나
오려는지 하늘에서 따뜻한 바람이 불고 동쪽 하늘빛이 탁해집니다.

겐지는 아주 잠깐 자신의 내면에 있는 '아수라'를 제자가 보았을까 걱정하지만, 바로 그것은 틀린 생각이라고 말합니다. 동이와테 화산이 흔들림 없이 존재하며 현실과 환상을 오가는 겐지를 포용하고 있기 때문인지, 심상 세계의 아수라도 그다지 신경 쓰이지 않습니다.

새벽이 밝아 오니 하늘에 가득하던 별이 사라지고 달도 오그라들어 점점 희미해집니다.

겐지는 행복합니다. 자신이 얼마나 자연을 사랑하며 그 속에서 행복을 느끼는지 알 수 있습니다. 오늘은 아름다운 자연 속에서 자신의 모습을 거침없이 드러내고 지구의 귀족, 대기권의 오페라 배우가 되어 자연 찬가를 불렀습니다.

환상과 현실 두 개의 풍경 속에 달이 상주가 되어 죽어 버린 밤을 배웅하고 있습니다. 겐지는 이제 곧 사라질 달의 상주가 되어 하늘의 그믐달에 이별을 고합니다. '그리고 달이 오그라들고' 동이와테 화산의 아침이 밝아 오고 있습니다.

개

왜 짖는 거냐 두 마리가 다
으르렁대며 이쪽으로 달려온다
　(새벽 노송나무는 심상의 하늘)
머리를 숙이는 건 개의 버릇이지
꼬리를 흔드는 건 무섭지 않아
그런데
왜 그렇게 정색하고 짖는 거냐
어스름 새벽 두 마리 개
한 마리는 회색 주석
한 마리의 꼬리는 적갈색 풀 이삭
뒤쪽으로 돌아가서 으르릉거린다
내 걸음걸이는 잘못되지 않았다
개 속에 있는 이리의 키메라가 무섭기도 하고
또 지장이 없기도 해서
개는 밝아오는 여명에 용해된다
포효의 끝에는 전기도 있다
늘 가는 길인데 왜 짖는 거냐

제대로 얼굴을 보여줘라

제대로 얼굴을 보여주라고

누군가와 나란히 걸으면서

개가 짖을 때 말하고 싶다

모자가 너무 크고

고개를 숙이고 걸어오니

개가 짖어 댄 거다

(1922.9.27)

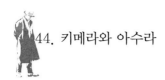

44. 키메라와 아수라

『봄과 아수라』는 여덟 개의 장으로 나뉘는데 다섯 번째 장 「동이와테 화산」에는 현실을 살아가려는 겐지의 의지를 느끼게 하는 심상스케치가 수록되어 있습니다. 첫 번째 시 「동이와테 화산」에서 환상 세계를 바라보며 현실을 살아가고 있는 자신의 모습을 그려낸 겐지는 이제 동네 길을 걷고 있는 자신의 모습을 직접 묘사합니다.

큰 모자를 쓰고 고개를 숙이고 어두운 길을 걷는 겐지의 심상 풍경 속에 두 마리 개가 보이고, 시는 '왜 짖는 거냐'는 겐지의 반문으로 시작합니다.

겐지는 개를 좋아하지 않았지만, 위협하듯 으르렁거리며 짖어대는 개가 등장하는 작품은 이 시가 유일합니다.

자 개가 울기 시작했다

그렇게 말하면 실례지만

우선 개 속에 카루소가 있구나

나팔처럼 좋은 소리다

(중략)

어째서 나는 이 개를

이렇게 깔보는 걸까

역시 성격에 맞지 않는 거다 (「구릉지를 지난다」, 제2집)

심상 풍경 속에 나타난 두 마리 개는 지상과 하늘의 개입니다. 풀 이 삭 같은 적갈색 꼬리를 흔드는 것은 지상의 개이고, 고개를 숙이는 회색 주석 개는 하늘의 개, 새벽하늘에 떠 오른 '큰개자리 알파성(「동이와테산」)' 입니다.

무서운 기세로 다가드는 두 마리 개를 보고 있는 겐지의 심상 하늘에 새벽의 노송나무가 나타납니다. 노송나무는 겐지의 심상 세계를 투영하는 특별한 존재입니다. 겐지는 동인지에 발표한 단가에서 노송나무의 양면성을 노래했습니다.

> 아르곤이, 빛나는 하늘에/ 악당 노송나무
> 흐트러지고 흐트러져서/ 너무 무섭다
>
> 무심히, 바람에 휘어지는/ 악당 노송나무
> 정말은 한낮의/ 파순의 분노
>
> 악당 노송나무/ 한낮에는 흐트러진/ 악당 노송나무
> 눈을 덮어쓰면/ 보살의 모습 (「아름다운 겨울의 노송나무」)

단가에 등장하는 파순波旬은 불교 수행을 방해하는 마왕입니다. 보살과 마왕의 두 모습으로 보이는 노송나무는 인간과 아수라의 모습을 가진 겐지와 깊은 인연이 있는 존재입니다.

> 노송나무, 노송나무, 정말로 너는 생물인가
> 나와는 깊은 인연이 있는 것 같구나 (1917년 1월, 가고 B)

겐지는 자신의 심상 세계에 나타난 노송나무가 마음에 걸립니다. 그래서 두 마리 개가 짖는 이유가 궁금합니다. 도대체 왜 짖는 걸까요? 겐지는 다시 한번 '왜 짖는 거냐'고 반문합니다.

겐지가 두려워하는 것은 개 속에 있는 '이리의 키메라'입니다. 키메라는 하나의 생물체 안에 서로 다른 유전 형질을 가지는 조직이 함께 존재하는 현상을 뜻하는 말로 그리스 신화에 등장하는 머리는 사자, 몸통은 염소, 꼬리는 뱀으로 이루어진 괴물 키마이라에서 유래합니다.

양면성을 가진 노송나무와 이리의 키메라를 가진 개는 아수라가 숨어 있는 겐지의 진짜 모습을 간파해 내는 존재입니다.

현실 속에 발을 딛고 살아가려면 늘 타인의 시선을 의식하지 않을 수 없습니다. 시 '동이와테 화산'에서 '한 명의 아수라'로 보일까 걱정한 것도 타인이 보는 자신의 모습이 신경 쓰이기 때문입니다.

두 마리 개는 무엇을 보고 짖고 있는 걸까요? 인간의 모습일까요? 아수라의 모습일까요? 그런데 오늘은 심상 세계를 들여다봐도 아수라의 모습은 보이지 않는 것 같습니다.

그래서 겐지는 자신의 걸음걸이는 잘못되지 않았다고 주장하고, 개가 짖어대도 자신에게는 지장이 없다고 말합니다.

'개는 밝아오는 여명에 용해되고, 포효의 끝에는 전기도 있다', 회색으로 변한 주석이 가루가 되어 부서져 버리는 것처럼 하늘의 회색 주석 개는 밝아오는 여명 속에 사라져 가지만, 지상 개의 포효는 온 동네의 개 울음소리를 불러옵니다.

겐지는 '늘 가는 길인데 왜 짖는 거냐'고 재차 반문합니다. 그리고 다시 자신의 내면을 응시해 아수라의 부재를 확인하고, 이제 제대로 얼굴을 보여주라고 자신에게 말합니다. 옆에 누군가가 있더라도 개 짖는 소리에 주눅 들지 않으리라 다짐합니다.

개 속에 있는 이리의 키메라는 겐지 속의 아수라이며 우리 내면에 잠재한 악의 얼굴입니다.

사람의 마음에는 '십계호구十界互具', 즉 성문聲聞, 독각獨覺, 보살, 불佛, 지옥, 아귀, 축생, 아수라, 인간, 천상의 마음이 다 들어 있습니다. 어느 마음을 끄집어낼 것인지는 자신에게 달렸습니다.

겐지는 심상 스케치를 통해 자신의 존재를 이해하며 현실을 살아가고 있습니다.

오늘 개가 짖은 이유는 자신이 너무 큰 모자를 쓰고 고개를 숙이고 걸어왔기 때문인 겁니다. 그냥 그게 다인 것 같습니다.

마사니엘로

성터 억새 물결 위에

이탈리아제 공간이 있다

그곳에서 까마귀 떼가 춤을 춘다

백운모 구름 몇 조각

        (해자와 올리브색 비로드   삼나무)

쉬나무인가 저리 빛나며 흔드는 것

일곱 개의 은 억새 이삭

  (성 아래 오동나무밭에서도   흔들흔들 흔들린다   오동나무가)

붉은 여뀌꽃도 움직인다

참새   참새

천천히 삼나무에서 날아올라 벼 사이로 들어간다

그곳은 둑 뒤라 기류도 없어

저렇게 천천히 날 수 있는 거다

        (왜 그런지 바람과 슬픔 때문에 가슴이 먹먹하다)

누군가의 이름을 몇 번이고

바람 속에서 불러 봐도 될까

        (이제 모두 괭이와 밧줄을 가지고

벼랑에서 내려와도 좋을 때다)

지금은 새가 사라진 조용한 하늘에

다시 까마귀가 옆에서 들어온다

지붕은 직사각형 경사면이 하얗게 빛나고

아이 둘이 달려간다

겉옷을 들어 올리고 뛰어가는 일본의 아이들

이번에는 갈색 참새들의 포물선

금속제 뽕나무 앞쪽에

또 아이 하나가 천천히 지나간다

갈대 이삭은 붉고도 붉다

　　(러시아다　체호프다)

사시나무　한껏 흔들려라 흔들려라

　　(러시아다　러시아다)

까마귀가 다시 한번 날아오른다

묽은 황산 속 아연 찌꺼기는 까마귀 떼

성터 위 하늘은 이제 중국 하늘

까마귀 세 마리 삼나무를 빠져나와

네 마리가 되어 빙글빙글 돌고 있다

(1922.10.10)

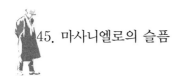

45. 마사니엘로의 슬픔

　시의 제목인 '마사니엘로'는 스페인 통치와 귀족의 탄압에 대항한 나폴리 민중봉기 지도자입니다. 이탈리아의 스페인 영지인 나폴리 왕국의 어부였던 마사니엘로는 반란의 우두머리로 10일간 나폴리 전역을 장악하지만 곧 자객에 의해 몸이 갈기갈기 잘린 채 최후를 맞이합니다.

　마사니엘로의 짧고 감동적인 삶은 오페라로 만들어져 세상에 알려집니다. 다니엘 오베르의 오페라 '포르티치의 벙어리 아가씨'는 스페인 총독의 학정에 대항하는 청년 마사니엘로와 벙어리 여동생 페레라, 페레라를 농락한 총독의 아들 알폰소, 알폰소의 약혼녀 엘비라를 등장시켜 극적효과를 높입니다. 오페라 속의 마사니엘로는 자신과 알고 지내던 스페인 관료를 차마 처형하지 못해 풀어주고, 알폰소의 약혼녀를 구해주는 인간적인 혁명가이지만, 폭도로 변해버린 민중에 의해 살해당하는 인물입니다.

　그런데 겐지는 어떻게 마사니엘로의 이름을 알게 되었을까요?『미야자와 겐지 용어 사전』에는 겐지가 레코드로 오베르의 오페라를 들었을 가능성을 지적하고 있지만, 겐지의 애독서인 빅토르 위고의 소설『레 미제라블』에도 마사니엘로의 이름이 등장합니다.

　　보통의 경우에 폭동은 물질적인 사실에서 나오는데, 반란은 언제
　　나 정신적인 현상이다. 마사니엘로 같은 경우는 폭동이고 스파르
　　타쿠스 같은 경우는 반란이다. 반란은 정신에 인접하고 폭동은

밥통에 인접한다. (중략) 기아의 문제에서는 폭동도 이를테면 뷔장세의 그것처럼, 그 출발점은 건실하고, 비장하고, 정당하다. (4권)

마사니엘로는 민중을 위해 봉기하지만, 민중에 의해 처형당한 인물입니다. 모두와 함께 살기 위해 폭동을 일으켰지만 굶주림과 분노로 폭도가 된 민중에게 이해받지 못했습니다.

겐지는 마사니엘로의 삶을 어떻게 느꼈을까요? 가난한 어부의 삶은 겐지가 만나는 농민의 삶과 비슷하고, 민중에 외면당한 마사니엘로의 고독은 겐지가 느끼는 외로움과 통하는 부분이 있습니다.

그래서인지 이 시에는 현실을 살아가는 겐지의 슬픔이 짙게 묻어나 있습니다.

지금 겐지가 있는 곳은 하나마키 성터입니다. 잡초가 무성하고 사람의 왕래가 드문 성터는 겐지가 좋아하는 비밀의 공간입니다.

시는 모든 것을 흔드는 강한 바람의 존재를 알리며 시작합니다. 바람이 참억새 물결을 만들고 쉬나무와 여뀌꽃을 이리저리 흔들고 있습니다. 참억새와 백운모 구름, 쉬나무, 여뀌꽃이 있는 성터는 겐지가 행복한 휴식을 취하는 '찬란한 공간(「휴식」)'입니다.

새파란 하늘에 구름이 백운모처럼 투명하게 빛나고 있어서 이탈리아의 하늘처럼 느껴졌는지, 겐지는 성터를 '이탈리아제 공간'이라 부릅니다. 이탈리아를 연상시키는 새파란 하늘과 반짝이는 구름, 억새의 은빛 물결과 붉은 여뀌꽃, 빛과 색이 넘치는 풍경 속에 까만 까마귀 떼가 나타나 춤을 춥니다.

『봄과 아수라』 중에서 날아다니는 까마귀가 등장하는 것은 이 시와 「사랑과 열병」, 「봄과 아수라」, 「햇살과 건초」 뿐인데 모두 감정을 다스리지 못해 번뇌하는 겐지의 심상 스케치라는 공통점이 있습니다.

풍경 속 겐지의 심상 세계에 삼나무와 오동나무가 보입니다. '올리브 색 비로드'는 물 빠진 해자 바닥의 마른 풀밭을 나타내는 표현입니다. 삼나무와 오동나무는 때로는 겐지를 꾸짖고 정신 차리게 하는 성스러운 나무입니다.

불안한 하늘의 검은 삼나무
창이 되어 나를 꾸짖는다 (「겨울 스케치」 17)

오동나무 열매는(중략)
가로등과 나란히 서 있는 보살로 보인다 (「겨울 스케치」 14)

삼나무와 오동나무가 겐지의 의식을 현실로 돌려놓은 걸까요? 까마귀가 사라지고 참새가 등장합니다. 참새는 하늘 높이 솟은 삼나무에서 날아올라 저 아래 논으로 날아들어 갑니다.

시 「그랜드 전신주」에서 겐지는 참새를 생존을 위해 온 힘을 다하는 작은 자연으로 묘사했습니다. 오늘도 참새는 빛나는 하늘에서 내려와 살아가기 위해 천천히 벼 사이로 들어갑니다.

겐지는 참새가 천천히 나는 이유를 과학적으로 분석해 보지만, 왜 그런지 바람과 슬픔 때문에 가슴이 먹먹하다고 말합니다. 생존을 위해 하늘에서 땅으로 내려온 참새의 모습이 슬픈 걸까요? 바람에 흔들흔들 흔들리는 자신의 심상 세계가 슬픈 걸까요?

가슴이 먹먹해진 겐지는 이제 바람 속에서 누군가의 이름을 몇 번이고 불러 보고 싶다고 생각합니다. 누구의 이름을 부르고 싶은 걸까요? 연인일까요? 벗일까요? 병상에 누워 있는 여동생 도시일까요?

그게 누구의 이름이든, 사람들의 시선을 생각해 부르지 못하는 것이 겐지의 현실입니다. 모두를 위한 삶을 살려고 생각하고 있지만, 겐지의 삶은 마사니엘로의 최후처럼 고독하고 비장합니다.

북받쳐 오르는 슬픔을 억누르고, 괭이와 밧줄을 들고 실습지에서 학교로 돌아올 제자를 생각하지만 겐지의 심상 풍경 속에는 다시 까마귀가 나타납니다.

까마귀와 참새는 하늘과 땅, 이 세계와 저 세계를 오갈 수 있는 존재입니다. 까마귀는 흔들리는 겐지의 심상 세계를 투영하며 환상 공간, 러시아와 중국의 하늘을 날아다니고, 참새는 현실을 살아가려는 겐지의 의지를 담고 일본의 하늘 위를 날고 있습니다.

하나마키 성터 부근에 가을이 내려앉았습니다. 아이들이 뛰어다니는 평화로운 풍경 속에 청, 홍, 백 아름다운 색깔이 넘쳐나지만 겐지는 먹먹하고 슬픕니다.

심상 스케치 속에 일상이 끼어들어 겐지의 의식을 현실로 돌아오게 해도 겐지의 의지와 상관없이 심상 풍경은 바람과 함께 흔들리며 일본, 러시아, 중국으로 바뀌고 있습니다.

시에 등장하는 '체호프'는 러시아 작가 안톤 체호프입니다. 체호프의 희극 「갈매기」는 꿈과 현실이 충돌하는 인물들을 통해 인간 존재의 본질을 꿰뚫어 본 작품입니다. 체호프의 작품 속 등장인물처럼 겐지도 환상 세계를 응시하며 현실을 살아가야 합니다.

조용한 하늘을 어지럽히는 까마귀 떼가 묽은 황산 속 아연 찌꺼기처럼 점점이 춤을 추고 있습니다.

마사니엘로가 느꼈을 우정, 배신감, 고독감, 그 모든 인간적인 감정들이 겐지의 심상 세계 속에도 찌꺼기가 되어 떠오르고 있습니다. 겐지를 꾸짖는 삼나무도 도움이 되지 못합니다. 세 마리가 되었다 네 마리가 되었다 하는 수상한 까마귀는 삼나무를 빠져나와 심상 풍경 속 하늘을 빙글빙글 돌고 있고, 바람 속에 웅크리고 앉은 고독한 겐지의 심상 세계에도 슬픔이 회오리치며 돌고 있습니다.

다람쥐와 색연필

자작나무 너머에서 해는 부옇고

차가운 이슬로 레일이 미끄럽다

구두 가죽 요리 때문에 레일이 미끄럽다

아침의 레일을 다람쥐가 가로지른다

건너가려고 멈춰 선다

꼬리는 der Herbst

　해는 새하얗게 흐려지고

다람쥐는 달려 나간다

　　고마리의 애플 그린과 핑크

누군가 삼각산의 풀을 베었다

제법 깨끗하게 잘 베었다

녹색 서러브레드

　　해는 백금을 그을리고

　　한 줄로 늘어선 검은 삼나무 창

그 하야치네산과 야쿠시다케산의 구름 고리는

오래된 벽화의 운모에서

다시 태어나 떠올랐지

색연필이 가지고 싶다고

스테들러 짧은 펜인가

스테들러 제품이라면 괜찮지만

다음 달까지 기다려주면 좋겠구나

자 우선 저 산과 구름의 모양을 봐라

잘 익어서 달콤하니

(1922.10.15)

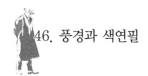

46. 풍경과 색연필

　현실을 사는 겐지의 모습을 그려내고 있는 「동이와테 화산」의 장 마지막에 수록된 시입니다. 어딘가 조금 부족해 보이는 가을 아침 풍경 속에 월급날을 기다리는 겐지의 모습이 재미있게 그려지고 있습니다.

　시는 두 개의 풍경으로 나뉘는데 들여서 쓴 부분은 겐지의 내면세계입니다.

　자작나무 숲 너머로 해가 안개 때문에 부옇게 보이는 아침입니다. 겐지는 지금 철길을 걷고 있습니다. 같은 시기에 작성한 초기 단편 「산지의 능선」을 참고하면 지금 겐지가 있는 곳은 하나마키시의 이와테 경편 철교 부근인 것 같습니다.

> 천천히 가면 아침 레일은 하얗게 빛난다. (중략) 구름이 하얗게 빛
> 나고 있다. 하야치네산 서편의 군청색 산 능선 하나가 가라앉은
> 흰 구름에 드러난다. 야쿠시다케산이다. 구름 덕분에 몰랐던 야
> 쿠시다케산의 능선을 보는구나. 「산지의 능선」

　시의 '구두 가죽 요리 때문에 레일이 미끄럽다'는 표현은 비싼 가죽으로 만든 구두를 좋은 재료로 만든 요리에 비유한 것으로 구두를 신고 철길을 걷고 있는 자신을 묘사한 것입니다. 당시에는 구두가 고가의 제품이어서 수선비도 상당히 비쌌던 모양입니다. 1912년 11월에 겐지가 아버지에게 보낸 편지에는 한 달 기숙사비와 식비가 2엔 13전이고 구두 수선비

가 90전이라는 문장이 보입니다.

부잣집 도련님이라 겐지는 오늘도 최고급 구두를 신고 아침 산책을 나섭니다. 차가운 이슬 때문에 선로가 미끄러운데 바닥이 매끈한 구두를 신고 있으니 더 조심스럽습니다.

미끄러운 선로 위를 조심조심 걷고 있는 겐지 앞에 월동 준비로 바쁜 가을 다람쥐 한 마리가 나타납니다. 선로를 건너려고 멈춰 선 다람쥐 꼬리가 낙엽색이었을까요? 겐지는 '꼬리는 der Herbst'라고 말합니다.

'der Herbst'는 독일어로 가을이라는 뜻입니다. 오늘 다람쥐 꼬리에 내려앉은 가을은 울긋불긋 물드는 일본의 가을이 아니라 짙은 노란빛으로 물드는 독일의 가을입니다.

겐지는 들여쓰기를 해 자신의 내면을 표현합니다. 가을 아침, 다람쥐를 보는 겐지의 심상 세계에서 해가 새하얗게 흐려지고 있습니다.

다람쥐는 조심조심 걷는 겐지와 달리 거침없이 달려 나가고, 이제 겐지의 심상 세계에 고마리 풀이 나타납니다. 고마리 풀은 허리를 숙이고 자세히 들여다봐야 볼 수 있는 아주 작은 꽃을 피웁니다. 겐지는 숨어 있는 분홍색 고마리 풀꽃을 찾는 마음으로 가을 풍경을 바라봅니다. 다람쥐가 보이지 않으니 다람쥐 꼬리에 달린 가을이 사라진 것처럼 느껴집니다.

풍경 속에 깨끗하게 풀을 베어낸 삼각 언덕이 보입니다. 시의 '삼각산'이란 표현은 동화 「세무서장의 모험」에도 보이는데, 삼각형 언덕을 가리키는 말로 이해하면 될 것 같습니다.

세무서장은 단번에 옆의 풀 덮인 벼랑으로 뛰어올랐습니다. 그리고 미친듯이 언덕을 올라갔습니다. 언덕 정상에는 작은 삼각표가 있었고 그곳에서부터 맞은편의 그 삼각형 언덕까지 정상이 길게 이어져 있었습니다.

풀을 벤 삼각 언덕이 아름답게 보였는지 겐지는 '녹색 서러브레드'라고 표현합니다. 서러브레드는 최고급 경주마로 겐지의 시에서는 '순수한 혈통', '최고의 예술품'으로 묘사됩니다.

그런데 다시 심상 세계에 해가 나타나서 백금을 그을리고 있습니다. 겐지는 금속을 이용해 연기나 비의 이미지를 나타내는데 백금은 주로 구름의 묘사에 사용됩니다. 백금을 그을린다는 표현은 구름이 태양을 가리고 검게 빛나고 있는 풍경입니다.

다시 풍경 묘사가 이어지고 하늘을 향해 창처럼 솟아 있는 검은 삼나무 가로수가 보입니다. 그리고 보니 오늘은 심상 풍경도 겐지의 내면세계도 색채가 부족한 것 같습니다.

겐지는 전에 보았던 하야치네산과 야쿠시다케산의 구름을 떠올립니다. 시의 '구름 고리雲環'는 구름이 산에 닿을 듯이 내려앉은 모습을 말하는 것입니다.

웬일인지 구름이 지평선에 닿을 듯 말 듯
한 줄기 백금 고리를 만들고 있다 (「구릉지를 지난다」, 제2집)

해가 구름에 숨어 버리면
구름은 분명히 백금 고리이다
(「소나무 바늘은 지금 하얀 빛에 녹는다」, 보완시)

그리고 겐지는 그 구름 고리가 오래된 벽화의 운모에서 재생된 것이라 표현합니다. 오래된 벽화는 동화 「인드라의 그물」에 나오는 코탄의 대사찰 유적지의 벽화처럼 성스러움의 상징입니다. 성스러운 구름 고리가 걸린 하야치네산과 야쿠시다케산은 태초의 신비로움으로 가득한 성스러운 산입니다. 하야치네산을 노래한 시를 소개합니다.

> 구름 고리가 숨는 저 봉우리는, 고생대 여러 층을 가로질러
> 쥐라기에 응고한 염기성암이, 사문암 화산이 되었다고 알려졌다.
> 「조망」, 문어시고 백 편)

가을 아침의 무채색 풍경이 겐지의 심상 세계를 어둡게 했지만, 성스러운 산의 구름 고리를 떠올리니 주변 풍경이 달라 보이고 기분이 가벼워집니다.

다시 생각해보니 색연필만 있으면 될 것 같습니다. 풍경을 아름답게 물들여야 하는 가을도, 맛있는 도토리가 올라간 가을 밥상을 기다리는 다람쥐도 색연필이 필요한 것 같습니다.

색연필만 있으면 당장이라도 무채색 가을 풍경을 아름답게 꾸밀 수 있을 텐데 돈이 없습니다. 최고급 독일제 스테들러 제품을 사야 하는데 이달 월급을 이미 다 써 버렸으니 다음 달 월급날까지 기다려 달라고 해야 합니다. 겐지도 가을도 다람쥐도 한 달을 더 기다려야 할 것 같습니다.

그래도 다행히 산과 구름이 잘 익어서 달콤한 모습을 보이니, 우선은 맛있어 보이는 저 산과 구름의 모습이라도 감상하고 볼 일입니다.

그런데 시월의 산과 구름은 어떤 맛일까요? 겐지의 시식 평을 들어봅니다.

차가운 젤라틴 안개도 있고

복숭아색으로 타오르는 전기 과자도 있다

또 비말 녹차를 붙인 카스텔라와

매끈매끈하고 아주 진한 녹색과 갈색의 사문암

옛날 풍의 금색 쌀엿도

wavelite 버터도 있고

솔송나무는 푸르고 굵은 설탕으로 만들어져 있고

앞쪽에는 모두

커다란 건포도가 붙어 있다

(「산의 새벽에 관한 동화 풍의 구상」, 제2집)

무성 통곡

영결의 아침

오늘이 가기 전에

멀리 떠나 버릴 나의 누이여

진눈깨비가 내려 바깥은 이상하게 환하구나

    (눈비를 가져다주세요)

조금 붉고 한층 음산한 구름에서

진눈깨비가 추적추적 내려온다

    (눈비를 가져다주세요)

푸른 순채 무늬가 그려진

두 개의 이 빠진 사기그릇에

네가 먹을 눈비를 담아 오려고

나는 구부러져 나가는 총알처럼

어두운 진눈깨비 속으로 뛰쳐나갔다

    (눈비를 가져다주세요)

회백색 어두운 구름에서

진눈깨비는 추적추적 가라앉는다

아아 도시코

죽음을 앞둔 이 순간에

나의 일생을 밝게 하려고

이런 산뜻한 눈 한 그릇을

너는 내게 부탁했구나

고맙다 나의 용감한 누이여

나도 똑바로 나아갈 테다

　　　(눈비를 가져다주세요)

지독하게 심한 고열과 기침 사이로

너는 나에게 부탁했구나

　은하와 태양　대기권이라 불리는 세계의

하늘에서 떨어진 마지막 눈 한 그릇……

……두 조각 화강암 석재에

진눈깨비는 쓸쓸하게 쌓여 있다

나는 그 위에 위태로이 서서

눈과 물의 새하얀 두 세계를 유지하고

투명하고 차가운 물방울로 가득한

이 빛나는 소나무 가지에서

내 상냥한 누이의

마지막 음식을 얻어 가야겠다

우리가 함께 자라오는 동안

늘 보던 이 그릇의 쪽빛 무늬와도

너는 오늘 이제 헤어져야 하는구나

(Ora Orade Shitori egomo)

정말로 오늘 너는 떠나는구나

아아 그 꽉 막힌 병실

어두운 병풍과 모기장 속에서

상냥하고 창백하게 타오르는

나의 용감한 누이여

이 눈은 어디를 선택해도

어디나 참으로 새하얗구나

저리도 사납게 흩날리는 하늘에서

이 아름다운 눈이 내리는구나

    (다시 태어나면

       그때는 이렇게 자신만을 위해

       괴로워하지 않게 태어날 거야)

네가 먹을 이 두 그릇 눈에

나는 지금 간절히 기도한다

바라건대 이것이 천상의 아이스크림이 되어

너와 모두에게 성스러운 공덕을 가져다주기를

나의 모든 행복을 걸고 기원한다

                     ((1922.11.27))

47. 영결의 기도

「무성 통곡」의 장에 수록된 「영결의 아침」, 「소나무 바늘」, 「무성 통곡」
에는 1922년 11월 27일이라는 일자가 적혀 있습니다. 11월 27일은 겐지의
여동생 도시코가 세상을 떠난 날입니다. 겐지는 일자에 이중 괄호를 사
용해 세 편의 시가 임종 당일의 스케치를 나중에 구성한 것임을 나타냅
니다.

제목의 '영결'은 산 사람과 죽은 사람의 영원한 이별을 의미하는 말
로, 겐지는 여동생의 죽음을 인생의 영결로 느끼고 억제할 수 없는 슬픔
과 두려움에 빠져 있습니다.

시에 등장하는 '나의 누이'는 겐지보다 두 살 아래인 미야자와 도시입
니다. 겐지의 작품에서 '도시코', '누이'라 불리는 것은 세 명의 여동생 중
도시가 유일하며, 도시는 '신앙을 함께 하는 유일한 길동무(「무성 통곡」)'인
특별한 존재입니다.

시는 눈비를 가져다 달라는 도시코의 목소리가 반복되는 전반부와
죽음을 받아들이는 용감한 도시코의 목소리가 등장하는 후반부로 나뉩
니다.

겐지는 도시코의 목소리를 괄호로 나타내는데, 괄호와 들여쓰기를 같
이 사용한 부분은 실제 목소리가 아닌 심상 세계 속에 들려오는 목소리
입니다.

이와테 방언으로 표기한 도시코의 목소리는 시 중간중간에 끼어들며
심상 풍경을 변하게 하는 역할을 하고 있습니다.

시는 겐지가 여동생을 부르는 장면으로 시작합니다. 겐지는 오늘 중에 세상을 떠날 누이의 옆을 지키고 있습니다. 방 안이 어두워서 그런지 진눈깨비가 내리는 바깥이 이상하게 환하게 느껴집니다.

"눈비를 가져다주세요", 누이의 목소리에 겐지는 다시 바깥을 바라봅니다. 묘하게 붉고, 겐지의 마음처럼 음산해 보이는 하늘에서 진눈깨비가 추적추적 내리고 있습니다.

"눈비를 가져다주세요", 다시 누이의 목소리가 들립니다. 겐지는 두 개의 이 빠진 사기그릇을 들고 구부러져 나가는 총알처럼 이리저리 부딪치며 바깥으로 뛰쳐나갑니다. 방에서는 환하게 보였지만 바깥에는 어두운 진눈깨비가 내리고 있습니다.

그런데 왜 하필 이 빠진 그릇을 그것도 하나가 아닌 두 개를 들고 나갔을까요? 부유한 집안에서 이 빠진 그릇을 사용할 리 없을 테니 순채 무늬가 그려진 그릇은 겐지와 누이의 추억이 담긴 그릇일 겁니다. 두 개의 그릇에는 이별을 받아들이고 싶지 않은 겐지의 무의식이 반영되어 있습니다. 삶과 죽음이 자연의 섭리인 걸 알면서도 이대로 떠나보내고 싶지 않은 겁니다.

"눈비를 가져다주세요", 그때 다시 누이의 목소리가 들립니다. 답답한 마음으로 하늘을 올려다보니 회백색 어두운 구름에서 진눈깨비가 무겁게 가라앉고 있습니다.

추적추적 가라앉는 진눈깨비를 보며 겐지는 누이가 자신에게 부탁한 이유를 깨닫습니다. 누이가 '산뜻한 눈 한 그릇'을 부탁한 것은 겐지를 똑바로 나아가게 해서 겐지의 일생을 밝게 하기 위한 것입니다.

똑바로 나아간다는 것은 어떤 의미일까요? 똑바로 나아가는 것은 모두를 위한 진정한 행복을 찾는 것이고 법화경의 뜻을 실천하는 것입니다.

춘세가 만약 포세를 정말 불쌍하게 생각한다면 크게 용기를 내서 모든 살아 있는 것의 진정한 행복을 추구해야 한다. 그것은 나모 살 달마 푼다리카 수드라(나무묘법연화경)라는 것이다. 춘세가 만약 용기 있는 진정한 남자아이라면 왜 곧바로 그것을 향해 나아가지 않는가. (동화 「편지」)

나는 이제 나를 위해, 내 어머니를 위해, 캄파넬라를 위해 모두를 위해 진정한 진짜 행복을 찾을 거야. (중략) 반드시 똑바로 나아가겠습니다. 반드시 진짜 행복을 찾겠습니다. (동화 「은하철도의 밤」 1차고)

도시코가 겐지에게 부탁한 것은 은하와 태양, 대기권이라 불리는 영겁의 하늘에서 떨어지는 눈 한 그릇이며 천상계의 눈과 인간계의 물, 두 가지 세계를 다 가지고 있는 이상계二相系인 진눈깨비입니다

'이상계'는 기체, 액체, 고체 중에 두 개의 상이 혼합되어 유동하고 있는 상태를 나타내는 2상류라는 과학 용어에서 따온 말로 겐지의 조어입니다.

어두운 하늘에서 떨어진 이상계인 진눈깨비는 '산뜻한' 눈이 되어 '일체중생 개성불도一切衆生皆成佛道', 모든 중생에게 불성이 있다고 하는 법화경의 가르침을 깨닫게 하고, 음산한 하늘이 은하와 태양이 있는 아름다운 세계인 것도 보여 줍니다. 상냥한 누이는 이렇게 죽음의 순간에도 인간계에 사는 아수라인 겐지를 구제하려 합니다.

'생자필멸 회자정리 거자필반生者必滅 會者定離 去者必返', 태어난 사람은 반드시 죽고, 만나면 언젠가는 헤어지기 마련이고, 간 사람은 반드시 돌아오니 영별은 슬퍼할 일이 아닙니다. 육신의 죽음은 고통도 아니고 소멸도 아니며

또 다른 생으로 나아가는 시작입니다.

겐지는 이제 도시코를 용감한 누이라 부르며 진눈깨비가 쌓여 있는 두 조각 화강암 석재 위에 위태롭게 서서 누이에게 바칠 마지막 눈비를 구합니다. 화강암 석재는 묘석이나 제단을 만들 때 사용되는 신성한 돌이니 겐지가 서 있는 곳은 신성한 제단인 셈입니다.

"Ora Orade Shitori egomo", 누이의 목소리가 들립니다. '나는 나대로 혼자서 간다'는 이와테 방언을 로마자로 옮겨 적은 것입니다.

겐지는 왜 이 부분을 로마자로 표시했을까요? 로마자 표기는 누이의 이별 선언을 들은 겐지의 충격을 나타내기 위한 장치입니다.

사실 겐지는 저세상으로 떠나는 누이와 다시 이어질 것을 의심하지 않습니다. 죽음 저편까지 동행할 수 있다고 믿고 있으니 같이 가자고 부탁해 주기를 바라고 있었을지도 모르겠습니다.

그런데 누이가 홀로 가겠다고 선언합니다. '혼자서'라는 말은 두 개의 그릇을 들고 두 조각 화강암 석재 위에 서 있는 겐지가 가장 듣고 싶지 않은 말입니다.

그러나 죽음은 인간이 홀로 되는 시간입니다. 누구도 함께 죽을 수는 없습니다. 흔들리는 겐지의 마음처럼 하늘에서는 진눈깨비가 사납게 흩날리지만, 누이의 마지막 음식이 되어줄 눈은 놀라울 정도로 아름답고 깨끗합니다.

심상 세계 속에서 누이의 마지막 목소리가 들려옵니다.

"다시 태어나면, 그때는 이렇게 자신만을 위해 괴로워하지 않게 태어날 거야."

법화경의 윤회전생을 믿는 누이는 용감하게 저세상으로 여행을 떠나려 합니다. 타인을 위해 괴로워할 수 있는 사람으로 태어나고 싶다는 누이의 바람은 죽는 순간까지 공덕과 이익을 베풀어 중생을 구제하기 위해 노력하는 이타행利他行의 실천입니다.

동굴처럼 어두운 병실에서 마지막 불꽃을 태우며 용감하게 죽음을 받아들이는 누이의 태도가 겐지를 다시 각성시킵니다.

"아무쪼록 이 눈이 천상의 아이스크림이 되어 누이와 모두의 성스러운 공덕을 가져다주기를 기원합니다."

겐지는 새하얀 눈을 보며 누이가 가는 곳이 지옥, 아귀, 축생, 인간, 아수라의 세계가 아닌 천상인 것을 믿습니다. 그러나 천상도 윤회의 세계이며 천상에 태어나 그 업이 다하면 다시 다른 세계로 옮겨 가야 합니다.

시에서 공덕으로 번역한 '자량資糧'은 열반에 이르기 위한 선근善根의 공덕 자량을 의미하는 말입니다. 윤회의 굴레에서 벗어나기 위해서는 공덕 자량이 필요합니다.

그래서 겐지는 누이가 떠난 그날 미처 나누지 못한 영결의 인사를 기도로 대신합니다.

"저의 모든 것을 걸고 바라옵니다. 아무쪼록 저 용감하고 상냥한 누이가 육도 윤회의 굴레를 벗어 버리고 성불의 길로 들어서게 하소서. 나모 살 달마 푼다리카 수드라, 나모 살 달마 푼다리카 수드라, 나모 살 달마 푼다리카 수드라."

멀고 험한 윤회의 길에 공덕이 쌓이고 쌓여 아무쪼록 누이가 육도 윤회를 벗어나 깨달음의 세계로 나아가기를 자신의 모든 행복을 걸고 기원합니다. 오로지 법화경의 가르침을 실천하며 모두를 위한 진정한 길을 가겠다는 자신의 결의를 바치고 누이의 성불을 기원합니다.

소나무 바늘

조금 전 진눈깨비를 덜어 온
그 깨끗한 소나무 가지란다
오오   너는 마치 달려들 듯이
그 녹색 잎에 뜨거운 뺨을 대는구나
그런 식물성 푸른 바늘이
아프게 뺨을 찌르게 하고
탐내기조차 하다니
얼마나 우리를 놀라게 하는지
그토록 너는 숲에 가고 싶어 했구나
네가 그렇게 고열로 타들어 가고
땀과 고통으로 몸부림칠 때
나는 볕 드는 곳에서 즐겁게 일하고
다른 이를 생각하며 숲을 걸었다
((아아 좋아   개운해
마치 숲속에 있는 것 같아))
새처럼 다람쥐처럼
너는 숲을 그리워했구나

얼마나 내가 부러웠을까

아아 오늘 안에 먼 곳으로 떠나려는 누이여

정말로 너는 홀로 가려는 거냐

내게 같이 가자 부탁해 다오

울면서 내게 그리 말해 다오

   너의 뺨은   그러나

   오늘 어쩌면 그토록 아름다운가

   녹색 모기장 위에도

   이 신신한 소나무 가지를 올려 두자

   곧 물방울도 떨어질 거고

   봐라

   상쾌한

   테레빈유 냄새도 나지

((1922.11.27))

48. 솔잎과 바늘

　「영결의 아침」에 이어지는 시 「소나무 바늘」은 눈과 함께 가져온 소나무 가지를 누이에게 건네는 장면으로 시작합니다.

　시의 제목인 '소나무 바늘'은 바늘처럼 뾰족하게 생긴 솔잎을 가리키는 말인데 이별을 앞둔 겐지와 도시코의 대조적인 심경을 표현하고 있습니다.

　시에서 들여 쓴 부분은 겐지가 누이에게 하는 말이며, 이중 괄호 속 문장은 누이의 목소리입니다. 겐지는 '오오', '아아', '봐라' 같은 표현을 사용해 놀람과 감동, 충격을 효과적으로 전달하고 심상 풍경의 변화를 끌어냅니다.

　"조금 전 진눈깨비를 덜어 온 그 깨끗한 소나무 가지란다", 진눈깨비가 얼어붙어 있는 소나무 가지를 건네니 누이는 기뻐하며 달려들듯이 솔잎에 뺨을 갖다 댑니다.

　충동적인 누이의 행동은 모두를 놀라게 하고, 겐지는 '오오'라는 감탄사와 한 칸 비우기를 사용해 자신의 충격을 나타냅니다. 어린애처럼 솔잎에 볼을 비비고 있는 누이의 모습이 낯설게 느껴지기만 합니다. 솔잎이 뺨을 찌르게 하고 탐내기조차 하다니, 겐지는 숲을 그리워하는 여동생의 마음을 헤아리지 못한 자신을 책망하지 않을 수 없습니다.

　누이가 뺨에 대고 있는 '녹색 잎'이 겐지에게는 '식물성 푸른 바늘'로 느껴집니다. 누이가 어두운 병실에서 고열로 타들어 갈 때 자신은 햇빛이 비치는 곳에서 즐겁게 일하고, 다른 사람을 생각하며 숲을 거닐었습니다.

치명적인 사랑의 열병에 빠져 누이를 잊은 적도 있습니다.

> 정말로   그러나 누이여
> 오늘은 나도 너무 괴로워
> 갯버들꽃조차 따다 줄 수 없구나 (「사랑과 열병」)

누이의 얼굴을 찌르는 '솔잎'이 후회와 자책의 바늘이 되어 무력한 겐지의 마음을 아프게 합니다.

그런데 누이는 따갑지도 않은지 기뻐합니다. 숲이 얼마나 그리웠으면 저럴까요? 그동안 얼마나 자신을 부러워했을까요?

솔잎은 뾰족한 소나무 바늘이 되어 겐지의 마음을 찌르고 또 찌릅니다. 비통에 빠져 있던 겐지는 오늘 중에 누이가 먼 곳으로 떠난다는 것을 깨닫습니다.

아아, 누이는 정말 이대로 홀로 떠나려는 걸까요? 누이를 위해서라면 죽음 저편까지 같이 갈 수 있는데, 같이 가 달라고 말해주면 좋을 텐데, 누이는 죽음이 두렵지 않은지 아름답기만 합니다.

겐지는 누이의 심경을 다시 한번 헤아려 봅니다. 누이는 왜 숲을 그리워했을까요? 겐지에게 숲은 법화경의 가르침을 발견하는 깨달음의 도장입니다.

> 버섯 모양 작은 숲이 있지/ 그곳으로
> 내 생각이/ 매우 빨리 흘러가
> 고스란히/ 녹아들고 있어 (「숲과 사상」)

겐지와 도시코는 법화경을 신앙하는 독실한 일련종 신자입니다. 누이가 숲을 그리워한 것은 그곳에서 우주 만물과 소통하고 자연과 교감하며 이치를 깨달을 수 있기 때문일 겁니다.

그렇다면 소나무 가지에 달려든 이유는 무엇일까요? 일련종을 창시한 니치렌은 법화경과 법화경 신자를 소나무에 비유하고, 법화경이라는 소나무에 기대면 성불의 산에 오를 수 있고 깨달음의 하늘을 날 수 있다고 설명했습니다.

임종 직전의 불교 신자는 자신의 성불에 대해 불안해합니다. 아마 누이도 그랬을 겁니다. 겐지는 자신이 건넨 소나무 가지가 누이의 불안을 떨치게 하고, 두려워하지 않고 죽음을 받아들일 수 있게 하는 가르침이 된 것을 깨닫습니다.

모든 것을 이해한 겐지는 누이의 아름다운 얼굴을 바라보며 모기장 위에 소나무 가지를 올려 두겠다고 말합니다. 모기장을 치고 다시 병풍까지 둘러놓았으니 그동안 얼마나 답답했을까요?

소나무 가지의 눈이 녹아 신선한 물방울이 떨어지고 송진 냄새가 상긋하게 퍼지면 이제 이곳은 누이가 그토록 그리워하던 숲이 되고, 누이는 소나무 같은 법화경에 기대어 깨달음의 하늘로 훨훨 날아가겠지요. 자신의 슬픔이 누이의 가는 길을 막아서는 안 되기에 겐지는 누이에게 상냥하게 말을 겁니다.

"녹색 모기장 위에도 이 신선한 소나무 가지를 올려 두자, 곧 물방울도 떨어질 거고. 봐라, 상쾌한 테레빈유 냄새도 나지?"

참 다행입니다. 소나무 가지가 먼 여행을 떠나는 누이의 길잡이가 되어주니 정말 다행입니다. 솔잎이 바늘이 되어 자신을 아프게 찌르고 있지만 아파도 괜찮습니다. 아파서 오히려 위로가 됩니다. 다행입니다. 참 다행입니다.

무성 통곡

이렇게 모두가 지켜보는 가운데
너는 아직 여기서 괴로워해야 하는가
아아 커다란 믿음의 힘에서 일부러 멀어져
순수와 작은 덕성을 잃어버리고
내가 검푸른 아수라로 걷고 있을 때
너는 너에게 주어진 길을
혼자 외로이 가려 하느냐
신앙을 함께 하는 유일한 길동무인 내가
밝고 차가운 정진의 길에서 슬프고 지쳐
독초와 형광 이끼 뒤덮인 어두운 들판을 떠돌 때
너는 홀로 어딘가 가려고 하는구나

　　(나　무서운 얼굴 하고 있지)

어쩌면 체념한 것 같은 비통한 웃음을 지으며
또한 나의 어떤 사소한 표정도
절대 놓치지 않으려 하며
너는 씩씩하게 어머니에게 묻는구나

　　(아냐　아주 멋있어

오늘은 정말로 멋있어)

정말로 그렇다

머리카락도 한층 더 검고

사과 같은 뺨은 마치 아이 같구나

부디 아름다운 뺨을 지니고

다시 하늘에서 태어나 다오

　　((그래도 냄새는 안 좋지?))

　　((아니　전혀))

정말로 그렇지 않아

오히려 이곳은 여름 들판의

작고 흰 꽃의 향기로 가득하니까

다만 나는 지금 그 말을 할 수 없구나

　　　(나는 아수라로 걷고 있으니)

내가 슬픈 눈을 하고 있는 건

나의 두 마음을 바라보기 때문이다

아아 그렇게

슬프게 눈길을 돌리면 안 된다

((1922.11.27))

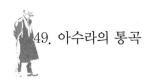

49. 아수라의 통곡

「영결의 아침」에서 「무성 통곡」으로 이어지는 세 편의 시는 황망하게 세상을 떠나간 누이의 죽음을 애도하며 헌정한 '추도시'로 겐지가 꿈꾸는 이상적인 임종 풍경이 담겨 있습니다.

임종 당일의 모습은 시가 그려 내는 풍경과 달리 상당히 혼란스러운 상황이었습니다. 연보의 기록을 참고로 구성해보면 이른 아침 도시코의 위급한 상태를 발견한 간호사가 제일 먼저 겐지에게 알리고, 겐지의 연락으로 모인 가족은 예상치 못한 갑작스러운 상황에 충격과 슬픔에 휩싸입니다. 겐지는 도시코 옆을 지키며 '나무묘법연화경'을 외치다가 도시코의 죽음을 깨닫고는 벽장에 머리를 넣고 소리 내 울었습니다. 겐지의 모습을 짐작할 수 있는 동화의 한 장면을 소개합니다.

> 밖은 어둑어둑했고 진눈깨비가 추적추적 내리고 있었습니다. 춘세는 소나무 가지에서 두손 가득 눈비를 받았습니다. 그리고 포세의 머리맡으로 가서 접시에 눈비를 담아 숟가락으로 포세에게 먹였습니다. 포세는 맛있는 듯 세 숟가락을 먹더니 갑자기 축 늘어져 숨을 쉬지 않았습니다. 어머니가 놀라서 울부짖으며 이름을 부르고 힘껏 흔들어 보았지만, 포세의 땀에 젖은 머리카락과 고개는 흔드는 대로 흔들릴 뿐이었습니다. 춘세는 주먹으로 눈을 비비며 호랑이 새끼 같은 목소리로 울었습니다. (「편지」)

도시코의 장례식은 미야자와 집안이 대대로 믿어 온 정토 신종 의식으로 진행되었지만, 겐지는 종파가 다르다는 이유로 장례식에 불참하고 따로 분골을 원해 분란을 일으킵니다. 결국 도시코의 유해는 미야자와 집안의 묘와 겐지가 신앙하는 일련종 국주회 묘소에 나뉘어 안치됩니다.

누이의 죽음을 두고 일어난 이런 일들이 겐지를 깊은 회한에 빠지게 했을까요? 겐지는 반년이라는 시간이 지나고서야 심상 스케치를 다시 이어가게 되는데 11월 27일 자의 세 편의 시도 이즈음에 쓴 것으로 추정됩니다.

'임상臨床 삼부작'이라 불리는 세 편의 시를 통해 겐지는 자신이 누이에게 전하고 싶었던 것을 그려냅니다. 「영결의 아침」에서 누이의 성불을 기원하는 기도를 바치고, 「소나무 바늘」에서는 자신이 가져다준 소나무 가지가 누이의 불안을 잠재우고 먼 여행의 길동무가 되어주기를 바랍니다.

그리고 이제 마지막으로 누이를 보내는 자신의 마음을 소리를 내지 않는 '무성'과 소리 내어 우는 '통곡'이라는 상반된 단어를 조합해 표현합니다.

시의 제목인 '무성 통곡'은 소리조차 내지 못할 정도로 슬픔에 잠긴 마음을 나타내는 말로, 누이의 편안한 임종을 바라면서도 이대로 붙잡아 두고 싶은 겐지의 이중적인 심리 상태를 보여주고 있습니다.

시는 누이가 아직도 인간 세상에서 괴로워해야 하는 것을 안타까워하는 겐지의 독백으로 시작합니다. 겐지는 앞의 두 편의 시를 통해 슬퍼하는 자신을 각성시키고 구제하는 상냥하고 씩씩한 누이의 모습을 그렸습니다. 도시코가 죽음을 용감하게 받아들일 수 있는 것은 일련종으로 인도한 겐지의 신심을 믿고, 법화경의 힘을 믿기 때문입니다.

그런데 사실 겐지는 무엇을 어떻게 해야 할지 혼란스럽기만 합니다. 자신의 슬픔을 감출 수도 없고, 누이가 이대로 떠나는 것도 원하지 않습니다. 법화경을 믿고 수행하면 죽음의 고통에서 벗어날 수 있다고 믿었는데 이렇게 고통스러우니 어쩌면 좋을까요? 사후 세상에 대한 확실한 믿음도 가질 수가 없습니다.

자신이 이렇게 흔들리는데 슬퍼하는 가족들에게 둘러싸여 있는 누이는 어떨까요? 아직 세상을 떠난 것도 아니고 그렇다고 제대로 살고 있는 것도 아닌 이 하루 동안 누이는 무엇을 생각했을까요? 살고자 하는 마음, 죽음을 두려워하는 마음이 생기지는 않았을까요?

겐지는 누이에게 아무런 힘이 되지 못하는 자신을 질책하며 오직 누이 한 사람만을 생각하기로 합니다.

시 「고이와이 농장」에서 겐지는 '모두의 행복'을 원하는 '바른 소망'을 추구하는 '종교 정조'와 바른 소망을 함께 추구할 '단 한 사람의 영혼'을 구하는 '연애'는 양립할 수 없다는 것을 받아들이고 혼자서 나아갈 결의를 표명했습니다.

> 모든 외로움과 비통함을 태우고
> 사람은 투명한 궤도로 나아간다 (「고이와이 농장」 파트 9)

그런데 이제 겐지는 일부러 믿음의 길에서 멀어졌다고 말하고 있습니다. 겐지가 일부러 믿음의 길을 벗어난 것은 신앙을 함께하는 유일한 길 동무인 누이를 붙잡기 위해서입니다. 독초와 형광 이끼가 뒤덮인 어두운 번뇌의 들판을 헤매며 스스로 검푸른 아수라가 되어 떠나는 누이를 막아서기 위해서입니다.

그런데 누이는 여전히 '홀로', '외로이' 가려나 봅니다. 누이가 갑자기 체념한 것 같은 비통한 웃음을 지으며 겐지의 표정을 살피고, 어머니에게 자신의 얼굴이 무섭지 않은지 몸에서 나쁜 냄새가 나지 않는지 물어봅니다.

불교에서는 현세의 마지막 모습이 내세의 시작이라고 믿기 때문에 임종을 중요하게 생각합니다. 겐지와 도시코가 신앙하는 일련종은 임종의 모습이 나쁜 것을 지옥으로 떨어진 증거라고 단정합니다.

> 임종 시 지옥에 떨어지는 자는 흑색이 되고 그 몸이 천근만근 돌과 같이 무겁고, 선한 사람은 설령 7척, 8척의 여인이라 해도 피부가 검은 자라도, 임종 시 색이 희게 변하고 깃털같이 가볍고 부드러워진다. (『千日尼御前御返事』, 日蓮)

그토록 씩씩하던 누이가 왜 갑자기 불안해하는 걸까요? 지금 누이가 조금이라도 불안과 두려움을 느낀다면, 슬픔의 번뇌에 빠진 아수라가 되어 누이의 신심을 어지럽히고 불안하게 만든 자신 탓이겠지요.

'아주 멋있다'는 어머니 말씀처럼 오늘 누이는 사과 같은 뺨을 가진 건강한 아이처럼 보입니다. 머리카락도 한층 검고 윤이 납니다.

임종을 기다리는 모습이 이렇게 청정하니 누이는 반드시 천상 세계에서 다시 태어날 겁니다. 검푸른 아수라인 자신이 봐도 누이가 있는 곳은 여름 들판처럼 환하고, 작고 흰 꽃의 향기로 가득합니다.

그러나 누이에게 이 말을 전할 수가 없습니다. 어두운 아수라의 세계에서 아수라로 걷고 있는 자신의 슬픈 목소리를 천상의 세계로 떠날 누이에게 들려줄 수가 없습니다. 아수라의 목소리는 누이를 다시 불안하게 할 겁니다. 떠나는 누이를 불안하게 해서는 안 됩니다. 눈길을 돌리면 안 됩니다. 겐지는 슬픈 눈을 한 검푸른 아수라가 되어 사랑하는 누이를 배웅합니다.

'사랑하는 누이야, 아무 걱정하지 마라. 아무것도 불안해하지 마라. 오라비가 슬픈 눈을 하고 있는 건 슬픔의 번뇌를 이기지 못해 아수라가 되어 버렸기 때문이란다. 그러나 누이야, 너는 부디 아름다운 뺨을 가지고 천상 세계에서 다시 태어나거라. 아수라의 슬픔을 돌아보지 말고 이제 그만 훨훨 훨훨 날아가거라.'

인간 세계에 사는 아수라는 소리 없이 통곡하며 자신의 '두 마음'을 다해 누이에게 마지막 인사를 보냅니다.

미야자와 도시, 향년 24세, 1922년 11월 27일 오후 8시 30분 영면.

풍림

    (떡갈나무 숲에는 새 둥지가 없다

      너무 바스락바스락 울리기 때문이다)

여기는 풀이 너무 거칠어

먼 하늘의 공기를 마시며

마음껏 드러눕기에 적당치 않다

저쪽에 물빛으로 누워

학생들이 줄지어 쉬고 있다

    (그림자는 밤과 아연으로 합성된다)

그들을 뒤로하고

나는 이 풀밭에 몸을 던진다

달은 이제 서서히 은색 원자를 잃어가고

떡갈나무는 등을 검게 구부린다

야나기사와의 삼나무는 콜로이드보다도 그립고

민둥머리 누마모리산 너머에는

기병 연대의 등불도 가라앉아 있다

((아아 나는 이제 죽어도 괜찮아))

((나도 죽어도 좋아))

(풀이 죽어서 서 있는 미야자와의 목소리일까

　아니면 오다지마 구니토모

　　　저 건너 떡갈나무 숲 뒤쪽 어둠이

　　　반짝반짝 지금 흔들린 것은

　　　Egmont Overture가 틀림없어

　누가 그런 말을 했는지

　차라리 생각하지 않는 게 좋아)

((덴　셔츠 몇 장이야　세 장 입었는데))

키 크고 사람 좋은 사토 덴시로는

달빛에 반사된 희미한 황혼 속에

셔츠 단추를 채우며

분명 비죽 웃고 있을 거다

내리는 것은 밤의 미진과 바람의 파편

옆에서 납 바늘이 되어 흘러가는 것은 먹색 달빛

((그런데　나……))

호리다는 왜 말을 하다 마는 걸까

끝을 맺는 목소리도 쓸쓸하게 울리고 있고

그런 건 말하는 게 나아

　　　(말하지 않을 거면 수첩에 적는 거야)

도시코 도시코

들판에 오면

바람 속에 서 있으면

꼭 너를 생각한다

너는 저 커다란 목성 위에 있느냐

강철같이 검푸르고 웅장한 하늘 저편

   (아아 그러나 그 어딘지도 모를 공간에

    빛의 선과 오케스트라가 정말로 있느냐

    ⋯⋯⋯⋯여기는 해가 길어서

          지금이 몇 시인지 알 수 없어⋯⋯

    네가 보낸 오직 한 가닥 통신 만이

    언젠가 기차 안 나에게 도착했을 뿐이다)

도시코　내가 소리쳐서 불러 볼까

  ((손이 얼었어))

  ((손이 얼었다고?

    도시오는 유난히 추위를 타네

    지난번에도 내가 단추를 채워줬잖아))

도시오면 누구를 말하는 거지　가와무라일까

그 새파랗게 질린 희극의 천재 「식물 의사」의 배우

나는 벌떡 일어나야 한다

  ((아　도시오는 어느 집 도시오니))

((가와무라))

역시 그렇구나

달빛은 떡갈나무 군락을 들뜨게 하고

떡갈나무는 모두 사그락사그락 소리를 낸다

(1923.6.3)

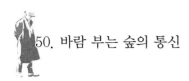

50. 바람 부는 숲의 통신

이와테산 등반 도중에 떡갈나무 숲 근처에서 작성한 스케치입니다. 『봄과 아수라』에서 이와테산은 자유롭게 현실과 환상을 오갈 수 있는 특별한 곳으로 그려지는데, 이와테산의 스케치는 야간 산행 장면과 제자들의 목소리가 등장한다는 공통점이 있습니다.

시의 제목인 '풍림'은 '바람 부는 숲'이라는 뜻으로 겐지의 조어입니다. 숲은 겐지의 모든 이야기가 시작되는 곳이며 겐지가 우주 만물과 소통하는 공간입니다.

나의 이 이야기들은 모두 숲과 들판과 철도 노선 등이며, 무지개
와 달빛에서 받은 것입니다. (「주문이 많은 요리점」 서문)

바람은 어떨까요? 겐지의 작품에는 바람을 통해 환상 세계로 들어가는 이야기가 많습니다. 바람 속에 들려오는 소리는 다른 차원의 세계에서 들려오는 소리로, 시 「강변」에서 겐지는 바람의 소리를 따라 천상의 세계와 이어졌습니다.

바람 사이로 헛기침/ 할미꽃은 반주를 계속하고
빛을 두른/ 두 명의 아이 (「강변」)

그러니 제목의 '바람 부는 숲'은 누이가 있는 세계와 이어지고, 누이와

교신할 수 있는 특별한 공간을 의미합니다.

오늘 겐지는 하늘과 이어진 이와테산의 바람 부는 숲에 누워 누이의 죽음으로 반년 이상 중단했던 스케치를 이어갑니다.

겐지는 본문, 괄호, 이중 괄호를 사용해 풍경 스케치와 자신의 심상 세계, 풍경 속에 들려오는 실제의 목소리를 나누어 표현하고 들여쓰기 공백의 차이를 두어 내면세계의 침잠 정도를 나타냅니다.

이중 괄호로 묶은 제자들의 목소리는 겐지의 의식을 현실로 데려오고 다른 세계로 이끄는 매개가 됩니다.

시는 '떡갈나무 숲에 새 둥지가 없다'는 심상 풍경 속 겐지의 독백으로 시작합니다. 심상 세계 속의 숲에는 왜 새 둥지가 없는 걸까요? 겐지는 숲에 새가 있기를 기대한 걸까요?

날개 달린 새는 이 세계와 저 세계를 오갈 수 있는 존재이며, 천상으로 올라간 누이의 소식을 전해줄 수 있는 심부름꾼입니다. 누이가 그토록 그리워하던 숲에 왔는데, 바스락바스락 바람도 불고 있는데, 아무것도 느낄 수 없으니 새 둥지가 없는 게 분명합니다. 떡갈나무가 너무 시끄럽게 소리를 내기 때문일 겁니다.

생각을 멈추고 풍경을 바라보니, 풀이 거칠어 마음껏 하늘을 올려다보기에 적당치 않아 보이는데 산행에 지친 학생들은 길게 누워 휴식을 취하고 있습니다. 제자의 그림자가 밤과 아연을 합성한 것처럼 불투명한 재색으로 보입니다.

겐지도 제자를 따라 풀밭에 몸을 던지고 하늘을 올려다봅니다. 신비로운 은색 달이 은색 원자를 잃고 하얗게 밝아지니 떡갈나무 그림자가 선명해져 검게 구부러져 보입니다. 오랜만에 오니 야나기사와의 삼나무가 콜로이드보다 그립고 반갑습니다. 겐지는 대기를 콜로이드로 파악하고,

구름과 안개도 대기 중에 떠 있는 콜로이드로 생각했습니다. 그러니 콜로이드보다 그립다는 표현은 어떤 풍경보다도 그리웠다는 의미일 겁니다.

달빛 아래에 '민둥머리' 같은 누마모리산의 윤곽이 어렴풋이 나타나고, 기병 연대의 등불이 어둠 속에 가라앉아 있는 것처럼 보입니다.

풍경 속에 제자의 목소리가 들려옵니다. 시에 등장하는 미야자와, 구니토모, 덴시로, 가와무라 도시오는 모두 하나마키 농학교 제자입니다.

그런데 제자들의 대화가 심상치 않아 보입니다. 죽어도 괜찮다니, 제자들은 왜 이런 이야기를 하는 걸까요? 이와테산은 해발 2,038m의 높은 산으로 야간 등반은 육체적인 한계에 도전하는 일입니다. 지금도 죽을 만큼 힘든데 정상까지 가려면 아직 한참 멀었으니 차라리 여기서 죽는 게 좋겠다는 소리가 나올 만도 합니다.

그런데 '죽어도 좋다'는 제자의 말이 겐지에게는 특별하게 들리나 봅니다. 어디선가 들은 듯한 말은 겐지를 심상 세계 저편의 세계로 데려갑니다.

심상 세계의 떡갈나무 숲 뒤쪽에서 어둠이 '반짝'하고 살짝 흔들립니다. 틀림없이 Egmont Overture, 에그먼트 서곡입니다.

'에그먼트 서곡'은 베토벤이 괴테의 비극 「에그먼트」를 보고 만든 작품으로 스페인 왕의 학정에 대항한 영웅 에그먼트 백작의 기백을 상징하듯 음색이 웅장하고 화려한 것이 특징입니다.

심상 세계의 어둠을 흔든 것은 옥중의 에그먼트 앞에 연인의 영혼이 나타나 그의 죽음을 축복하는 장면의 현악기 연주였을까요? 아니면 '가장 소중한 것을 위해 기꺼이 생명을 버리는 것, 내 목숨이라도'라는 에그먼트의 마지막 대사와 함께 시작되는 승리의 심포니였을까요?

떡갈나무 숲 뒤쪽에서 곡이 연주되고 어둠이 흔들리는 것을 보고 있던 겐지는 '죽어도 좋다'는 말을 어디서 들었는지 차라리 생각하지 않는 게 좋다고 말합니다.

그때 다시 제자의 목소리가 겐지를 현실 세계로 불러들입니다. 한밤중의 산속이라 땀이 금방 식고 몸이 차가워져서 제자들이 셔츠 단추를 채우고 있나 봅니다.

달빛에 반사되어 주위가 희미하게 보입니다. 어스름 몰려드는 밤의 미진과 바람의 파편이 하늘에서 떨어지고 달빛은 납 바늘이 되어 먹색으로 흐르고 있습니다. 겐지의 언어는 밤, 바람, 달빛 같은 형태가 분명하지 않은 자연을 미진, 파편, 납 바늘로 형상화해 냅니다. '미진'은 물질의 최소 단위를 가리키는 불교 용어로 겐지는 빛과 어둠을 분자, 즉 미립자로 생각합니다.

다시 학생의 목소리가 들립니다. '그런데, 나⋯⋯', 말을 하다 그만두니 신경이 쓰입니다. 끝을 맺는 목소리가 쓸쓸하게 들려서 말하지 않을 거면 자신처럼 수첩에 적으라고 충고해 주고 싶습니다.

말을 잇지 못하는 제자처럼 겐지도 차마 말로 하지 못하는 이야기가 있습니다. 그래서 오늘도 제자들을 뒤로하고 수첩을 들고 심상 스케치를 이어가고 있습니다.

입 밖으로 꺼내어 부르지 못하는 것은 누이의 이름 도시코입니다. 도시코가 그립습니다. 도시코가 그토록 오고 싶어 하던 숲과 들판에 나오면, 바람 속에 서 있으면 도시코를 꼭 생각합니다. 도시코는 어디로 간 걸까요? 저 커다란 목성 위에 있는 걸까요? 목성은 태양계에서 가장 큰 행성이지만 너무 멀리 있어서 작아 보입니다. 겐지는 목성이 있는 강철같이 검푸르고 웅장한 하늘 저편을 바라봅니다.

겐지의 심상 세계가 웅장한 우주로 이어지고 심상 세계 속에서 겐지는 도시코에게 말을 전합니다. 도시코가 있는 어딘지 모르는 그 공간에 정말 빛의 선과 오케스트라가 있는지 물어봅니다. 아까 들은 에그먼트 서곡이 그곳에서 들려왔다고 믿기 때문입니다. 여동생이 있는 곳이 빛이 선이 되어 무한히 오가고 음악이 흐르는 곳이기를 바라기 때문입니다.

겐지의 심상 세계 더 깊은 곳에서 도시코의 목소리가 들려옵니다. 언젠가 도시코가 보낸 통신입니다. 그곳은 해가 너무 길어서 시간을 알 수 없다고 했습니다. 그리고 보니 아까 들려온 '죽어도 좋다'는 목소리도 저 세상에서 보내온 누이의 신호 같습니다.

> 나 이제 죽어도 괜찮으니
> 그 숲속에 가고 싶어
> 움직여서 열이 심해져도
> 그 숲속에서라면 정말로 죽어도 좋아 (「분화만」)

심상 세계 속에서 환상과 현실이 뒤섞이고 겐지는 도시코를 소리 내어 불러 보려고 생각합니다.

그러나 다시 겐지를 멈추게 하는 제자들의 목소리가 들려옵니다. 이 중 괄호 속의 대화가 들여쓰기로 되어 있는 것은 완전히 현실로 돌아오지 못한 겐지의 몽롱한 의식을 나타냅니다.

시에 등장하는 가와무라 도시오는 겐지가 극을 쓰고 연출한 음악극 「식물 의사」에서 주인공 역할을 한 제자입니다. 도시코를 찾던 겐지는 자신을 돌려세웁니다. 제자들을 인솔해야 하니 벌떡 일어서야 한다고 자신에게 말합니다. 몽롱한 가운데 제자에게 말도 걸어 봅니다.

정신을 차려보니 하늘에서 내려온 달빛이 떡갈나무 군락을 들뜨게 해 모두 사그락사그락 소리를 내며 바람의 존재를 알려주고 있습니다.

사그락사그락, 숲에 바람이 불고 있습니다. 새 둥지는 없지만 풍경을 흔들고 소리를 내는 바람이 있으니 도시코의 통신이 도착할지도 모를 일입니다.

겐지는 강철처럼 검푸르고 웅장한 하늘 저편에서 보내올 도시코의 통신을 기다리며, 밤과 바람과 달빛이 교차하는 바람 부는 숲으로 걸어갑니다.

하얀 새

((모두 서러브레드다

　　저런 말　누가 가서 잡는 게 좋을까))

((상당히 잘 다뤄야겠지))

고풍스러운 구라카케산 아래

할미꽃 갓털 살랑거리고

산뜻한 파란 자작나무 밑

모여 있는 몇 마리 갈색 말은

정말로 멋있게 빛난다

　　　(두루마리 그림 속 하늘의 군청색과

　　　　지평선의 터키석은 신기하지 않지만

　　　　저렇게 커다란 심상의

　　　　빛 고리는 풍경 속에서 드물지)

크고 하얀 새 두 마리가

뾰족하고 슬프게 서로 울며

축축한 아침 햇살 속을 날아간다

저건 나의 누이구나

죽은 나의 누이구나

오라비가 왔다고 저리도 슬프게 우는 게다

   (그건 일단 틀린 말이지만

    완전히 아니라고는 할 수 없다)

저리도 슬피 울며

아침 햇살 속으로 날아가고 있다

   (아침 햇살이 아니라

    삭아서 지친 한낮 같다)

하지만 그것도 밤새도록 걸어온 탓에 생긴

모호한 은빛 착란이다

   (분명히 오늘 아침 저 녹아내린 금빛 액체가

    푸른 꿈 같은 기타가와 산지에서 떠오르는 것을 나는 보았다)

어째서 그 새는 두 마리이고

그리도 슬프게 들리는 걸까

나는 구원할 힘을 잃었을 때

내 누이도 함께 잃었다

그 슬픔 때문이지만

   (어젯밤은 떡갈나무 숲 달빛 아래서

    오늘 아침은 은방울꽃 무리 속에서

    내가 얼마나 그 이름을 불렀고

    알 수 없는 목소리가

인적 없는 들판 끝에서 들려와

또 나를 얼마나 비웃었던가)

그 슬픔 때문이지만

저 소리 또한 정말로 슬프구나

이제 새 두 마리   번쩍이며 하얗게 나부끼며

저 건너 습지   푸른 갈대 속으로 내려앉는다

내려가려다 다시 날아오른다

(야마토 다케루의 새 왕릉 앞에

왕후들이 엎드려서 슬퍼하다

거기서 가끔 물떼새가 날아오르면

그것을 다케루의 영혼이라 여겨

갈대에 발을 다치면서

뒤를 쫓아 해변을 걸으신 거다)

기요하라가 웃으며 서 있다

(햇볕에 타서 빛나는 진정한 농촌의 아이

그 보살 같은 머리 형태는 간다라에서 왔다)

물이 빛난다   깨끗한 은빛 물이다

((자 저쪽에 물이 있네

입을 헹구고 상쾌하게 가자

이렇게 아름다운 들판이니))

(1923.6.4)

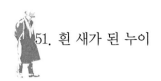

51. 흰 새가 된 누이

앞의 시 「풍림」과 연결되는 스케치로 야간 등반을 마치고 하산할 때의 풍경입니다. 시는 풍경의 외부에 존재하는 제자의 목소리, 겐지의 심상 스케치, 현실로 돌아온 겐지의 목소리의 세 부분으로 이루어지고, 제자의 목소리와 겐지의 목소리는 이중 괄호로 표시됩니다. 제자의 목소리에 이어지는 심상 스케치 부분은 본문과 괄호 속 문장이 교차하며 심상 풍경과 그 것을 객관적으로 분석하려는 의식의 흐름을 보여주고 있습니다.

시는 제자들의 목소리로 시작하지만, 겐지는 들여쓰기를 통해 자신의 의식이 몽롱하고 자신이 현실 세계가 아닌 심상 세계에 머물러 있는 것을 나타냅니다.

지금 겐지는 경주마를 방목하는 초원을 지나고 있습니다. 심상 풍경 속에 할미꽃 갓털이 기분 좋게 살랑이고, 파란 자작나무 아래에 갈색 말 몇 마리가 정말 멋있게 빛나고 있습니다.

유월의 하늘에 안개가 피어오르고 있는 걸까요? 겐지는 짙푸른 하늘과 만나는 지평선 부근이 불투명한 옥색으로 보이는 것을 '두루마리 그림 속 하늘의 군청색과 지평선의 터키석'이라 표현하고, 이런 풍경은 그다지 신기하지 않지만 자신의 심상 세계에 보기 드문 '커다란 심상의 빛 고리'가 나타났다고 말합니다.

'심상心相'은 마음의 모습을 의미하고 '빛 고리光環'는 코로나, 즉 태양과 달이 엷은 구름으로 가려져 있을 때 생기는 동그란 빛의 고리를 말합니다. 성스러움의 상징인 '빛'이 구름에 의해 굴절되어 커다란 빛 고리가 나타났으니 겐지의 마음이 온통 엷은 구름이 뒤덮여 신앙심이 흔들리고 있다는 말일 겁니다.

겐지의 마음처럼 축축한 아침 햇살 속에 하얀 새 두 마리가 날아갑니다. 겐지는 뾰족하고 슬프게 울며 날아가는 새를 보며 바로 자신의 죽은 누이라고 말합니다.

그런데 새를 바라보는 겐지의 심상 세계가 이상합니다. 오라비를 보고 슬프게 우는 것이라고 했다가 바로 그렇지 않다고 부정하고, 슬피 울며 아침 햇살 속을 날아간다고 했다가 아침이 아니라 한낮이라고 말합니다.

지난밤에는 새가 보이지 않는다고 아쉬워하더니 지금은 왜 흰 새를 반가워하지 않는 걸까요? 누이가 새가 되었다는 것을 믿고 싶지 않은 걸까요?

사실 겐지는 누이가 새가 되어 나타나기를 바란 게 아닙니다. 천상에 있을 누이의 소식을 전해 줄 새를 기다린 겁니다.

그런데 슬프게 울며 날아가는 흰 새가 누이 같아 보이니 억장이 무너집니다. 아무래도 누이인 것 같아 고통스럽습니다.

저 하얀 새가 누이라면 누이는 천상 세계로 가지 못한 채 새가 되어 떠돌고 있는 겁니다. 성불을 하지 못하고 윤회의 고리 속에 들어가 축생도에서 태어난 겁니다.

그렇지만 그럴 리가 없습니다. 겐지는 다시 생각합니다. 흰 새를 누이라고 생각한 것은 야간 산행으로 몸이 지쳤기 때문일 겁니다. 한낮인데 아침이라고 생각한 것만 봐도 그렇습니다. 아까 기타가와 산지에 금빛 액체 같은 아침해가 떠오르는 것을 봤으니 한참 지난 지금은 분명 한낮일 텐데 아침인 줄 알고 있었던 겁니다. 그러니 흰 새를 누이라고 생각한 것은 자신의 모호한 착각일 뿐입니다.

그런데 어째서 저 새는 오누이처럼 두 마리가 같이 날아다니고 있는 걸까요? 어째서 울음소리가 이리도 슬프게 들리는 걸까요?

겐지는 흰 새가 여동생이 아닌 이유를 하나하나 생각해 봅니다. 새소리가 슬프게 들리는 것은 겐지가 슬프기 때문입니다. 누이가 그립기 때문입니다. 누이가 너무도 그리워 흰 새를 여동생이라 생각할 정도로 비탄에 젖어 있기 때문입니다.

신앙의 힘으로 누이를 구할 수 있다고 생각했지만 믿음을 저버리고 검푸른 아수라가 되어 누이를 떠나보냈기 때문입니다. 심상에 커다란 빛 고리가 생겨 누이의 왕생을 믿지 못하고, 어젯밤 떡갈나무 숲에서, 오늘 아침 은방울꽃 무리 속에서 누이의 이름을 얼마나 불렀는지 모릅니다. 누군지 알지 못하는 저세상의 목소리들이 겐지를 비웃어도 슬픔은 슬픔대로 그리움은 그리움대로 깊어지기만 합니다.

그런데 겐지의 슬픔만큼 흰 새도 슬프게 울고 있습니다. 어디로 가야 할지 모르는 영혼처럼 헤매며 내려가다 날아오르고 갈팡질팡하고 있습니다. 번쩍이며 하얗게 나부끼고 있습니다.

겐지는 문득 야마도 다케루를 떠올립니다. 일본에서 가장 오래된 역사서인 『고지키古事記』에 나오는 전설 속의 영웅 야마토 다케루는 죽어서 흰 새가 되어 하늘로 올라갔습니다. 하늘로 올라간 야마토 다케루를 그리는 왕후들은 물새가 날아오르는 것을 그의 영혼이라 생각해 뒤를 쫓으며 슬퍼했습니다.

어쩌면 저 흰 새는 누이의 영혼일지도 모르겠습니다. 누이는 축생도에 떨어져 새가 된 게 아니라 야마토 다케루처럼 영혼이 되어 천상으로 날아가려는 겁니다. 새는 신의 사자이니 천상계로 올라가기 위해 흰 새의 옷을 빌려 입은 겁니다.

이제 겐지는 기요하라가 빛을 두른 아이들처럼 간다라에서 온 보살 같은 머리 형태를 하고 있다고 생각합니다.

> 당신은 간다라 풍입니다/ 다쿠라마칸 사막 속
> 오래된 벽화에서/ 나는 당신과
> 닮은 사람을 보았습니다 (「고이와이 농장」 선구형 A)

심상의 커다란 빛 고리가 사라진 걸까요? 심상 풍경이 환해지고, 물도 깨끗한 은빛으로 빛납니다. 겐지는 또렷해진 정신으로 학생들에게 '들판이 너무 아름다우니 입을 헹구고 상쾌하게 가자'고 말을 겁니다.

상쾌한 유월의 아름다운 들판을 흰 새 두 마리가 날아가고 있습니다. 누이의 영혼이 깨끗하고 하얀 날개를 달고 천상으로 날아오르려나 봅니다.

오호츠크 만가

아오모리 만가

이런 캄캄한 들판을 갈 때
객차의 창은 모두 수족관 유리가 된다
    (마른 전신주 행렬이
       바쁘게 이동하는 것 같다
       기차는 은하계 영롱한 렌즈
       거대한 수소 사과 속을 달린다)
사과 속을 달리고 있다
그런데 이 정거장은 도대체 어디인가
침목을 태워 만든 울타리가 쳐져 있고
    (팔월   밤의 정적은   한천 젤리)
지지대가 있는 일렬 기둥은
그리운 그림자로만 만들어졌다
노란 램프가 두 개 켜지고
키 크고 창백한 역장의
황동봉도 보이지 않고
사실 역장 그림자도 없는 거다
    (그 대학 곤충학 조수는

이렇게 객실 가득한 액체 속에

윤기 없는 더부룩한 붉은 머리를 하고

가방에 기대어 자고 있다)

나의 기차는 북쪽으로 달리고 있을 텐데

여기서는 남쪽으로 달려간다

불탄 말뚝 울타리가 여기저기 넘어져 있고

멀리 보이는 황색 지평선

맥주 침전물을 가라앉히고

수상한 밤의   아지랑이와

외로운 마음의 명멸을 틈타

물빛 강 물빛 역

　　(그 지독한 물빛 공허구나)

기차의 역행은 소망의 동시적인 상반성

이 쓸쓸한 환상에서

어서 벗어나지 않으면 안 된다

그 부근은 푸른 공작새 깃털로 가득하고

졸려 보이는 황동 지방산으로 넘쳐

객실의 다섯 개 전등이

드디어 차갑게 액화되어

　　(생각해 내지 않으면 안 되는 일을

나는 아픔과 피로 속에서

되도록 끄집어내려 하지 않는다)

오늘 오후에는

매섭게 빛나는 구름 아래서

정말이지 우리들은 그 무거운 빨간 펌프를

바보처럼 당겼다 밀었다 했다

나는 그 노란 옷을 입은 대장이다

그러니 졸린 건 어쩔 수 없다

  (오오 너   바쁜 길동무여

    제발 여기서 서둘러 떠나지 말아 다오

  ((초등학교 일 학년   독일의 초등학교 일 학년))

    갑자기 그런 나쁜 말을

    내뱉는 건 도대체 누구냐

    그래도 초등학교 일 학년이다

    한밤중이 지난 지금

    이렇게 동그랗게 눈을 뜬 건

    독일의 초등학교 일 학년이다)

그 녀석은 이 쓸쓸한 정거장을

외로이 홀로 지나간 걸까

어디로 가는지 모르는 그 방향으로

어느 종류의 세계로 가는지 모르는 그 길을

오직 홀로 쓸쓸히 걸어간 걸까

  (풀과 늪입니다

   나무도 한 그루 있어요)

  ((길다는 새파랗게 질려서 앉아 있었어))

  ((이렇게 눈은 크게 뜨고 있었지만

   우리가 전혀 안 보이는 것 같았어))

  ((나가라가 빨간 눈을 하고 가만히

   조금씩 똬리를 조였어 이렇게))

  ((쉿 똬리를 끊어 자 손을 잡아))

  ((길다가 파랗고 투명해 보였어))

  ((새가 말이야 파종 때처럼 많이 날아와

   후드득 하늘을 지나갔지

   그렇지만 길다는 가만히 있었어))

  ((해님은 너무도 이상하게 투명한 황색이었어))

  ((길다가 한 번도 우리를 봐주지 않아서

   나는 정말 괴로웠어))

  ((좀 전에 벗풀 속에서 정말 떠들었잖아))

  ((어째서 길다는 우릴 보지 않았을까

   잊어버린 걸까 그렇게 같이 놀았는데))

생각해 내지 않으면 안 되는 일은

어떻게든 생각해 내야 한다

도시코는 우리가 죽는다고 이름 붙인

그 방식을 통해 가 버려서

그 후에는 어디로 갔는지 알 수 없다

우리들 공간의 방향으로는 측정할 수 없다

알 수 없는 방향을 알아내려 할 때

누구나 다 빙빙 돈다

　((귀가 윙 울려서 소리가 하나도 안 들려))

그렇게 어리광 부리듯 말하고

분명히 그 녀석은 주변에 있는

눈으로는 또렷이 보이는

그리운 사람들의 목소리를 듣고 있지 않았다

갑자기 호흡이 멎고 맥박이 뛰지 않아

내가 달려갔을 때

그 예쁜 눈이

뭔가를 찾는 듯이 공허하게 움직였고

다시는 우리들의 공간을 보지 않았다

그리고 나서 무엇을 느꼈을까

여전히 우리들 세계의 환시를 보고

우리들 세계의 환청을 들었을까

내가 그 귀에 대고

먼 곳에서 목소리를 가지고 와

하늘과 사랑과 사과와 바람   모든 세력의 즐거운 근원

모든 것이 한곳으로 돌아가는 그 장엄한 생물의 이름을

있는 힘껏 있는 힘껏 외쳤을 때

그 녀석은 알았다는 듯 두 번 숨을 쉬었다

하얗고 뾰족한 턱과 뺨이 흔들려

옛날에 장난칠 때 자주 그랬던

우연한 얼굴로 보였다

그렇지만 분명히 끄덕였다

　　((헤겔 박사님!

　　　　제가 그 진귀한 증명의

　　　　소임을 맡아도 괜찮습니다))

　가수면 규산 구름 속에서

얼어붙게 만드는 저 비겁한 외침은……

　(소야 해협을 건너는 밤에

　　밤새도록 갑판에 서서

　　머리는 대책 없이 음습한 안개를 덮어쓰고

　　몸은 부정한 소망으로 가득 차

나는 정말 도전한다)

분명히 그때 끄덕인 거다

그리고 다음 날 아침까지 그토록

가슴이 따뜻했으니

우리가 죽었다고 운 뒤에도

도시코는 여전히 이 세계의 몸을 느끼고

열과 고통에서 벗어난 아련한 졸음 속에

이곳에서 꾸는 꿈을 꾸고 있었는지도 모르겠다

그리고 나는 그 조용한 몽환이

다음 세계로 이어지기 위해

환하고 좋은 냄새가 나는 것이었기를

얼마나 바라는지 모른다

정말로 그 꿈의 한 자락은

간호와 슬픔에 지쳐 잠든

동생들의 새벽 속에

어렴풋이 들어왔다

((노란 꽃   나도 따 볼까))

분명히 도시코는 그 새벽녘

아직 이 세계의 꿈속에서

바람이 낙엽을 포개고 있는

들판을 홀로 걸으며

다른 사람인 것처럼 중얼거렸다

그리고 그대로 쓸쓸한 숲속의

한 마리 새가 된 것일까

l'estudiantina를 바람결에 들으며

물이 흐르는 어두운 숲속을

슬프게 노래하며 날아간 걸까

이윽고 작은 프로펠러처럼

소리를 내며 날아온 새로운 친구와

무심한 새의 노래를 부르면서

정처 없이 헤매고 다녔을까

　　　나는 절대 그렇게 생각하지 않는다

왜 통신을 허락하지 않는 걸까

허락되었다　그리고 내가 받은 통신은

간호하던 어머니의 여름밤 꿈과 같다

어째서 우리는 그런 것이 그것이라 생각하지 않는 걸까

인간 세계의 그 꿈들이 희미해져서

장밋빛 새벽을 하늘에서 느끼고

새롭고 산뜻한 감각을 느끼고

햇빛 속 연기 같은 얇은 옷을 느끼고

반짝이면서 아련하게 웃으며

눈부신 구름과 차가운 냄새 사이

교차하는 빛줄기를 지나

우리가 위쪽이라고 부르는 그 불가사의한 방향으로

그것이 그렇다는 것에 놀라면서

대순환의 바람보다 산뜻하게 올라갔다

나는 그 흔적도 찾을 수 있다

그곳에서 푸르고 쓸쓸한 호수를 들여다보고

그 지나친 평온함과 반짝임과

미지의 전반사 방법과

하염없이 흔들리며 빛나는 나무의 행렬을

똑바르게 비추는 것을 수상하게 여기다가

결국 그것이 저절로 윤이 나는

하늘의 유리 지면이라 깨닫고 마음이 떨리고

선이 되어 흐르는 하늘의 음악

영락과 이상한 얇은 옷을 두르고

움직이지 않고도 조용히 오가는

거대한 맨발의 생물들

멀리 어렴풋한 기억 속의 꽃향기

그들 사이에 고요하게 서 있었을까

아니면 우리 목소리를 듣지 않고 나서

깊고도 거친 암홍색 동굴과

의식 있는 단백질이 부서질 때 내는 소리

아황산과 아산화질소 냄새

이것들을 그곳에서 본다면

그 녀석은 새파랗게 질려서

서 있는 건지 비틀거리는 건지 알지도 못하고

뺨에 손을 대고 꿈처럼 서서

(내가 지금 느끼는 것이

과연 실제일까

나라는 사람이 이런 걸 보는 게

도대체 있을 수 있는 일인가

그래도 정말 보고 있구나) 하고

혼자 슬퍼할지도 모르겠다

나의 이런 쓸쓸한 생각은

모두 밤 때문이다

날이 밝아 해안가에 닿으면

그리고 파도가 반짝반짝 빛나면

모든 게 다 괜찮아질지도 모른다

하지만 도시코가 죽은 일은

그게 꿈이 아니라고 생각하면

새삼 가슴이 덜컥 내려앉을 정도로

너무나 가혹한 현실인 거다

너무 지나치게 생생하게 느껴질 때

그것을 개념화하는 일은

미치광이가 되지 않으려는

생물체 일종의 자위 작용이지만

언제나 감싸기만 해서는 안 된다

정말로 그 녀석은 이곳의 감각을 잃어버린 후

다시 어떤 몸을 얻고

어떤 감각을 느꼈을까

얼마나 생각했던가

전통적인 다수의 실험을 통해

구사론이 그처럼 말하고 있다

두 번 다시 이것을 되풀이해서는 안 된다

바깥쪽은 옥과 은 모나드

반달이 뿜어내는 가스로 가득하다

권적운 속까지

달빛이 스며들어

신비한 형광판이 되고

점점 수상한 사과 향을 퍼뜨리며

차가운 유리창도 거침없이 넘어온다

아오모리여서 그런 게 아니라

대체로 달이 지금처럼 새벽 무렵

권적운에 들어갈 때……

  ((이봐 이봐 그 아이 안색이 좀 파랬는데))

조용히 해

내 누이의 죽은 얼굴이

새파랗든 시꺼멓든

네놈이 말할 건 아니지

그 녀석은 어디로 가더라도

이미 무상도에 속해 있다

씩씩하게 그곳으로 나아간 자는

어느 공간이든 용감하게 뛰어들 거다

이제 곧 동쪽의 강철도 빛나리라

정말로 오늘……어제 오후

우리들은 그 무거운 빨간 펌프를……

  ((하나 더 말해줄게

      있지 사실은 말이야

      그때의 눈동자는 하얬어

바로 눈을 감을 수 없었지))

아직도 그 소리인가

이제 곧 날이 밝아올 텐데

모두 다 있는 것처럼 존재하고

빛나는 것처럼 빛나고 있구나

너의 무기와 모든 것은

너에게 어둡고 두렵고

진리는 즐겁고 환한 것이다

((모두 오래전부터 형제이니

절대로 한 사람만을 위해 기도해서는 안 된다))

아아　저는 맹세코 그러지 않았습니다

그 녀석이 떠난 후 밤과 낮을

저는 단 한 번이라도

그 녀석만 좋은 곳으로 가게 해달라

그렇게 빌지는 않았다고 생각합니다

(1923.8.1)

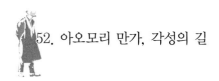

52. 아오모리 만가, 각성의 길

「오호츠크 만가」의 장에 수록된 다섯 편의 시는 1923년 7월 31일부터 8월 12일까지 이어진 사할린 여행의 스케치입니다. 장의 처음에 위치한 시 「아오모리 만가」는 총 252행의 장편시로 제목 그대로 아오모리에서 누이를 애도하는 시입니다.

시는 기차 안의 모습과 겐지의 내면세계 풍경이 교차하며 현실과 환상이 뒤얽히는 전반부, 누이의 죽음을 회상하고 사후 세계에 대해 생각하는 중반부, 자신의 내면에서 표출되는 번뇌의 목소리를 이겨내고 현실로 돌아오는 후반부의 세 부분으로 구성됩니다.

시의 본문은 겐지의 심상 풍경, 괄호는 심상 풍경 속에 있는 겐지의 내면세계, 이중 괄호는 내면세계의 더 깊은 곳에서 들려오는 번뇌의 목소리로 이해하면 될 것 같습니다.

시는 심야의 기차 안 풍경으로 시작하는데, 겐지는 본문과 괄호를 사용해 현실과 환상이 교차하는 심상 풍경을 그려 냅니다.

겐지를 태운 기차가 캄캄한 들판을 달리고 있습니다. 기차 안이 수족관의 수조처럼 환하게 느껴질 정도로 바깥은 암흑처럼 고요합니다. 괄호 안의 문장은 풍경을 보는 겐지의 사유입니다. 겐지는 차창을 스치고 지나가는 전신주의 그림자를 바쁘게 이동하는 행렬 같다고 생각하고, 아오모리행 야간열차가 은하계의 영롱한 렌즈처럼 어둠을 밝히며 거대한 수소사과 속을 달리고 있다고 말합니다.

수소는 별을 이루는 주성분이고, 우주 공간에서 탄생하는 별은 만유 인력에 의해 모두 사과처럼 둥근 구 모양을 갖게 됩니다. 그러니 겐지가 말하는 거대한 수소 사과는 별이 빛나는 은하계, 즉 우주 공간을 말합니다. 아오모리로 가는 야간열차는 이렇게 겐지의 의식 속에서 우주를 향해 달리는 은하 열차가 됩니다.

현실과 환상이 교차하고 현실로 돌아온 겐지는 바깥을 바라봅니다. 기차는 아오모리의 사과밭 옆을 지나 침목을 재활용한 울타리가 세워져 있는 이름 모를 정거장으로 들어서고 있습니다.

내면세계 속 밤의 정적은 한천으로 만든 젤리, 그러니까 젤라틴처럼 차갑게 굳어 있고, 현실 세계의 밤은 역의 지지대 기둥이 그림자로만 보일 정도로 어둡습니다. 정거장에는 서행을 유도하는 노란 램프가 깜박이고 있지만 황동봉을 가진 역장은 보이지 않습니다. '황동봉'은 일종의 운행 허가증인 '통표'를 말합니다. 통표는 역장과 기관사가 주고받는데 심야에는 오가는 다른 기차가 없으니 지나온 역에서 미리 황동봉을 건네받았나 봅니다.

현실과 교차하는 내면세계의 기차 안에는 대학 곤충학 조수로 보이는 남자가 액체 속에서 자고 있습니다. 액체가 가득한 객실은 현실 세계와 다른 공간입니다.

그런데 현실 세계의 기차가 북쪽이 아니라 남쪽을 향해 달리고 있습니다. 겐지가 타고 있는 도호쿠 본선은 북쪽으로 올라가다 고미나토小湊 역을 지나면서 방향을 꺾어 아오모리를 향해 남하해 가게 되는데, 겐지는 기차가 거꾸로 달리고 있다고 생각합니다.

침목을 태워 재활용한 말뚝 울타리가 여기저기 쓰러져 있고 새벽이 다가오는지 멀리 보이는 지평선이 맥주 침전물처럼 가라앉아 조금 노랗게 보입니다.

　남쪽으로 달리는 기차와 수상한 밤의 아지랑이 같은 새벽 기운이 겐지의 외로운 마음을 흔들어대고, 이제 현실 공간은 물빛 강, 물빛 역, 물빛 환상 공간이 됩니다. 겐지의 내면세계에도 지독한 물빛 공허만이 자리하고 있습니다.

　'기차의 역행은 소망의 동시적인 상반성', 북쪽이 아니라 남쪽으로 달리는 기차는 죽은 누이를 다시 만나기를 소망하면서도 누이의 죽음을 떠올리고 싶어 하지 않는 자신의 마음과 같습니다. 역행하는 기차처럼 겐지의 마음도 앞으로 나아가지 못하고 제자리에서 빙빙 맴돌고 있습니다.

　현실과 환상이 얽히고 겐지는 이 쓸쓸한 환상에서 떠오르지 않으면 안 된다고 말합니다.

　겐지의 심상 풍경 속에 푸른 공작새 깃털이 나타나고 시는 도시코의 흔적을 쫓아가는 중반부로 넘어갑니다. 이제 겐지는 사차원 환상 공간으로 이어진 심상 풍경 속에서 과거와 현재, 이 세상과 저세상을 오가며 사후 세계에 대해 생각합니다. 시의 본문과 괄호, 이중 괄호는 내면세계 속에서 대립하고 교차하는 겐지의 자아를 나타냅니다.

　심상 세계에 나타난 푸른 공작새 깃털은 기차가 달리는 길이 환상 속 하늘 공간과 이어져 있다는 것을 알려 줍니다.

　　"보세요, 푸른 공작새를." 오른쪽 끝의 아이가 나와 스쳐 지나가
　　면서 나지막이 말했습니다. 정말로 하늘의 인드라 그물 너머에,
　　하늘의 북 저쪽으로 신비하고 커다란 푸른 공작새가 하늘을 덮을
　　듯 보석 꼬리를 펼친 채 희미하게 구구 울고 있었습니다. 그 공작
　　새는 확실히 하늘에 있었습니다. (「인드라의 그물」)

겐지가 있는 객실은 졸려 보이는 황동 지방산으로 넘쳐나고 전등도 차가운 액체로 변하고 있습니다. 지방산은 카르본산으로 겐지의 작품에서는 구름의 비유로 사용됩니다.

환상 속에 모든 것이 몽롱하게 녹아내리자 무의식 속에 봉인해 놓은 어떤 일이 모습을 드러내려 하지만, 겐지는 되도록 끄집어내지 않겠다고 저항합니다. 그리고 자신이 졸린 이유는 오늘 오후, 그러니까 7월 31일 오후에 실습장에 물을 대느라 빨간 수동 펌프를 당겼다 밀었다 했기 때문이라고 말합니다. 노란 옷은 하나마키 농학교의 실습복입니다.

그런데 봉인이 해제된 걸까요? 심상 풍경 속에 '오오 너, 바쁜 길동무여, 제발 여기서 서둘러 떠나지 말아 다오'라고 말하는 목소리와 목소리의 주인에게 '독일의 초등학교 일 학년'이라고 놀리는 또 다른 목소리가 나타납니다. 괄호와 이중 괄호로 표현된 두 목소리는 대립하는 겐지의 자아입니다.

'오오 너, 바쁜 길동무여, 제발 여기서 서둘러 떠나지 말아 다오'는 당시 고등학교에서 사용한 독일어 교과서에 나오는 작자 미상의 시 「물의 주유Des Wassers Rundreise」의 일부분입니다. 강에서 바다로 흘러 들어가 수증기가 되어 하늘로 올라가고 다시 비가 되어 땅으로 내려오는 물의 순환을 노래한 시로, 시에 나오는 부분은 물이 떠나는 것을 붙잡는 꽃의 이야기입니다.

그러니 시의 문장은 떠나는 누이를 붙잡으려 하는 겐지 내면의 외침이기도 합니다. 이중 괄호 속의 목소리가 '독일 초등학교 일 학년'이라 비웃는 이유는 시의 문장에 독일어 발음이 표기되어 있기 때문일 겁니다. 자신의 마음을 솔직히 드러내지 못하고 독일어로, 그것도 시의 문장을 빌려 이야기하고 있으니 비웃는 겁니다.

겐지는 자신을 괴롭히는 환청을 향해 나쁜 말을 하는 건 누구냐고 따지면서도 스스로 독일의 초등학교 일 학년이라 자조합니다.

갑자기 들려온 목소리들이 누이의 존재를 불러냅니다. 누이는 이 쓸쓸한 정거장을 지나 어디로 가는지도 모르면서 홀로 쓸쓸히 걸어간 걸까요?

누이가 가는 길에는 풀과 늪이 있고 나무도 한 그루 있을 거라고 위로하는 목소리가 다시 들려오고, 이어서 길다와 나가라에 대해 주고받는 이중 괄호 속 목소리가 나타납니다.

길다와 나가라는 인도 신화에 나오는 신의 새 Garuda와 뱀의 신 Nagaraja입니다. 목소리는 길다의 죽음에 대해 이야기합니다. 뱀이 똬리를 조여 길다를 죽였고 길다는 파랗고 투명하고 조용해져 보지도 듣지도 못했다고 전합니다. 누이도 길다처럼 새가 되어 하늘로 올라갔습니다. 누이는 어떻게 되었을까요? 설마 길다처럼 뱀에게 쫓기고 있지는 않겠지요.

생각하지 않으면 안 되는 일은 생각해야만 합니다. 도시코는 '죽음'이라고 명명한 물리적인 죽음을 통해 우리가 측정할 수 없는 다른 공간으로 가 버렸습니다. 생각이 끝없이 돌고 돌지만, 겐지는 누이의 죽음과 그 이후의 흔적을 찾는 여행을 시작합니다.

내면세계 깊은 곳에서 임종 직전의 누이 목소리가 들려오고, 시의 풍경은 과거로 바뀝니다. 겐지는 청력이 사라지고, 호흡이 멎고, 모든 것이 떠나는 도시코의 임종 순간을 구체적으로 묘사합니다.

겐지는 왜 이렇게 도시코의 임종 모습에 집착하는 걸까요? 겐지가 신앙하는 일련종은 임종할 때의 마음이 어느 곳으로 향하는가에 따라 우주의 어느 계로 들어갈지 결정된다고 믿기 때문에 '임종정념臨終正念'을 중시해 임종 시에 '나무묘법연화경'을 읊게 합니다.

> 지금이 임종이라고 알고, 나무묘법연화경을 외치는 사람은 여러
> 부처님이 손을 내밀어 악도에서 구하기 때문이다. (『생사일대사혈초
> 사生死一大事血脈抄』 513)

그런데 겐지는 신앙을 같이하는 유일한 길동무인 도시코의 임종정념을 돕지 못했습니다. 잠시 자리를 비운 사이 누이가 세상을 떠나 버렸으니 어느 세계로 갔는지 알 수도 없고 확신할 수도 없는 겁니다.

겐지는 다시 생각합니다. 자신이 이공간異空間에서 보내오는 환시와 환청을 보고 듣듯이 어쩌면 누이도 '죽음'이라고 명명한 물리적 죽음 후에도 이 세계의 환청과 환시를 듣고 있지 않았을까요?

그리고 보니 겐지가 먼 곳에서 목소리를 가져와 하늘과 사랑과 사과와 바람, 모든 세력의 즐거운 근원이 되는 에너지를 모아 '만상동귀万象同帰', 모든 것이 한 곳으로 돌아가는 '나무묘법연화경'을 온 힘을 다해 외쳤을 때 누이는 알았다는 듯이 두 번 숨을 쉬었습니다. 분명히 끄덕였던 것 같습니다.

그런데 갑자기 이중 괄호의 목소리가 끼어들어 자신이 헤겔의 진기한 증명의 소임을 맡겠다고 외칩니다. 독일의 철학자 헤겔은 인간이 역사적으로 자유로운 개체가 되는 것은 시간 속에서만 유한하며, 자신이 유한하다고 의식하고 있는 조건에서만 가능하기 때문에 사후 세계는 존재하지 않는다고 주장합니다.

겐지의 마음에 파문을 일으키는 이중 괄호 속 목소리는 겐지의 주장을 부정하는 과학적 자아를 가진 목소리입니다. 겐지는 이중 괄호 속

목소리를 심상의 가수면 상태를 틈타 영혼이 없다고 의심하며 번뇌하는 비겁한 자의 외침이라 말합니다. '가수면 규산'은 겐지의 조어로 하얀 젤리 같은 규산처럼 겐지의 심상 세계가 번뇌로 혼탁한 것을 나타낸 표현입니다.

그러자 이번에는 괄호의 목소리가 등장해 소야 해협을 건너는 밤에 부정한 소망으로 도전한다고 말합니다. 이 도전은 도시코가 있는 세계, 죽음의 세계로 들어가 직접 알아보려는 부정한 도전입니다.

> 해협을 건너가려고 하나, (칠흑같이 아름다운 어둠.)
> 파도에 떨어지고 하늘로 날아가는 일은 없는 걸까.
> 그런 일은 없는 인과 연쇄의 법칙이다.
> 그렇지만 만일 도시코가 한밤중에
> 어디선가 나를 부른다면
> 나는 물론 떨어지겠다. (「소야 만가」)

심상 세계에 떠도는 번뇌의 목소리를 들으며 겐지는 다시 생각합니다. 누이는 분명 *끄덕*였습니다. 육체는 죽었지만 혼은 죽지 않았기 때문에 다음날 아침까지 가슴도 따뜻했고, 여동생 시게코의 꿈에 찾아와 꽃을 꺾으며 돌아다닌 것입니다.

누이가 죽은 그 새벽, 다른 곳으로 여행을 떠날 준비를 하는 도시코의 꿈 한 자락과 시게코의 꿈이 맞닿고 이 세계와 저 세계가 이어져 있었으니, 나무묘법연화경을 외치는 겐지의 목소리도 분명 도시코에게 닿았을 겁니다. 소리를 내지는 않았지만 누이도 온 힘을 다해 계명을 외웠을 겁니다.

이제 심상 풍경은 사후의 세계와 이어진 사차원 환상 세계로 바뀌고, 겐지는 누이를 쫓아 윤회전생의 여행을 떠납니다.

누이는 쓸쓸한 숲 속의 한 마리 새가 되어 '축생도'로 들어간 걸까요? 프랑스 작곡가 발트 토이펠의 '여학생 왈츠l'estudiantina'를 들으며 숲속으로 날아가 새로운 친구를 사귀고, 새의 노래를 부르며 헤매고 있는 것일까요? 그러나 절대 그렇지 않을 겁니다. 겐지가 받은 통신에 의하면 누이가 있는 곳은 '해가 아주 길고 환한 곳(『풍림』)'이라고 했습니다.

그렇다면 누이는 역시 '천상'의 세계로 들어간 걸까요? 인간 세계의 기억이 희미해져서 장밋빛 새벽에 연기 같은 얇은 옷을 입고 대기를 순환하는 상승 기류, 대순환의 바람보다 더 산뜻하게 하늘로 올라간 것일까요?

천상이라면 누이의 흔적을 찾을 수 있을 것 같습니다. 아마 누이는 하늘 위에서 푸르고 쓸쓸한 호수를 들여다보며 거울처럼 빛을 전부 반사해 내는 미지의 전반사 방법과 흔들리지 않고 똑바로 비치는 나무의 행렬을 보고 자신이 천상 공간에 있다는 것을 깨달을 겁니다. 그리고 하늘의 음악과 성스러운 존재들과 함께 기억 속의 꽃향기를 맡으며 고요하게 서 있을 게 분명합니다.

그러나 만약 누이가 간 곳이 단백질 부서지는 소리가 들리고 아황산과 아산화질소 냄새가 나는 암홍색 동굴, '지옥'이라면 누이는 새파랗게 질려서 혼자 슬퍼하고 있을 겁니다. 누이는 도대체 어디로 떠난 걸까요?

겐지는 문득 희망과 절망 사이에서 번뇌하는 자신을 깨닫고 현실로 돌아옵니다. 시의 후반부는 누이의 사후 세계에 대한 집착을 내려놓으려는 겐지의 의식의 흐름을 좇아 전개됩니다.

겐지는 자신의 쓸쓸한 생각이 모두 밤 때문이며 날이 밝아 환해지면 모든 게 괜찮아질 것이라 말합니다. 물론 도시코의 죽음이 현실이라 생각하면 지금도 가슴이 덜컥 내려앉을 정도이지만, 아무리 고통스러워도 두 번 다시 누이의 사후 세계에 집착하면 안 됩니다. 저세상의 모습은 세친世親의 『아비달마구사론阿毘達磨俱舍論』이 전하는 그대로이니 더 생각할 필요도 없습니다.

이제 심상 풍경은 옥과 은 분자처럼 빛나는 반달이 뿜어내는 반투명한 연무로 가득합니다. 신비로운 구름 물결 사이로 달빛이 비치니 형광판처럼 보이고, 수상한 사과 향도 차창을 넘어 들어옵니다. 아오모리가 사과 산지여서 그런 게 아니라 달이 지금처럼 새벽에 권적운에 들어갈 때면 이렇다고 말하려던 겐지의 이야기가 끊어집니다. 겐지를 돌아 세우려는 번뇌의 목소리가 끼어들었기 때문입니다.

그러나 이제 겐지는 망설이지 않습니다. 누이는 이미 무상도無上道, 불도의 길에 속해 있으니 임종의 모습이 어떻든, 어디에 가 있든 걱정할 것이 없습니다. 니치렌 대사는 '어디에 있든지 나를 볼 수 있을 것(「여래 수량품」)'이라는 법화경의 가르침으로 '즉신성불卽身成佛', '지옥즉적광地獄卽寂光'의 법리를 설명했습니다. 설령 지옥에 떨어지더라도 부처님과 법화경이 함께 하실 터이니 그곳은 이미 지옥이 아니라 불계입니다. 그러니 누이는 어디에 있든 씩씩하고 용감하게 뛰어들 겁니다.

다시 이중 괄호 속 목소리가 들려와 도시코가 제대로 눈을 감지 못하고 죽었다는 이야기를 시작합니다. 그러나 이제 곧 날이 밝아 올 것입니다. 모든 것이 다 있는 것처럼 존재하고 빛나는 것처럼 빛나고 있습니다. 윤회전생은 믿음의 문제입니다. 겐지가 믿는 대로 이루어질 것이 분명합니다.

그래서 겐지는 누이에게 자신의 마음을 전합니다. 지금 있는 곳이 어디든, 모든 것이 어둡고 두려울지라도 진리는 즐겁고 환한 것이니 용감하게 나아가라고 격려합니다.

그런데 또 목소리가 들려와 '모두 오래전부터 형제이니 절대로 한 사람만을 위해 기도해서는 안 된다'고 경고합니다. 겐지는 누이를 생각하며 이 먼 곳에서 누이를 애도하고 있습니다. 왜 한 사람만을 위해서 기도하면 안 되는 걸까요? 대승 불교에서는 자기 혼자만의 이익을 위한 성취와 성불이 아니라 모든 중생의 행복을 추구하기 때문입니다.

그런데 맹세코 그러지 않았다고 말하는 겐지의 대답이 조금 애매합니다. 단 한 번이라도 누이만 좋은 곳으로 가게 해달라 빌지는 않았다고 생각한다고 말끝을 얼버무립니다.

오늘 아오모리행 야간열차 안에서 겐지는 누이만을 생각하며 달려온 자신의 종교적 모순을 깨닫습니다. 그래서 이제부터는 '은하철도의 밤'의 주인공 조반니처럼 산 자와 죽은 자, 모두의 행복이라는 모두를 위한 과제를 끌어안고 앞으로 나아가려 합니다. 아오모리행 야간열차는 죽음의 의미를 통해 삶의 의미를 각성해 가는 겐지를 싣고 어둠을 헤치며 힘차게 달려 나갑니다.

오호츠크 만가

해수면이 아침의 탄산으로 온통 녹슬었다
녹청색도 있고 빛나는 푸른 남동석도 있다
저 건너 파도로 주름진 곳은 엄청난 유리 액체
티머시 이삭이 이리도 짧아져
번갈아 가며 바람에 휘날린다
    (그건 파란색 피아노 건반
     차례로 바람에 밀려난다)
아니면 짧은 변종이겠지
물방울 속에 나팔꽃이 피었다
모닝 글로리의 그 글로리
   지금 그 광야풍의 짐마차가 온다
   늙은 흰 말은 고개를 숙이고
   마차를 탄 남자는 괜찮은 사람이다
   내가 아까 저 텅 빈 길목에서
   항구에서 가장 번화한 곳이 어디냐 물었을 때
   저쪽일 겁니다　건너편은 가본 적이 없다고
   말한 것만 봐도 알 수 있다

지금 친절한 곁눈질로 나를 보며

　(그 작은 렌즈에는

　분명 사할린의 흰 구름도 비쳤다)

나팔꽃보다는 모란처럼 보인다

커다란 해당화이다

새빨간 아침의 해당화입니다

　아아 이 날카로운 꽃들의 향기는

　아무래도　요정의 짓이다

　무수한 쪽빛 나비를 데려오고

　작은 황금 창 이삭

　옥 화병과 푸른 가렴

게다가 구름이 너무 빛나니

즐겁고 격렬한 현기증

　　말발굽 흔적이 두 개씩

　　축축하고 고요한 갈색 모래 위에 나 있다

　　물론 말 혼자 간 건 아니다

　　넓적한 짐마차 바퀴 자국은

　　이렇게 한데 모여 아련하다

파도가 지나간 희고 가는 선

작은 모기 세 마리 방황하다

다시 아득하게 날리고

조가비는 애처로이 하얀 파편이 되고

원추리 푸른 꽃대 반쯤 모래에 파묻혀

파도는 밀려오지 모래는 휘감기지

하얀 편암류 자갈 위에 쓰러져

파도가 예쁘게 다듬어 놓은

조가비 하나 입에 물고

잠시 잠들려 한다

왜냐하면 아까 잘 익은 검은 열매가 달린

새파란 월귤나무 고급 카펫과

크고 빨간 해당화와

이상한 초롱꽃 속에서

사할린의 아침 요정에게 주어 버린

나의 투명한 에너지를

지금 이 파도 소리와

촉촉하고 냄새 좋은 바람과

구름의 빛으로 회복하지 않으면 안 되니

더구나 무엇보다 지금 나의 심상은

피로로 완전히 창백해져

눈부신 녹색 금이 되었다

햇살과 겹겹 어두운 하늘에서는

수상한 양철북의 야릇한 소리마저 들린다

외로운 풀 이삭과 빛 아지랑이

녹청색은 수평선까지 투명하게 이어지고

구름 누대구조 이음매 사이로

한 가닥 내비치는 푸른 하늘이

강렬하게 내 마음을 찌른다

이 두 개의 푸른색은

모두 도시코가 가지고 있던 특성이다

내가 인적 없는 사할린 해안가를

홀로 걷다 지쳐 잠들 때

도시코는 푸른 저 끝에서

무엇을 하고 있는지 모르겠다

분비나무와 가문비나무의 거친 줄기와 가지

어지러이 떠돌다 내려앉은 그 너머에서

파도는 계속 밀려온다

소용돌이에 모래가 치솟고

바닷물은 처량하게 탁해진다

  (열한 시 십오 분 창백하게 빛나는 다이얼)

새는 구름 앞을 오르내린다

오늘 아침 여기서 배를 띄웠구나

모래에 새겨진 뱃바닥의 흔적과

우묵하게 패인 거대한 횡목 자국

그것은 하나의 구부러진 십자가이다

작은 나뭇조각 몇 개로

HELL이라 쓰고 LOVE라 고치고

하나의 십자가를 세우는 것은

누구나 종종 하는 기술이어서

도시코가 그걸 만들었을 때

나는 차갑게 웃었다

    (조개 하나가 모래에 파묻혀

      하얀 테두리만 나와 있다)

갓 마른 잔모래가

그 패인 십자가로 흘러들어

이제 끊임없이 흐른다

바다가 이리도 푸른데

내가 아직 도시코를 생각하고 있으니

왜 너는 여동생 하나만을 그렇게

애도하고 있는지 멀리서 사람들이 표정으로 물어보고

내 속에서도 묻는다

   (Casual observer! Superficial traveler!)

하늘이 너무 빛나서 오히려 휑하게 어두워 보이고

날카로운 날개를 가진 새 세 마리가 날아오고 있다

저리도 슬프게 울어 대다니

무슨 소식이라도 가져온 걸까

한쪽 머리가 아프고

멀어진 사카에하마역의 지붕이 번뜩이고

새 한 마리가 유리 피리를 불며

옥수 구름 위를 떠돌고 있다

마을과 선창이 눈부시고

뒤로 이어진 완만한 연분홍 구릉

온통 분홍바늘꽃이다

상쾌한 푸른 사과 초원과

검푸른 분비나무 행렬

   (나모 살 달마 푼다리카 수드라)

작은 도요새 다섯 마리

바다가 휘몰아치면

아장아장 도망 다니고

   (나모 살 달마 푼다리카 수드라)

파도가 고요하게 밀려나가면

모래 거울 위를

아장아장 걸어 나온다

(1923.8.4)

53. 오호츠크 만가, 십자가와 법화경

시 「오호츠크 만가」는 사할린 여행의 전환점이 되는 시로, 과거와 현실과 환상이 느슨하게 이어진 풍경 속에서 누이의 죽음을 받아들이고 내면의 안정을 찾아가는 겐지의 모습이 그려집니다. 연보를 참고로 사할린 여행의 일정과 작품을 정리하면 다음과 같습니다.

7월 31일(화)　하나마키역에서 아오모리행 야간열차를 타고 출발.

8월 1일(수)　하코다테 연락선 승선.

　　　　　　「아오모리 만가」, 「아오모리 만가3」, 「쓰가루 해협」

8월 2일(목)　아사히카와 농업 시험장 방문, 사할린행 연락선 승선.

　　　　　　「고마가다케」, 「아사히카와」, 「소야 만가」

8월 3일(금)　제지 공장 방문.

8월 4일(토)　사카에하마 해변에 도착. 「오호츠크 만가」, 「사할린 철도」

8월 7일(화)　「스즈야 평원」

8월 11일(토)　하코다테에서 연락선으로 아오모리로. 「분화만 (녹턴)」

8월 12일(일)　모리오카 도착.

사할린의 제지 공장에 근무하는 동문을 만나 제자의 취업을 의뢰한다는 명목상의 용무를 마친 겐지는, 다시 기차를 타고 북쪽을 향해 떠납니다. 겐지가 북쪽으로 가는 이유는 죽은 누이가 있는 세계에 다가가기 위해서입니다. 시집에 수록되지 않은 시 「소야 만가」에는 누이와의 교신을 기대하고 바라는 겐지의 마음이 드러나 있습니다.

> 내게 보이지 않는 다른 공간에서
> 너를 둘러싼 여러 가지 장애를
> 부수고 와서 나에게 알려 다오(중략)
> 지금 똑바로 와서
> 나에게 그것을 알려 다오

죽은 자는 북쪽으로 떠나가니 북쪽 끝은 영혼의 세계와 가장 가까운 곳입니다. 기차로 갈 수 있는 최북단은 스즈야 평원 북쪽 끝에 위치한 사카에하마栄浜입니다.

시는 사카에하마 해변의 아침 풍경 묘사로 시작합니다. 겐지는 파도의 포말을 탄산이라 표현하고, '용해된 동(「진공 용매」)'인 아침해가 떠올라 바다의 색감이 탄산동의 녹색, 염기성 초산구리의 녹청색, 남동석의 빛나는 푸른색, 유리瑠璃 청금석의 짙은 청색으로 그러데이션을 이루고 있다고 말합니다.

바다를 바라보던 겐지의 시선이 해변과 들판으로 옮겨 가고, 심상 풍경 속에 꽃과 사람이 차례차례 모습을 드러냅니다.

본문의 들여쓰기로 된 부분은 현실처럼 느껴지지 않는 이질적인 풍경의 묘사로, 겐지는 들여쓰기를 사용해 오호츠크해의 이국적인 풍경이 만들어 내는 비현실적인 공간을 표현합니다. 괄호 안 문장은 겐지의 머릿속에 떠오른 생각입니다.

사할린의 자연은 일본과 달라 혼란스럽지만 누이와의 교신을 기다리는 겐지에게는 즐겁고 격렬한 혼란일 뿐입니다.

키 큰 티머시는 짧아져 있고, 물방울이 잔뜩 맺혀 있는 나팔꽃은 모란인가 했더니 새빨간 해당화입니다. 해변에 바람이 불어 티머시 이삭을 피아노 건반처럼 번갈아 가며 누르고 있습니다.

겐지를 혼란스럽게 하는 이국적인 풍경 속에 광야풍의 짐마차가 나타납니다. '광원풍曠原風'은 밝고 이국적인 광야의 풍경을 나타내는 겐지 특유의 표현으로, 광야는 '키르기스 광야(「남쪽에서 또 서남쪽에서」)'처럼 끝없이 펼쳐지는 넓은 초원을 가리킵니다.

짐마차를 타고 있는 남자는 오는 길에 만난 사카에하마의 친절한 청년이고, 청년의 눈에 사할린의 흰 구름이 비친 것을 보아 이곳이 사할린인 건 분명한데 사할린 해변이 아니라 중앙아시아의 초원처럼 느껴집니다. 해당화 향기가 너무 짙어서 날카롭게 느껴지는 것도 이상합니다. 아무래도 요정의 짓인 것 같습니다.

요정의 마법으로 작은 나비가 날고, 티머시가 황금 창이 되고, 해변의 풀 이삭이 옥 화병이 되었습니다. 햇빛이 푸른 가렴이 되어 펼쳐지고, 말발굽 흔적과 마차의 바퀴 자국도 먼 옛날의 일인 것처럼 흔적만 아련하게 남아 있습니다.

시간의 이질감과 공간의 이질감이 더해지고 풍경 속에 아득하게 날리는 모기 세 마리와 애처롭게 파편이 되어버린 조가비, 모래에 파묻혀 파도에 흔들리는 원추리 푸른 꽃대가 보입니다. 파도는 밀려오고 모래는 휘감기고, 모든 것이 한없이 아득하고 애처롭게 느껴집니다.

시는 두 행을 비우고 다시 이어지는데 공백은 시간의 경과를 나타내는 장치입니다. 이제 풍경 속에 겐지의 모습이 나타납니다.

겐지는 하얀 편암류 자갈 위에 누워 조가비를 입에 물고 잠시 잠들려한다고 말합니다. 이국적인 풍경 속에서 사할린의 아침 요정에게 자신의 투명한 에너지를 주어 버렸기 때문에, 파도 소리와 냄새 좋은 바람과 구름의 빛에서 다시 에너지를 회복해야 한다는 겁니다.

그런데 조가비는 왜 입에 무는 걸까요? 겐지는 영혼과의 교신을 시도하기 위해 '반함례'의 의식을 하려는 겁니다. 반함은 시신의 입속에 음식과 장식품을 넣는 것을 말하는데 천자는 진주, 제후는 옥, 선비士는 조가비를 넣었다고 합니다.

조가비를 입에 물고 누이와 교신을 시도하는 겐지의 심상은 피로로 완전히 창백해져 녹색 금처럼 어둡게 가라앉아 빛나고 있습니다. 사할린의 바람과 파도와 햇빛은 겐지에게 도시코의 소식을 전해줄까요?

> 정말로 이런 오호츠크해 해안에 앉아 마른 모래와 해당화의 좋은 향기를 보내주는 바람의 띄엄띄엄 이어지는 이야기를 듣고 있으니 무척 신기한 기분이 들었습니다. 그것도 바람이 내게 이야기한 것인지 내가 바람에게 이야기한 것인지 확실히 알 수 없습니다.
>
> (「사할린과 8월」)

겐지의 소망이 이루어지려는지 햇살이 새어 나오는 겹겹 어두운 하늘에서 수상한 양철북의 야릇한 소리가 들려옵니다.

얼마의 시간이 흘렀을까요? 두 행의 공백을 두고 시는 다시 이어집니다. 수평선과 하늘이 맞닿아 있는 풍경 속에 외로운 풀 이삭과 빛 아지랑이가 보입니다. 시의 '누대구조'는 조성이 조금씩 다른 결정이 차곡차곡 쌓여 있는 구조를 말하는데, 겐지는 다양한 구름이 겹쳐 있는 풍경을 '구름 누대구조'라고 표현합니다.

구름 사이로 살짝 보이는 푸른 하늘이 강렬하게 겐지의 마음을 찌릅니다. 바다와 하늘의 두 가지 푸른색은 도시코의 특성이기도 합니다. 도시코는 바다처럼 평온하게 자신을 감싸면서도 때로는 날카로운 비평가의 역할도 했습니다.

그런데 누이는 푸른 저 끝에서 무엇을 하고 있는 걸까요? 이렇게 해변을 걷다 지쳐 잠이 들었는데 누이는 아무런 소식을 전하지 않습니다. 누이를 생각하는 겐지의 심상 풍경이 어두워집니다. 바람에 가지들이 어지러이 떠돌다 내려앉고, 밀려오는 파도에 모래가 치솟아 바닷물이 처량하게 탁해집니다.

어두운 심상 세계 속에 11시 15분을 가리키는, 창백하게 빛나는 시계가 보입니다. 동화 「은하철도의 밤」에서 조반니는 하얀 십자가를 지나 11시 정각에 플라오신 해안이 있는 백조 정거장에 도착합니다.

그 전등이 점점 크게 퍼지더니 두 사람은 백조 정거장의 커다란 시계 앞에 정확히 도착했습니다. 상쾌한 가을의 시계 판에는 파랗게 달구어진 두 개의 강철 바늘이 정확하게 11시를 가리키고 있었습니다. (중략) 시계 아래에는 '20분간 정차'라고 쓰여 있었습니다.

'11시 15분'은 머물 수 있는 시간이 얼마 남지 않았다는 것을 알려주는 내면의 신호입니다. 플라오신 해안을 걷고 있는 조반니도, 사카에하마 해변에서 누이의 영혼을 쫓는 겐지도 이제 곧 돌아가야만 합니다.

풍경 속에 새가 나타나 구름 앞을 오르내립니다. 여기서 배를 타면 누이가 있는 저 끝으로 건너갈 수 있을 것만 같습니다.

그런데 모래 위에 구부러진 십자가 모양의 흔적이 남아 있습니다. 도시코가 보낸 신호인 걸까요? 겐지는 누이가 작은 나뭇조각으로 HELL이라 쓰고 LOVE라 고치고 하나의 십자가를 세우던 것을 떠올립니다.

실제로 성냥개비로 만들어보면 HELL은 LOVE, 十가 됩니다. 도시코가 만들었을 때는 차갑게 웃었지만 이제는 알 것 같습니다. 십자가는 구원과 희망의 상징입니다. 지옥의 고통은 신의 사랑을 통해 구원받을 수 있지만 고통을 극복해야 신의 사랑을 얻을 수 있습니다. 그러니 누이를 잃은 이 고통도 받아들이고 이겨내야 하는 하나의 과정입니다. 조개가 모래에 파묻혀 하얀 테두리로 보이는 것처럼 우리가 느끼고 보는 것은 우주의 일부분일 뿐입니다.

바람이 잔모래를 십자가 사이로 끊임없이 흘러 보냅니다. 겐지는 이제 도시코가 아니라 자신에 대해 생각합니다. 왜 도시코 하나만을 생각하는지 멀리 있는 사람들이, 또 내면의 자신이 묻고 있습니다.

한 사람만을 위해 기도해서는 안 된다는 것을 잘 알면서도 여전히 도시코만을 생각하고 있는 자신은 'Casual observer, Superficial traveler', 무책임한 관찰자이고 피상적인 여행자입니다.

너무 빛나서 오히려 어두워 보이는 하늘에서 새 세 마리가 날아와 슬프게 울어댑니다. 누이의 소식을 전하려는 걸까요? 그러나 겐지에게는 누이의 목소리가 들리지 않습니다.

풍경 속에 사카에하마역의 지붕이 번뜩이고 옥수 구름 위로 유리 피리 소리같이 투명한 새소리가 들립니다. 마을과 선창 모든 것이 눈부시고 연분홍 구릉도 보입니다. 온통 분홍바늘꽃입니다. 상쾌한 푸른 사과 초원과 검푸른 분비나무가 이어지는 풍경 속에 겐지의 기분도 상쾌해집니다.

'나모 살 달마 푼다리카 수드라', 입에서 기도가 저절로 나옵니다. '나모 살 달마 푼다리카 수드라'는 '나무묘법연화경'의 산스크리트어 발음입니다. 누이는 부처님이 알아서 하실 터이니 자신은 이제부터 자신에게 주어진 과제를 생각할 것입니다.

겐지는 오호츠크해의 북쪽 끝에서 누이의 영혼을 쫓는 여행을 마치고 부처님께 귀의합니다. '나모 살 달마 푼다리카 수드라', 파도는 고요하고 모래는 거울처럼 빛나고 있습니다.

빛나는 풍경 속에 도요새가 파도 사이로 아장아장 걸어 다니고 있습니다. 과거와 현실과 환상이 일체가 되고 겐지의 입에서는 다시 기도의 말이 새어 나옵니다.

'모든 허무와 허망에서 새로운 믿음을 갖게 해 주시는 부처님의 은혜에 감사드립니다. 나모 살 달마 푼다리카 수드라.'

사할린 철도

분홍바늘꽃과 붉은토끼풀 군락
송지암 조각 연기가 자욱하고
스즈야 산맥은 빛나는 안개인지 구름인지

　　(불탄 순록의 검은 두개골은

　　　선로 옆 붉은 자갈 위에

　　　아주 경건하게 놓여 있다)

　가만히 보세요

　버드나무가 푸르게 우거져 흔들리고 있어요

　틀림없이 폴라리스 버드나무예요

오오 화려하게 치장한 에조미나리꽃

달빛색 비녀는

순박한 고로폭구루 것입니다

　　(나모 살 달마 푼다리카 수드라)

Van't Hoff 구름은 백발의 숭고함

절벽에 늘어선 것은 성스러운 자작나무

푸르게 빛나는 들판을 가로지르는 시냇물은

툰드라를 가르고

    (빛나는 것은 전신주 애자)

석양이 비추면

그 녹색 황금 풀잎에

정교한 하나하나의 잎맥

    (살짝 움직이는 자작나무의 아름다움)

검은 목책도 서 있고

분홍바늘꽃 빛의 점철

  (이 부근의 자작나무는

   불탄 들판에서 자라나

   모두 대승 불교풍의 사고를 가지고 있다)

사이비 대승 거사들을 다 태우고

태양도 조금 창백해져서

산맥의 주름진 흰 구름 위에 걸려 있고

열차 창문 모서리 한 곳이

프리즘이 되어 햇빛을 반사해

초원에 던져준 스펙트럼

  (구름은 조금 전부터 느릿느릿 흐른다)

태양도 이제 곧 가려진다

가려지기 전에는 감응으로

가려진 후에는 위신력으로

눈부신 백금 고리가 생기는 거다

    (나모 살 달마 푼다리카 수드라)

분명 해는 양털 구름에 들어가려고

팔월 사할린의 투명한 공기를

포도 과즙처럼

월귤처럼 달콤하게 발효시키는 거다

그래서 에조미나리꽃이 더 환해 보이고

벌레 먹어 말라 버린 저 거대한 산에

복숭앗빛 햇살도 쏟아진다

이 모두 천상의 기사 Nature 씨의

지극히 참신한 설계이다

굴곡진 산 그림자 하나는

녹청색 고슈사변형

그 놀라운 영롱함 속에

날아가는 까마귀로 보인 것은

키가 아주 큰 한 그루 분비나무

바람을 견뎌 낸 검은 우듬지이다

    (나모 살 달마 푼다리카 수드라)

결정편암 산지에서

불타오르는 구름의 구리 가루

    (저쪽이 타오르면 타오를수록

     이쪽의 자작나무와 버드나무는 어두워진다)

이 멋진 마노 캐노피

아래에서 조각조각 비늘구름이 타올라

한 조각은 이미 연금 과정을 마치고

당장이라도 결혼할 것 같다

   (어슴푸레 가라앉은 하늘의 파란 조각 하나)

주위는 온통 검푸른 티머시

돌고 도는 것은 신경질적인 낙엽송

또 에조미나리와 마호가니 울타리

이렇게 푸른 자작나무 사이에

대패질해서 멋진 집을 세웠으니

그 붉은 얼굴을 한 유쾌한 농민이

이노우에라고 삐뚤삐뚤 커다랗게 벽에 써놓은 거다

                      (1923.8.4)

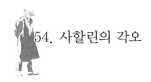
54. 사할린의 각오

「오호츠크 만가」와 같은 날 작성한 스케치입니다. 사카에하마 해변에서 '하나의 구부러진 십자가'를 발견하고 지옥 같은 고통을 극복해야 신에게 다가갈 수 있다는 사실을 깨달은 겐지는 자신에게 주어진 삶을 수행하기 위해 귀로에 오릅니다.

겐지가 사할린에 갈 수 있었던 것은 작년 11월 홋카이도 최북단까지 철도가 연결되고, 올해 5월에 홋카이도와 사할린을 잇는 정기 여객선이 취항했기 때문입니다. 시베리아와 가장 가까운 혹한의 땅 사할린은 겐지가 동경하는 러시아를 만날 수 있는 곳입니다. 겐지는 깊은 산속의 이국적이고 환상적인 풍경을 '러시아풍(「산 경찰」)', '러시아식(「주문이 많은 요리점」)'이라고 표현합니다. 끝없이 이어진 사할린 철도 옆으로 러시아의 환상적인 자연이 펼쳐집니다.

시는 열차 안에서 바라본 사할린의 풍경 묘사로 시작합니다. 분홍바늘꽃과 붉은토끼풀 군락 위로 보이는 하늘에 송지암 조각같이 반짝이는 연무가 가득하고, 멀리 스즈야 산맥이 운무에 뒤덮여 더욱더 신비로워 보입니다.

신비로운 풍경을 보고 있는 겐지의 심상 세계에 불탄 순록의 검은 두개골이 나타납니다. 겐지는 들여쓰기와 괄호로 이것이 심상 풍경인 것을 나타내고, 불탄 두개골이 선로 옆 붉은 자갈 위에 '경건'하게 놓여 있다고 말합니다. 불탄 순록의 검은 두개골이 경건하게 느껴지는 이유는 자신의 모든 것을 다 내어주었기 때문일 겁니다.

387

차창 밖으로 보이는 사할린의 자연이 심상 세계 속 경건한 풍경이 되어 겐지를 인도하고, 폴라리스 버드나무가 푸르게 우거져 흔들리고 있으니 잘 보라고 알려주는 목소리가 들려옵니다.

내면의 목소리를 듣고 있는 겐지는 들판에 피어 있는 에조미나리꽃의 빛나는 꽃이삭은 순박한 고로폭구루 것이라고 말합니다. 고로폭구루는 아이누 사람들에게 사슴이나 물고기를 가져다주는 전설 속 요정입니다.

겐지는 사할린의 자연에서 자신의 길잡이가 되어줄 폴라리스 버드나무를 발견했습니다. 폴라리스 버드나무는 겐지의 조어로 Polaris는 북극성을 의미합니다. 북극성은 밤하늘에서 가장 밝게 빛나는 길잡이 별입니다. 순록과 고로폭구루의 삶, 자신의 모든 것을 내어주고 무상으로 봉사하는 것은 법화경을 몸으로 실천하는 삶입니다. '나모 살 달마 푼다리카 수드라', 겐지의 입에서 기도가 새어 나옵니다.

나무묘법연화경을 봉창하는 것은 수행 방법 중 하나이지만 작품 속에 산스크리트어 발음인 '나모 살 달마 푼다리카 수드라'라는 표현이 보이는 것은 이 시와 「오호츠크 만가」, 동화 「편지」 뿐입니다.

> 춘세가 만약 포세를 정말 불쌍하게 생각한다면 크게 용기를 내서
> 모든 살아있는 것의 진정한 행복을 추구해야 한다. 그것은 나모
> 살 달마 푼다리카 수드라라는 것이다. (「편지」)

그러니 '나모 살 달마 푼다리카 수드라'라는 표현에는 자행화타自行化他와 중생제도衆生濟度, 스스로 수행하고 모두를 위한 진정한 행복을 찾으려는 겐지의 각오가 담겨 있습니다.

열차가 달리는 사할린의 하늘에 흰 구름이 가득하고 멀리 하얀 자작

나무가 보입니다. 시의 Van't Hoff는 최초의 노벨 화학상을 받은 야코뷔스 반트호프로, 겐지는 하얗게 빛나는 구름을 반트호프의 숭고한 백발에 비유하고 절벽 위 자작나무를 성스러운 자작나무라고 표현합니다. 신비로운 사할린의 풍경이 겐지의 마음을 경건하게 만들고 숭고함과 성스러움을 느끼게 하나 봅니다.

겐지는 행을 비워 시간의 경과를 나타내고 광활하게 펼쳐지는 사할린 들판을 얼어붙은 땅 '툰드라'라 부릅니다. 들판을 가로지르며 시냇물이 흐르고, 바람에 흔들리는 녹색 풀잎은 금빛 석양을 받아 잎잎이 빛나고 있습니다.

차창 밖 풍경이 흘러갑니다. 철도 옆으로 검은 목책이 보이고, 들판의 분홍바늘꽃이 붉은 등불처럼 이어져 빛나고 있습니다.

그런데 겐지는 불탄 들판을 보며 이 부근의 자작나무는 모두 대승 불교풍의 사고를 가지고 있다고 생각합니다.

대승 불교풍의 사고는 무엇을 말하는 것일까요? 대승 불교풍의 사고는 타인을 위해 헌신하고 봉사하는 이타행利他行을 실천하려는 마음입니다. 불탄 들판과 불탄 순록은 소신燒身, 즉 이타적 헌신과 희생을 상징합니다.

지금 하늘의 태양이 조금씩 빛을 잃어가는 것은 사이비 대승 거사를 모두 불태웠기 때문입니다. 사이비 대승 거사는 누이 한 사람만을 생각했던 겐지 자신이며 이타행을 실천하지 않는 수행자들입니다.

사할린의 태양이 사이비 신자였던 겐지를 불태우고 새로 태어나게 하려나 봅니다. 하늘의 태양을 올려다보던 겐지의 시선이 차창을 향했다 다시 초원을 바라봅니다. 창에 반사된 빛이 분산되어 초원에 스펙트럼, 무지개색 띠가 생겼습니다.

겐지는 지는 태양을 보며 구름에 가려지기 전에는 감응으로, 가려진 후에는 위신력으로 눈부신 백금 고리가 생긴다고 말합니다. '백금 고리'는 태양빛을 담고 빛나는 구름을 가리키는 겐지 특유의 표현입니다. 시의 '감응'은 '감응도교感應道敎', 불심이 중생의 마음속에 들어가고 중생이 이를 느껴 서로 통하는 것을 나타내는 말이며, '위신력'은 부처가 지닌 헤아릴 수 없는 영묘하고도 불가사의한 힘을 의미합니다.

'나모 살 달마 푼다리카 수드라', 사멸하고 그 안에서 다시 태어나고 있는 자연을 통해 겐지는 그 속에 깃들어 있는 부처님의 가르침을 깨닫고 다시 태어납니다.

석양이 사할린의 구름과 공기를 보랏빛 과즙과 과실주처럼 달콤하게 만듭니다. 마음이 가벼워졌기 때문일까요? 보랏빛 공기에 취한 것일까요? 에조미나리꽃이 더 환해 보이고 벌목한 산도 복숭앗빛으로 물들어 아름다워 보입니다.

산 그림자가 한쪽 대각선을 꺾은 형태로 '고수사변형'을 만들고 어두운 녹색으로 빛나고 있습니다. 그 놀라운 영롱함 속에 분비나무 한 그루가 차가운 바람을 견뎌내고 까마귀라 착각할 정도로 높이 솟아 있습니다. 모든 것이 다 '천상의 기사 Nature 씨', 조물주인 자연이 만든 참신한 설계입니다.

'나모 살 달마 푼다리카 수드라', 바람을 견뎌낸 저 검은 우듬지처럼 고통을 견뎌내고 수행하고 실천하겠습니다.

이제 사할린의 결정편암 산지에 석양이 드리우기 시작합니다. 겐지는 석양에 붉게 물든 구름을 '불타오르는 구름의 구리 가루'라고 표현합니다. 가열하면 산화되어 검은색이 되는 붉은 구리처럼 구름은 석양과 한몸이 되어 점점 붉어지며 세상을 검게 물들여 갑니다. 하늘의 구름이 타오르면 타오를수록 자작나무와 버드나무에 땅거미가 빠르게 내려앉습니다.

어둠에 싸인 대지 위에 너무나도 멋진 마노 캐노피, 다양한 색의 구름이 층을 이루며 펼쳐집니다. 어슴푸레 가라앉은 구름 사이로 파란 하늘이 살짝 보이기도 하지만, 하늘은 밤을 향해 달리고 들판은 이미 해저처럼 검푸릅니다. 들판의 티머시도 검게 보입니다.

뾰족한 낙엽송이 돌고 돌며 끝없이 이어지고 에조미나리와 마호가니 울타리가 스치고 지나갑니다. 역에 가까워지고 있는 걸까요? 아름다운 자작나무에 둘러싸인 멋진 집이 보입니다. 이노우에라고 삐뚤삐뚤하게 이름을 적어둔 것으로 보아 일본에서 건너온 농민의 집인 것 같습니다. 겐지는 식민지로 건너와 비로소 집을 마련하고 기뻐했을 농민의 붉고 유쾌한 얼굴을 떠올리며 고향의 가난한 농민들을 생각합니다.

누이의 영혼을 찾으러 온 북쪽 끝 사할린에서 겐지는 새로운 삶의 좌표를 발견했습니다. 사할린 철도는 '모든 이의 진정한 행복을 추구하는 삶'을 다짐하고 또 다짐하는 겐지를 태우고 힘차게 앞으로 달려 나갑니다.

스즈야 평원

벌 한 마리가 날아간다
호박 세공한 봄의 기계
새파란 눈을 가진 나나니벌입니다
　　(내 옆에 나타난 그 벌은
　　　정확하게 포물선 도식을 따라
　　　외로운 미지로 날아갔다)
티머시 이삭이 파랗고 즐겁게 흔들린다
즐겁게 흔들린다고 해도
장엄 미사와 구름 고리와 마찬가지로
근심과 슬픔에 대립하는 것은 아니다
그래서 벌이 또 한 마리 날아와
내 주위를 빙빙 돌고
찔레꽃과 관목에 휘청거리는
내 맨발을 찌르는 겁니다
울먹이며 가을 구름이 달아나는 이런 날
스즈야 평야의 황폐한 산기슭 불탄 자리에
나는 이리도 즐겁게 앉아 있다

정말로 불에 그을린 분비나무가

똑바로 하늘로 뻗어 캐나다식으로 바람에 흔들리고

또 꿈보다 더 높이 자란 자작나무가

푸른 하늘에 살짝 새잎을 내밀고

삼각 프리즘으로 흔들리고

  (뒤쪽은 새파래요

   크리스마스트리로 쓰고 싶은

   파란 새파란 분비나무가

   가득 자라나 있어요)

분홍바늘꽃 군락이 모두

빛과 아지랑이 보라색 꽃을 달고

멀리서 가까이서 아물거린다

  (도요새도 울고 있다

   분명 도요새 발동기다)

이제 오늘 밤에는 표본을 잔뜩 들고

소야 해협을 건너갈 거다

그래서 바람 소리가 기차 같다

흘러가는 것은 두 줄 갈색 선

뱀이 아니라 한 마리 다람쥐

미심쩍은 듯 이쪽을 본다

(이번에는 바람이

모두의 와자지껄 떠드는 소리로 들리고

뒤편의 먼 산 아래에서는

고우마의 겨울 창공에서 떨어진 것 같은

투명하고 커다란 기침 소리가 난다

이것은 예전부터 사할린에 살고 있는 누군가이다)

(1923.8.7)

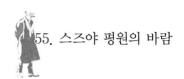# 55. 스즈야 평원의 바람

이 시에는 1923년 8월 7일의 일자가 적혀 있습니다. 겐지는 오늘 밤 홋카이도로 돌아갈 예정이지만, 지금은 사할린의 중심 도시 도요하라 근교에 있는 스즈야 평원에 나와 있습니다.

사할린의 짧은 여름이 지나가고 있습니다. 푸른 초원이 아득하게 이어지는 광활한 들판에 새파란 눈을 가진 나나니벌 한 마리가 날아갑니다. 겐지는 반짝이며 날아가는 벌을 '호박 세공한 봄의 기계'라 부릅니다. 생물을 광물과 금속에 비유하는 것은 밝고 즐거운 심상의 표현입니다.

들판의 벌은 괄호와 들여쓰기로 표현한 겐지의 심상 풍경 속에 들어와 포물선 도식을 그리며 미지로 날아갑니다.

심상 세계의 벌이 날아간 '외로운 미지'는 어디일까요?

『봄과 아수라』에서 '미지'라는 표현은 이 세상의 모습과는 다른 공간, 다른 세계를 의미합니다. 벌이 날아간 미지는 '미지의 전반사(『아오모리 만가』)'가 이루어지는 천상이며, 중력에 몸을 맡기고 포물선을 그리며 벌이 향하는 우주의 어딘가일 겁니다.

겐지의 심상 공간은 벌을 따라 미지의 세계로 이어지고 바깥에서는 사할린의 바람이 불고 있습니다. 겐지는 바람에 즐겁게 흔들리는 티머시 이삭을 보고, 이 즐거움은 근심과 슬픔에 대립하는 것이 아니라 장엄 미사와 구름 고리 같은 것이라고 말합니다.

'장엄 미사'와 '구름 고리'는 근심과 슬픔을 내면으로 승화시킨 아름다움의 상징입니다. '장엄 미사'는 베토벤이 청력을 완전히 잃은 후에 모든 노력을 다해 완성한 '장엄 미사 라장조Missa Solemnis'를 가리키며, '구름 고리'는 성스러운 산에 걸린 구름으로 오랜 시간을 견뎌내고 다시 태어난 성스러운 형상입니다.

> 그 하야치네산과 야쿠시다케산의 구름 고리는
>
> 오래된 벽화의 운모에서
>
> 다시 태어나 떠올랐지 (『다람쥐와 색연필』)

삶의 고통 속에서 탄생한 '장엄 미사'와 오랜 시간을 기다려 온 '구름 고리'처럼 들판의 티머시는 사할린의 혹한을 이겨내고 즐겁게 흔들리고 있습니다.

최상의 것에는 그 가치에 따른 고통이 수반되기 마련입니다. 벌이 상처 난 맨발을 아프게 찌르고 가을을 예고하는 구름이 울먹이며 달아나도 황폐한 산기슭 불탄 자리에 즐겁게 앉아 있을 수 있습니다. 근심과 슬픔을 내면에 간직하고 자신에게 주어진 삶을 즐겁게 수행할 것입니다.

티머시 이삭을 살랑살랑 흔들던 바람이 이제 캐나다식으로 세차게 불고 있고, 하늘로 곧게 뻗은 분비나무와 꿈보다 더 높이 자란 자작나무가 바람에 흔들리고 있습니다. 시의 '삼각 프리즘'은 바람에 뒤집혀 나부끼는 삼각형 잎을 말합니다.

크리스마스트리로 쓰고 싶은 분비나무가 가득 자라나 있다고 말하는 목소리가 심상 세계 속에서 들려옵니다. 겐지가 있는 곳은 황량한 여름 초원이지만 심상 세계의 풍경은 분비나무가 가득한 숲입니다. 끝없이 펼쳐진 분홍바늘꽃 군락이 바람에 몽롱하게 흔들리고 심상 세계 속에 도요새가 울고 있습니다.

도요새는 남쪽에서 날아와 시베리아의 짧은 여름에 맞춰 번식을 하고 다시 남쪽을 향해 날아가는 철새입니다. 지난봄 고이와이 농장에서 큰 소리로 울던 그 도요새도 지금쯤 사할린의 하늘을 날고 있을 테지요. 발동기 소리 같은 도요새 울음소리가 심상 풍경을 흔들고 겐지를 고향 하늘로 데려갑니다.

겐지는 고향을 떠올리며 이제 오늘 밤 표본을 잔뜩 들고 소야 해협을 건너갈 거라고 말합니다. 겐지가 찾아낸 표본은 무엇일까요?

표본을 채집하러 온 본토의 농림학교 조교가 등장하는 동화 「사할린과 8월」의 일부분을 소개합니다.

> "무슨 일로 이곳에 왔지, 무언가 조사하러 왔나, 무언가 조사하러 왔나."
> 서쪽 산지에서 불어온 아직 조금 차가운 바람이 내 멋진 노란색 웃옷을 팔랑팔랑 스치며 몇 번을 지나갔습니다.
> "나는 본토의 농림학교 조교야. 그래서 표본을 채집하러 온 거야."
> (중략) 나는 바람들이 보내준, 안도의 마음도 느끼고 받아들였습니다. 그리고 발밑 모래 속에서 둥근 구멍이 조그맣게 뚫린 작고 하얀 조가비가 떨어져 있는 것을 보았습니다. 구슬우렁이에게 당한 것 같군, 아침부터 이런 좋은 표본을 줍다니.

표본을 찾고 있던 '나'는 둥근 구멍이 뚫린 작고 하얀 조가비를 발견하고 '좋은 표본'이라고 기뻐합니다. 그런데 조가비에 나 있는 구멍은 죽음의 구멍입니다. 구슬우렁이가 조개를 먹기 위해 껍질을 뚫은 것입니다. 구멍 난 하얀 조가비, 불탄 순록의 검은 두개골, 불탄 들판, 겐지가 사할린에서 찾아낸 것은 죽음의 표본이며 신앙의 증거입니다. 겐지는 죽음의 표본을 통해 기꺼이 모든 것을 다 내어주는 삶을 깨달았습니다. 이제 이 표본들을 들고 고향으로 돌아가 불탄 들판에서 자라난 나무처럼 고통을 승화하고 모두를 위한 삶을 살아갈 것입니다.

겐지가 고향을 생각해서일까요? 바람 소리가 고향으로 가는 기차가 되고, 어디에선가 다람쥐 한 마리가 나타나 불탄 들판에 즐겁게 앉아 있는 겐지를 미심쩍게 쳐다봅니다.

심상 풍경 속에도 바람이 붑니다. 하늘과 땅을 순환하며 나무와 풀을 흔들던 바람이 겐지의 심상 세계를 흔들고 있습니다. 시간과 공간이 흔들리고 현재와 과거, 여름과 겨울, 고향 마을 고우마와 사할린이 이어집니다. 바람 속에 모두의 목소리가 들려오고 사할린의 여름 산 아래에 고우마의 겨울 창공이 교차합니다. 아주 먼 옛날 사할린에 살았을 누군가의 투명하고 커다란 기침 소리도 들립니다.

겐지는 스즈야 평야의 황폐한 산기슭 불탄 자리에 앉아 있습니다. 끝없이 펼쳐지는 황량하고 이국적인 풍경이 심상 세계의 시공간을 자유롭게 합니다. 풍경 속에 봄의 벌, 여름 바람, 가을 구름, 겨울 창공이 보이고 사할린과 캐나다와 고우마가 공존합니다. 현재와 과거, 시간이 이어지고 겐지는 바람이 전하는 이야기에 귀를 기울입니다. 스즈야 평원의 바람이 겐지의 근심과 슬픔을 다독여 주고 어디론가 흘러가고 있습니다.

분화만 (녹턴)

어린 완두콩 전분과 녹색 금이

어디에서 와서 이토록 비추는 걸까

  (객차는 삐걱대고 나는 지쳐서 잠이 들었다)

도시코는 커다랗게 눈을 뜨고

매서운 장밋빛 불길에 타오르며

  (칠 월의 그 뜨거운 열……)

새가 살고 공기가 물처럼 흐르는 숲을 생각했다

  (그때 생각한 걸까

   지금 생각하는 걸까)

삐걱거리는 소리는 두 마리 다람쥐

  ((올해는 밖에 일하러 가지 않는 사람은

   모두 교대로 숲으로 가자))

적동색 반월도를 허리에 차고

어딘가의 거만한 아라비아 추장이 말한다

칠월 말 그때

견디다 못해 도시코가 말했다

  ((나 이제 죽어도 괜찮으니

그 숲에 가고 싶어

움직여서 열이 심해져도

그 숲속에서라면 정말로 죽어도 좋아))

새처럼 다람쥐처럼

신선한 숲을 그토록 그리워하고

　(삐걱거리는 다람쥐 소리는 물레방아 도는 새벽녘

　　커다란 호두나무 아래이다)

천구백이십삼 년

도시코는 부드럽게 눈을 뜨고

투명한 장밋빛 신열로

푸른 숲을 생각한다

앞에서 바순 소리가 나고

Funeral march가 다시 또 수상하게 울려 퍼진다

　　(객차의 삐걱거리는 소리는 슬픔에 빠진 두 마리 다람쥐)

　　((다람쥐는 물고기를 먹는 건가요))

　　(이등칸 유리는 서리 무늬)

이제 머지않아 새벽이다

벼랑의 나무와 풀도 또렷이 보이고

객차의 삐걱거리는 소리도 어느새 잦아들고

작고 작은 하얀 나방 한 마리

천장 등불 옆을 기어간다

    (객차의 삐걱거리는 소리는 하늘의 음악)

분화만 여명이 수면을 비추고

무로란을 오가는 기선에는

두 개의 붉은 등불이 켜지고

동쪽 수평선은 희미한 공작석 무늬

검게 일어선 것은 자작나무와 버드나무

고마가다케산 고마가다케산

어두운 금속 구름을 덮어쓰고 서 있다

저 새까만 구름 속에

도시코를 숨겨 놓았을지도 모르겠다

아아 아무리 이지가 가르쳐줘도

나의 외로움은 낫지 않는다

내가 느끼지 못하는 다른 공간에

지금까지 여기 있던 현상이 옮겨간다

그건 너무나 쓸쓸한 일이다

    (그 쓸쓸한 것을 죽음이라 부른다)

설령 그 다른 눈부신 공간에서

도시코가 조용히 웃고 있어도

슬픔으로 움츠러든 나의 감정은

기어이 어딘가에 숨겨진 도시코를 생각한다

(1923.8.11)

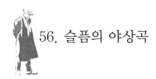

56. 슬픔의 야상곡

'분화만'은 홋카이도 남서부와 오시마 반도渡島半島에 둘러싸인 우치우라 만內浦灣의 별명으로 1796년 영국 탐험선 선장이 활화산이 연기를 뿜는 것을 보고 'Volcano Bay'라고 부른 것에 유래합니다.

겐지는 제목에 '녹턴'이라는 부제를 붙여 밤의 적막과 달콤한 꿈에 취해 자신의 감정이 자유롭게 분출되고 있는 것을 암시합니다. '녹턴 Nocturn'은 보통 야상곡으로 번역되는데, 가장 유명한 쇼팽의 녹턴은 왼손이 화음을 반주하고 오른손이 다양한 선율을 연주해 멜로디가 조금씩 엇갈리면서 흘러가는 것이 특징입니다.

시의 분위기도 야상곡의 선율처럼 잔잔한 가운데 시공간이 바뀌고 현실과 환상과 교차하며 자유롭게 흘러갑니다.

겐지는 8월 11일 새벽, 분화만 해안을 따라 달리는 무로란 본선 야간열차를 타고 하코다테로 이동 중입니다.

「오호츠크 만가」 장의 처음과 마지막에 위치한 「아오모리 만가」와 「분화만」은 기차 안의 풍경 묘사로 시작해 환상과 현실이 뒤섞이고 도시코의 회상으로 이어지는 유사한 구조를 가지지만, 이 시에는 사후 세계에 대한 의문과 자책, 누이를 생각해서는 안 된다는 종교적 강박 관념은 보이지 않습니다.

어두운 객차 안에 어디서 왔는지 어린 완두콩 전분과 녹색 금 같은 초록색 빛 입자가 보입니다. 잠들지 못한 채 어슴푸레한 빛을 바라보고 있는 겐지의 심상 세계 속에 지쳐 잠이 든 또 한 명의 겐지가 나타납니다.

괄호로 묶어 들여 쓴 부분은 심상 세계의 묘사입니다. 잠들지 못하는 겐지와 지쳐 잠이 든 겐지, 풍경 속 두 자아는 서로 엇갈리면서 누이를 회상합니다.

깨어 있는 겐지가 매서운 장밋빛 불길에 타오른 도시코를 떠올리면 잠든 겐지는 그때가 7월이라고 말하고, 현실의 겐지가 숲을 그리워하던 도시코를 회상하면 심상 세계 속 겐지는 숲을 생각한 것이 그때인지 지금인지 궁금해 합니다. 심상 세계 속에는 도시코의 과거와 현재가 함께 존재합니다.

누이에 대한 생각이 자유롭게 이어지고, 이제 객차의 삐걱거리는 소리가 두 마리 다람쥐 소리로 들리기 시작합니다.

'삐걱거리는 소리'는 겐지를 잠들게 하고 현실과 환상을 뒤섞어 시의 시공간을 어긋나게 하는 장치가 됩니다.

다람쥐 소리 같은 마찰음을 듣고 있는 겐지의 심상 세계 속에서 갑자기 모두 교대로 숲으로 가자고 말하는 목소리가 들려옵니다. 겐지는 목소리의 주인이 적동색 반월도를 찬 거만한 아라비아 추장이라고 말합니다. 아라비아 추장의 등장으로 현실 공간과 환상 공간이 뒤섞이고 깨어 있는 겐지와 잠든 겐지 두 자아가 하나가 됩니다. 겐지의 사유는 자유롭고 막힘없이 이어집니다.

겐지가 칠월 말 그때의 도시코를 떠올리자 심상 세계 속에서 그 숲에 가고 싶다고 말하는 도시코의 목소리가 들려옵니다. 도시코는 새처럼 다람쥐처럼 신선한 숲을 그토록 그리워했습니다.

시공간을 어긋나게 하는 삐걱거리는 소리가 다시 등장합니다. 이번에는 심상 세계 속의 소리로, 겐지는 '삐걱거리는 다람쥐 소리는 물레방아의 새벽녘, 커다란 호두나무 아래'라고 표현합니다.

'물레방아水車'는 하늘의 카시오페이아자리를 가리키는 표현입니다. 겐지는 하루에 한 번씩 은하수에서 회전하는 카시오페이아를 '유리 물레방아'라고 부릅니다.

> 카시오페이아,
> 이제 곧 수선화가 필 거야
> 너의 유리 물레방아를
> 끼익 끼익 돌려라 (동화 「수선월의 4일」)

카시오페이아가 새벽을 알려주는 우주 공간으로 심상 세계가 확장되고 이제 현실의 겐지도 1923년 8월 현재의 도시코를 느낄 수 있습니다.

도시코는 매섭게 타오르는 장밋빛 불길의 고통에서 벗어나 부드럽게 눈을 뜨고 아직은 투명한 신열이 남아 있는 몸으로 푸른 숲을 생각하고 있습니다.

어디서 나는 소리일까요? 앞쪽에서 목관악기 바순의 낮은음이 들려오고 Funeral march, 장송 행진곡이 수상하게 울려 퍼집니다.

느릿느릿 슬프고 장중한 선율이 흐르고 삐걱거리는 소리가 다시 등장합니다. 마음이 슬픈 걸까요? 겐지는 삐걱거리는 소리를 슬픔에 빠진 두 마리 다람쥐라고 표현합니다.

심상 세계 속에서 도시코의 목소리가 다시 들려오고 차창에는 서리가 내려앉아 있습니다. 계절이 흘러가고 과거와 현재와 미래가 하나가 됩니다.

이제 곧 새벽입니다. 객차의 삐걱거리는 소리도 어느새 잦아들고, 바깥 풍경도 또렷이 보이고 천장 등불 옆을 기어가는 작고 흰 나방도 잘 보입니다.

또다시 심상 세계 속에서 삐걱거리는 소리가 나자 겐지는 하늘의 음악이라고 표현합니다. 하늘의 음악은 무엇을 의미하는 걸까요? 삐걱거리는 하늘의 음악이 들리는 공간은 별이 가득한 우주 공간입니다.

"봐요, 꿈속의 물레방아가 삐걱거리는 듯한 소리."
"아아, 그래, 그 소리군. 피타고라스학파가 말한 '천구의 음악'입니다."
"어머, 왠지 주위가 희미하게 푸르스름해졌어요."
"날이 밝은 걸까요. 아니, 그런데….오오, 정말 멋집니다. 당신의
얼굴이 확실하게 보입니다." (중략)
"이곳은 하늘입니다. 이것은 별의 안개불입니다. 우리의 기도가
이루어진 것입니다. 아아, 성모 마리아여."
"아아."
"지구가 멀리 있군요." (동화 「시그널과 시그널레스」)

하늘을 회전하는 물레방아가 새벽을 알리며 천구의 음악을 들려주고, 겐지는 달리는 열차 안에서 바깥을 바라보고 있습니다.

푸른 여명으로 물드는 바다 위에 무로란을 출발한 연락선이 붉은 등불을 켜고 지나가고, 동쪽 수평선은 구름 뒤에 숨어 공작석의 가느다란 줄무늬를 만들어 내고 있습니다. 자작나무와 버드나무는 검은 실루엣만 보이고, 활화산인 고마가다케산도 어두운 금속 구름을 덮어쓰고 조용히 서 있습니다.

겐지는 고마가다케산의 새까만 구름 속에 도시코가 숨겨져 있다고 생

각합니다. 그리고 이지理知, 즉 번뇌를 떠나 이치를 깨닫는 진리가 아무리 가르쳐줘도 자신의 외로움은 낫지 않는다고 고백합니다. 또 지금까지 존재하던 현상이 인간의 감각이 미치지 못하는 다른 세계로 옮겨 가 버리는 것은 너무나 쓸쓸한 일이라고 토로하기도 합니다.

이어서 심상 세계 속 겐지가 그 쓸쓸한 것이 바로 죽음이라고 단언합니다.

겐지가 생각하는 죽음은 인간이라는 하나의 현상이 다른 공간으로 옮겨 가 버리는 것입니다. 도시코가 다른 눈부신 공간에서 조용히 웃고 있다고 확신하기에 이제 더 이상 찾지도, 통신을 시도하지도 않지만 도시코를 생각하면 슬픔이 몰려옵니다.

분화만을 달리는 열차가 슬픔에 움츠러든 겐지를 태우고 수증기를 뿜어내는 고마가다케산을 지나 고향을 향해 달려갑니다.

풍경과 오르골

불탐욕계

기름 먹인 종이 비옷 입고 젖은 말에 올라

차가운 풍경 속   어두운 숲 그림자와

둥글게 깎여나간 완만한 언덕   붉은 억새 이삭 사이를

천천히 걷는 것도 좋고

검은 박쥐우산 펼쳐 들고

황설탕 사러 시내로 나가는 것도

아주 신선한 기획이다

　　(째르르르 째르르르   박새   )

오리자 사티바라는 거친 식물의 인공 군락이

터너조차 탐낼 것 같은

고급 샐러드 색깔을 띠고 있는 것은

자운존자에 따르면

불탐욕계의 모습입니다

　　(째르르르 째르르르   박새

　　　그때의 고등유민은

　　　이제 견실한 집정관이다)

부글부글 쓸쓸함을 분출하는 어두운 산에

방화선이 잿빛으로 번쩍이는 것도

자운존자에 따르면

불탐욕계의 모습입니다

(1923.8.28)

57. 슬픔을 힘으로, 탐욕을 연민으로, 분노를 지혜로

봄과 아수라의 마지막 장 「풍경과 오르골」의 처음에 수록된 「불탐욕계」에는 사할린 여행을 통해 새로운 삶의 지표를 찾은 겐지의 변화된 심상 세계가 나타나 있습니다.

제목의 '불탐욕계不貪慾戒'는 '탐해서는 안 된다'는 의미로 에도시대의 진언종 승려 자운慈雲의 불교 해설서 『십선법어十善法語』에 나오는 계율입니다.

시는 뜨거운 슬픔을 가슴 깊숙이 묻고 차가운 감성으로 자신을 응시하는 겐지의 심상 세계 풍경으로 시작합니다.

지금 겐지는 쓸쓸함을 뿜어내는 차갑고, 어둡고, 축축한 풍경 속에 있습니다. 무채색 풍경 속에 개간을 위해 둥글게 깎아낸 언덕과 붉은 이삭이 달린 억새밭이 보이고, 겐지는 기름 먹인 종이 비옷을 입고 젖은 말을 타고 차가운 풍경 속을 천천히 걷는 것도 괜찮고, 고급 서양 우산을 쓰고 황설탕을 사러 시내에 나가는 것도 신선한 기획이라고 말합니다.

그런데 이런 모습은 완벽하고 아름다운 풍경을 위해 노력하던 '풍경 관찰관'과 자연의 훼손을 막는 '산 경찰'과는 다른 모습입니다. 이제는 바람에 억새가 출렁이는 눈부신 풍경이 아니어도 괜찮고, 나무가 잘려 나간 언덕을 봐도 아무렇지 않은 걸까요? 무엇이 겐지를 변하게 한 걸까요?

심상 세계 속에서 째르르르 째르르르 박새의 울음소리가 들려옵니다. 잠시도 쉬지 않고 날아다니는 부지런한 박새의 울음소리를 들으며 겐지는 '오리자 사티바라는 강인한 식물'을 바라봅니다.

오리자 사티바는 벼의 학명입니다. 시의 '인공 군락'이라는 표현은 인공적인 공간인 논에서 생육하는 벼의 특성을 나타낸 말입니다.

겐지는 비에 젖은 벼를 터너도 탐낼 것 같은 고급 샐러드 색깔이라고 표현하고, 자운 존자가 전하는 불탐욕계의 모습이라고 말합니다.

터너는 '빛과 색채의 연금술사'라고 불리는 영국의 풍경 화가로 황색을 좋아하고 녹색을 아주 싫어했다는 일화가 유명합니다. 터너와 샐러드의 묘사가 나오는 나쓰메 소세키의 소설 일부분을 소개합니다.

> 터너가 어느 만찬 자리에서 접시에 담긴 샐러드를 응시하며, 시원한 색이다. 이것이 내가 사용하는 색이라고 옆에 앉은 사람에게 말했다는 일화를 어느 책에서 읽은 적이 있지만 이 새우와 고사리 색을 터너에게 보여주고 싶다. (『한눈팔기』)

터너도 좋아할 샐러드 색이란 터너가 좋아하는 황색이 섞인 옅은 녹색, 시원해 보이는 연녹색일 것 같습니다. 그렇다면 연녹색 벼는 왜 불탐욕계의 모습일까요?

자운존자에 따르면 불탐욕계란 충분함을 구하지 않고 만족함을 아는 것입니다.

> 불탐욕계는 세상에서 지켜야 할 법이다. 분을 넘어 탐욕을 따르면 자신의 마음을 저버리고, 인륜을 저버리고, 천도를 저버리는 것이다. 법성을 등지는 것이다. (중략) 입으로 먹을 때는 그 한도를 알아야 한다. 충분함을 구해서는 안 된다. 만일 그 맛이 입에 맞을 때는 삼분의 일을 감한다. (『十善法語』)

건강한 연녹색은 질소 비료를 적당히 흡수한 식물의 색입니다. 인간의 관리 하에 생육하는 벼가 질소 비료를 과하지 않게 적당히 흡수했으니 바로 불탐욕계의 모습인 것입니다.

심상 세계 속에서 박새의 울음소리가 들려오자, 겐지는 자신에 대해 생각합니다. 직업을 구하지 않고 방황하던 고등유민이었던 자신이 이제는 직업을 가진 농업학교 교사, 즉 견실한 집정관이 되었습니다.

비 내리는 초가을 풍경 속에 부글부글 쓸쓸함을 분출하는 어두운 산이 보입니다. 겐지의 마음만큼 어둡고 쓸쓸한 산입니다. 어둠 속에 나무를 베고 만들어 둔 방화선이 잿빛으로 번쩍이고 있습니다. 그런데 겐지는 이 또한 불탐욕계의 모습이라고 말합니다.

자운존자는 천지가 모두 불탐욕계의 모습이라고 설명합니다. 천지 만물에는 흥망성쇠, 일장일단이 있어 '만족함을 알아야 한다'는 불탐욕계의 본질을 보여주고 있다는 겁니다.

> 이 정법으로 보면 천지도 모두 불탐욕계의 모습이다. 해도 시간이
> 지나면 기울고, 달도 차면 이지러진다. 사물은 번성함이 있으면
> 쇠퇴함이 있다. 초목도 아름다운 꽃은 열매를 맺지 못한다. 짐승
> 도 뿔이 있는 것은 상아가 없다. 보석이 많은 나라는 오곡과 의복
> 이 부족하다. (『十善法語』)

그러니 방화선이 번쩍여서 다소 부족해 보이는 자연의 모습도, 그것을 아름답게 여기는 것도, 심상 세계의 쓸쓸함을 있는 그대로 받아들이는 것도 모두 불탐욕계의 모습일 수 있습니다.

차가운 비가 내리는 무채색 풍경 속에 '불탐욕계'의 마음으로 모든 것

을 있는 그대로 사랑하고 모두의 행복을 위해 살아가고 싶은 쓸쓸한 한 남자가 보입니다.

'슬픔을 힘으로, 탐욕을 연민으로, 분노를 지혜로 이끌어야 한다(서간 165)', 겐지가 아수라인 자신의 상태를 벗에게 전한 편지에 적은 말입니다.

누이를 잃은 슬픔을 세상을 사는 힘으로 바꾸고, 척박한 자연과 가난한 농민을 연민의 눈으로 바라보며, 지혜를 모아 용기를 내어 보려는 견실한 농업학교 교사가 차가운 빗속을 용감하게 걸어가고 있습니다.

구름과 오리나무

구름은 양털이 되어 오그라들고
흑록색 오리나무 모자이크
하늘에는 얼음조각 구름이 떠 있고
억새는 반짝 빛나며 지나간다
　　((북쪽 하늘의 곱슬한 양에게
　　　　나의 숭배는 반사되고
　　　　하늘 바다와 창의 차양
　　　　나의 숭배는 반사되고))
늪은 깨끗이 대패질을 해서
희미한 가을 콜로이드 용액과
차갑고 미끈미끈한 순채로 조성해
어제 하룻밤 내린 비로 완성한
마키에 칠기에 그려진
정제된 수은 강입니다
아말감도 되지 못하면
은 물레방아라도 돌려도 좋다
엉성한 은 물레방아라도 돌려도 좋다

(빨간 종이를 붙인 화약고이다

　　머릿속은 벌써 새하얗게 폭발하고 있다)

엉성한 은 물레방아라도 돌리는 게 좋다

캅카스 풍으로 모자를 접어서 쓴 자

감각이 쓸쓸하게 차고 기우는 동안

화물차 바퀴 뒤에는 가을이 밝고

　　(노송나무 번뜩이는 유월에

　　　네가 새긴 그 선이

　　　이제 얼마나 무거운 짐이 되어

　　　너에게 남자다운 보상을 강요할지 알 수 없다)

　테미야 문자입니다　　테미야 문자입니다

이렇게 하늘이 흐려지고

산도 몹시 뾰족하고 푸르게 어두워져서

콩밭마저 너무나 슬픈데

겨우 저 산등성이와 구름 사이로

수상한 빛의 미진으로 가득 찬

현혹의 하늘이 살짝 보이고

또 그 안에는 눈부시게 빛나는 적운 한 줄이

아득하게 멀리 늘어서 있다

이 장송행진곡 층운 아래

새도 지나지 않는 청정한 공간에서

오직 나 홀로

꼬리를 무는 싸늘하고 수상한 환상을 보듬고

쇠망치 한 자루 들고

남쪽의 좋은 석회암층을

찾으러 가야만 합니다

(1923.8.31)

58. 숭배와 각오

　시의 제목인 '구름과 오리나무'는 고향 이와테의 하늘과 땅을 상징하는 존재입니다. 겐지는 남쪽의 기타가미 방향으로 가는 기차 안에서 고향의 가난한 농민을 위해 살겠다는 자신의 다짐과 각오에 대해 생각합니다. 차창 밖으로 하나마키 교외의 풍경이 지나가고 논두렁과 늪 주변에서 자라는 오리나무가 보입니다. 오리나무의 검은 열매 위로 구름이 양털처럼 오그라들어 있습니다.

　겐지의 작품에서 오리나무는 '오리나무, 오리나무, 어우러지고 서로 뒤엉키는 빛(「구리선」)'처럼 아름다운 가을 풍경과 바람에 흔들리며 빛나는 모습으로 그려지는 경우가 많지만, 오늘은 흑록색 모자이크, 조각조각 붙인 것 같은 모양을 한 검은 열매만 등장합니다. 하늘의 구름도 오늘은 얼음조각처럼 차갑게 보입니다. 쓸쓸하고 차가운 풍경은 차갑게 가라앉은 겐지의 심상 세계 모습이기도 합니다.

　달리는 차창 옆으로 참억새가 '반짝' 빛나며 지나가고, 풍경 속 '반짝' 스쳐 지나간 빛은 심상 세계의 풍경을 바꿉니다.

　시의 들여쓰기는 내면세계로의 침잠, 괄호는 심상 풍경 속 겐지의 사유, 이중 괄호는 다른 차원의 시공간과 이어진 더 깊은 내면세계를 나타내는 장치입니다.

　겐지는 들여쓰기와 이중 괄호를 같이 사용해 다른 시공간과 이어져 있는 사유인 것을 나타냅니다. 이중 괄호 속 풍경은 1921년 겐지의 과거와 이어진 사유입니다. 수수께끼 같은 시의 문장은 1921년의 도쿄 생활을 그린 초기 산문 「도서관 환상」 속에 나오는 표현입니다.

> 나는 간신히 십 층까지 올라가 땀을 닦았다. (중략) 텅 빈 차가운 방 안에 키 작은 다루게가 손으로 이마를 가리며 커다란 창으로 서쪽 하늘을 가만히 바라보고 있었다.
> 다루게는 회색이며 허리에 유리 도롱이를 두껍게 두르고 있다. 그리고 움직이지 않고 가만히 있었다. 창 너머에 조글조글 오그라든 구름이 애처로이 하얗게 빛나고 있다. 다루게가 갑자기 차갑고 투명한 목소리로 크게 노래하기 시작했다.
> 서쪽 하늘의 곱슬한 양에게
> 나의 숭배는 반사되고
> (하늘 바다와 창의 차양)
> 나의 숭배는 반사되고.
> 나는 하늘 저편에 있는 빙하 막대를 생각했다. (「도서관 환상」)

1921년은 겐지에게 중요한 전기가 된 해입니다. 이 해 1월, 겐지는 갑자기 가출해 법화경 종파인 국주회의 종교 활동에 적극적으로 참여합니다.

「도서관 환상」 속 종교적 정열에 불타던 시기의 겐지는 '서방 정토'에 숭배를 바치는 '다루게'와 함께 서쪽 하늘을 바라보고 있었지만, 농민과 함께 하는 삶을 다짐하는 1923년의 겐지는 북쪽 하늘에 숭배를 보내고 있습니다.

겐지가 숭배하는 북쪽 하늘은 은하수가 흐르는 고향 이와테의 하늘입니다. 겐지는 자신의 생각이 과거와 다르고 북쪽 하늘에 바친 자신의 숭배가 반사되어 구름과 창의 차양을 통해 비치고 있다고 말합니다.

'숭배'가 반사된다는 것은 어떤 의미일까요? 동화를 통해 반사된 숭배의 의미를 생각해 봅니다.

> "그것은 당신도 마찬가지입니다. 내게 주어진 모든 칭송의 말은 그대로 당신에게 드릴 수 있습니다. 보세요. 진심의 눈동자로 사물을 보는 사람은 왕의 끝없는 번영을 들판의 백합 한 송이와도 견주려 하지 않습니다." (『개머루와 무지개』)

동화 「개머루와 무지개」는 하늘의 무지개에게 숭배를 바치는 개머루와 개머루의 숭배를 되돌려 보내는 무지개의 이야기입니다. 겐지는 무지개의 말을 통해 세상의 모든 것은 변하고 덧없는 것이지만 진심의 힘 속에서는 모두가 끝없는 생명, 숭배의 대상이라는 것을 말합니다.

북쪽 하늘에서 반사된 겐지의 숭배가 척박한 이와테의 대지를 비추고 있습니다. 얼음조각 구름과 오리나무가 있는 차가운 풍경을 진심의 눈으로 바라보며, 겐지는 모두를 위해 살아가려는 자신의 각오를 확인합니다.

진심의 눈으로 바라보니 모든 것이 아름다워 보입니다. 차창 밖으로 보이는 늪이 대패질한 것처럼 깨끗하고, 고여 있는 흙탕물도 희미한 가을 콜로이드 용액 같습니다. 늪의 순채도 차갑고 매끈해 마치 금은 가루를 뿌려 만든 칠기 그릇, 마키에의 문양처럼 보입니다. 겐지는 매끄럽게 반짝이는 차창 밖 풍경을 '정제된 수은 강'이라 표현합니다.

그리고 아말감이 못되면 은 물레방아라도 돌리는 게 좋다고 세 번이나 강조합니다. 수은과 아말감, 은 물레방아는 무엇을 의미하는 걸까요?

아말감은 수은과 다른 금속으로 이루어진 합금을 말하는데, 아말감이 된다는 표현은 아말감 기법으로 도금한 불상, 즉 종교적 구제를 실천하는 삶을 의미하는 것 같습니다. 그렇다면 은 물레방아는 무엇일까요? 은 물레방아는 풍차처럼 동력이 되는 존재, 농민의 삶을 구제하는 실천을 의미하지만 은을 녹이는 수은 강물의 힘으로 돌아가는 풍차여서 모든 것을 희생할 각오로 임해야 하는 삶을 말합니다.

겐지는 아말감이 되지 못해도 모두를 위한 삶을 살면 된다고 자신에게 들려줍니다.

복잡한 생각 때문인지 겐지의 내면세계가 위험물 표시인 빨간 종이를 붙인 화약고처럼 아슬아슬하고, 머릿속이 하얗게 폭발하고 있습니다.

그러나 겐지는 은 물레방아를 돌려도 좋다고 다시 한번 다짐하고 자신을 척박한 땅에서 살아가는 러시아 농민, 캅카스풍으로 모자를 접어서 쓴 자라고 표현합니다.

겐지의 감각이 쓸쓸하게 차올라 가라앉고 채워지고 공허해지기를 반복하는 동안, 화물 기차 바퀴의 어둠과 밝은 가을 풍경이 교차하며 명암을 만들어 내고 있습니다.

심상 풍경 속에서 '노송나무 번뜩이는 유월에 새긴 선이 이제 곧 무거운 짐이 되어 남자다운 속죄를 강요할지도 모른다'고 경고하는 내면의 소리가 다시 들려옵니다.

노송나무는 겐지의 심상 세계를 투영하는 특별한 존재이니 '노송나무가 번뜩이는 유월'은 내면의 아수라가 고개를 내밀던 시기인 1921년 6월입니다. 오늘 겐지의 심상 세계는 1921년과 이어져 있는 것 같습니다.

그렇다면 겐지가 새긴 선은 무엇이며 왜 무거운 짐이 되고 남자다운 보상을 강요할 수도 있다는 걸까요?

겐지는 1921년 6월 18일에 작성된 '다쿠보쿠회 성립 선언문(『신 교본 미야자와 겐지 전집』)'에 이름을 올린 적이 있습니다. '다쿠보쿠회'는 모리오카 출신의 사회주의 시인 이시카와 다쿠보쿠石川啄木의 이름을 따 결성한 진보 사상 모임입니다.

국가주의로 변해 가는 시대 상황 속에 전국적으로 사회주의 운동이 확산되자 일본 정부는 노동자 해방을 외치는 청년들을 감시하는데 다쿠보쿠회도 예외는 아니었습니다. 공산당 검거가 시작되고 사회주의자와 노동 운동가에 대한 감시가 심해지고 있었지만 겐지는 가난하고 힘없는 농민을 위해 살아가려고 생각합니다. 자신이 '사회주의자'라 불릴 수 있다는 것도 잘 알고 있습니다.

　　(저건 유명한 사회주의자야.

　　　몇 번이나 도쿄에서 끌고 왔어.)

　　단정하게 가르마를 타고,

　　아직 스무 살도 안 되지만,

　　서른 살로 보이는 노안과 줄무늬 넥타이

　　(「구리야가와 정거장」, 『봄과 아수라』 보완)

지금의 각오가 자신에게 얼마나 무거운 짐이 될지, 어떤 보상을 강요할지 알 수 없습니다. 그러나 은 물레방아가 되어도 좋다고 생각하기에 스스로에게 '테미야 문자'라고 반복해 들려줍니다.

테미야 문자는 홋카이도 오타루시에서 발견된 동굴 유적에 새겨진 고대의 조각 문자입니다. 고대의 조각이 지금도 남아 있듯이 한 번 새겨진 것은 쉽게 지워지지 않습니다.

동굴에 새겨진 테미야 문자처럼, '모두를 위한 삶'에 대한 다짐도, 겐지의 가슴에 이미 새겨져 있습니다. 남자다운 보상, 모든 것을 희생하겠다는 비장함 때문일까요? 심상 풍경 속 하늘이 흐려지고, 산도 뾰족하고 푸르게 어두워집니다. 콩밭조차 슬퍼 보이는 어두운 풍경 속 산등성이와 구름 사이로 겐지를 현혹하는 하늘이 살짝 보이고, 수상하게 빛나는 하늘 저 멀리 눈부신 적운 한 줄이 늘어서 있습니다.

겐지가 숭배하는 눈부시게 빛나는 현혹의 하늘은 저 멀리 떨어져 있고, 지금 겐지가 있는 곳에는 층운, 어두운 구름이 넓게 덮여 있습니다.

장송행진곡처럼 비장하고 어두운 풍경이지만 모두를 위한 삶은 청정한 삶입니다. 겐지는 두렵고 무거운 책임이 기다리는 남쪽, 가난한 농민들이 살고 있는 세계로 나아갑니다.

이제 하늘에 바치던 숭배가 고향의 대지에 바쳐지고 아말감이 은 물레방아가 되고, 손에는 펜 대신 쇠망치가 들려 있습니다.

쓸쓸하고 차가운 풍경 속에 러시아풍으로 모자를 접어 쓴 외로운 남자가 꼬리를 무는 싸늘하고 수상한 환상을 보듬고 질 좋은 석회암층을 찾으러 갑니다. 좋은 석회암을 찾는 일은 이와테의 산성 토양을 개량해 모두를 풍요롭게 하는 일입니다.

오리나무의 검은 열매 사이로 차가운 얼음조각 구름이 떠다니고 있습니다. 차가운 북쪽 하늘과 척박한 이와테의 대지에 겐지의 숭배가 바쳐지고 모두를 위한 삶을 살겠다는 겐지의 각오가 조각처럼 새겨지고 있습니다.

종교풍 사랑

메마른 벼도 부드러운 연녹색으로 여물고
서쪽은 저렇게 어둡고 멋진 안개로 가득하고
풀 이삭은 모두 바람에 출렁이는데
가엽고 연약한 너의 머리는
어지러울 정도로 푸르게 흐트러져서
이제 곧 오다 다케시인가 누군가처럼
눈가도 엉망이 되어 버릴 거다
정말로 그 편벽하고 예민한 심상으로
이렇게 투명하고 아름다운 대기층 속에서
불타올라 어둡고 고통스러운 것을 붙잡으려 하는가
신앙을 통해서만 구할 수 있는 것을
왜 인간 속에서 제대로 붙잡으려 하는가
바람이 쏴아 쏴아 하늘에서 울고
도쿄의 피난민들은 반쯤 뇌막염에 걸려
지금도 날마다 도망쳐 오는데
어째서 너는 그 치유될 리 없는 슬픔을
기어이 해맑은 하늘에서 가져오는가

지금은 더 이상 그럴 때가 아니다

그러나 좋고 나쁘고 따지려는 건 아니다

네가 너무 힘들어 보여서

보다 못해 하는 말이다

자아 눈물을 닦고 똑바로 서라

이제 그런 종교풍 사랑을 해서는 안 된다

그곳은 양쪽의 공간이 정확하게 이중으로 되어 있어

우리 같은 초심자가

있을 수 있는 곳은 결코 아니다

(1923.9.16)

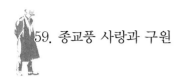

59. 종교풍 사랑과 구원

시의 제목인 '종교풍 사랑'은 신앙과 같은 사랑, 자신을 희생하려는 사랑을 말합니다. 겐지는 아름다운 자연 속에서 자신의 슬픔을 들여다보고, 종교풍 사랑에 대한 자신의 갈망을 반어적으로 표현하고 있습니다.

여름내 메말라 있던 벼이삭이 부드러운 연녹색으로 여물어 가고 서쪽 산지에는 어둡고 멋진 안개가 가득합니다.

풀 이삭이 바람에 출렁이고 있는 아름다운 풍경 속에 당장이라도 울음을 터트릴 것 같은 가엽고 연약한 '너'가 보입니다. '너'라고 불리는 사람은 종교풍 사랑을 간절히 바라는 겐지의 자아입니다. 겐지의 작품 속에서 슬픔은 푸른색으로 표현되니 오늘 '너'가 어지러울 정도로 푸르게 흐트러진 이유도 슬픔 때문입니다.

슬픔은 더욱 푸르게 깊어지네 (「봄과 아수라」)

오오, 이 쓰라림 푸르름 차가움이여 (「봄의 저주」)

그런데 겐지는 자신의 심상 세계가 편벽하고 예민하다고 말하고, 이토록 투명하고 아름다운 자연 속에 있으면서 정말로 어둡고 고통스러운 것을 붙잡으려는 건지 확인합니다.

불교에서는 중도의 이치를 망각하고, 집착하고 편벽된 수행에 빠지는 것을 경계합니다. 겐지가 말하는 편벽하고 예민한 심상은 '세계가 모두 행복해지지 않는 한 개인의 행복도 없다(「농민예술 개론 강요」)'고 생각하는 마음, 자기를 희생해야 한다는 강박에 사로잡혀 있는 마음인 것 같습니다.

그렇다면 겐지가 자신을 희생하고 인간 속에서 붙잡으려 하는 것은 무엇이며, 하늘에서 가져오려는 치유될 리 없는 슬픔은 또 무엇일까요?

『봄과 아수라』에서 히라가나로 표기된 '슬픔'의 용례는 총 7회로, 아수라의 슬픔을 나타내는 시 「봄과 아수라」의 용례를 제외하고는 모두 누이의 죽음과 관련된 슬픔을 나타내는 표현으로 사용되었습니다. 그러니 시의 치유될 리 없는 슬픔은 겐지가 느끼는 슬픔이며, 죽음을 목도한 사람의 슬픔입니다.

이 시에는 1923년 9월 16일의 일자가 기록되어 있습니다. 관동대지진이 일어난 것이 1923년 9월 1일이니 9월 16일이면 수십만 명의 사상자가 발생해 계엄령이 선포되고 일본 전체가 혼란과 슬픔으로 가득 차 있던 시기입니다. 생사의 갈림길에서 살아남은 사람들이 반쯤 정신이 나간 것처럼 보였는지 겐지는 매일 도망쳐 오는 도쿄의 피난민들이 반쯤 뇌막염에 걸렸다고 말합니다.

삶 가까이에 존재하는 죽음을 보며 죽음에 대해 생각하지 않을 수 없습니다. 죽은 이를 위해 슬퍼하고 기도하고 싶습니다. 다시는 사후 세계에 대해 생각하지 않겠다고 다짐했지만 이승을 떠도는 수많은 영혼을 구제하고 인도하고 싶습니다.

하늘에서는 바람이 쏴아쏴아 울고 있고, 심상 세계 속에는 슬픔으로 당장 눈물을 터트릴 것 같은 겐지가 서 있습니다.

겐지는 자신이 불타올라 잡으려는 것은 어둡고 고통스러운 것이며, 신앙을 통해서만 구할 수 있는 것이라고 말합니다. 너무 힘든 일이니 그만 눈물을 닦고 똑바로 서고 이제 그런 '종교풍 사랑'을 해서는 안 된다고 타이릅니다.

시 「고이와이 농장」에서 겐지는 종교와 연애는 양립할 수 없다고 주장했습니다. 겐지가 생각하는 '종교 정조', 즉 종교는 바른 소망으로 불타올라 모두의 행복을 원하는 것이지만 '연애'는 단 한 사람의 영혼을 구하려는 것이기 때문입니다.

그렇지만 고통과 두려움을 끌어안고 소망하는 종교풍 사랑은 연애와 다릅니다. '종교풍 사랑'은 모두를 위해 희생한 동화 속 주인공 구스코 부도리와 쏙독새처럼 스스로 불타올라 모두의 영혼을 구하려는 사랑입니다. 기꺼이 모든 것을 다 내어주는 삶을 살고 싶습니다. 이제는 모든 이의 진정한 행복을 위해서 신앙과 같은 사랑, 자신을 희생하는 종교풍 사랑을 할 각오가 되어 있습니다.

심상 풍경 속에 현실을 이야기하는 겐지와 이상을 실천하려는 겐지가 마주보고 있습니다. 모든 영혼을 구제하려는 종교풍 사랑이 얼마나 힘든 일인지 알기에 스스로 묻고 또 묻습니다.

소망이 두려움을 극복하게 만든 것일까요? 아무리 생각해 봐도, 설령 그곳이 생의 초심자들이 있을 수 없는 곳이며 현실과 환상이 오가고, 삶과 죽음이 이어지고 양쪽의 공간이 정확하게 이중으로 되어 있는 곳이라 해도 그만둘 수 없습니다. 모두의 진정한 행복을 위해서라면 불가사의한 심상 우주 저 끝까지 나아갈 수 있습니다.

모든 이중적인 풍경 속에 자신을 불태우고 날아올라 모든 죽은 이의 영혼을 위해 기도할 것입니다. 동생을 천상의 세계로 인도한 이치로(「빛의 맨발」)처럼, 모든 이의 진정한 행복을 찾으려는 조반니(「은하철도의 밤」)처럼, 겐지는 모두를 위해 이중 공간의 여행자가 되어 '종교풍 사랑'을 실천하는 여행을 시작할 준비를 합니다.

풍경과 오르골

산뜻한 과일 향이 가득하고

차갑게 식힌 박명의 은 하늘에

구름이 빠르게 달려간다

흑요석 노송나무와 사이프러스 사이로

말 한 마리가 천천히 다가온다

농부가 타고 있다

물론 농부의 몸은 반쯤

나무와 그 주변의 은 분자에 녹아

또 스스로 녹아도 괜찮다 생각하며

머리가 큰 애매한 말과 함께 천천히 다가온다

점잖게 머리 숙인 거칠한 난부 말

검고 거대한 마쓰쿠라산 앞쪽

한 점 달리아 복합체

그 전등의 기획이라면

정말로 구월의 보석이다

그 전등을 바친 이에게

나는 푸른 토마토를 보낸다

이 축축한 길들과

방금 크레오소트를 바른 난간과

전선도 두 줄 가짜 허무 속에 빛나고 있고

풍경이 얼마나 깊고 투명해졌는지 모른다

아래에서는 물이 요란하게 흐르고

박명의 하늘 신선한 은과 사과를

검은 백조 깃털 뭉치가 달리고

    (아아   달님이 나왔어요))

정말로 날카로운 가을 가루와

유리 가루 구름 모서리에 연마되어

순수한 은색으로 예리하게 빛나는 초엿새 달

다리 난간에는 아직 빗방울 가득하고

끓어 넘치는 이 그리움

물은 조용한 콜로이드

나는 지나치게 투명한 풍경 속

마쓰쿠라산과 고겐모리산 거친 석영 안산암 암경에서

추방당한 날쌘 자객에게

암살당해도 괜찮습니다

    (내가 분명 그 나무를 베어 냈으니)

      (삼나무 끝은 시커멓게 둥근 하늘을 찌르고)

바람이 휘파람을 반쯤 찢어서 가져오면

   (가여운 이중 감각 기관)

나는 옛 인도의 푸른 풀을 본다

벼랑에 맞닥뜨린 그곳의 물은

파처럼 옆으로 비껴간다

그렇게 바람은 노련하게 불어

반달의 표면을 깨끗이 날려 버렸다

그래서 나의 우산이

잠깐 파닥파닥 소리를 내고

교각 널빤지에 쓰러진 거다

마쓰쿠라산 마쓰쿠라산 뾰족하고 새까만 악마 은백색 하늘로 일어서고

전등은 어지간히 잘 익었다

이제 마지막인 것처럼 바람이 불면

바로 다시 불어오는 겹초의 바람

한 조각 하늘에 떠오르는 새벽의 모티브

전선과 신비한 옥수 구름 조각

그곳에서 상상할 수 없는 커다란 푸른 별이 떠오른다

    (여러 번의 사랑에 대한 보상이다)

그 경이로운 주황색 구름과

내 윗옷이 나부끼고

(오르골을 돌려라 돌려라)

달은 갑자기 두 개가 되어

눈먼 검은 빛 고리를 만들고 빛 속을 지나가는 구름 무리

　(가만히 가만히 고겐모리산

　나무가 잘려도 가만히 있는 거다)

(1923.9.16)

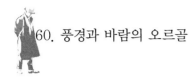

60. 풍경과 바람의 오르골

「종교풍 사랑」과 뒤에 이어지는 세 편의 시 「풍경과 오르골」, 「바람의 편차」, 「묘성」은 모두 1923년 9월 16일의 일자를 가집니다. 겐지는 관동대지진 이후의 첫 스케치인 이 네 편의 시를 통해 삶과 죽음에 대한 독특한 사유를 그려내고 있습니다.

「풍경과 오르골」은 시간의 경과에 따라 해가 지고 어둠이 내려앉기 시작하는 풍경, 달이 있는 청명한 풍경, 바람이 부는 풍경 세 부분으로 나뉩니다.

시는 어스름해지는 저녁 하늘의 묘사로 시작합니다. 겐지는 아직은 희미하게 밝은 하늘을 차갑게 식힌 박명의 은 하늘이라 표현하고, 구름의 움직임을 통해 시 전체를 관통하는 눈에 보이지 않는 바람의 존재를 암시합니다. 저녁 하늘에 산뜻한 과일 향이 가득한 이유는 이제 곧 달이 떠오를 것이기 때문입니다.

> 열엿샛날 밤/ 달은 차가운 과일/ 냄새를/ 퍼뜨리며 나타났다
>
> (가고 A 198)

겐지는 근경, 원경으로 시선을 옮겨 가며 풍경 스케치를 전개합니다. 새까만 흑요석 같은 노송나무와 사이프러스가 있는 풍경 속에 말을 탄 농부가 나타납니다. 농부의 말은 이와테현의 재래마인 '난부 말南部馬'입니다. 어스름 피어나는 어둠이 농부와 말의 윤곽을 애매하고 흐릿하게

만들고, 저 멀리 마쓰쿠라산 앞쪽에는 달리아 꽃을 모아 놓은 것 같이 화려한 가로등이 하나, 점처럼 서 있습니다. 겐지는 가로등을 구월의 보석, 사파이어라 명명하고 전등을 바친 이에게 푸른 토마토를 보내고 싶다고 말합니다. 겐지가 푸른색 토마토를 보내는 이유는 사파이어 빛으로 물들어가는 어둠 속에 푸르게 보이는 가로등이 축축한 길과 방부제를 바른 난간과 전선 두 줄, 풍경 속 모든 것을 깊고 투명하게 만들어 주고 있기 때문입니다.

전선 두 줄이 가짜 허무 속에 빛나고 있습니다. 어둠이 풍경을 잠식해 들어가니 '허무'라고 느낄 수도 있지만 그렇다고 모든 것이 사라지는 것이 아니니 가짜 허무입니다.

겐지가 서 있는 다리 아래로 물이 요란하게 흐르고 박명의 하늘에 신선한 은과 사과가 나타납니다. 신선한 은과 사과는 하늘에 떠오른 달을 상징합니다.

> 지금 하늘에는 사과의 달콤한 향이 가득합니다. 서쪽 하늘에 남
> 아 있는 은색의 달님이 뿜어 놓은 것입니다. (「쌍둥이별」)

바람이 검은 백조 깃털 뭉치처럼 새까만 조각구름을 밀어내자 겐지의 심상 세계 속에도 달이 떠오릅니다. 괄호와 들여쓰기는 내면 깊숙한 곳의 사유입니다.

달의 등장에 감탄하는 내면의 목소리를 경계로 시의 풍경은 달밤으로 바뀝니다. 겐지는 풍경 속에 떠오른 달이 날카로운 가을 가루와 유리 가루 구름에 연마되어 순수한 은색, 자마은색紫磨銀彩으로 예리하게 빛나고 있다고 표현합니다. 순수한 은색, 자마은색은 부처님의 32상 중 하나

433

인 신체의 순수한 황금색을 뜻하는 자마금紫磨金에서 따온 겐지의 조어로 달이 숭고한 기도의 대상이라는 것을 나타내는 표현입니다.

시간이 얼마나 지난 걸까요? 다리 난간에는 아직 빗방울이 가득한데 요란하게 흐르던 물은 콜로이드가 되어 조용히 가라앉아 있습니다.

예리하게 빛나는 상현달이 겐지의 감성을 예리하게 만들어 그리움을 불러냅니다. 끓어 넘치는 그리움이 과거에서 찾아와 현재를 스치고 지나갑니다. 과거가 현재가 되고, 현재가 과거가 되고, 미래가 현재가 되어 돌고 돕니다.

지나치게 투명한 풍경 속에서 겐지는 마쓰쿠라산과 고겐모리산의 석영 안산암 암경에서 자객에게 암살당해도 괜찮다고 말합니다. 나무를 베었기 때문이라는 목소리가 내면세계에서 들려옵니다.

석영 안산암은 석영을 함유하는 화산암이며, 암경은 마그마가 굳어서 만들어진 원통 모양의 용암 기둥입니다. 마쓰쿠라산과 고겐모리산이 지나왔을 억겁의 시간을 생각하니 나무를 자른 자신도 잘린 나무도 모두 찰나의 생명일 뿐입니다.

나무를 자른 행위는 성스러운 자연을 훼손한 '성물 훼손의 죄(「잡초」)'이니 암살당해도 괜찮습니다. 과거, 현재, 미래가 공존하는 원형적 시간 속에서 죽음은 끝이 아니라 시작입니다. 오늘 인간으로 죽어서 내일 자연의 일부로 다시 태어날 것입니다.

심상 세계 더 깊은 곳에 하늘 높이 솟은 삼나무가 보입니다. 삼나무 끝이 둥근 하늘을 찔러 바람을 깨운 것일까요? 풍경 속에 모든 것을 날려 보내는 강한 바람이 불어옵니다.

'바람이 찢어서 가져온 휘파람'은 바람이 전선을 흔들어서 내는 소리로 바람이 연주하는 오르골 소리입니다.

찢어질 정도로 외치고 있는, 전신주 (「겨울 스케치」 16)

전신주 오르골/ 찢어져서 서두르는 흰 구름이

달 표면을 스치고 간다 (「겨울 스케치」 38)

바람이 휘파람을 불고 있고 겐지는 가여운 이중 감각 기관을 생각합니다. 이중 감각 기관은 '이중 공간(「종교풍 사랑」)'과 '이중의 풍경(「봄과 아수라」)'을 보고 느끼는 겐지의 감각 기관입니다.

가여운 이중 감각 기관은 오늘도 삶에서 죽음을 느끼고 현실에서 환상을 보고 있습니다. 겐지는 바람 속에 옛 인도의 푸른 풀과 벼랑을 따라 흐르는 물줄기를 봅니다. 이제 바람은 하늘의 구름을 날려 보내고, 다리 난간에 걸쳐 둔 겐지의 우산도 쓰러뜨립니다. 달을 가린 구름이 사라지니 은백색 하늘 아래 악마처럼 뾰족하고 새까맣게 서 있는 마쓰쿠라산이 보입니다. 마쓰쿠라산 앞의 가로등에 불이 들어와 노랗게 잘 익은 과일 같습니다.

마지막인 것처럼 세차게 바람이 불고, 다시 새로운 겁초의 바람이 불어옵니다. '겁'은 불교에서 우주의 시간을 재는 단위로 숫자로 나타낼 수 없는 무한한 시간을 말합니다. '겁초劫初'는 겁의 무한함을 강조하는 말로 돌고 돌아 다시 생성하는 시점이라는 뜻입니다.

바람이 다시 바람을 불러 새로운 대기의 흐름을 만들고, 하늘은 새벽에 어울리는 모습으로 변해 갑니다. 풍경 속에 전선과 신비한 옥수 구름이 보이고 상상할 수 없는 커다란 푸른 별이 떠오릅니다. 스스로 불타올라 푸른 별이 된 쏙독새를 떠올린 걸까요? 겐지는 푸른 별을 보며 여러 번의 사랑, 모두를 위한 희생에 대한 보상이라고 말합니다.

> 자신의 몸이 지금 도깨비불처럼 아름다운 푸른빛이 되어 조용히
> 타오르고 있는 것을 보았습니다. 바로 옆은 카시오페이아자리였
> 습니다. 은하수의 푸르스름한 빛이 바로 뒤에 있었습니다. 그리고
> 쏙독새의 별은 계속해서 타올랐습니다. (「쏙독새의 별」)

오르골을 돌려라, 돌려라, 겐지는 바람에게 오르골 연주를 청합니다. 세상의 시작과 끝을 돌고 도는 바람이 전선을 흔들어 오르골을 연주하고 구름을 부릅니다. 구름이 달을 두 개로 가르며 지나갑니다. 우주의 법칙에 따라 묵묵히 순환하는 자연을 보며, 겐지는 나무가 잘려 나가도 가만히 있어야 한다고 고겐모리산을 달랩니다. 우주를 순환하는 바람의 연주를 들으며 겐지는 생과 사의 순환, 인간과 자연의 공존에 대해 생각합니다.

바람의 편차

바람이 몰려 지나간 뒤에는
방금 크레오소트를 바른 전신주와
늠름하게 기복을 드러내는 암흑 산릉과
    (허공은 예스러운 수은 달빛으로 가득하고)
잘 연마된 천하석 천공의 반달
이렇게 복잡하게 뒤엉킨 구름과 하늘 경관이 모두
투명하고 거대한 과거가 된다
초닷새 달은 더 작아져서 부생하고
의식처럼 흘러가는 조각난 단백석 구름
달 첨단을 스쳐 지나가면
한가운데 두터운 곳은 까맣습니다
(바람과 탄식 사이에 온 세계의 인자가 있다)
눈부시게 찬란하게 흩어져 날아가는 조각구름과
성운처럼 가만히 천공에 붙어 있는 얼음조각 구름
    (그것은 차가운 무지개를 띄우고)
이제 규산 구름이 한꺼번에 지나가려 하니
길은 자꾸 어두워지고

(달빛이 이렇게 길에 내리면

　전에는 종종 유황 냄새가 나곤 했는데

　지금은 그 작은 유황 알갱이도

　바람과 산소에 녹아 버렸다)

하늘은 밀려드는 끝없는 허공에서

달은 수은을 칠한 울퉁불퉁한 분화구에서 생겨난다

　(산도 숲도 오늘은 한없이 준엄하다)

구름은 척척 달 표면을 닦으며 날아간다

한낮의 세차고 무시무시한 비가

미진과 모든 것을 깨끗이 씻어 버린 거다

달의 만곡 안에서

하얗고 괴이한 기체가 뿜어져 나와

오히려 한 가닥 구름을 녹이고

　(늘어선 삼나무는 모두 흑진주 보호색)

자 봐라　　B 씨가 말한 그 무지개의 교차와 진동

사과의 덜 익은 빛 고리가

수상하게 하늘을 덮고 있다

삼나무 대열에는 산 까마귀가 잔뜩 숨어

페가수스 근처로 날아오른다

구름은 이제 일제히 병사를 풀어

아주 견실하게 나아간다

오오 내 뒤의 마쓰쿠라산에는

준비된 만 개의 규화한 유문 응회암 탄환이 있어

가와지리 단층 때부터 숨을 죽이고

내가 손목시계를 빛내며 지나가면 떨어져 내린다

공기의 투명도는 물보다 강하고

마쓰쿠라산에서 자란 나무는

경건하게 하늘에 기도를 바친다

가까스로 붉은 억새 이삭이 흔들리고

　　(어째서 어째서 마쓰쿠라산의 나무는

　　저리도 저리도 바람에 거칠어지나

　　덜그럭덜그럭 소리를 낸다)

호흡처럼 달빛은 다시 밝아지고

구름의 변색과 댐을 넘어오는 물소리

내 모자의 정적과 바람 한 자락

이제 어두워져 전차의 궤도만 똑바로 뻗어

　레일과 길의 점토 가소성

달은 액운이 변하는 동안 신비로운 노란색이 되었다

(1923.9.16)

61. 바람과 탄식 사이에 온 세계의 인자가 있다

겐지는 집으로 돌아가는 기차를 타기 위해 마쓰쿠라산을 지나 걸어가고 있습니다. 조금 전까지 전선을 세차게 흔들던 바람이 한순간 잦아들고 주위가 고요해집니다. 바람의 세기에 따라 들려오는 소리도 움직이는 나무의 그림자도 다르게 느껴집니다.

'편차'라고 번역한 '편의偏倚'는 편차와 편향의 두 가지 뜻을 가지는 표현입니다. 화학 용어로는 실제의 상태와 다르게 나타나는 평균적 차이를 의미하며, 불교에서는 중도의 반대 개념인 한쪽으로 쏠리고 치우치는 것을 말합니다. 겐지는 두 의미를 병용해 바람이 만드는 풍경의 편차와 심상 풍경 속 자신의 편향된 감정에 관해 이야기합니다.

이 시의 풍경은 겐지의 심상 세계 풍경으로, 출판 후에 자필 수정한 원고에는 감각 기관에서 바람이 불고 있는 것을 설명하는 문장이 추가되어 있습니다.

감각 기관 아득한 저 끝에서/ 바람이 몰려 지나간 뒤에는(菊池本)

전신주를 울리던 바람이 사라지니 마치 다른 세상이 된 것 같습니다. 강한 바람이 몰려가고 나니 실제보다 더 고요하게 느껴집니다. 바람이 부는 세계와 사라진 세계, 바람이 만드는 세계는 이렇게 편차가 심합니다.

바람이 몰려들어 모든 것을 흔들고 지나간 뒤 방금 방부제를 바른 전신주와 새까만 능선이 어둠 속에 조용히 모습을 드러냅니다. 괄호 속 문장은 심상 풍경을 바라보는 겐지의 깊은 사유입니다. 예스러운 은색 달빛이 허공에 가득하고 잘 연마된 천하석 같은 매끈한 청록색 하늘에 반달이 떠 있습니다.

바람이 지나간 뒤 겐지의 심상 세계에는 바람이 만든 공간과 시간, 사차원 과거 공간이 나타납니다. 복잡하게 뒤엉킨 구름과 하늘 경관이 모두 투명하고 거대한 과거가 되어 초엿새 달(「풍경과 오르골」)과 초닷새 달이 부생하고 있습니다. 부생은 생물학 용어로 같은 종류의 동물 두 마리를 수술로 결합시키는 것을 말합니다. 현재의 달과 과거의 달이 붙어 있는 심상 세계에 하얀 단백석 조각구름이 의식처럼 흘러갑니다.

의식은 과거, 현재, 미래의 시간을 자유롭게 오갑니다. 겐지의 의식도 이미 과거가 되어 버린 바람을 타고 심상 세계 하늘로 옮겨 갑니다. 이제 겐지가 있는 곳은 사차원 하늘 공간입니다.

겐지는 눈앞에서 보고 있는 것처럼 달과 구름을 세밀하게 묘사합니다. 구름이 달을 스치고 지나가니 구름의 옅은 쪽이 달빛을 반사해 환해지고 한가운데 두터운 쪽은 오히려 까맣게 보입니다.

'바람과 탄식 사이에 온 세계의 인자가 있다', 겐지는 바람이 만드는 세계를 생각합니다. 자연 속에 있으면 자연의 변화를 가장 먼저 알려주는 것이 바람입니다. 바람이 불면 나뭇가지가 흔들리고 꽃잎이 떨어집니다. 바람은 모든 것에 생명력을 불어넣어 움직이게 합니다.

바람이 오면/ 사람은 모두 발전기가 되고 (「바람이 오면」, 제2집)

바람은 자연 현상의 상징이고, 탄식은 마음의 움직임으로 인간적 현상의 상징입니다. 바람 속에 온 세계의 이야기가 들어 있고, 탄식 속에 모든 이의 희로애락이 담겨 있습니다. 바람과 탄식은 공기가 되어 삼라만상, 과거, 현재, 미래, 모든 세계의 시작과 끝을 돌고 돕니다.

바람이 부는 하늘에는 조각구름이 눈부시게 휘날리고, 바람의 호흡이 닿지 않은 저 높은 천공에는 얼음조각 구름이 가만히 붙어 있습니다. 얼음조각 구름에 비친 달빛이 밤 무지개처럼 영롱합니다.

바람이 불어 하얀 규산 구름을 몰고 오니 지상의 길이 다시 어두워집니다. 명암의 편차를 만들며 바람이 사라지고, 겐지는 유황 광산이 있었던 과거를 떠올렸는지 길에서 유황 냄새가 나지 않는다고 생각합니다.

투명해진 풍경 속에 끝없이 하늘이 펼쳐지고 달 표면을 닦으며 날아가는 구름이 달 분화구의 분출물처럼 보입니다. 심상 풍경 속에 화산을 연상시키는 '분화구'가 나타나자 겐지는 지상에 늘어선 삼나무가 흑진주 보호색을 띠고 있다고 생각합니다. 삼나무가 보호색으로 몸을 숨긴 것은 두려움과 불안 때문일 겁니다.

그런데 겐지가 갑자기 'B 씨가 말한 그 무지개의 교차와 진동'을 보라고 말합니다. 환상 세계의 투명한 하늘에 등장한 교차하고 진동하는 'B 씨가 말한 무지개'는 도대체 무엇일까요? 앞뒤의 내용으로 보아 B 씨의 무지개는 심상 세계의 위험을 알리는 전조인 것 같습니다.

시의 B 씨는 1917년 도쿄의 한 호텔에서 자살한 노르웨이의 물리학자 크리스티안 비르켈란으로 추정됩니다. 데라다 토라히코寺田寅彦의 수필「B 교수의 죽음」에 등장하는 B 교수, 비르켈란은 '공중 질소 고정법'을 개발하고 오로라 현상을 통해 음극선과 자기장의 영향을 연구한 학자로 알려져 있습니다.

동화 「구스코 부도리의 전기」에 질소비료 공중 살포 장면이 등장하는 것으로 보아 겐지가 비르켈란을 알고 있었다는 것은 충분히 짐작할 수 있습니다.

그러니 'B 씨의 무지개'는 겐지의 심상 세계에 나타난 비르켈란의 '오로라'입니다. 겐지는 심상 세계에 펼쳐진 오로라를 보며 위협을 감지합니다. 오로라 현상의 원인이 밝혀지기 전까지 사람들은 오로라를 전쟁과 전염병이 일어날 불길한 전조로 여겨 왔습니다. 불길한 오로라와 함께 사과의 덜 익은 빛 고리, 반달의 달무리가 수상하게 하늘을 덮고 있습니다.

겐지의 심상 세계에 바람이 몰려옵니다. 삼나무에 숨어 있던 산 까마귀가 한꺼번에 하늘로 날아오르고 구름도 일제히 흩어져 흘러갑니다.

겐지는 마쓰쿠라산이 준비해 둔 만 개의 탄환을 느낍니다. 시에 등장하는 '가와지리 단층'은 천여 명의 사상자를 낸 리쿠 지진陸羽地震으로 생긴 단층입니다. 성층 화산인 마쓰쿠라산과 가와지리 단층이 관동 대지진을 연상시키고 겐지의 심상 세계에 응회암 탄환이 떨어져 내립니다. 응회암은 화산재가 쌓여서 굳어진 암석입니다. 지금 겐지의 내면세계에 잠재하는 불안과 공포의 대상은 지진과 화산 폭발, 예측할 수 없는 자연의 위협인 것 같습니다.

이제 공기의 투명도가 물보다 강해서 하늘과 대기가 굴절 없이 그대로 이어집니다. 과거의 시간과 현재의 시간이 함께 흐르는 투명한 사차원 공간 속에서 마쓰쿠라산의 나무가 하늘을 향해 경건한 기도를 바칩니다.

기도가 통했는지 붉은 억새가 겨우 흔들릴 정도로 바람이 잦아들지만, 겐지의 깊은 내면세계 속에는 여전히 마쓰쿠라산의 나무가 불안하게 흔들리고 있습니다.

호흡처럼 명암을 반복하며 달빛이 밝아지고, 달빛을 따라 구름 색도 변합니다. 정적의 시간이 흘러가고 어둠 속에서 똑바로 뻗어 나간 전차 궤도가 보입니다. 궤도가 똑바로 뻗어 있는 것은 레일과 길의 점토 가소성 때문입니다. 가소성은 탄성의 반대 개념으로 힘을 제거한 후에도 변형된 형상이 그대로 남아 있는 것을 말합니다.

사차원 시공간 속에서 변하지 않고 곧게 뻗어 정상 상태를 유지하고 있는 전차 궤도는 희망의 상징입니다. 저 궤도처럼, 바람이 만드는 거대한 시공간 속에서 우주의 호흡을 느끼며 똑바로 나아갈 겁니다. 겐지의 마음이 가라앉고, 달의 액운이 변하는 동안 달빛이 신비로운 노란색이 되었습니다.

묘성

가라앉은 달밤 포플러 우듬지에

두 개의 별이 거꾸로 걸려 있다

    (묘성이 하늘에서 그렇게 속삭인다)

괴이하게 빛나는 오리온과 푸른 전등

또 기뻐하는 농촌 아낙네의

튼튼해 보이는 붉은 뺨

바람이 분다 분다   홀로 선 소나무

산 아래로 내려가는 전차의 질주

밖에 있었더라면 튕겨 나갔다

산에 가서 나무를 베는 자는

돌아올 때는 반드시 주눅이 든다

    (아아 모든 덕은 수가타에서 시작되어

     수가타로 이르게 됩니다)

팔짱을 끼고 어두운 화물 전차 벽에 기댄 소년이여

오늘 아침 광주리에 닭을 담아가더니

팔아 버려서 데려오지 못하는구나

그 새파란 밤의 아름다운 메밀밭

.

전등에 비친 메밀밭을 본 적이 있습니까

시민 여러분

오오 형제여   이것은 너의 감정이구나

시민 여러분이라니 그따위 건방진 말은 하지 마라

도쿄는 지금 죽느냐 사느냐 하는 갈림길이다

보라 이 전차도

궤도에서 푸른 불꽃을 쏘아 올리며

이제 전갈인지 드래곤인지도 모른 채

열심히 달리고 있다

    (콩밭의 그 아득한 선명함)

아무래도 이 화물차 벽은 위험하다

벽과 함께 날아가

여기서 죽을 수 있다

돈을 가진 사람은 돈이 미덥지 못하고

몸이 건강한 사람은 훌쩍 세상을 떠난다

머리가 좋은 사람은 정신이 유약하다

의지하는 것은 모두 의지가 되지 않는다

단지 모든 덕만이 이 거대한 여행의 자량이며

또한 그 모든 덕성은

수가타에서 시작되어 수가타에 이른다

(1923.9.18)

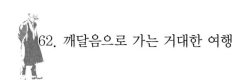

62. 깨달음으로 가는 거대한 여행

이 시에는 묘성昴星, 오리온, 전갈, 드래곤 네 개의 별자리가 등장합니다. 겐지는 자신이 느끼는 슬픔과 불안, 공포의 실체를 응시하고 우주와 자연의 운행 속에 살아가는 인간의 삶에 대해 생각합니다.

이 시는 9월 16일의 마지막 스케치로 겐지는 전차를 타고 집으로 돌아가는 중입니다. 시는 달밤의 묘사로 시작합니다. 겐지는 달이 서서히 지고 있는 풍경을 가라앉은 달밤이라 표현하고, 두 개의 별이 거꾸로 걸려있다고 속삭이는 묘성이 자신의 내면세계에 존재하고 있는 것을 알립니다.

별이 거꾸로 걸려 있는 것은 별이 동쪽에서 떠올라 서쪽으로 지고 있는 것을 나타내는 겐지 특유의 표현입니다.

　　오리온은 서쪽으로 옮겨 와서 거꾸로 서고 (가고, 1916년 10월)

차창 밖 밤하늘에 오리온이 빛나고 있고 겐지의 내면세계에는 묘성이 나타납니다. 묘성은 플레이아데스성단으로 불리는 별들로 좁은 공간에 여러 별이 오밀조밀 모여 있다고 해서 우리나라에서는 '좀생이별', 일본에서는 '스바루'라 부릅니다. 일본의 동북 지방에서는 묘성을 농사의 풍흉을 정하는 신, '고신님庚申樣'으로 받들어 모시고 별이 다섯 개나 일곱 개로 보이면 흉년이 든다고 생각했습니다.

겐지는 묘성을 '스바루', '고신', '플리아데스', '플레시오스'라 부르며 사람처럼 하품하고 말하는 존재로 그려내고 풍년을 기원하는 농부의 마음을 담아 노래했습니다.

> 묘성이 하얀 하품을 한다/ 무덤에서 삼나무가 두 그루
> 어슴푸레 묘성을 향해 뻗어 나간다 (「겨울 스케치」 22)

> 눈에 땀이 들어가/ 스바루에 이어진 불의 수를
> 일곱 개와 다섯 개로 보고/ 또 하나의 구름으로 보았다 (「고신」)

포플러 가지 끝에 낮게 걸려 있는 두 개의 별은 하늘의 오리온과 인간이 만든 푸른 전등입니다. 오리온보다 먼저 떠올라 먼저 지는 묘성이 겐지의 내면세계로 내려오고, 오리온이 낮게 떠올라 푸른 전등과 함께 괴이하게 빛나고 있습니다.

하늘의 묘성은 왜 겐지의 내면세계에 나타난 것일까요? 구약성서 속에 나오는 묘성, 플레이아데스성단은 하느님의 전능함을 보여주는 별입니다. 하느님은 자신이 내린 재앙 때문에 고통 받는 연약한 인간 욥에게 네가 하늘의 이치를 아느냐고 묻습니다.

> 네가 플레이아데스성단을 한 데 묶을 수 있으며, 오리온성좌를
> 묶은 끈을 풀 수 있느냐. (중략) 하늘을 다스리는 질서가 무엇인지
> 아느냐, 또 그런 법칙을 땅에 적용할 수 있느냐.
> (구약성서 「욥기」 38, 31-33)

욥은 전능하신 하느님의 물음 앞에 자신이 아무것도 아닌 자임을 고

백하고 회개하지만 겐지는 인간의 삶과 죽음의 이치에 대해 깨닫고 싶습니다.

> 그래서 너의 실험은 이 단편적인 생각의 처음부터 끝 모든 것에 이르지 않으면 안 된다. (중략) 자 보아라, 저기 플레시오스가 보인다. 너는 저 플레시오스의 사슬을 풀지 않으면 안 된다.
>
> (「은하철도의 밤」 초기형 3차고)

겐지의 내면세계에 나타난 묘성은 플레이아데스성단의 사슬을 풀고 싶어 하는 의지를 나타냅니다. 삶과 죽음을 생각하는 겐지의 시선이 전차 안으로 향합니다.

겐지가 타고 있는 전차는 하나마키와 시도타이라志度平 온천을 오가는 하나마키 전철 궤도선입니다. 한 량의 전동차에 객차와 화물차를 연결한 것으로, 시의 내용으로 보아 겐지는 객차가 아닌 화물차에 몸을 싣고 있는 것 같습니다. '피난민이 많이 찾아와, 모든 열차가 만원이고 혼잡(「이와테 일보」 1923년 9월 7일 자)'해서 화물차에도 승객을 태웠나 봅니다.

수확을 기뻐하는 농촌 아낙네의 건강하고 붉은 뺨은 '삶'의 모습입니다. 세상의 시작과 끝을 돌고 도는 바람이 불어오고 겐지는 내리막길을 질주하는 전차 안에서 삶 가까이에 있는 죽음을 생각합니다. 또 자신이 베어낸 생명, 나무의 죽음에 연민과 죄의식을 느낍니다.

모든 덕은 수가타에서 시작되어 수가타로 이르게 됩니다. 수가타 sugata는 선서善逝의 산스크리트어 발음으로 부처님의 위대한 덕성을 나타내는 열 가지 이름, 여래십호의 하나입니다.

우주와 우주 속 모든 생명체가 서로 밀접하게 연결되어 있고 윤회전생을 통해 인연이 이중, 삼중으로 얽혀 있습니다. 키우던 닭을 팔고 집으로 돌아가는 저 소년도 나무를 자른 자신처럼 주눅이 들었을까요? 겐지는 수가타가 일러주신 길을 걸어 자신이 깨달음의 경지에 이를 수 있기를 마음속으로 기원합니다.

차창 밖으로 새파란 밤, 푸른 전등에 비친 아름다운 메밀밭이 나타납니다. 겐지는 아름다움에 눈을 빼앗긴 자신을 경계하며 도쿄는 지금 죽느냐 사느냐 하는 갈림길에 있다고 말합니다. 시의 '시민 여러분'이라는 표현은 관동 대지진 이후 대국민 호소문에 자주 등장하던 문구입니다.

겐지를 태운 전차가 남쪽인지 북쪽인지 모를 정도로 필사적으로 푸른 불꽃을 쏘아 올리며 달리고 있습니다. 시의 전갈과 드래곤은 남쪽 하늘의 전갈자리와 북쪽 하늘의 용자리를 말합니다. 겐지의 내면세계에 나타난 콩밭도 아득해질 정도로 선명한 푸른색입니다.

푸른 불꽃을 쏘아 올리며 달리는 전차는 죽음을 향해 달려가는 인간의 삶을 닮았습니다. 겐지는 생과 나란히 존재하는 죽음을 느낍니다. 지금 이 자리, 이 화물칸에서 이대로 죽을 수도 있습니다.

이 무상한 삶의 여정에서 무엇을 의지해야 할까요? 돈을 가진 사람은 돈이 미덥지 못하고, 몸이 건강한 사람은 훌쩍 세상을 떠나고, 머리가 좋은 사람은 정신이 유약합니다. 인간이 의지하는 모든 것이 의지가 되지 않습니다. 단지 모든 덕만이 이 거대한 여행의 양식, 자량이 되어줄 것입니다. 또 그 모든 덕은 수가타에서 시작되어 수가타에 이릅니다. 사람이 가지는 덕성은 모두 부처님의 가르침에서 나온다는 것을 알고 있습니다.

수가타, 선서善逝는 잘 가신 분이라는 뜻으로 깨달음의 세계로 가서 돌아오지 않는 것을 의미합니다. 겐지는 부처님이 보여주시는 길을 따라 선서, 생과 사에 얽매이지 않는 깨달음의 세계를 향한 자신의 거대한 여행을 이어갑니다.

네 번째 사다리꼴

푸른 포옹 충동과
환한 빗속 만족하지 못한 입술이
깨끗이 하늘로 녹아드는
일본 구월의 대기권입니다
하늘은 서리 직물을 짜고
참억새 이삭은 만조가 된다
　　　(삼각산에 빛이 갈라지고)
수상한 하늘의 바리캉
흰 구름에서 내려와
재빨리 나나쓰모리산 첫 번째 사다리꼴의
소나무와 잡목을 잘라 내고
　　　들판이 물매화 풀과 산양 젖과
　　　요오드 냄새로 거칠어져 너무 슬플 때
　　　기차의 전진은 빨라지고
　　　젖은 붉은 벼랑과 무언가와 함께
나나쓰모리산 두 번째 사다리꼴의
신선한 잡초를 베어 내고

수첩처럼 푸른 고원은

한낮의 꿈을 그을리고

라테라이트 토양의 가혹한 벼랑에서

사다리꼴 세 번째의 엄청난 양치식물과

졸참나무와 청미래덩굴이 미끄러지고

      (오오 첫 번째의 군청색 고요)

구름은 오그라들어 반짝반짝 빛나고

잠자리는 참억새꽃이 되어 날아다닌다

      (참억새 이삭은 만조

        참억새 이삭은 만조)

한 그루 쓸쓸히 붉게 타오르는 밤나무에서

나나쓰모리산 네 번째 베를린블루 슬로프는

돌배 향 구름으로 기복을 만들고

잠깐 햇빛이 찬란해진 틈에

하늘 바리캉이 그것을 깎아 버린다

      (부식토 길과 하늘의 흑연)

밤을 지키는 바람 요정의 부하와 자손이

커다란 모자를 바람에 펄럭이며

낙엽송의 바쁜 발걸음에 맞춰

열심히 말을 모는 동안

후다닥 여섯 번째 사다리꼴의 어두운 유문암이

해크니처럼 깎여 나가

호박 햇살이 비스듬히 비치고

　((결국 나는 하나를 빠트리고 헤아렸다

　　네 번째인지 다섯 번째인지 하늘에게 보기 좋게 당했다))

어째서 절대로　그럴 리가 없다

지금 반짝이기 시작한 그 황동 밭 한쪽

교차하는 명암의 건너편에 숨어 있는 것은

바로 일곱 번째 사다리꼴

구름 위로 떠오른 마지막 것이다

녹청을 내뿜는 소나무의 누추함과

오그라져 애도하는　구름의 양모

　　　(삼각산에 빛이 갈라지고)

　　　　　　　　　(1923.9.30)

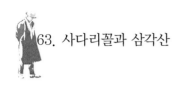

63. 사다리꼴과 삼각산

겐지가 있는 곳은 청년의 충동과 욕구, '포옹 충동'과 '만족하지 못한 입술'을 깨끗이 사라지게 하는 일본의 대기권 하늘 아래입니다. 대기권은 겐지의 심상 세계가 지구 밖 우주로 이어지고 있는 것을 나타내는 표현입니다.

겐지는 들여쓰기를 사용해 자기 내면의 감정을 나타내고, 하늘과 대지의 풍경을 스케치합니다.

하늘에는 구름이 엷게 깔려 있고 들판에는 붉은 참억새 이삭이 가득합니다. '서리 직물'은 미세한 얼음 결정으로 이루어진 띠 모양의 조각구름인 권운을, '만조'는 참억새 이삭이 파도처럼 출렁이는 것을 나타낸 표현입니다.

괄호와 들여쓰기로 표현한 심상 세계 속에 삼각산이 나타나고, 겐지는 삼각산에 빛이 갈라지고 있다고 말합니다. 빛이 갈라지는 것은 성스러운 아이들이 나타나는 세계와 이어지는 풍경입니다.

　　빛　갈라지고　또 노래하듯 작은 가슴을 펴고
　　또 아른하게 반짝이며 웃고 있는
　　모두 맨발의 아이들이다 (「고이와이 농장」)

우주로 확대된 심상 세계가 겐지의 번뇌를 정화하고, 겐지는 '평소에 절대 보지 않는 작은 삼각형 앞산(『화약과 지폐』)에 내리는 빛줄기에도 성스러움을 느낍니다.

겐지의 시선은 차창을 스치고 지나가는 가을 하늘과 풍경으로 옮겨 갑니다. 시의 제목인 '사다리꼴'은 나나쓰모리산이라 불리는 일곱 개 산봉우리의 모습을 나타낸 것입니다.

『봄과 아수라』의 여정은 나나쓰모리산을 뒤로 하고 알라딘의 램프를 찾아 나서는 데서 시작되었습니다. 나나쓰모리산은 밝고 큰 모습으로 겐지의 발길을 붙들기도 하고 때로는 음울한 모습으로 나타나 겐지를 뒤돌아보게 하는 산이었습니다.

> 나나쓰모리산 봉우리 하나가
> 물속보다 더 밝고
> 훨씬 더 큰데
> 나는 울퉁불퉁 얼어붙은 길을 걸어
> 울퉁불퉁 쌓인 이 눈을 밟고 (중략)
> (다시 알라딘 램프를 찾아)
> 서두르지 않으면 안 되는 건가 (『굴절률』)

그러나 이제 나나쓰모리은 스쳐 지나가는 풍경 속 사다리꼴 모양의 산일 뿐입니다. 겐지는 차창에 나타나는 나나쓰모리산의 봉우리를 헤아리며 달리는 기차의 속도에 따라 변해가는 풍경을 그려냅니다.

변덕스러운 가을 하늘이 다양한 표정을 드러냅니다. 수상한 하늘의 바리캉이 흰 구름에서 내려와 첫 번째 사다리꼴의 소나무와 잡목을 잘라냅니다. 바리캉은 빗 모양의 날이 있는 이발기입니다. 하늘에서 바리캉이 내려오는 풍경은 군침 흘리는 물고기가 나타나는 시 「다키자와 들판」의 풍경과 비슷하지만, 이 시에는 자연에 대한 공포감이 느껴지지 않습니다.

> 하늘 물고기의 침은 떨어지고
> 두려움에 떠는 스카이라인 (「다키자와 들판」)

하늘의 바리캉은 구름 사이로 갈라지며 내리는 빗살 모양의 빛무리입니다. 태양과 구름이 만들어 내는 빛과 그림자가 산을 덮으며 지나가고, 겐지는 자연에 몸을 맡기고 변해가는 풍경을 받아들이고 있습니다.

태양이 나오면 빛무리가 바리캉이 되어 사다리꼴의 소나무와 잡목과 잡초를 베어 내고, 태양이 숨으면 구름이 오그라들어 사다리꼴 위에서 반짝반짝 빛납니다.

첫 번째 사다리꼴의 거칠어진 들판이 겐지를 슬프게 하지만 기차가 달려 나가니 슬픔도 풍경처럼 휙휙 스쳐 지나가 버립니다.

겐지는 봉우리 하나하나의 수목과 색을 묘사해 갑니다. 두 번째 사다리꼴은 겐지의 수첩 색처럼 푸른 초원, 세 번째 사다리꼴은 라테라이트, 붉은 흙이 드러난 벼랑을 보여 줍니다. 양치식물과 졸참나무, 청미래덩굴이 미끄러지듯 스쳐 지나가고, 해가 지고 있는 풍경 속에 날아다니는 빨간 잠자리가 참억새꽃처럼 보입니다. 심상 세계 속에도 붉은 참억새 이삭이 출렁이고 있습니다.

네 번째 사다리꼴의 베를린블루, 짙푸른 경사면에 걸린 구름에서 짙은 돌배 향이 나는 것 같은데, 햇빛이 잠깐 찬란해진 틈에 다시 하늘 바리캉이 풍경 속에 그림자를 만들고 지나갑니다.

해가 지고 있는 걸까요? 겐지의 심상 세계에 검고 기름진 부식토 길과 흑연처럼 반짝이는 까만 하늘이 보입니다.

겐지는 구월의 들판에 부는 바람을 '밤을 지키는 바람 요정의 부하와 자손'이라 칭합니다. 동북지방에서는 입춘에서 220일째 날에 부는 바람을 '바람의 마타사부로風の又三郎', '바람의 사부로風の三郎'라 부르며 바람의 신으로 모십니다. 낙엽을 떨어트려야 하는 낙엽송의 바쁜 움직임에 맞춰 차가운 바람이 계절의 변화를 재촉하고 있습니다.

마차용 고급 말, 해크니의 등처럼 생긴 여섯 번째 사다리꼴의 검은 유문암 위로 잠시 나타난 노을빛이 비스듬히 비칩니다.

겐지는 봉우리 하나를 빠트리고 헤아린 것을 깨닫고 하늘에게 보기 좋게 당했다고 말하지만, 사라지는 노을 속으로 풍경들이 너무 빨리 지나가 버립니다. 빠트린 것이 네 번째인지, 다섯 번째인지 헷갈릴 정도입니다.

빛이 있는 곳과 없는 곳의 명암이 확실해지고 건너편에 숨어 있던 일곱 번째 사다리꼴이 모습을 드러냅니다. 마지막 사다리꼴 위 소나무의 누추한 모습은 일몰 이후의 풍경이기 때문입니다.

> 녹청을 내뿜는 소나무 숲도
> 잇달아 뒤쪽으로 접히고(중략)
> 이와테 경편철도의
> 마지막 하행 열차이다 「이와테 경편철도 7월」

기차가 나나쓰모리산을 지나갑니다. 봄과 아수라의 여정을 망설이게 하던 나나쓰모리산이 일곱 개의 사다리꼴이 되어 사라집니다.

하늘의 양털 구름이 오그라들어 이제는 보이지 않는 사다리꼴과 해를 애도합니다. 오늘 겐지의 심상 세계에는 농민의 삶과 이어지는 풍경, 작은 삼각산과 참억새, 부식토, 석연이 나타났습니다. 자신이 가는 길이 어디로 향하는지 자신이 무엇을 해야 하는지 잘 알고 있기 때문입니다. 차창 밖에는 어둠이 깃들고 겐지의 심상 세계 속 삼각산에는 빛이 갈라지고 있습니다.

화약과 지폐

참억새 이삭 붉게 늘어서고
구름은 카슈가르산 사과 과육보다 차다
새가 한꺼번에 날아올라
래그타임의 음표를 흩뿌린다
　　낡은 침목을 태워서 만든
　　검은 선로 창고의 가을 속에
　　사면체로 이루어진 보선공 한 사람이
　　미국풍 양철통에
　　분명 밀가루를 반죽하고 있다
새는 또 한 움큼　하늘에서 뿌려져
일시에 차가운 구름 아래 펼쳐지고
이번에는 능숙하게 인력의 법칙을 이용해
저 멀리 길랴크의 전선에 모인다
　　붉은 애자 위에 있는
　　그 가여운 참새들
　　휘파람을 불고 또 신선하고 짙은 공기를 마시니
　　누구나 다 가여워진다

숲은 모두 군청색으로 울고 있고

솔밭은 잡초가 군데군데 드러나 있고

산성 토양도 이미 시월이 되었다

　　나의 옷도 죄다 thread-bare

　　그 음영 속에서

　　건너편의 늠름한 인부가 재채기를 한다

빙하가 바다로 흘러들듯이

수많은 구름 물결이

메마른 들판에 쏟아진다

　　그래서 내가 평소에 절대 보지 않는

　　작은 삼각형 앞산도

　　또렷이 하얗게 솟아 나온다

밤나무 우듬지의 모자이크와

주석 세공 버들잎

물가에는 단단하고 노란 마르멜루가

가지가 휠 정도로 열렸다

　　（이번에 흩어지게 뿌리면······

　　흠　박새처럼）

구름이 주름져 반짝반짝 빛날 때

커다란 모자를 쓰고

들판을 거리낌 없이 걸을 수 있다면

나는 더 바랄 게 없다

화약도 인도 큰 지폐도 원치 않는다

(1923.10.10)

64. 권력과 부

시의 제목인 화약과 지폐는 세속적 욕망인 권력과 부를 상징합니다. 겐지는 권력과 부를 완전히 내려놓지 못하는 것을 경계하며 자신의 삶에 대해 생각합니다.

지진이 일어난 지 한 달이 지났습니다. 사회는 여전히 혼란에서 벗어나지 못하고 있지만 자연은 아무 일도 없었다는 듯 아름다운 모습으로 결실의 계절을 알려주고 있습니다.

참억새 이삭이 붉게 물든 들판 위로 차가운 구름이 흘러갑니다. 아름다운 풍경 속에서 겐지의 감각은 저 멀리 카슈가르와 길랴크까지 이어지고 있습니다. 겐지는 하늘의 구름이 카슈가르산 사과 과육보다 차갑다고 말합니다. 천축을 찾아 떠나는 고행의 길을 떠올린 걸까요? 카슈가르는 실크로드의 성지라고 불리는 곳으로 타클라마칸 사막을 건너 파미르 고원으로 가는 길목에 있는 오아시스 도시입니다.

사과 과육처럼 차갑고 상쾌한 공기를 가르며 새가 한꺼번에 날아올라 래그타임 음표처럼 이리저리 자유롭게 흩어집니다. 일그러졌다는 뜻을 가지는 'rag'와 악보의 한마디를 말하는 'time'의 합성어인 '래그타임'은 자유롭고 율동적인 스타일의 피아노 음악으로 재즈의 전신이라 일컬어집니다.

겐지는 들여쓰기를 반복적으로 사용해 자연과 자연 속에서 삶을 영위하는 존재를 대비시킵니다. 겐지의 시선이 낡은 침목으로 만든 선로 창고로 향합니다. 철로에 사용한 낡은 침목은 부패에 강해, 건축 자재로 재활용하는 경우가 많았습니다.

가을이 찾아온 창고 안에 밀가루로 보이는 가루를 반죽하고 있는 보선공이 한 사람 있습니다. 겐지는 보선공의 건장한 신체를 네 개의 삼각형 면으로 이루어진 삼차원 다면체인 사면체의 조합이라고 표현합니다. 미국풍 양철통과 밀가루가 가난한 보선공의 삶을 보여줍니다. 밀가루로 만든 간단한 점심을 먹고 보선공은 다시 고단한 노동을 시작해야 합니다.

보선공의 고단한 삶을 생각하며 겐지는 하늘을 올려다봅니다. 새가 다시 하늘에서 뿌려지고, 이번에는 인력의 법칙을 이용해 저 멀리 길랴크의 전선에 모입니다. 길랴크는 철새가 날아와서 날아가는 북쪽 끝 사할린의 땅입니다. 하늘 너머로 사라지지 않고 정확히 목적지를 찾아오고 찾아가고 있어서 인력의 법칙이라고 말한 걸까요? 인력의 법칙은 뉴턴의 만유인력의 법칙으로 질량을 가진 두 물체가 서로 잡아당기는 힘을 말합니다.

멀리 길랴크의 전선을 바라보던 겐지의 시선이 붉은 애자 위의 참새로 향합니다. 당시에는 전신주에 흰 애자가, 고압 송전선에 붉은 애자가 달려 있었습니다.

논으로 들어가 벼를 쪼아먹고 얼른 송전선 위로 날아가는 참새의 모습은 살아가기 위해 최선을 다하는 인간의 모습과 다를 바 없습니다. 참새가 가여워 보여 휘파람을 불며 차가운 공기를 들이마셔 보지만, 이제는 모두가 다 가엾게 느껴집니다.

숲에 비구름이 낮게 내려앉고 있습니다. 군청색으로 운다는 표현은 비구름이나 비로 풍경이 깨끗해 보이는 것을 말합니다.

비가 완전히 개었습니다. 곳곳의 나무들이 모두 아름답게 빛나
고, 눈부신 군청색의 산은 울다 웃는 것처럼 보였습니다. (「몽당
연필」)

비구름/ 빙하처럼/ 땅을 긁으니/ 숲은 무념의 군청 (가고 A 645)

솔밭에는 잡초가 군데군데 드러나 있고, 이와테의 산성 토양에도 시
월이 찾아왔습니다. 겐지는 논에 있는 자신의 모습을 봅니다. 농사일로
옷이 thread-bare, 닳아서 남루해졌습니다. 건너편에서 늠름한 인부의
재채기 소리가 들립니다.

하늘의 구름이 바다로 흘러드는 빙하처럼 수확을 위해 물을 빼 둔 메
마른 들판 위로 한꺼번에 쏟아져 내려 주위가 청명해지니 풍요로운 자연
이 모습을 드러냅니다.

평소에 잘 보지 않는 작은 삼각형 앞산도 또렷이 보이고, 나뭇가지 끝
의 밤송이가 하늘을 향해 톡톡 터지고 있는 것이 모자이크 같습니다. 마
른 버들잎이 주석 세공을 한 것처럼 바람에 뒤집히며 번득이고 물가에는
노란 마르멜루가 가지가 휠 정도로 열려 있습니다.

결실의 가을이 눈앞에 펼쳐지고 있습니다. 자연은 생명의 순환 속에
서 정확하게 가을을 복원하고 수확을 가져다줍니다. 기분이 고양된 겐지
는 수십 마리씩 무리를 지어 날아다니며 노래하는 박새를 흩뿌리는 즐거
운 상상을 해봅니다. 박새를 뿌리면 음표가 되어 차고 깨끗한 공기와 흰
구름 사이를 자유롭게 날아다니겠지요.

인부도, 자신도, 애자 위의 참새도 모두 자연의 법칙에 따라 주어진
삶을 살아가고 있는데 조금 전에는 왜 그렇게 가엾게 여겨졌을까요? 권력

과 부가 의지가 되지 않는다는 것을 알면서도 세속적인 욕망을 완전히 버리는 것이 그렇게 어려운 일인가 봅니다.

그래서 크게 외쳐봅니다. 투명한 가을 햇살 아래, 구름이 주름져 반짝반짝 빛날 때, 커다란 모자를 쓰고 자유롭게 걸을 수 있으니 더 바랄 것 없다고 자신에게 들려줍니다. 세상을 지배하는 세속적인 힘에 흔들리지 않겠다고 선언도 해 봅니다.

"나는 화약과 인과 큰 지폐, 권력도 부도 필요 없습니다. 이 위대한 자연의 질서와 법칙 속에 거리낌 없이 지낼 수 있다면 더 이상 무엇도 원하지 않겠습니다. 우리 모두가 위대한 자연의 일부이며, 지금 이 순간이 위대한 자연의 선물임을 절대 잊지 않겠습니다."

과거의 정염

잘린 밑동에서 창백한 수액이 배어 나오고
새로운 부식토 냄새를 맡으며
비 갠 눈부신 날에 일을 하니
나는 이주한 청교도입니다
구름은 흔들흔들 흔들리며 달려가고
배나무 잎에는 하나하나 정교한 잎맥이 있어
단과지의 물방울이 렌즈가 되어
하늘과 나무와 모든 풍경을 담아낸다
내가 이곳을 동그랗게 파내는 동안
그 물방울이 떨어지지 않기를 기원한다
지금 이 작은 아카시아를 뽑은 뒤
정중하게 고개 숙여 입 맞추려 한다
깃을 접은 셔츠에 낡은 겉옷을 입고
무슨 일을 꾸미듯 으쓱거리며
그쪽을 훔쳐보고 있으니
대단한 악한처럼 보이겠지만
나를 용서해 주리라 생각한다

모든 것이 다 미덥지 못하고

모든 것이 다 불확실한

이 현상 세계 속에서

그 미덥지 않은 성질이

이렇게 아름다운 이슬이 되고

움츠러든 어린 참빗살나무를

분홍색에서 부드러운 달빛색까지

호사스러운 옷감으로 물들인다

그러면 아카시아 나무도 뽑아냈으니

나는 이제 흐뭇하게 곡괭이를 내려두고

기다리던 연인을 만나듯이

여유롭게 웃으며 그 나무 아래로 가지만

그것은 하나의 정염이다

이미 물빛 과거가 되어 버렸다

(1923.10.15)

65. 있었으나 없고, 사라졌으나 있었던 정염

이 시에 기록된 1923년 10월 15일은 월요일로 겐지는 학교의 실습지에서 과수의 성장을 방해하는 아카시아를 파내는 작업을 하고 있습니다.

잘린 아카시아 밑동에서 눈물처럼 창백한 수액이 배어나 겐지의 마음을 아프게 하지만, 척박한 토양을 되살리고 과수의 성장을 돕기 위해서 해야 하는 일입니다. 아카시아를 걷어내니 썩고 문드러져 흙으로 돌아온 신선한 부식토의 냄새가 올라옵니다.

겐지는 비 갠 눈부신 하늘 아래 땀 흘리며 노동하는 자신을 '이주한 청교도'라 부릅니다. 겐지가 근무하는 하나마키 농학교는 이해 4월에 새로운 교사로 이전을 했습니다. 신대륙으로 이주한 청교도가 척박한 환경을 개척하기 위해 열심히 일한 것처럼 겐지도 새 실습지의 정비 작업을 위해 열심히 일하고 있으니 이주한 청교도와 같습니다. 노동을 고귀하게 여기는 청교도처럼 근면한 삶을 살아가려고 합니다.

겐지의 시선이 빠르게 움직이는 구름으로 옮겨갔다 근처의 배나무로 향하고 배나무 잎, 잎의 정교한 잎맥, 가지 끝에 달린 물방울, 가까이에 있는 작은 세계를 응시합니다.

겐지는 단과지에 맺힌 물방울에 하늘과 나무와 모든 풍경이 담겨 있는 것을 발견합니다. 단과지는 과일이 많이 달리게 하기 위해 짧게 잘라둔 가지입니다.

가지 끝의 물방울은 모든 풍경을 담아내며 '일미진중함시방一微塵中含十方', 티끌 하나에 온 세계가 담겨 있다는 화엄경의 가르침을 보여줍니다.

물방울은 풍경을 비추고 겐지의 눈은 물방울을 담고 있으니, 겐지의 안에 모든 것이 있고 모두의 안에 겐지가 있다고 할 수 있습니다.

이제 겐지는 아카시아 뿌리를 동그랗게 파내는 동안 물방울이 떨어지지 않기를 순수하게 기원합니다. 어린 생명인 작은 아카시아를 뽑아내고 으쓱거리며 물방울을 훔쳐보고 있으니 '악한'처럼 보이겠지만, 자르는 것도, 잘리는 것도 얽히고 얽힌 인연에 의한 일이니 삼라만상을 비추는 물방울에 입 맞추고 용서를 받으리라 생각합니다.

모든 것이 미덥지 못하고 불확실한 현상 세계 속에 그 천변만화千變萬化하는 성질이 아름다운 이슬을 만들고, 참빗살나무 열매를 분홍색에서 붉은색으로 호사스럽게 물들이고 있으니 이 얼마나 놀라운 일인가요.

아카시아 나무를 뽑아낸 겐지는 기다리는 연인을 만나는 심정으로 나무 아래로 가 보지만 물방울은 이미 보이지 않습니다

오늘 겐지는 끊임없이 변화하는 현상 속에서 아름다운 물방울을 발견하고 물방울을 통해 우주 만물이 생성과 소멸을 반복하며 서로서로 비추고 있다는 것을 깨달았습니다. 겐지는 사라진 물방울을 생각하며 그것은 하나의 정염이라고 말합니다.

자연 순환의 질서를 받아들이고 자연의 일부가 되었기 때문에 겐지의 마음은 평온합니다. 자신도, 자신의 정염도, 물방울도 끊임없이 명멸하는 하나의 현상일 뿐입니다.

사차원 연장선의 과거라고 느끼는 방향에 투명하게 명멸하는 '물빛 과거'가 있습니다. 겐지의 정염은 사라진 물방울처럼 있었으나 없고, 사라졌으나 있었던 과거의 정염이 되었습니다.

잇폰기 들판

소나무가 갑자기 밝아지고

확 트인 들판이 펼쳐지면

마른 풀은 끝없이 끝없이 햇빛에 타오르고

전신주는 상냥하고 하얀 애자를 거느리고

베링시까지 이어지리라 생각된다

맑게 갠 짙푸른 하늘과

정화되는 인간의 소원

낙엽송은 다시 젊어져서 돋아나고

환청 속 투명한 종달새

나나시구레산의 푸른 기복은

다시 심상 속에서도 기복을 이룬다

버드나무 숲 덤불 하나는

볼가강변의 그 버드나무

천공의 공작석에 고요해지고

야쿠시다케 봉우리가 매섭고 날카롭게 솟아오르고

분화구에 내린 눈은 주름마다 새겨지고

구라카케산의 민감한 모퉁이는

푸른 하늘에 성운을 올린다

    (어이   떡갈나무

     네 별명을

     산의 담배 나무라 부른다는 게 진짜인가)

이렇게 밝은 천공과 초원을

반나절 천천히 걷는 것은

얼마나 놀라운 은혜인가

나는 그것을 목숨과도 바꿀 수 있다

연인을 한번 보는 것도 그렇지 않은가

    (어이   산의 담배 나무

     너무 이상한 춤을 추면

     미래파라고 불릴 거야)

나는 숲과 들판의 연인

갈대 사이를 바스락바스락 걸어가면

수줍게 접힌 녹색 통신이

어느새 주머니에 들어 있고

숲 어두운 곳을 걷고 있으면

초승달 모양 입술 자국이

팔꿈치와 바지에 가득하구나

              (1923.10.28)

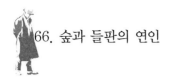

66. 숲과 들판의 연인

　　오늘은 일요일로 겐지는 쓰가루 가도津軽街道를 따라 잇폰기 들판을
향해 가는 중입니다. 잇폰기 들판은 이와테산 기슭의 다키자와 마을 북
쪽에 있는 넓은 들판으로 토신土神이 사랑한 자작나무가 있는 곳으로 동
화에 등장합니다.

　　잇폰기 들판의 북쪽 끝에 나지막하게 솟아 있는 곳이 있었습니
　　다. 강아지풀이 가득 자라 있었고, 그 한가운데에는 한그루 아름
　　다운 여자 자작나무가 있었습니다. (『토신과 여우』)

　　쓰가루 가도의 소나무 숲길이 끝나고 갑자기 주위가 밝아지면서 확
트인 들판이 나타납니다. 마른 풀이 붉게 물들어 태양 아래 끝없이 펼쳐
지고, 하얀 애자가 달린 전신주도 길을 따라 끝없이 이어지고 있습니다.
　　전신주는 보이지 않는 사람과 교신할 수 있게 하는 꿈과 같은 통신 수
단입니다. 겐지는 북쪽으로 뻗어 나간 쓰가루 가도를 따라 전신주가 베링
시까지 이어지리라 생각합니다. 베링시는 알래스카와 이어지는 베링 해협
을 연상시키는 조어로 겐지의 이상향인 이하토브에 존재하는 도시입니다.

　　깊은 너도밤나무 숲과, 바람과 그림자, 고기 풀과, 이상한 도시
　　베링시까지 끝없이 이어지는 전신주 행렬, 그것은 정말로 신비하
　　고 즐거운 국토이다. (『주문이 많은 요리점』 광고문)

들판, 마른 풀, 전신주 모든 것이 끝없이 이어지는 풍경 속에 겐지는 인간의 소원이 정화된다고 말합니다. '모든 덧없는 소원을 씻어 내고(『해명 海鳴』 선구형)', 겐지의 심상 세계가 맑게 갠 가을 하늘처럼 상쾌하고 투명 해지자 심상 세계에 아름다운 생명의 봄이 찾아옵니다.

잎이 떨어진 낙엽송이 다시 젊어져 새잎이 돋아나고 봄을 노래하는 종달새의 울음소리가 들려옵니다. 풍경과 심상 세계가 이어지고 나나시구 레산의 푸른 능선이 심상 세계 속 푸른 능선이 되어 나타납니다.

이와테의 대지가 겐지의 심상 세계 속에 끝없이 펼쳐지고 버드나무 덤불은 시공을 넘어 먼 유럽 볼가강변의 버드나무가 되어 천공의 공작 석, 청록색 줄무늬를 만들고 있는 아름다운 하늘 아래 고요하게 서 있 습니다.

이제 풍경 속에 성스러운 야쿠시다케 봉우리와 구라카케산이 보입니 다. 이와테산의 최고봉인 야쿠시다케산은 '성스러운 구름 고리(『다람쥐와 색 연필』)'가 걸린 모습으로 작품 속에 등장하는 신비로운 산이며, 구라카케 산은 '고풍스러운 신앙(『구라카케산의 눈』)'의 대상인 산입니다.

매섭고 날카롭게 솟아오른 야쿠시다케산 분화구에는 첫눈의 흔적이 새겨져 있고 구라카케산 능선은 푸른 하늘에 성운을 올리고 있습니다. 겐지는 우주 공간의 '성운'을 구름의 비유로 사용하는데 성운을 올린다는 표현은 옅은 구름이 피어오르는 풍경을 나타냅니다.

맑게 정화된 심상 세계 속에서 겐지가 떡갈나무에게 별명이 진짜 산 의 담배 나무인지 물어봅니다. 떡갈나무의 잎이 담뱃잎과 비슷해 보였나 봅니다.

떡갈나무가 있는 풍경은 고향 이와테의 풍경입니다. 기분이 고양된 겐 지는 자연을 향한 사랑을 고백하고 고향의 자연을 예찬합니다. 이렇게 밝게 갠 하늘 아래, 풀로 덮인 들판을 반나절 천천히 걷는 것은 너무나도 은혜로운 일이어서 사랑에 빠진 사람처럼 기꺼이 목숨도 내놓을 수 있다고 말합니다.

그리고 심상 세계 속 떡갈나무에게 다시 말을 걸고 너무 이상한 춤을 추면 미래파라고 불릴 거라고 놀립니다. 미래파는 1909년 이탈리아 시인 마리네티가 프랑스의 피가로 신문에 '미래파 선언'을 기고한 것에서 시작되는데 미래파 화가들은 빠른 속도와 움직임을 찬양합니다. 떡갈나무가 커다란 잎을 달고 바람에 요란스럽게 움직이고 있어 미래파를 떠올린 것이겠지요. 일본에서는 이해 1월에 미래파에 관한 책이 출간되었습니다.

겐지가 사랑하는 대상은 떡갈나무와 이야기를 나눌 수 있는 이곳, 이와테의 자연입니다. 이곳을 목숨과 바꿀 만큼 사랑하니 겐지는 숲과 들판의 연인입니다.

겐지의 박력 넘치는 사랑 고백이 전해졌는지 자연이 수줍게 반응을 보입니다. 갈대 사이를 걸어가면 녹색 통신, 꺾인 갈댓잎 연애편지가 주머니 속에 들어 있고, 숲의 어두운 습지를 지나가면 팔꿈치와 바지에 풀씨가 초승달 모양의 입술 자국을 냅니다. 겐지의 심상 세계가 이와테의 숲과 들판, 연인에 대한 사랑으로 아름답게 물들고 있습니다.

용암류

상심한 흰 거울이

야쿠시산 분화구 꼭대기에 걸리고

그늘 드리운 화산력 암층 중턱은

경외하고 슬퍼해야 할 검은 괴상 용암

나는 조금 전 떡갈나무와 소나무 들판을 지날 때부터

어쩐지 환한 광야풍의 정취를

흩트릴 대단한 경치가

펼쳐질 것 같았다

하지만 이곳은 공기도 깊은 못을 이루고

아주 강력한 귀신들의 거처이다

새도 한 마리 보이지 않는다

간신히 그 암괴를 하나하나 밟고

조금 더 높은 곳에 올라

가만히 이 달궈진 돌들을 바라보면

눈을 넘어온 차가운 바람이 봉우리에서 불어오고

구름은 나타나 차례차례 사라진다

화산 조각 하나하나의 검은 그림자

조교 사 년의 작은 분화 이래

약 이백삼십오 년 동안

공기 속 산소와 탄산가스

이 맑고 차가운 시약으로

얼마나 풍화가 일어나고

어떤 식물이 자랐는지

보러 온 나에게

그것은 어마어마한 두 종류의 이끼로 대답을 했다

그 희고 두꺼운 솔이끼

표면이 바싹바싹 말라서

빵 같기도 하고

마침 점심을 싸 오지 않아

극진한 대접을 받은 기분인데

(왜냐면 음식이란 건

눈으로 보고 즐기고

그 뒤에 먹는 것이니)

여기서 그렇게 생각하면

너무 외람된 건지도 모르겠다

어쨌든 나는 짐을 내리고

잿빛 이끼에 구두와 몸을 묻고

빨간 사과 한 알을 먹는다

오들오들 떨면서 사과를 베어 물면

눈을 넘어온 차가운 바람이 봉우리에서 불어오고

들판의 자작나무 잎은 분홍과 금빛으로 바쁘게 흔들리고

기타가미 산지는 아련하고 푸른 줄무늬를 여러 겹 만든다

   (저것이 나의 셔츠이다

    푸른 리넨 농민의 셔츠이다)

(1923.10.28)

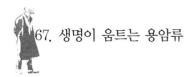

67. 생명이 움트는 용암류

　「잇폰기 들판」과 같은 날 작성한 스케치로 겐지가 떡갈나무와 소나무 들판을 지나 찾아온 곳은 '야케하시리 용암류'라고 불리는 곳입니다.

　이와테산 동북쪽 중턱에 위치한 야케하시리 용암류는 흘러내린 용암이 굳어 형성된 길이 3km, 폭 1km의 용암류 지역입니다. 용암류가 있는 이와테산은 신앙의 대상이자 창작의 원천이 되어주는 웅대한 자연입니다. 겐지는 중학교 때부터 이와테산을 순례하고 기도를 드렸습니다.

　　울퉁불퉁한/ 용암류에/ 앉아서
　　슬픈 기도를/ 드리는구나 (가고 304)

　시는 분화의 흔적이 남아 있는 야케하시리 용암류에서 야쿠시산 분화구를 올려다보는 장면으로 시작합니다.

　이와테산 최고봉인 야쿠시산 정상에 상심한 흰 거울이 걸려 있습니다. 겐지는 구름이나 안개에 덮인 태양을 흰 거울, 은거울로 표현하는데, 상심한 흰 거울은 생기 잃은 해 질 무렵의 태양을 말합니다.

　화산력, 용암 파편이 쌓여 있는 산 중턱에는 경이롭고 슬픈 괴상 용암, 울퉁불퉁하고 거친 검은 용암이 모습을 드러내고 있습니다. 환한 들판을 지날 때부터 전혀 다른 풍경이 펼쳐질 것을 예상했지만 넓은 대지에 검은 용암이 겹겹이 쌓여 있는 모습은 놀랍기만 합니다.

　겐지는 이곳이 아주 강력한 귀신들의 거처여서 새도 한 마리 보이지 않는 거라고 단언합니다. 겐지의 작품에서 귀신은 이계와 과거에서 온 사자로 공양의 대상이지만 이 시의 귀신은 생명이 자라지 못하는 불모의 땅, 죽음의 세계 그 자체를 의미합니다.

> 사방의 밤 귀신을 불러들여/ 수액도 떨고 있는 오늘밤 이 하룻밤
> 붉은 옷자락 땅에 휘날려서/ 우박 구름과 바람을 받들어라
> (「하라타이 칼춤패」)

겐지는 용암 조각을 하나하나 밟고 조금 높은 곳에 올라가 가만히 돌들을 바라봅니다. 야쿠시산 분화구에서 불어온 차가운 바람이 구름을 밀어내고 움직이는 구름이 용암 파편 하나하나에 검은 그림자를 만들고 있습니다.

야케하시리 용암류는 1917년 동이와테산 기생화산의 폭발로 만들어졌지만 겐지는 조쿄貞享 4년 1687년의 이와테산 분화를 이야기하고, 235년의 긴 시간 동안 얼마나 풍화가 일어나고 무엇이 자랐는지 보기 위해 이곳을 찾아왔다고 밝힙니다.

지금까지 겐지는 오로지 성스럽게 솟아오른 높은 산만을 바라보고 있었습니다. 그러나 관동 대지진 이후 생사에 얽매이지 않는 깨달음의 세계를 향한 여행을 시작하고 자신이 어디로 향하는지, 무엇을 해야 하는지 깨닫게 되었습니다.

그래서 오늘 겐지의 시선은 아무것도 보이지 않는 죽음의 세계, 황량한 검은 대지로 향합니다. 이곳에서 생명의 재생을 확인하고 싶습니다. 간절히 용암을 들여다보던 겐지가 검은 용암 조각 위에 달라붙어 있는 어마어마한 두 종류의 이끼를 발견합니다.

두 종류의 이끼는 바위 표면에 흙 알갱이처럼 달라붙어 있는 지의류와 선태류입니다. 지의류는 균류와 조류의 복합체로 화산 분출로 유출된 용암 위에 가장 먼저 나타나는 생명체이며, 선태류는 이끼식물이라 불리는 녹색 식물입니다. 지의류가 암석 표면을 토양화시키면 이제 다른 식물이 자랄 수 있게 됩니다.

겐지는 새로운 생명인 이끼에게 축복을 내리고, 토양이 없는 불모지에서 자라난 이끼가 바삭바삭하고 맛있는 빵 같아서 극진한 대접을 받은 기분이라고 감사를 표합니다.

하지만 곧, 가혹한 자연환경 속에서 오랜 시간을 견디고 자라난 생명을 보고 음식을 떠올린 자신의 외람된 생각을 반성합니다.

겐지는 지구의 태동을 느끼며 살아 있는 검은 대지에 짐을 내리고 회색 이끼에 몸을 묻고 가져온 빨간 사과를 한입 베어 뭅니다. 눈을 넘어온 차가운 바람이 야쿠시산 봉우리에서 불어오고 단풍 든 자작나무가 분홍과 금빛으로 바람에 흔들리고 있습니다. 저 멀리 기타가미 산지의 능선이 첩첩이 겹쳐져 가까운 곳은 진하게 먼 곳은 연하게, 아련하고 푸른 줄무늬를 만듭니다.

멀리서 바라보는 기타가미 산지는 이렇게 아름답지만, 그곳은 가혹하고 척박한 자연이며 끼니를 걱정하는 가난한 농민이 힘들게 살아가는 곳입니다.

'저것이 나의 셔츠, 푸른 리넨, 농민의 셔츠이다', 자신이 있을 곳은 바로 저곳 기타가미 산지의 가난한 농민 옆입니다. 이끼가 척박한 검은 용암류를 견디고 살아난 것처럼 자신도 저 푸른 기타가미 산지에서 농민의 셔츠를 입고 농민과 함께 살아갈 것입니다.

오늘 겐지는 죽음의 대지 용암류에서 생명의 흔적을 발견했습니다.

"용암류에서 조금씩 움트고 있는 생명처럼 모두가 행복한 세상을 위해 천천히 한 걸음씩 나아가겠습니다. 자연의 질서와 법칙 속에서 농민의 행복을 찾고, 농민의 꿈을 키우며 살아가겠습니다."

울퉁불퉁한 검은 용암류 위에 차가운 바람을 맞으며 희망의 기도를 드리는 겐지가 앉아 있습니다.

이하토브의 빙무

오늘 아침은 정말 처음 보는 늠름한 빙무가 떠올라

다들 마르멜루와 온갖 것을 다 내오며 환영했다

(1923.11.22)

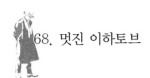

68. 멋진 이하토브

　빙무는 가혹한 겨울을 예고하는 반갑지 않은 손님이지만 오늘 아침, 정말 처음 보는 늠름한 빙무가 주변을 하얗게 덮으며 환상적인 풍경을 만들어 내고 있습니다. 다들 늠름한 모습으로 돌아온 빙무를 위해 노랗고 향기로운 마르멜루와 온갖 음식을 내어 오며 환영합니다.

　빙무는 영하 30도 이하의 극한 지역에 나타나는 기상 현상으로 미세한 얼음 결정이 안개처럼 서리는 것을 말합니다. 이와테현에서는 볼 수 없는 현상이지만 겐지는 겨울 산 정상에 피어오르는 짙은 안개를 빙무라고 표현합니다.

　　　코발트 산지의 빙무 속에서
　　　신기한 아침의 불이 타오르고 있습니다 (『코발트 산지』)

　　　이와테 화산이 거대한 빙무를 쓰고
　　　꼭대기를 음울한 아연 가루로 채우고 (『삼림 철도』)

　겐지는 빙무를 따뜻하게 환대하는 이곳을 '이하토브'라고 부릅니다. 이하토브는 겐지의 심상 세계 속에 존재하는 이상향이며 겐지가 꿈꾸는 이와테현의 모습입니다.

　겐지의 고향 이와테현은 겨울이 유난히 길고 폭설이 자주 내리는 지역입니다. 그래서인지 겐지의 작품에서 겨울은 눈보라가 휘몰아치는 아름답지만 잔혹한 계절로 묘사됩니다.

> 하늘은 완전히 하얗게 되었고, 바람은 찢길 듯 날카로웠으며, 벌
> 써 마른 눈가루가 날아왔습니다. 그 주변은 회색 눈으로 완전히
> 덮였습니다. 눈인지 구름인지조차 알 수 없습니다. 언덕 위는 이
> 미 곳곳에서 동시에 찢기고 삐걱대는 듯한 소리가 울려 퍼졌습니
> 다. (「수선월의 4일」)

> 나라오가 울면서 말했습니다. 그 소리조차도 바람이 채가듯 가져
> 가 버렸습니다. 이치로는 모포를 펴서 망토처럼 두르고 나라오를
> 끌어안았습니다. '정말로 우리 둘 다 눈과 바람 때문에 죽게 되는
> 구나'하고 이치로는 생각했습니다. (「빛의 맨발」)

그렇지만 이 시의 겨울 풍경은 환하고 유쾌합니다. 이하토브에는 자연
의 순환을 받아들이고 겨울의 도래를 기뻐하는 사람들이 살고 있습니다.
겐지가 꿈꾸는 이하토브는 북쪽과 이어진 세계입니다. 이하토브라는
명칭을 처음 사용한 동화 「빙하쥐 모피」에서 겐지는 이하토브를 북극으
로 떠나는 베링행 열차의 출발지로 묘사합니다.

> 12월 26일 저녁 8시, 베링행 열차를 타고 이하토브를 출발한 사
> 람들이 어떤 일을 겪었는지 분명 누구라도 알고 싶을 것입니다.
> 12월 26일, 이하토브 전체에 심한 눈보라가 치고 있습니다. 마을
> 의 하늘과 도로는 하얀색 같기도 하고 물색 같기도 한 묘한 색으
> 로 이루어진 퍼석퍼석한 눈가루로 완전히 뒤덮였으며, 바람은 끊

임없이 전선과 마른 포플러 나무를 울렸고, 까마귀 등의 새들도
거의 얼어붙은 듯 비틀비틀 하늘을 흘러갔습니다.

(「빙하쥐 모피」)

북쪽으로 이어진 심상 세계 속에서 겐지는 이상향을 찾았습니다. 늠름한 빙무가 떠오르고, 북극으로 가는 기차 정거장이 있는 곳, 혹한의 지역이지만 굶주리는 일 없이 따뜻하게 겨울을 보낼 수 있는 곳, 이곳이 이하토브입니다. 이하토브가 얼마나 멋진 곳인지 겐지의 설명을 직접 들어 볼까요?

이하토브는 하나의 지명이다. (중략) 실은 저자의 심상 속에 이러
한 모습으로 실재하는 드림랜드인 일본 이와테현이다. 그곳에서는
모든 일이 가능하다. 사람이 한순간에 얼음 구름 위로 날아올라
대순환의 바람을 따라 북쪽으로 여행할 수도 있고, 붉은 꽃잔 아
래를 지나는 개미와 이야기를 나눌 수도 있다. 죄와 슬픔도 그곳
에서는 성스럽고 아름답게 빛난다. 깊은 너도밤나무 숲과, 바람과
그림자, 고기 풀과, 이상한 도시 베링시까지 끝없이 이어지는 전
신주 행렬, 그것은 정말로 신비하고 즐거운 국토이다.

(『주문이 많은 요리점』 광고문)

겐지의 심상 세계 속에 새하얀 빙무가 떠오르고 노란 마르멜루 향이 퍼져 나갑니다. 이하토브에 반가운 겨울이 찾아왔습니다. 차갑고 상쾌한 겨울 풍경 속에 시끌벅적 즐거운 잔치가 시작됩니다.

겨울과 은하 스테이션

하늘에는 티끌같이 작은 새가 날아다니고

아지랑이와 푸른 그리스 문자는

분주하게 들판의 눈에 타오릅니다

팟센대로의 노송나무에서

얼어붙은 물방울이 찬란하게 떨어지고

은하 스테이션의 원방신호기도

오늘 아침은 새빨갛게 가라앉았습니다

강은 자꾸 유빙을 보내는데

모두 생고무 장화를 신고

여우와 개 모피를 입고

노점에서 질그릇을 구경만 하고

걸려 있는 문어 품평을 하는

그 활기찬 쓰치자와의 겨울 장날입니다

(오리나무와 눈부신 구름 알코올

그곳에 겨우살이 황금 열매가

끝없이 반짝여도 좋겠다)

아아   Josef Pasternack이 지휘하는

이 겨울 은하 경편 철도는

몇 겹의 연약한 얼음을 지나

(전신주의 붉은 애자와 소나무 숲)

가짜 금메달을 매달고

갈색 눈동자를 부릅뜨고

차갑고 새파란 하늘 아래

청명한 눈밭 위를 서둘러 달려간다

(유리창의 얼음 양치식물은

점점 하얀 수증기로 변한다)

팟센대로의 노송나무에서

물방울이 타올라 주위로 떨어지고

튀어 오르는 푸른 나뭇가지와

홍옥과 토파즈와 형형색색의 스펙트럼

이제 마치 시장인 것처럼 흥정이 한창입니다

(1923.12.10)

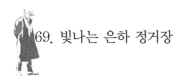

69. 빛나는 은하 정거장

눈부시게 아름다운 겨울 아침, 겐지를 태운 기차가 눈 쌓인 들판을 달려갑니다. 풍경 속 모든 것이 활기차게 움직입니다. 하늘에는 작은 새들이 티끌처럼 점점이 날아다니고, 아침 햇살에 녹은 눈은 아지랑이가 되어 아른거리며 하늘로 올라가고 있습니다.

겐지는 눈 위로 햇빛이 내리비치는 것을 타오른다고 표현합니다. 쏟아지는 햇빛이 눈 위에 푸른 그리스 문자, α, β, γ 다양한 그림자를 바쁘게 그려 내고, 팟센대로의 노송나무 가지에 얼어붙어 있던 물방울은 햇빛에 녹아 찬란하게 떨어지고 있습니다. 팟센대로는 겐지의 조어로 하나마키 경편철도의 기점과 종점인 하나마키와 센닌토게仙人峠의 첫 글자를 붙여 만든 이름입니다.

겐지가 향하는 곳은 은하 스테이션입니다. 겐지는 은하 스테이션의 원방신호기가 오늘 아침에 새빨갛게 가라앉았다고 말합니다.

원방신호기는 주신호기의 신호를 미리 알려주기 위해 설치한 신호기입니다. 신호기와 연결된 수평 막대로 정지와 진행을 보여주는데 막대가 수평으로 올라가면 정지 신호, 막대가 아래쪽으로 기울어져 있으면 진행 신호입니다. 빨간색 수평 막대가 가라앉아 있으니 오늘은 은하 스테이션까지 갈 수 있습니다.

차창 밖으로 익숙한 고향의 마을이 지나갑니다. 강이 유빙을 흘려보내며 추운 겨울이 온 것을 알려주고 있지만 쓰치자와 겨울 장날을 찾은 사람들은 생고무 장화를 신고, 두툼한 털옷을 입고, 문어 품평을 하며 즐거운 한때를 보내고 있습니다.

하나마키에서 네 정거장 떨어진 쓰치자와土沢는 예로부터 사람과 물산의 교류가 활발한 역참 마을입니다. 장날 풍경에 등장한 생고무 장화는 눈 위에서 작업할 때 신는 신발이며, 문어는 신선한 생선이 귀한 내륙지방에서 많이 먹는 건어물입니다.

차창 밖을 스치고 지나가는 쓰치자와의 장날 풍경을 보며, 겐지는 오리나무와 눈부신 구름이 있는 그곳에 겨우살이 황금 열매가 끝없이 반짝여도 좋겠다고 생각합니다.

오리나무와 구름은 고향의 하늘과 땅을 상징하는 존재입니다. 겐지는 고향의 모든 사람에게 겨우살이의 축복과 행운이 계속되기를 기원합니다.

이제 겐지는 자신이 타고 있는 기차를 요세프 파스테르나크가 지휘하는 은하 경편 철도라고 말합니다. 요세프 파스테르나크는 미국에서 활동한 폴란드 출신의 지휘자로, 겐지는 요세프가 지휘하고 빅터 심포니 오케스트라가 연주한 베토벤 제5 교향곡 '운명'의 레코드판을 소장하고 있었습니다.

빠바바밤, 운명이 문을 두드리는 소리가 울려 퍼지고 겐지를 태운 은하 경편철도가 가짜 금메달, 주석으로 만든 번호판을 달고 갈색 라이트를 켜고 차갑고 새파란 하늘 아래 햇빛이 쏟아지는 화창한 눈밭을 서둘러 달려 나갑니다.

겐지의 심상 세계 속에 붉은 애자가 매달린 고압 송신선과 소나무 숲이 끝없이 이어지고, 달리는 차창 유리에 붙은 얼음 양치식물, 얼음 결정은 녹아서 하얀 수증기가 되어 하늘로 올라갑니다.

차창 밖 팟센대로의 노송나무에서 물방울이 타올라 떨어지고, 푸른 나뭇가지의 물방울은 햇빛을 튕기며 원색의 투명한 보석, 홍옥과 토파즈와 형형색색의 스펙트럼을 연출합니다. 하늘에서 빛이 쏟아지고 모든 것이 반짝이고 있습니다. 흥정 소리가 가득한 시장에 들어선 것처럼 겐지의 심상 세계에 활기가 가득합니다.

음울한 우편배달부가 되어 얼어붙은 길을 나섰던 겐지가 2년의 시간을 돌고 돌아 찾아온 곳은 빛나는 겨울의 은하 스테이션입니다.

겐지를 태운 겨울 은하 경편철도가 은하 스테이션을 향해 쉬지 않고 달려갑니다. 어디선가 '은하 정거장, 은하 정거장' 하는 소리가 들려오는 것 같습니다. 주위가 온통 환하게 밝아지고 있습니다.

미야자와 겐지의 매력은 무엇일까요?

미야자와 겐지는 일본 사회에 위기가 찾아올 때마다 하나의 신드롬이 됩니다. 한신 아와지 대지진과 도쿄 지하철 사린 사건 등으로 일본 전체가 암울한 분위기에 빠졌을 때도 전국적인 붐을 일으켰고, 2011년 동일본 대지진 이후에도 겐지의 생애와 작품은 높은 관심을 받았습니다. 미야자와 겐지의 정신이 패전 이후의 일본인에게 정신적 버팀목이 되었다고 말하는 사람도 많습니다.

매년 9월 21일, 겐지의 기일이 되면 이와테현 하나마키시 사쿠라마치 욘쵸메는 일본 전국에서 모여든 사람들로 축제 분위기가 됩니다. 농학교를 그만둔 겐지가 자신의 꿈을 실천하며 살았던 곳에서 사람들은 밤늦게까지 시를 낭독하고 연극을 공연하며 겐지를 추모합니다.

지금은 일본뿐 아니라 세계적으로 높은 평가를 받고 있지만 생전의 겐지는 거의 무명에 가까운 존재였습니다. 평생 원고료로 번 돈은 단돈 5엔이었고, 자비 출판한 시집과 동화집도 거의 팔리지 않았습니다.

그러고 보면 일본 문학사에서 겐지만큼 사후에 유명해진 작가도 없는 것 같습니다.

『미야자와 겐지 어휘사전』을 발간한 하라 시로原子朗는 겐지의 죽음을 '거대한 탄생'이라고 했습니다. 그의 말대로 겐지가 피운 불꽃은 겐지가 세상을 떠난 후에 타오르기 시작해, 85년이 지난 지금도 왕성하고 강한 생명력으로 활활 타고 있습니다.

미야자와 겐지의 무엇이 일본인들을 매료시키고 있는 걸까요? 그들은 미야자와 겐지에게 무엇을 구하고 있는 걸까요?

미야자와 겐지는 인간의 근원에 대해 수많은 의문을 제기합니다. 사랑하는 사람을 잃은 깊은 슬픔, 병의 고통과 죽음에 대한 공포, 타인을 향한 질투, 인간은 왜 이렇게 살아가지 않으면 안 되는가, 해답이 없는 질문을 던져두고 생각하게 합니다.

미야자와 겐지의 작품에는 삶에 대한 진지한 탐구가 있습니다. 타인과 협조하며 살아가는 데는 무엇이 필요할까, 어떻게 하면 인생에 의미를 부여할 수 있을까, 자연과 공존하기 위해 우리는 무엇을 해야 하나, 우리는 죽으면 어디로 갈까, 겐지의 시선은 현재에 머무르지 않고 세상 저 너머와 은하 세계에까지 이어집니다.

겐지는 생과 사, 현실과 환상, 지구와 우주 사이를 오가며 자신이 알고 있는 모든 지식을 동원해 고민하고, 해결책을 모색했습니다. 답을 찾지 못한 괴로움과 슬픔을 가슴에 안고, 다시 답을 구하기 위해 남은 생명을 불사르듯 작품을 써 내려갔습니다.

죽음을 앞둔 겐지는 자신의 원고를 '미몽迷夢의 흔적'이라고 했습니다.

겐지에게 문학은 그야말로 미몽의 흔적이었습니다. 모두가 행복할 수 있는 길을 찾고 싶어 했지만 수없이 고쳐 쓰고 있던 「은하철도의 밤」에도 진짜 행복에 대한 답은 없었습니다.

"그렇지만 진짜 행복은 도대체 무엇일까?"
캄파넬라가 희미하게 대답했습니다. "난 모르겠어."

겐지는 '영원히 미완성인 것, 이것이 완성이다'라는 말을 남겼습니다. 겐지 동화의 다수는 미완성이며 결말이 없는 것이 많습니다. 결말이 애매하니 독자 스스로 의문을 가지고 해석할 수밖에 없고, 한 번 읽은 작품이라도 다시 읽으면 새로운 것을 발견하게 됩니다.

계속 생각하게 만드는 것, 이것이 미야자와 겐지의 매력이 아닐까요? 겐지의 후기 작품 「학자 아람하라드가 본 옷」에는 '사람이 하지 않으면 견딜 수 없는 것'에 대해 묻는 아람하라드의 질문에 그가 가장 신뢰하는 학생인 세라라바드가 '사람은 정말로 선한 것이 무엇인가 생각하지 않고는 견디지 못한다'고 대답하는 장면이 나옵니다.

강물이 흐르고 새가 우는 것처럼 인간은 '선함'에 대해 '생각하지 않고는 견딜 수 없는 존재'입니다. 미야자와 겐지는 생각하지 않으면 견딜 수 없는 존재에게 답이 완성될 리 없는 수많은 질문을 던져주고 떠났습니다. 그래서 겐지의 작품을 읽는 일은 불가사의한 인간 존재를 탐구하는 긴 여행의 시작이 됩니다.

미야자와 겐지는 '세계 전체가 행복해지지 않는 동안에 개인의 행복은 없다'고 생각했습니다. 그래서 겐지가 그린 세계에는 인간과 동물, 자연이 모두 연결되어 있고 모든 존재는 저마다의 의미와 가치와 역할을 가지고 평등하게 공존, 공생합니다.

겐지가 꿈꾸는 세상은 우리가 바라는 미래이기도 합니다. 모두가 행복한 세상을 위해 우리가 할 수 있는 일은 무엇일까요? 겐지에게 조언을 구해 봅니다.

우주는 끊임없이 우리들에 의해 변화한다
누가 누구보다 어떻다느니
누구의 직업은 어떻다느니
그런 말을 할 시간이 있는가

새로운 시인이여
구름에서 빛에서 폭풍우에서
투명한 에너지를 얻어
사람과 지구에게 바람직한 모습을 암시하자 (중략)

아아 여러분은 지금
당당한 여러분의 미래에서 불어오는
투명한 바람을 느끼지 못하는가 (「생도 제군에게 보낸다」)

우주는 사람과 지구에게 바람직한 모습을 보여주는 우리들에 의해 끊임없이 변화하고 있습니다.

푸른 숲, 할미꽃 흔들리는 들판, 플라노 광장, 이하토브, 빛나는 은하 정거장, 겐지가 안내하는 봄과 아수라의 여정을 따라가다 보면 언젠가 우리도 당당한 미래에서 불어오는 투명한 바람 너머로 사차원 세계의 신호를 느낄 수 있지 않을까요?

자, 그럼 겐지가 남겨둔 빛나는 흔적을 좇아 모두의 '진짜' 행복을 찾아 나서는 여행을 떠나볼까요?

미야자와 겐지 연보

1896년

8월 27일 이와테현 하나마키시에서 5남매의 장남으로 출생.

이해 6월 15일 지진으로 이와테현에서 2만여명의 사상자 발생.

1898년

11월 5일 누이 도시 출생.

1909년

2월 초등학교 졸업. 전 과목 甲의 우수한 성적으로 학술 우등상 수상.

4월 현립 모리오카 중학교(현 모리오카 제1 고등학교) 입학.

기숙사 생활 시작. 광물 채집에 열중해 이와테산 주변을 다님.

1910년

6월 식물 채집을 위해 이와테산 등반.

1911년

5월 고이와이 농장으로 소풍.

1학기 중에 이와테산 단독 등반.

8월 하기 강습회에서 처음으로 시마지 다이토島地大等의 설법을 들음.

1913년

수학여행으로 홋카이도 방문.

2학기부터 러시아 문학에 심취.

1914년

3월 모리오카 중학교 졸업. 석차는 88명 중 60등.

4월 이와테 병원에서 비염 수술. 수술 후 고열이 계속됨.

간호사에게 첫사랑을 느낌.

9월　시마지 다이토의『한화 대조 묘법연화경』을 읽고 깊은 감명을 받음.

1915년
4월　모리오카 고등 농림학교(현 이와테대학 농학부) 수석 입학.
도시 하나마키 고등 여학교를 우수한 성적으로 졸업, 일본여자대학교 입학.

1916년
8월　도쿄 독일어 학원에서 독일어 하계강습회 수강.

1917년
7월　동인잡지『아자리아』발간.

1918년
1월　졸업 후의 직업 문제로 부친과 충돌.
2월　징병 연기를 바라는 부친의 설득으로 농림학교 연구생으로 남기로 함.
6월　늑막염 진단. 결핵의 원인이 됨.
8월　첫 동화「거미와 민달팽이와 너구리」,「쌍둥이 별」을 가족 앞에서 낭독.
12월　도쿄에서 병을 얻은 누이 도시의 병간호를 위해 상경.

1919년
1월　도쿄에서 인조 보석 제조 사업을 하려 했지만 부친의 허락을 얻지 못함.
2월　국주회國柱会를 방문해 다나카 지가쿠田中智学의 강연을 들음.
3월　누이와 함께 귀향.
군립 농잠 강습소 강사로 광물, 토양, 화학, 비료를 담당.

1920년
9월　여동생들과 이와테산 등반. 도시 모교 교사로 영어, 가사를 담당.
12월　국주회 입회.

1921년
1월　도쿄로 무단 상경. 국주회에서 봉사 활동.
7월　국주회 봉사 시간을 줄이고 창작 시작.
'이제부터의 종교는 예술입니다. 이제부터의 예술은 종교입니다.(서간 195)'

9월   도시, 병으로 하나마키 고등 여학교 퇴직.
12월   히에누키 농학교 교사가 됨. 초임 80엔. 레코드 수집과 음악에 열중.

1922년
11월   누이 도시 영면.

1923년
7월   사할린 여행.

1924년
4월 20일   『심상 스케치 봄과 아수라』 자비 출판. 천 부 간행. 정가 2엔 40전.
12월 1일   동화집 『주문이 많은 요리점』 자비 출판. 천 부. 정가 1엔 60전.

1925년
7월   시인 쿠사노 심페이草野心平의 권유로 동인지에서 참가.

1926년
1월   농민을 위한 '농민 예술론' 강연. 총 11회.
3월   하나마키 농학교 퇴직.
4월   하나마키시 사쿠라마치에서 자취 생활 시작.
8월   농촌 활동 단체인 '라스치진 협회羅須地人協会' 창립.

1927년
1월   라스치진 협회 정기 강연 개시. 협회 활동으로 경찰의 조사를 받음.
       비료 설계와 벼농사에 전념.

1928년.
9월   과로로 발병. 부친의 집으로 돌아가 요양.
12월   급성 폐렴. 자택 요양.

1929년
10월   도호쿠 쇄석 공장 경영자 방문, 상담을 받음.

1930년
2월 쿠사노 심페이가 잡지 「문예 월간」에서 『봄과 아수라』를 극찬.
8월 병세 호전.

1931년
2월 쇄석 공장 촉탁 기사가 되어 석회 제품 판매를 위해 상경.
4월 발병.
10월 수첩에 시 「비에도 지지 않고」를 씀.

1932년
3월 『아동문학』에 동화 「구스코부도리의 전기」 발표.

1933년
9월 21일 부친에게 유언으로 국역 법화경 천 부를 부탁함.
　　　 오후 1시 30분, 영면. 향년 37세.

雨ニモマケズ
風ニモマケズ
雪ニモ夏ノ暑サニモマケヌ
丈夫ナカラダヲモチ
欲ハナク
決シテ瞋ラズ
イツモシヅカニワラッテヰル
一日ニ玄米四合ト

참고문헌·인용 도서

原子朗 『定本 宮澤賢治語彙辞典』 筑摩書房 2013年

天沢退二郎 『新装版 宮沢賢治ハンドブック』 親書館 2014年

宮沢 清六 『兄のトランク』 ちくま文庫 1991年

エクトル・マロ作 五来素川訳 『未だ見ぬ親』 東文館 1903年

畑山博 『教師 宮沢賢治のしごと』 小学館文庫 2017年

僧祐 編 荒牧典俊 訳 『大乗仏典 出三蔵記集·法苑珠林』 中央公論新社 1993年

日蓮 渡辺宝陽 小松邦彰 『日蓮聖人全集』 春秋社 2011年

小金丸 泰仙 慈雲尊者 『十善法語』 大法輪閣 2018年

무비스님 『법화경 강의』 불광출판사 2008년

빅토르 위고 『레 미제라블』 민음사 2012년

J. 토마스 쿡 『스피노자의 에티카 입문』 서광사 2016년

카를로 로벨리 『모든 순간의 물리학』 쌤앤파커스 2016년

미야자와 겐지를 풀다
봄과 아수라 이야기

인쇄일	2019년 4월 20일
발행일	2019년 4월 20일

지은이	조 문 주
옮긴이	조 문 주
펴낸이	신 재 원
펴낸곳	좋은책
출판등록	제567-2015-000010호
주소	창원시 성산구 원이대로 883번길

홈페이지	https://blog.naver.com/good-book
이메일	good-book@naver.com

ISBN   979-11-955070-6-1(03830)

좋은책

이 도서의 국립중앙도서관 출판예정도서목록(CIP)은 서지정보유통지원시스템 홈페이지
(http://seoji.nl.go.kr)와 국가자료공동목록시스템(http://www.nl.go.kr/kolisnet)에서
이용하실 수 있습니다.
(CIP제어번호: CIP2019013807)